Hugo Claus

# BELLADONNA

Roman

Aus dem Niederländischen von
Waltraud Hüsmert

Klett-Cotta

Klett-Cotta
Die Originalausgabe erschien 1994 unter dem Titel
„Belladonna“
bei De Bezige Bij, Amsterdam

Printed in Germany
Schutzumschlag: Klett-Cotta-Design
Gesetzt aus der 10 Punkt Times von
Steffen Hahn GmbH, Kornwestheim
Auf säure- und holzfreiem Werkdruckpapier gedruckt und
gebunden von Clausen & Bosse, Leck
Zweite Auflage 1996

Die Deutsche Bibliothek – CIP-Einheitsaufnahme
*Claus, Hugo:*
Belladonna : Roman / Hugo Claus. Aus dem Niederländ. von
Waltraud Hüsmert. – 2. Aufl. – Stuttgart: Klett-Cotta, 1996
ISBN 3-608-93373-5

Kannst Du Dir denn denken, daß ich Jahre
so – ein Fremder unter Fremden – fahre,
und nun endlich nimmst Du mich nach Haus!
Rainer Maria Rilke

Zwei Dinge beschäftigten den Minister an diesem Vormittag: sein Körpergewicht und der Tod.

Vor einer Woche hatte der Parteivorsitzende zu ihm gesagt: „Meulemans, ein guter Hahn wird nicht fett. Du läßt dich gehen. Schau nur mal auf das Plakat!" Und tatsächlich, der Mann, der da vor einem strahlenden Himmel, schiefgewehten Pappeln, einer Windmühle und einer Wiese mit springlebendigen Kälbern stand und winkte, platzte fast aus seinem Hahnentrittsakko, eine burleske Figur mit aufgedunsenem Gesicht, offenbar eher um ein Taxi als um die Zukunft Flanders bemüht.

An diesem kalten, regnerischen Morgen hatte der Minister, während sein getreuer Benoni neben dem Mercedes SL schon ungeduldig von einem Fuß auf den anderen trat, erfolglos versucht, sich in seine neuen Rossetti-Schuhe Größe vierundvierzig zu zwängen. Mit schmerzenden Fersen hatte er die Hinterkappen heruntergetreten, die Dinger schließlich unters Bett gekickt und die Oxfords von Papa angezogen, tadellos erhalten, Größe sechsundvierzig. Papa, Gott hab' ihn selig, hatte seine Schuhe zeitlebens selbst geputzt. Der Gedanke, buchstäblich in den Schuhen seines Vaters zu stecken, war dem Minister plötzlich unangenehm. Er vermutete auch einen Zusammenhang zwischen seinem aufgeschwemmten Plakatgesicht und dem bevorstehenden Tod von Marie-Ange. Zusammenhang – in seiner Sprache „verband" oder „link". Der Minister mochte das Wort „link". Es in der Öffentlichkeit, geschweige denn im Fernsehen, in den Mund zu nehmen, war allerdings heikel. In letzter Zeit unterstellte man ihm allzu nachdrücklich, seit seinem Aufenthalt in den Vereinigten Staaten sei er amerikanisiert. So wie man (man – das waren immer die gleichen) ihm damals, als er für das Ressort Landwirtschaft zuständig war, seine angebliche Hollandisierung vorwarf. Und zu Beginn seiner Laufbahn hatte das Wochenblatt

*De Klokke* keine Gelegenheit ausgelassen, seine Französisierung anzuprangern.

*Link.* Linken. Das hatte er gemacht. Freund und Feind gelinkt. Politik ist die Kunst des Möglichen. Link war er zweifellos, sonst hätte er sich nie so lange an der Spitze gehalten. Links war er auch. Und Linksträger.

Im Auto überflog er einen Artikel in *De Standaard*; es ging um den Berechnungsmodus für eine qualifizierte Mehrheit im Ministerrat. Hin und wieder erblickte er in der Scheibe zwischen den vorbeischießenden Kiefern das Spiegelbild eines Mannes mit dunklen Tränensäcken unter den erschreckt blickenden Augen und einer nicht gerade vertrauenerweckenden Nase. Sein Doppelkinn lag in ordinären Schwabbelwülsten auf dem Hemdkragen. Wie bei Papa, Gott hab' ihn selig. Es war keine in sich ruhende, Ruhe ausstrahlende Korpulenz wie bei Churchill, Kohl, Dehaene. Sein Fett war verstohlenes, beschämtes, desolates Fett.

Um Viertel nach acht betrat er den Salon von Professor Sloot. Der Professor, sein Hausarzt, Leibarzt und alter Schulfreund, erledigte gerade seine tägliche Hausarbeit, bevor er sich in die Klinik begab: Mit einem chinesischen Wedel aus grellbunt gefärbten Federn staubte er die Salonmöbel gründlich ab.

„Wir müssen weiter untersuchen“, sagte der Professor und widmete sich hingebungsvoll den Kanten des Rahmens um eine Bauernhochzeit von, soweit der Minister sich erinnern konnte, Fernand Teniers dem Dritten. „Untersuchen, mehr bleibt uns nicht übrig. Wir dürfen den bösartigen kleinen Rackern, die sich in der Bauchspeicheldrüse unserer Marie-Ange eingenistet haben, keine Chance geben.“ Plötzlich bekam er die reservierte Miene, vor der sich seine Patienten so fürchteten, daß sie den Kopf unter dem verschwitzten Laken versteckten. „Sie wird keine Schmerzen haben, das verspreche ich dir.“

Der Minister fühlte sich sicherer, wenn sein Schulfreund in das bedrohliche Grün gehüllt war, mit kurzen Ärmeln und der grünen, gekräuselten Haube.

„Mach dir keine unnötigen Sorgen, Albert. Möchtest du vielleicht noch einen zweiten Arzt konsultieren? Soll mir recht sein." Ein graues Wölkchen stieg aus einem Louisquinze-Sessel auf.

„Sie schreit die ganze Nacht", sagte der Minister. „Ihr Zahnfleisch, die Nasenscheidewand, das Brustbein."

„Operieren hat in diesem Stadium keinen Sinn. Das einzige, was wir jetzt tun können, ist den Befund der Knochenmarkpunktion abzuwarten."

„Ich bin spät dran. Ich muß in die *Beliardstraat.*"

„Ein Trost, sie wird nicht leiden. Wenn sie ihr Medikament nimmt ..."

„Sie will nicht."

„Dann darf sie sich auch nicht beklagen", sagte der Arzt sofort.

„Sie beklagt sich nicht. Ich beklage mich."

Cogels, der Generalsekretär des Ministeriums, blieb neben dem wuchtigen, mit Schnitzereien verzierten Mechelner Schreibtisch aus Eichenholz stehen. Sie waren gerade den Terminkalender durchgegangen. „Noch was?“ sagte der Minister mürrisch. Cogels hatte etwas Komplizenhaftes, jeden Augenblick konnte er etwas verraten über die Geheimbündnisse, die den Minister bedrohten, Verschwörungen in den Provinzen, Korruption.

„Meine Leute, Herr Minister, meine Leute sind auf einen Bericht des rumänischen Geheimdienstes gestoßen.“

„So.“

„Frau Popescu wird darin namentlich erwähnt. Ich war der Ansicht, Ihnen diesen Bericht vorlegen zu müssen.“

„Sehr gut, Cogels. Danke. Sonst noch was?“

„Ein Artikel in der *Hallo,* wahrscheinlich aus der Feder unseres Verachtert.“

„Worüber?“

„Über Ihren Besuch in Zeebrugge. Die Überschrift lautet: Wird Zeebrugge Meulemans’ Waterloo?“

Die beiden Männer lachten etwas gezwungen. Cogels holte die Mappe mit den Briefen, die unterschrieben werden mußten.

In Zeebrugge hatte der Minister eine Unterschriftensammlung von protestierenden Hausbesitzern entgegengenommen. Er beugte sich zu einem alten, beinamputierten Fischer herab, der völlig legal auf die Straße gesetzt worden war. Der Fischer, der aussah, als hätte er mehrere Schichten Schminke im Gesicht, schäumte vor Wut. Als der Minister ihm ein paar beschwichtigende Worte sagte und dabei den Küstendialekt anklingen ließ (Opa Meulemans war in Mariakerke bei Ostende geboren), spuckte ihm der Fischer seinen Priem vor die Füße. Zum Glück – mit einem schnellen Blick hatte sich der Minister vergewissert – stand die Fernsehkamera auf der anderen Seite, und auch der Tonmann mit dem Mikrophon an der Angel war weit vom Schuß. So konnte niemand im Gliedstaat Flandern hören, wie der Fischer, beinlos, zahnlos und sprachlos, blaffte: „Der Herr Minister kann mich mal am Arsch lecken!" Der Bürgermeister, ein pausenlos an seiner folkloristischen Tonpfeife nuckelnder Pykniker, rief: „Aber Achiel, wo sind deine Manieren?"

„Im Arsch, wie alles andere", gab Achiel schlagfertig zurück.

„Achiel, du bist eine Blamage für unsere Stadt."

„Und du bist als Bürgermeister eine Niete."

Der Minister hatte Marie-Ange die Szene vorgespielt, den Tonfall und das mürrische Gesicht des Fischers nachgeahmt, den in Panik geratenen Bürgermeister, sich selbst mit seinem bemüht verständnisvollen Lächeln. Marie-Ange war in Gelächter ausgebrochen, das in einen Hustenanfall überging.

„Ach, Liebes", sagte er. „Du hättest dabeisein müssen."

„Nichts lieber als das", sagte sie. „Einen Kuß", sagte sie. Sie hielt den vollendet geformten Mund geschlossen, und er leckte ihr über die Lippen, schmeckte das Blut des wunden Zahnfleischs. Dann wandte er sich ab, als suche er nach Zigaretten, atmete tief durch und sagte: „Ich frage dich nur einmal. Ein einziges Mal."

„Was?" sagte sie hinter ihm.

„Ob du heiraten willst."

Ein unterdrücktes, verlegenes Schnaufen.

„Nach so langer Zeit spricht ja wohl nichts dagegen."

„Vierzehn Monate", flüsterte sie, und er drehte sich um.

„Frag mich noch einmal", sagte sie.

„Möchtest du heiraten?"

„Wen?"

„Mich. Ich habe gehört, dein Vater ließe es sich was kosten, dich an den Mann zu bringen."

„Schuft“, sagte sie, und: „Armer Papi.“

Der Minister steckte seinen Mont-Blanc Diplomat ein. Cogels' rosagestreiftes Hemd, seine Fußballerschenkel, um die sich die Hosenbeine des mattglänzenden Anzuges spannten, die roten Härchen auf seinen Fingern, das alles verhieß nichts Gutes.

„Cogels“, sagte er fast provozierend, „ich habe mich entschlossen, zu heiraten. Du bist der erste, der es erfährt.“

Die gespielte Überraschung des Generalsekretärs war nicht ganz überzeugend. „Gratuliere. Von Herzen. Wirklich von ganzem Herzen.“ Der Minister witterte eine Taktik, aber welche? „Würden Sie auch Frau Popescu Glückwünsche ausrichten? Vom ganzen Ministerium? Ich kenne jemanden, der wird entzückt sein. Unser Vorsitzender!“

Der dreiundsiebzigjährige Gustave Verbeke richtete seine verschmitzten Augen, die zwischen gelben Leberflecken Milliarden Belgischer Franc hatten erblühen sehen, auf den Minister. Seine Lippen waren rot und naß, als flösse ständig Chassagne-Montrachet darüber, seine Stimme keuchend und emphysematisch. „Albert, du bist mein Sohn. Und in meinen grandiosen Plänen darf dein Posten nicht fehlen. Du bist ein wichtiger Teil meiner Konstruktion. Wohnst du immer noch bei deiner Mutter? Du weißt, wie die Leute über Männer denken, die bei ihrer Mutter leben. Da wird schnell getuschelt, wenn etwas von der Norm … Kapierst du? Hast du jemanden? Niemand? Ein Mann mit deinem Aussehen, deiner Position, das dürfte doch nicht schwer sein. Hast du wirklich niemanden? Ich würde nämlich nicht gern Christiaens oder Vincent einschalten. Ich habe schon zu viel in dich investiert."

„Du meinst, ich sollte auf der Stelle heiraten?"

„Die Wahlen sind im März."

Er zog seinen verschnupften Zinken hoch. Die Unterlippe hing ihm schlaff aufs Kinn, rot vom Bourgogne.

„Das ist aber sehr wenig Zeit", sagte der Minister.

Gustave Verbeke zog die Schultern nach hinten, schob den Bauch vor und deklamierte: „O Kreatur, wie kurz ist deine Zeit."

„Vierzehn Monate", sagte Marie-Ange. „Als ich dich auf dem Meeting zum erstenmal sah, habe ich gedacht: Der gehört vielleicht mir. Vielleicht."

Sie tanzten. Zu etwas, was im Dorf des Ministers früher „Stehblues" hieß. Er wollte es zu ihrer nassen Wange, zu der fieberheißen Haut, auf Französisch sagen, aber vermutlich gab es das Wort Stehblues im Französischen überhaupt nicht.

„Mit einem Politiker habe ich es noch nie getan", sagte sie. Wegen ihres Akzents klang es wie in einer französischen Filmkomödie.

„Und ich noch nie mit einer Rumänin."

In den vierzehn Monaten hatte sie ihm beigebracht, wie man zu einem Podium geht, mit großen Schritten, selbstbewußt, wie man artikuliert, wie man sich, falls nötig, nonchalant die Haare aus der Stirn streicht, die Haare, die er auf ihren Rat länger wachsen ließ. Daß man sich für ein Foto nicht ausgerechnet neben einen baumlangen Polizisten stellt. Daß man die Wähler anblickt wie eine Frau, die man erobern möchte. Ohne Pfeife oder Zigarre, höchstens mit einer Zigarette. Wie man für Fernsehaufnahmen ein wenig dunklen Schatten unter den Wangenknochen aufträgt. Wie man langsamer und mit tieferer Stimme spricht. Sie hatte ihn auf Diät gesetzt, Joghurt, Obst, gegrilltes Lammfleisch.

Das alles, als sie noch nicht krank war. Als der Chirurg-Demiurg das Urteil noch nicht verkündet hatte. Und als das Verdikt ausgesprochen war, hatte sie ihn im Stich gelassen, wie eine Mutter, die ihr Kind zur Armee ziehen läßt.

Er sollte auf eigenen Füßen stehen und sie mit ihrem himmlischen Gebieter allein lassen. Denn sie war gläubig. Sie glaubte an einen Allmächtigen, der über den arglosen Zaunkönig und den kregelen Kater herrschte. Und selbstverständlich war Er ungerecht. Er war ja alles, also auch das. Man mußte eben Glück haben und Ihm begegnen, wenn er gerade in Spendierlaune war.

„Hältst du mich für eine Tussi?"

„Manchmal."

„Jetzt?"

„Ja. In diesem Moment."

„Und ist das schlimm?"

„Nein."

„Kannst du denn ohne mich leben?"

„Nein."

„Erklär mir das mal genauer."

Er wischte ihr den kalten Schweiß von der Stirn. Sie sagte: „Ich möchte einfach nicht in Sünde entschlafen. Und wenn ich tot bin, will ich ‚Duša si' hören, das Lied aus Dalmatien über ein Mädchen, das ertrinkt, weil sein Brautkleid zu schwer ist. Das und dann noch ‚Satisfaction'. Und Elvis. Und Roy Orbison."

„Stopp", sagte er, „stopp."

Eine Woche später fragte ihn Gustave Verbeke: „Erwartet sie ein Kind?"

„Nein."

„Bist du sicher?" Verbeke bewegte sich, sank im Sofa ein, sank fast durchs Sofa durch.

„Wie kommst du darauf?"

„Zu meiner Zeit war das ein hinreichender Grund zum Heiraten. Aber ich bin nicht unzufrieden. Das Image eines leicht verklemmten Jünglings hat dir mehr geschadet, als wir ahnen konnten. Wie ich gehört habe, ist sie älter als du?"

„Drei Jahre. Und sie ist Rumänin, streng katholisch. Schwerkrank."

„Ich sehe, du bist glücklich, das tut mir gut."

Cogels stand wie ein Wachtposten an der Tür. Die Arme

verschränkt, den Kopf schräg, ein Anflug von Mitleid in der Miene.

„Wir müssen dafür sorgen, daß wir zum Zeitpunkt der Hochzeit nach allen Seiten abgesichert sind. Ihre Braut spricht nach wie vielen? nach sieben Jahren Aufenthalt in Rumbeke noch kein Wort Flämisch. Das könnte ins Auge gehen. Auch ihre Herkunft. Und dieser Name, bei dem man sich die Zunge verrenkt."

„Wir müssen etwas zum Ausgleich haben", sagte der Dickhäuter Verbeke.

„Unsere Stellungen stärken", sagte Cogels.

„Die Blüte der regionalen Sprachen im neuen Europa", sagte Verbeke. Sie formulierten gemeinsam eine Vorlage; darin betonte der Minister, daß das Bemühen um die Identität, die regionale Eigenart und Sprache im Sinne einer Erleichterung und als Puffer im Hinblick auf die Bedürfnisse der Bevölkerung stärker akzentuiert werden müsse. Und wie so oft dachte er sehnsüchtig an seine Zeit im Landwirtschaftsministerium zurück, wo alles viel übersichtlicher gewesen war.

Die KONEKÜ tagte alle drei Monate im Schloß Toubrise, das seinen Namen dem verstorbenen Mäzen und Bankier Toubrise verdankte, einem vom Glück gesegneten Textilbaron, der sein Schloß aus dem 18. Jahrhundert der Flämischen Gemeinschaft vererbt hatte, um seiner frömmlerischen Frau auch nach seinem Tod noch eins auszuwischen. Das Schloß wurde für Kongresse, Gedenkfeiern und Jubiläen vermietet und lag erhaben, aber erbärmlich restauriert in der Polderlandschaft.

Die KONEKÜ, sehr verkürzt, stand für Kommission zur Förderung der niederländischsprachigen expressiven audiovisuellen Künste und war eine liebenswürdige, meist harmonische Gesellschaft; man achtete peinlich genau auf eine paritätische Besetzung mit Vertretern der verschiedenen politischen Richtungen. „Pluralismus“, pflegte der Vorsitzende zu sagen, „ist nicht nur eine Notwendigkeit, sondern auch ein Zeichen von Kultur.“ Worauf das jüngste Mitglied der Kommission, Billy Drabbers, unweigerlich sagte: „Unser einziges Zeichen von Kultur.“

Ach, dieser Billy.

In der Regel begann die Tagung mit einem Glas hochprozentigen Bier aus der Region, während die letzten schlüpfrigen Witze erzählt wurden. Dann verglich man die jeweiligen Krankheiten oder gedachte mit einer Schweigeminute eines verstorbenen Mitglieds; anschließend drehten sich die Gespräche um die versagende oder erfolgreiche Libido des Dahingeschiedenen.

„Heute“, sagte der Vorsitzende, „wird die Tagung nicht allzulange dauern. Mehrere Mitglieder haben familiäre Verpflichtungen, und die Punkte auf der Tagesordnung sind allgemein bekannt. Wir sind eine unabhängige Körperschaft, dies zur Kenntnis der neuen Mitglieder und zur Aufnahme ins Protokoll, wir sind frank und frei und dulden keine Intervention, von welcher Seite auch immer. Es sind

Fälle bekannt, wo wir uns sogar gegen einen regierenden Minister gestellt haben. Unsere Verantwortung gegenüber dem Gesetzgeber hindert uns jedoch nicht daran, ein offenes Ohr für eventuelle Ratschläge des Ministers zu haben. Winke aus dem Ministerium sind jederzeit willkommen. So haben wir die letzte Vorlage unseres Ministers studiert, und welche Schlußfolgerungen wir daraus ziehen, wird sich zeigen, wenn wir sie an der Realität messen und letztere möglicherweise entsprechend optimieren. Als Vorsitzender bitte ich Herrn Billy Drabbers, sein demonstratives Gähnen zu unterlassen oder zu mäßigen. War es heute nacht so spät, Billy?"

„Kein Geschwafel, Schatzi", antwortet Billy Drabbers, auch kinematographisches Ungeheuer genannt. (Sein letzter 16-mm-Film, 52 Minuten: *What, me dirty?* Sein letzter Videofilm, 12 Minuten: *Rubber Symphony* mit der Antwerpnerin Kiki Kick-Ass.) Billy trinkt sein drittes Glas Milch mit Grand Marnier in einem Zug aus. „Ich frage Sie auch nicht, Herr Vorsitzender, was Sie heute nacht getrieben haben."

„War ja nur ein Scherz."

„Herr Vorsitzender, am Set oder im Schneideraum oder in der Kneipe *Zes Billlekens* kann ich albern sein, aber come on, Schatzi, hier steht zu viel auf dem Spiel."

„Das finde ich auch", sagt Jan-Frans Marigaal, Dozent am Institut *Unsere Liebe Frau*, Mitarbeiter bei mehreren Trendmagazinen, freier Mitarbeiter bei dem Rundfunkprogramm *Kultur pur.* (Letzte Veröffentlichung: *Die Auswirkungen der kulturellen Wende auf die Vergangenheit.)*

„Ich auch", sagt Pieter Schuiten, Chef von Kultur und Unterhaltung beim Sender BRT.

„Ebenfalls", sagt der Besitzer von zwölf Kinos, Kees Bukkers, ein Holländer, der sogar die Mühe gescheut hat, sich in Belgien einbürgern zu lassen, und so was wird auf unser Land losgelassen, bekommt eine Konzession, zieht unseren Leuten das Fell über die Ohren und leck mich am Arsch, mit Verlaub, aber Bukkers paßt sich absolut nicht unserem Lebensstil an, er ist und bleibt ein *Kaaskop*, immer dabei mit Sticheleien über Prinzipien und wo es eigentlich langgehen müßte in der Gesellschaft, und ganz entre nous, können Sie sich einen Flamen vorstellen, der nach Holland geht und sich da zwölf Kinos an Land zieht? Na, was ist?

Worauf unser Vorsitzender sagt, daß er uns willkommen heißt und daß im abgelaufenen Quartal Gott sei Dank kein nennenswerter Toter zu beklagen sei, obwohl Prof. Touquet, SJ, unser auch jenseits der Grenzen geschätzter Pasolini-Experte, seine besten Zeiten hinter sich habe, was seine Nieren angehe, und es sich nur noch um Tage handeln könne. Sehr willkommen. „Mit Vergnügen und sogar mit ein wenig Schadenfreude sehen wir, daß unsere wallonischen Freunde und Kollegen dieses Jahr keinen Film von Bedeutung hervorgebracht haben, während unsererseits Flandern innerhalb von neun Monaten zwei vollwertige Spielfilme produziert hat, zwei Meilensteine also: *Kiek, der Doppeldecker,* nach der gleichnamigen komischen Fernsehserie, und *Pater Damiaan, ein Heldenleben.* Das sollen uns unsere Nachbarn im Süden erst mal nachmachen. Ich sagte es bereits: Willkommen. Bevor wir nun zur Tagesordnung schreiten, ist es mir vielleicht vergönnt, nochmals in aller Kürze an den Tag des Films zu erinnern, der vom Ministerium ins Leben gerufen wurde, und in diesem Zusammenhang insbesondere an die Bootsfahrt und das Bankett an Bord unseres ‚Flämischen Reihers‘, der uns durch verschlungene Binnengewässer geschaukelt hat unter der sachkundigen, aber auch verwegenen Leitung von Pater Touquet, ich erhebe das Glas auf seine baldige Genesung, auch wenn wir nicht so schnell damit rechnen können.“

„Eine Rechnung steht noch offen", sagt Kees Bukkers. „Das Harmonium ist zum Teufel, wahrscheinlich durch die Wasserdämpfe. Und das geht ins Geld."

„Das stimmt so nicht ganz", sagt Angelo d'Arezzo vom Filmverleih Arco, „Grootaers, unser großer Herman Grootaers, der Darsteller des Paters Damiaan, hat das Harmonium berieselt. Und das nicht zu knapp!"

„Das Gericht wird darüber befinden", sagt unser Vorsitzender mit der gewohnten Würde. Als ehemaliger Beamter der Sittenpolizei, als Gründer des FSFF, des Flämischen Syndikats für Film und Fernsehen, und als Ehrenbürger von Diesengau, wo er das Festival des Sportfilms geleitet hat, weiß er, wie delikat solche Anschuldigungen sind.

Ritter Paul Vijt, Ästhet und Cineast, Besitzer von rund zwölftausend signierten Fotos von Arletty bis Fred Zinnemann und verheiratet mit Maggie de Decker, der ehemaligen Ministerin für das Pensionswesen, blickt demonstrativ auf seine Rolex. Das entgeht nicht einmal unserem Vorsitzenden. Er gibt unserer Sekretärin ein Zeichen, und sie liest Gutachten vor, die Billy Drabbers mit anzüglichen Wortspielen unterbricht. Aber das sind wir gewohnt. Wir denken nach, diskutieren, wägen sorgfältig ab, äußern unsere Vorlieben, demontieren in den meisten Fällen einen Ruf, gelangen zu einem Konsens.

Bleiben übrig nach der ersten Runde:

Für die Hauptförderung: *Mutter Daens.* Unser Vorsitzender illustriert die Entscheidung mit einer netten Anekdote. Nach der Premiere des letzten Kassenschlagers *Daens* fragte nämlich ein zehnjähriger Junge: „Papa, hat Priester Daens denn keine Mama gehabt?" – „Doch, natürlich", sagte der Vater. „Wo ist sie denn? Ist sie krank? Ich hab' sie nicht gesehn." Und das hat den hier unter uns weilenden Jan-Frans Marigaal auf die Idee gebracht. Es handelt sich um eine Komödie, aber selbstverständlich mit den essentiellen Lebensfragen im Hintergrund, denen *Daens* in so hohem Maße seinen Erfolg verdankt. Weil Jan-Frans also bei dieser Superproduktion betroffen ist, wird er gebeten, das Beratungszimmer zu verlassen.

Man sieht Jan-Frans Marigaal draußen über den makellosen Rasen schlendern, man sieht ihn mit den arabischen oder türkischen Arbeitern plaudern, die sich eine Zigarette drehen, er schaut nicht in unsere Richtung. Er verläßt sich auf uns, und das zu Recht, die Kommission ist sich schon einig. „Vielleicht sollte man aber“, sagt Ritter Vijt, „bei der Produktion von Anfang an jemanden vom Rechnungshof einschalten. Selbstverständlich will ich damit nicht sagen, die Buchhalter dieses Projekts wären nicht vertrauenswürdig, aber man weiß ja ... nie ... wie ... Schließlich mußte im vergangenen Jahr bei mehreren Produktionen kräftig zugebuttert werden ... oder? ... Schließlich geht es um die Hälfte des Jahresetats ... oder?“

Elias de Schepper, nun seit fünfundzwanzig Jahren unser Vorsitzender, bringt den ritterlichen Mund zum Schweigen, indem er erklärt, daß dieses Thema in einer der nächsten Sitzungen noch ausführlich besprochen wird.

Als zweites Projekt ist *SCHIET!* in engerer Wahl, ein Zeichentrickfilm. Wir sind weltweit bekannt für die Qualität unserer Zeichentrickfilme, die sich an den besseren tschechischen Filmen von früher orientieren, aber diesmal dringt das Medium in äußerst gewagte Bereiche vor. Die Kommission läßt ins Protokoll aufnehmen, daß das Projekt auf keinen Fall länger als 10 bis 12 Minuten dauern darf, da Koprophilie – wie erfrischend auch immer in der Tradition unseres Ulenspiegel – nicht mehr funktioniert. Weil Ritter Vijt die Budgets unserer Trickfilmakademie verwaltet und als Sponsor im Nachspann erwähnt werden möchte, wird er gebeten ... Draußen stellt sich Ritter Vijt zum Denker Marigaal; die exotischen Arbeitnehmer erklären ein paar

Dinge über die Azaleen oder über die bevorstehende Repatriierung.

In Erwägung gezogen wird: *Mistero Buffo*, akzeptabel modernisiert. Pieter Schuiten behauptet, das Projekt sei veraltet. Sozialkritik sei nicht mehr gefragt. Vor allem die Jugend könne nichts damit anfangen. Die Kommission nickt. Nein, dann lieber *Gay Gray*, über drei ältere Postboten, die emigrieren wollen. Der Autor und mögliche Regisseur, Billy Drabbers, gesellt sich zu den anderen, die draußen auf dem Rasen angeregt diskutieren.

Die Kommission preist sich glücklich, daß das Drehbuch von *Gay Gray* schon fertig vorliegt. Das ist natürlich Prof. Touquet zu verdanken, der Billy unterstützt hat. Um nicht zu sagen, daß er es war, der den Text notierte, den Billy bruchstückhaft in der Taverne *Tara* geschwafelt hat, worauf dann der Pater eine pasolinische Atmosphäre, verblüffend naturalistische Brooklyner Dialoge und die Struktur von *Ugetsu Monogatari – Erzählungen unter dem Regenmond* beisteuerte.

Pieter Schuiten findet die dem Szenario beigefügte Absichtserklärung ziemlich hermetisch. Die Jugend von heute wird die *Fist-fucking*-Szene vielleicht doch nicht so ohne weiteres als ein Symbol für die Abstumpfung des flämischen Proletariats begreifen.

Die vollzählige Kommission preist sich glücklich, daß wieder einmal der Beweis für die Vielfalt, den Erfindungsreichtum und das Talent unserer Filmemacher erbracht worden ist. Dann steht noch der Fall *Villa des Roses* an.

Der Vorsitzende sagt, anfangs habe er dem Projekt wohlwollend gegenübergestanden, weil er Willem Elsschot noch persönlich gekannt und sich in Sint Idesbald in einem Strandcafé einmal mit ihm unterhalten habe. Er habe den Autor dort als einen schweigsamen, aber patenten Mann kennengelernt. Und Elsschot wird noch immer von unserer Jugend in den Bibliotheken entliehen. Aber wir können die letzte Vorlage des Ministers nicht einfach ignorieren. Auf die Bitte der Kommissionsmitglieder nennt der Vorsitzende die Einwände des Ministeriums, die ihm Generalsekretär Cogels telefonisch mitgeteilt hat:

A. Der Titel ist französisch, das macht einen ungünstigen Eindruck auf den Teil der Bevölkerung, der Elsschots Werk nicht so gut kennt.

B. Die Handlung spielt in Paris, die Personen sind mehr oder weniger Pariser.

C. Die Position des Autors in der Gut/Böse-Problematik kommt nicht deutlich genug zum Ausdruck.

Angelo d'Arezzo sagt, es sei doch ganz einfach. Wäre eine wallonische oder französische Kommission denkbar, die einen Film fördern würde, der sich in Flandern unter Flamen abspielt und einen flämischen Titel hat?

Billy Drabbers sagt, ebensogut könne man gegen das Projekt einwenden, daß Elsschot in der Lamorinièrestraat gewohnt hat, was auch französisch klingt. Worauf unser Vorsitzender auf den Gesetzentwurf verweist, der dringend fordert, den flämischen Straßen volkstümliche Namen zu geben. Auch wenn es ziemlich drastisch wirkt, sagt Elias de Schepper, aber in der heutigen Wirtschaftslage dürfen keine Mißverständnisse über unser Engagement für den flämischen Teil der Gesellschaft aufkommen. Mit letzterem kann sich die Kommission einverstanden erklären.

Angenommen, du hast gerade dein Studium an der Filmhochschule abgeschlossen und ein Szenario geschrieben, das den Beifall deines Dozenten J.-F. Marigaal gefunden hat, und dadurch ermutigt, möchtest du mit deinen ehemaligen Kommilitonen einen Kurzfilm drehen, der von deiner Großtante handelt, die Missionsschwester in Ruanda war und von dieser Zeit genüßlich erzählen kann, in Großaufnahme, im Wechsel mit Eingeborenen, die zu Musik der Dire Straits und polnischen Chorälen aus dem Mittelalter im Zeitraffer durch den Dschungel rennen, und mit sterbenden Kindern in Sepiafarben, dann mußt du gut und gern drei Millionen veranschlagen, die Hälfte davon kriegst du von deinem Erbonkel, bei dem du seit dem Tod deiner Mutter wohnst, der Onkel verkauft ein paar Aktien, weil er etwas gutzumachen hat bei dem Kind seiner Schwester, das übrigens, wie ein paar Verwandte munkeln, von ihm ist, auf jeden Fall von ihm sein könnte, man vergleiche nur Augenlider, Nasenflügel und Ohren, nun gut, angenommen, dein väterlicher Onkel spuckt die Hälfte des Budgets aus, dann hast du es noch lange nicht geschafft. Nun denn, dann bist du reif für den Produzenten Walter Oorslag. Mit ihm, dem Direktor von PETRO-Films und den Schwesterfirmen CATTLEYAS, ORION und EMMAUS, bist du fürs erste versorgt.

„Ich habe gehört, Oorslag sei ein Halsabschneider."

„Wer ist das nicht?"

„Daß er die Filmemacher, vor allem die jüngeren, ausbeutet."

„Er verdient sich seine Brötchen."

„Daß er unverschämt ist."

„Er hat keine Manieren, das stimmt, aber kennst du einen anderen Produzenten?"

„Nö …"

„Na also."

Du bist einer von den Dutzenden junger Filmemacher, die Jahr für Jahr nach ihrem Studium auf die Straße gespuckt werden, und du träumst von dem Augenblick, wo du nicht zu laut, aber deutlich „Action“ und „Cut“ rufen wirst, du kommst mit dem Zug aus den feuchten Poldern nach Brüssel, du studierst den Brüsseler Stadtplan und befindest dich auf der *Avenue des Cattleyas* Nummer zwölf. Du steigst in den Lift. In einem breiten Korridor biegst du nach links ab.

Zwei Zitronenbäumchen, eine Reihe von Sträuchern, Lippenblütler. Eine taubengraue Tür mit dem Plastikschild ORION, HEREIN OHNE ANZUKLOPFEN. Ein Vorzimmer mit zwei wackligen Sitzpuffs. An den Wänden hängen Urkunden, eine davon prämiert die beste Beleuchtung auf dem Festival von Hunnient, Neuseeland, eine andere den besten Zirkusfilm, ansonsten Fotos von Walter Oorslag, Direktor, mit dem König, mit einem Präsidenten, mit Filmstars, Produzenten, Starlets.

Nun müßte sich eigentlich eine Sekretärin zeigen. Aber welche? Die Sekretärinnen wechseln hier in atemberaubendem Tempo. Zuerst führt sie der Chef höchstpersönlich mit Begeisterung in die Arbeit ein, dann nennt er sie bei ihrem Kosenamen, und gelegentlich dürfen sie auch mitkommen, nach Paris oder nach Heist-aan-Zee. Dann, nach ein paar Monaten, fragt der Produzent, ob sie angesichts der Sparmaßnahmen, zu denen auch die Regierung gezwungen ist, auf ein Drittel ihres Gehalts verzichten können. Sind sie damit einverstanden, hören sie ein paar Wochen später, sie seien den ehrfurchtgebietenden Aufgaben des Fachs doch nicht voll und ganz gewachsen und werden entlassen.

Diesmal ist es Claudine. Früher war sie darauf spezialisiert, die Bewegungen der Sprechorgane zu registrieren; an einer Kette trägt sie eine ägyptisch aussehende Münze, vielleicht stellt das beklagenswerte Profil einen Liebhaber dar oder einen ehemaligen, von ihr verehrten Professor, so wie Tolstoi mit einer Medaille von Jean-Jacques Rosseau um den behaarten Hals durch die Schneefelder stapfte.

In einem fast völlig zerbissenen Korb auf ihrem Schreibtisch schläft ein Sky-Terrier. Damit er regelmäßig sein Futter bekommt, arbeitet Claudine hier und läßt sich die Launen ihres Arbeitgebers gefallen.

„Würden Sie bitte einen Moment warten?" sagt Claudine mit röchelndem Genter Akzent und führt den Besucher, meist einen Bittsteller, in den Nebenraum. Man wartet eine halbe Stunde, man studiert die Urkunden in verschiedenen Sprachen, die Fotos des Produzenten, wie er Václav Havel, Catherine Deneuve und den großen Herman Grootaers küßt, und dann erhebt man sich vom Stuhl, denn in der Tür steht Walter Oorslag, läßt sein berüchtigtes Lachen erschallen und sagt: „Was für eine Freude, Sie zu sehen! Treten sie doch ein. Sie sehen blendend aus." Das ist unvermeidlich, stets identisch, monoman. Auch wenn Sie ihm zum erstenmal gegenüberstehen. Man erzählt sich über ihn, er habe eines Morgens eine Dame am Telefon mit den Worten begrüßt: „Hallo. Wie geht es Ihnen? Sie sehen blendend aus."

Er bietet dir einen Sessel an und setzt sich ins Gegenlicht, mit dem Rücken zum Fenster.

Er reibt sich die Hände wie ein Pastor in einem flämischen Film. Bei grellem Sonnenlicht oder bei adäquater Beleuchtung kann man zwischen seinen Fingern etwas Krätzeartiges entdecken, auch an den Handgelenken. Die Milben bewegen sich, werden von Salben getötet. Oorslag führt es auf die plötzliche Affektstörung zurück, die ihn vor ein paar Jahren überwältigt hat; auf einem Souper bei dem liebenswürdigen jungen Baron Aubin de la Ribelle hatte ihn der damalige Landwirtschaftsminister Meulemans, freilich leicht benebelt vom Château Neuf, Vieux Télégraphe, ganz unvermittelt gefragt, ohne jede Einleitung oder vorherige subtile Andeutung: „Sagen Sie, bester Oorslag, entre nous, sind Sie auch Freimauer?“

Oorslag hatte es die Sprache verschlagen, er hatte sich mit dem Ärmel über den Mund gewischt. Daß man ihm so etwas zutraute und ihn noch dazu in aller Öffentlichkeit um Aufklärung bat, hatte ihn so in Aufruhr versetzt, daß ihm das Blut gerann. Ein Gefühl, wie es einst Robert Schumann überkommen war, als ihn der niederländische Prinz Frederik nach einem Konzert von Clara fragte: „Sind Sie auch musikalisch?“

„Orion-Film."

„Guten Morgen, hier de Schepper."

„Guten Morgen, Mijnheer de Schepper."

„Verbinden Sie mich bitte weiter, Claudine."

„Sofort, Mijnheer de Schepper."

„Hallo Elias, alter Junge."

„Hallo, Walter."

„Na?"

„Fehlanzeige."

„Du willst doch nicht etwa sagen …"

„Doch. Leider. Ich konnte die Kommission nicht erweichen."

„Aber das ist doch nicht möglich …"

„Und ob. Die *Villa des Roses* kannst du vergessen."

„Hast du eine Ahnung, wieviel ich schon in dieses Projekt investiert habe?"

„Ein Drittel von dem, was du uns offiziell in Rechnung stellen wirst."

„Ach, dieser Elias. Immer so geistreich."

„Die Weisungen kommen von höherer Hand."

„Hat die höhere Hand auch einen Namen?"

„Der Minister persönlich."

„So. Schick mir das Protokoll, okay?"

„Sofort. Per Kurier. *For who dies lonely.*

„Warum sagst du das? Warum sagst du so was?"

„Was? Was hast du? Was habe ich denn gesagt?"

*„For who dies lonely."*

*„For your eyes only."*

„Elias, tu mir einen Gefallen. Frisch dein Englisch auf. Und grüß deine Frau von mir. Sie sieht blendend aus."

*(Rauschen in der Leitung. In der Kurve des Brugmanplein geben die Autofahrer Gas. Claudine erwägt ernsthaft, zu kündigen. Ihr Chef ist nicht zu genießen.)*

*Oorslag* – Schuiten, ich bin ruiniert. Meine ganze Firma geht drauf. Der Gerichtsvollzieher steht vor der Tür. Man wird mein Mobiliar öffentlich versteigern. Ist es das, was du willst?

*Schuiten* – Ruhig Blut, Walter.

*Oorslag* – Du hörst dich an, als ob jemand neben dir steht, der mithört.

*Schuiten* – Ich bin allein.

*Oorslag* – Wo ist deine Putzfrau? Kann sie dich abhören?

*Schuiten* – Die kommt nur freitags und mittwochs.

*Oorslag* – Pieter, du hast mich verraten.

*Schuiten* – Was kann ich dafür, wenn die ganze Kommission der Meinung ist …

*Oorslag* – Die Kommission hat keine Meinung zu haben.

*Schuiten* – Reg dich nicht so auf. Ich habe getan, was ich konnte.

*Oorslag* – Haha.

*(Im Hintergrund hört man Tauben gurren. Ein gutes Omen in bestimmten Ländern Kleinasiens. In der Leitung ein verdächtiges Rauschen.)*

*Oorslag* – Schuiten, wer hat gegen mich gestimmt?

*Schuiten* – Wir haben nicht abgestimmt. Der Vorsitzende hat einfach gesagt, *Villa des Roses* käme nicht in Betracht.

*Oorslag* – Und wer hat ihm beigepflichtet? Ritter Vijt?

*Schuiten* – Er konnte nicht anders. Sonst hätte es für seinen Zeichentrickfilm trübe ausgesehen.

*Oorslag* – Diese Kaffern.

*Schuiten* – Ich glaube, sie fanden es auch zu frivol.

*Oorslag* – Aber es kommt doch nur eine einzige kleine Beischlafszene drin vor!

*Schuiten* – Walter, finde dich damit ab. *Villa des Roses* est fini!

*Oorslag* – Unterlasse es bitte, mit mir Französisch zu reden!

*(Lange Pause. Ein Pferd geht in die Knie, stürzt auf das Straßenpflaster. Die Kutsche mit sechs Japanern droht umzukippen. Sie stoßen knurrende Laute und spitze Schreie aus.)*

*Oorslag* – Und was ist mit dem Geld, das ich schon investiert habe?

*Schuiten* – Mach es wie üblich, schlag die Unkosten bei einem anderen oder bei einem neuen Projekt auf.

*Oorslag* – Ich habe kein anderes Projekt!

*Schuiten* – Wir können doch was finden.

*Oorslag* – Wo denn? Es gibt in diesem Land keine Drehbuchautoren, keine Ideen, nichts.

*Schuiten* – Jetzt halt mal die Luft an.

*(Pause. Die Sonne versinkt im Meer. Eingeborene sehen das letzte Rot in den Wellen verschwinden. Sie weinen. Der Zauberer sagt: „Fort ist sie, im silbernen Meer. Fürwahr, nie wieder wird die Sonne aufgehen.")*

*Oorslag* – Und wie hat d'Arezzo reagiert? He, Schuiten, schläfst du?

*Schuiten* – Ach, d'Arezzo. Wie immer, der hängt doch sein Mäntelchen nach dem Wind.

*Oorslag* – Eigentlich unerhört, daß uns ein italienischer Bergmann in unserem kulturellen Leben Vorschriften machen kann.

*Schuiten* – Sein Vater war Bergmann.

*Oorslag* – Der Apfel fällt nicht weit vom Stamm. Verdammt noch mal. Wo ich doch alles organisiert hatte. *Villa des Roses* ist verdammt noch mal Pflichtlektüre in den Schulen.

*Schuiten* – Warum stellst du das Projekt *Villa des Roses* nicht für ein Jahr zurück?

*Oorslag* – Weil wir in einem Jahr eine andere Regierung und einen neuen Minister und eine neue gottverdammte Kommission haben. Wie hat Marigaal reagiert?

*Schuiten* – Du kennst ihn doch. Beim Cognac hat er wie gewöhnlich gesungen: „Mein Flandern hab' ich von Herzen gern."

*Oorslag* – Voll?

*Schuiten* – Wie eine Haubitze.

*(Pause. Der Produzent schaut auf das vertrauliche Protokoll der Sitzung, das auf seinem Schreibtisch liegt, und macht mit einem roten Kugelschreiber Fragezeichen. Seufzt. Die Putzfrau hat das Foto, das ihn mit dem Papst zeigt, schräg hingestellt. Er rückt es gerade. Man kann niemandem mehr vertrauen. Wohin man blickt, nur noch Schlendrian und Trägheit. Tauben picken sich gegenseitig an die Köpfe, schnappen einander nach den Flügeln. Er ruft Jan-Frans Marigaal an.)*

*Oorslag* – Jan-Frans, du kennst mich, ich sage immer frei von der Leber weg, was ich denke. Die Meinung der sogenannten Experten interessiert mich nicht, ich bin das Volk, und wenn ich etwas nicht verstehe, dann versteht das Volk es auch nicht.

*Marigaal* – Walter, ich habe eine dringende Verabredung.

*Oorslag* – Ich fasse mich kurz. Wie immer. Ich habe eine Idee.

*Marigaal* – Herzlichen Glückwunsch.

*Oorslag* – Die Affaire mit der *Villa des Roses*, die die Kommission gekippt hat, liegt mir schwer im Magen. Vor allem, weil die Gelder im November bewilligt werden müssen, sonst wandert das hübsche Sümmchen postwendend wieder in den großen Topf, der Rechnungshof kassiert es ein, und wir können …

*Marigaal* – Eine dringende Verabredung, Walter.

*Oorslag* – Zwei Minuten. Laß mich ausreden. Du bist das intelligenteste und integerste Mitglied dieser verfluchten

Kommission, deshalb wende ich mich an dich. Treib ein Skript für mich auf. Und ich garantiere dir eine Summe, von der ein Drehbuchautor in Hollywood nicht zu träumen wagt.

*Marigaal* – Wieviel?

*Oorslag* – Aber du weißt doch noch gar nicht, was ich dir vorschlagen will.

*Marigaal* – Eben hast du noch gesagt, ich sei intelligent. Hör zu, ich liefere dir ein maßgeschneidertes Drehbuch.

*Oorslag* – Flämisch?

*Marigaal* – Flämischer geht's gar nicht mehr.

*Oorslag* – Volkstümlich?

*Marigaal* – So volkstümlich, daß es dich vom Hocker reißt.

*Oorslag* – Und auch nicht zu viel Sex?

*Marigaal* – Nicht mehr als nötig.

*Oorslag* – Und was ist mit einem bißchen Humor?

*Marigaal* – Walter, wenn es jemanden gibt, der Humor hat …

*Oorslag* – … dann bist du's, ich weiß. Teure Produktion?

*Marigaal* – Das ist ein dehnbarer Begriff. Walter, wieviel?

*Oorslag* – An wieviel hattest du gedacht?

*Marigaal* – Jetzt sag schon, was du löhnen willst, mein Bester. Du willst was von mir und nicht umgekehrt.

*Oorslag* – Aber in welcher Größenordnung …

*Marigaal* – Vier Millionen.

*Oorslag* – Ich dachte immer, du bist ein Freund.

*Marigaal* – Und zwanzig Prozent Vorschuß bei Vertragsabschluß.

*Oorslag* – Jan-Frans, was habe ich dir getan? In meiner ganzen Laufbahn, die ich mir von der Pike auf erarbeitet habe, ist mir so etwas noch nie untergekommen.

*Marigaal* – Walter, ich muß jetzt wirklich los, und zwar sofort.

*Oorslag* – Ist es ein echt flämisches Produkt?

*Marigaal* – Walter …

*Oorslag* – Und Außenaufnahmen? Sind mehr als zwei Wochen Außenaufnahmen nötig?

*Marigaal* – Du kannst den Vertrag in mein Büro bringen lassen. Morgen gegen zwei. Ich liefere dir das Drehbuch innerhalb von drei Wochen.

*Oorslag* – Hast du schon einen Titel? Für meine Sponsoren, weißt du …

*Marigaal* – Morgen um zwei, Walter. Ciao.

Während des Telefonats hat sich der Produzent auf die Fingernägel gebissen, bis Blut kam. Eine saure Substanz brennt ihm im Mund. Er schiebt *Blue Girls* in den Videorecorder. Das Bild ist verblaßt, abgenutzt. Die schulterzuckenden, hopsenden, züngelnden Zombies haben nicht die geringste Wirkung. „Mijnheer Marigaal, dich krieg' ich noch", sagt Oorslag. „In den tiefsten Keller mit dir, mit deinen arroganten Adjektiven, deinem großtuerischen Geschwafel, weg mit dir, dich mach' ich platt. Zuerst einmal krieg' ich dich für drei Mille, vielleicht sogar für zwei acht. Ich hab' dich nämlich schlottern hören, als du ‚vier Millionen' gesagt hast, schlottern und gieren, wie alle andern."

Er rief seinen Schweizer Makler an, aber der hatte nur unerfreuliche Nachrichten über den Dollar.

Er rief Maarten an, einen gertenschlanken Studenten der Volkswirtschaft, der sich als Pfadfinder oder Krankenschwester verkleidete, aber Maarten war offenbar nicht zu Hause. Klausuren wahrscheinlich. Vielleicht auch besser so, Maarten konnte, vor allem nach dem Nachspiel, ziemlich langatmig sein.

Eine Migräne kündigte sich an. Allein im Bett zu sein war nicht ratsam. Er rief Paeltermans an, um zu hören, ob sein Spilliaert (Hafenansicht, 1921, 60 x 40 cm, Gouache und Kreide, Vorbesitzerin Mevrouw Spilliaert) in der Auktion in Lokeren etwas Substantielles erbracht hatte. Aber auch Paeltermans nahm nicht ab. Vermißte er eigentlich den Spilliaert, der jahrelang oben in seinem Schlafzimmer gehangen hatte? Kaum. Allerdings fand er es seltsam und auch ungesund, wie Kunst den Blick verzerren konnte. So konnte er in Ostende keine Mole und keine Reling sehen, ohne an einen Spilliaert zu denken. Eine Schale mit Kirschen oder Reineclauden, und schon hatte man einen Rik Wouters auf der Netzhaut. Das konnte doch nicht gesund sein.

Er stieg in seinen Jaguar. „Ich habe keine Freunde, nur Liebhaber." Auf ihn traf das nicht zu. Eher: „Ich habe nur Bekannte, und das sind Trittbrettfahrer, Blutsauger, Ausbeuter, Phrasendrescher, Giftkröten, Arschkriecher." Wenn es darauf ankommt, streichelt mir keiner über den Kopf. Nicht doch, Walter, Kopf hoch. Er fuhr einen Hügel hinauf. Vor ihm lag das Dorf, wo John van Gistel wohnte, die zwei minarettartigen Türme des Hauptgebäudes, die glasierten Dachziegel der Orangerie, die Fassade mit den mittelalterlichen Backsteinen, zwanzig Franc das Stück. Oorslag begann nachzurechnen, konnte sich aber nicht konzentrieren, der Kies der Auffahrt knirschte. Christiaens, der Hausdiener, öffnete die Glastür und verbeugte sich. In seinem Nacken sah man ein Furunkel.

Falls es die van Gistels störte, daß Oorslag oft vorbeikam, ohne vorher anzurufen, ließen sie es sich nicht anmerken. Donna küßte ihn dreimal. Das darf man nur in der Provinz, dreimal; in Paris und somit auch in Brüssel macht man sich damit lächerlich. Donna war um die fünfundsechzig; nach eigenem Bekunden hatte sie in ihrem Leben einen Kilometer Pimmel verbraucht, und nun ging sie in aller Stille an einer gutartigen Leukämie zugrunde. John war der einzige, der im Verwaltungsrat der ORION den Mund aufmachte und manchmal – aus Jux selbstverständlich – Oorslag widersprach. Christiaens brachte eine Schale mit Erdnüssen, und Donna schenkte ihren berüchtigten Whisky vom Grand Bazar ein, den sie seit Jahren in dieselbe Flasche Johnny Walker Black Label umfüllte.

Der Abend besänftigte den Produzenten einigermaßen. Man plauderte über den neuen Generalstaatsanwalt, der mit den Sozialisten sympathisierte, über die Auktion in Lokeren, wo van Gistel drei Permekes ersteigert hatte (nicht gerade meisterhafte, denn der Meister war nicht sehr wählerisch mit seinem Werk umgegangen – hatte er nicht in seinem Atelier eine Ecke mit Gemälden, von denen er wußte, daß sie mißlungen, aber immer noch gut genug für den Dummkopf waren, der die Augen nicht offenhielt), über die betrüblichen Kapriolen des Yen, über die Homosexualität auf dem Schulschiff „Sir Anthony van Dyck", und selbstverständlich auch über die neueste Produktion der Firma ORION, die bald in die Kinos kommen würde: *Die Braut von Somalia.* Die Braut ist eine Nonne, die aus Liebe zu einem Halbblut das Habit an den Nagel hängt, aber das kommt sie teuer zu stehen, weil südafrikanische Kommandos sie eine gute halbe Stunde lang foltern, vergewaltigen und schließlich umbringen. Donna van Gistel zog an ihrem Zigarillo, als wäre es das letzte, was ihr auf Erden vergönnt war. „Wird ein Knüller", sagte sie, „international, ein Knüller. Ich seh' es schon vor mir. Etwa sechs Tage in Zaire filmen, den Rest ohne Streß im Studio in Brüssel, kleines Team, viele Praktikanten, und die Neger aus der Hoogstraat, einen oder zwei Tiger, Palmen. Und Tania", schloß sie munter, „was, Johnnie, Tania ist auch dabei!"

„Selbstverständlich", sagte John van Gistel und zwinkerte Oorslag zu.

„John ist verrückt nach Tania. Schade, daß sie nichts für ihren Atem tut."

„Die Neger", sagte John van Gistel, „das wird ein Problem. Sie kennen langsam die Preise."

„Ach, ein Joint zur rechten Zeit wirkt Wunder", sagte Donna.

„Wir müssen auch aufpassen, wenn im Studio Strohhütten gebaut werden, die muß man kräftig mit brandhemmenden Mitteln besprühen."

Der Produzent mochte es nicht, wenn sich ein Mitglied des Verwaltungsrates um die Produktion kümmerte. Ehe man sich's versah, steckten sie ihre Nase in die Rechnungen. Er wechselte das Thema und fing von der *Villa des*

*Roses* an, erzählte, was ihm von seiten der Kommission widerfahren war. „Aber ich habe eine Ersatzstory in petto, oder was dachtest du? Ich hab' schon Schlimmeres erlebt. Eine phantastische Story."

Man wartete. Oorslag nippte, hüstelte, starrte Löcher in die Luft.

„Was für eine phantastische Story?" fragte Donna endlich.

„Kann ich jetzt nicht sagen."

„Auch mir nicht?"

„Ich hab's dem Autor versprochen."

„Wer ist es?"

„Marigaal."

„Marigaal kann keine Story schreiben. Nie im Leben." Wenn Donna etwas sagte, was sie wirklich ernst meinte, sank ihr Unterkiefer herab, und die Nasenlöcher weiteten sich. In Videoaufnahmen sah man sie manchmal so, auf Safari, in der Nähe eines schlafenden Nashorns.

„Er kann höchstens eine Diskussion im Fernsehen moderieren", schnaubte sie.

„Wieviel verlangt er?" fragte John van Gistel.

„Fünf Millionen."

„Das ist ein starkes Stück."

„Es ist glatte Erpressung", sagte Oorslag. „Aber ich kenne den Mann in- und auswendig. Ich handle ihn bestimmt um ein paar Hunderttausend runter."

„Im Prinzip bin ich selbstverständlich bereit, was auch immer zu unterstützen", sagte John van Gistel, „aber die Garantien ..."

„Im Filmgeschäft gibt es keine Garantien", sagte Donna entschieden.

„Wir werden sehen", sagte John van Gistel. Vor Aufregung hätte Oorslag am liebsten Donna einen Klaps auf den Hintern versetzt, denn bei van Gistel bedeutete „wir werden sehen“: Nur zu, lieber Walter, schlauer, fixer, sexy Walter, ich werde dir Halt und Stütze sein im Verwaltungsrat, ich halte meine Hand über dein Haupt im Goldregen. Aber Walter hielt seine aufgeregte Hand zurück, gerade noch rechtzeitig fiel ihm ein, daß Donna unlängst auf einer Safari in die rechte Hinterbacke gebissen worden war von einem Gnu, das unter dem Prusten der Boys mit einem ordentlichen Brocken Fleisch ungeschoren im mannshohen, duftenden, wogenden Schilf verschwand.

„Du hast recht“, sagte Oorslag, „wir werden sehen, wenn das Development des Treatments abgeschlossen ist …“

„Sprich flämisch, Mann“, sagte Donna.

„Wenn das Textmaterial Anlaß dazu gibt …“

„Ach, hör doch auf“, sagte Donna plötzlich mit Ingrimm. Vermutlich tat ihr der Hintern weh.

Jan-Frans Marigaal legte gelassen den Hörer auf, aber Karina, die gerade ins Wohnzimmer kam, sah ein inniges, maliziöses Lächeln in seinem nachlässig geschnittenen, mausgrauen Bart.

„Er hat angebissen", sagte Marigaal.

„Wer?"

„Oorslag!"

„In was hat er gebissen?"

Er verdrehte die Augen. „Karina", sagte er, „manchmal bist du wirklich ..."

„Wenn du wieder so anfängst", sagte sie und verließ das Wohnzimmer, das Leute ohne Kultur *living* nennen. Er blieb verwaist zurück. Mit wem konnte er seinen Triumph teilen? Ihm fiel niemand ein, also folgte er ihr – wie schon so oft – in die Küche. „Liebling, dein Schatz wird ein einziges Mal soviel bekommen, wie er verdient."

„Wieviel?" fragte sie.

„Ich erzähle dir alles, wenn es soweit ist", sagte er, „wenn ich die Sache unter Dach und Fach habe. Aber jetzt werden wir beide schon mal schön ..."

„Oh, Jan, nein, lieber nicht, Liebling. Die Jungs waren wieder unausstehlich heute. Ich bin fix und fertig." Die Jungs, das waren die behaarten Riesen in violetten, türkisfarbenen, lila Nylonanoraks, denen sie zwischen den Unterrichtsstunden in Fräsen und Stahlkonstruktion Mathe beizubringen versuchte.

„Das meine ich nicht, Dummchen. Nein, der Anlaß verlangt ein feudales Abendessen, wir beide gehen jetzt in die Taverne Belfort."

„Ach, dann muß ich mir noch die Haare machen!"

„Tu das", sagte er.

In dem Kellergewölbe, an dessen Wänden in wäßrigen Farben verschiedene Szenen aus *De Vos Reynaerde* dargestellt sind, mit verschnörkelten Bildunterschriften in Frakturschrift, nahm er ihre Hand und sagte: „Such dir aus, was du möchtest. Heute abend wählst du sogar zwei Hauptgerichte. Wir leben nur einmal."

Der Raum war von fast greifbaren Schwaden Pommes-frites-Fett erfüllt. Zum Glück war Michel, der Koch, nicht da, der den Hang hatte, sich beim Dessert zu den Gästen an den Tisch zu setzen und Fragmente aus seinem Leben als Söldner im Kongo, als unglücklicher Liebhaber, als Opfer des Finanzamts zu erzählen. Die Marigaals bestellten Schmorfleisch mit Pommes frites und danach beide Dame Blanche, selbstverständlich mit warmer Schokolade. Beim Essen grunzten sie vergnügt. Jan-Frans ärgerte sich, daß sie, die er schließlich mit Kleidern, Schuhen, Nahrung und einem Dach über dem Kopf versah, nicht ein einziges Mal nach dem Anlaß dieses Belfort-Festes gefragt hatte, aber wieder einmal unterdrückte er seinen Unmut, und nicht zuletzt angestachelt durch die zwei Biere, die er intus hatte und die seine von vielen Äderchen durchzogene Nase bereits färbten, erzählte er ihr sein Geheimnis, die Lappalie, die jahrelang in jener schlecht schließenden, nach Lavendelseife duftenden Schublade seiner Vergangenheit verborgen gewesen war und jetzt wieder ans Licht kam.

Als Marigaal im Institut für Audiovisuelle Technik lehrte, war das die glücklichste Zeit seines Lebens. Zum erstenmal hatte er eine feste Anstellung, er brauchte den Bauernlümmeln in seinen zwei Klassen nur die Regeln der Drehbuchschreibkunst beizubringen, wie sie ein für allemal in den Büchern *How to write a scenario* und *Ecrire un scénario* festgelegt sind, und er war in eine Lehrerin namens Karina verliebt, zwar der Titel eines Liedes von Will Tura, aber doch evokativ genug, um geseufzt, geflüstert, gesungen zu werden, wenn es Abend wurde in dem kleinen Appartement, das er damals in Borgerhout bewohnte, wo zu jener Zeit noch kein Maghrebinier zu sehen war.

Nur ein einziges Mal war damals die öde Routine seiner immer mehr verflachenden Dozententätigkeit durchbrochen worden – für ein Abschlußexamen bekam er ein Szenario in die Hände, das mehr als akzeptabel war, nicht nur das, es war verblüffend gut. Es folgte den Richtlinien, die nach dem Vorbild amerikanischer TV-Serien gelehrt wurden, es enthielt die erforderliche Dosis Liebe und Untergang, aber aus den erbärmlich getippten Seiten kam eine eigene Welt zum Vorschein – jedenfalls machte Marigaal sich das weis. Das mache ich mir weis. Unmöglich, daß so ein Stiesel – der Autor des Szenarios, Frank Verbauwen, war ein Volltrottel und hatte sich bisher nur durch die Prüfungen lavieren können, weil der Direktor des Instituts mit Verbauwens Vater in der Denkfabrik der Liberalen saß –, wie war es möglich, daß so ein Stiesel … Die Wege der Kunst sind unerforschlich, hatte Marigaal damals beschlossen. Wahrscheinlich war auch Rimbaud so ein plumper Bauernjunge gewesen in zu weiter Kleidung, errötend, nuschelnd mit einem Ardenner Akzent.

„Was ist aus Verbauwen geworden?“ fragte Karina.

„Ich habe nie wieder etwas von ihm gehört.“

„Und worum ging es in dem Szenario?“

„Um Breughel."
„Den Maler?"
„Karina, kennst du einen anderen Breughel, einen Breughel den Baumeister, einen Breughel den Schweinezüchter?"
„Und war es so eine Heimatbauernschnulze …"
„Das war ja das Sonderbare. Es war zwar historisch …"
„Historisch! Ibäh."
Der Ober kam angewieselt, weil er glaubte, Karina müsse sich übergeben. Sie verscheuchte ihn mit ihrer Serviette. Man konnte mit ihr wirklich nicht unter die Leute gehen.
„Aber ich verstehe nicht ganz, was es mit dir zu tun hat."
„Ich habe das Szenario."
„Aber es gehört doch diesem Verbauwen."
„Das ist schon so lange her."
„Jan-Frans, was hast du auf dem Herzen?"
„Ich könnte dieses Skript, das auf dem wenigen basiert, was wir von Pieter Breughel dem Älteren wissen, etwas modifizieren."
„Und dann für dein eigenes ausgeben?"
„Zum Beispiel."
„Das wirst du niemals tun, a., weil du es nicht kannst, dieses Modifizieren, b., weil du viel zu ängstlich bist, daß es herauskommen könnte, c., weil du zu faul dazu bist."
„Wie gut du mich kennst, Liebste. Du hast recht. Ich werde dem Kaiser geben, was des Kaisers ist. Ein nettes Sümmchen, und er überträgt mir sämtliche Rechte, was moralisch korrekt ist, denn ich pushe das Projekt durch, und ich bringe es auf den richtigen Weg. Right?"
„Right", sagte sie zögernd.

Lieber Frank Verbauwen,

Mensch, was ist es schwierig, herauszufinden, wo Du steckst! Du bist sicher überrascht, einen Brief von Deinem ehemaligen Dozenten zu bekommen. Nein? Pieter Roothooft hat mir deine Adresse gegeben, weißt du noch: Pieter der Schieter, der Spaßmacher des Instituts? Jetzt ist er ein hohes Tier bei Unilever! Was einem die Filmhochschule doch alles bringen kann! Pieter behauptet, du seiest aus einem ihm unbekannten Grund plötzlich beim Fernsehen weggegangen, nicht mal mit einem goldenen Handschlag. Aber das ist selbstverständlich Deine Sache. Weshalb ich Dir schreibe, ist folgendes: Hast Du vielleicht noch eine Kopie von *Kaltfeuer*, dem Szenario, das Du damals zum Examen eingereicht hast und für das ich mich (erinnerst Du Dich noch daran? Ich will es doch hoffen!) in der Prüfungskommission stark gemacht habe? Vielleicht läßt sich etwas daraus machen. Ich weiß nicht, ob ich noch eine Kopie besitze, deshalb möchte ich Dich bitten: Schick mir das Skript, es wäre ja möglich, daß Du eine andere Version hast, ausführlicher oder mit Notizen.

Ich würde mich sehr freuen, wenn Du es der Mühe wert fändest, die Sache mal zu bereden. Melde dich doch mal. Am liebsten so schnell wie möglich, es könnte für Dich wie auch für mich durchaus wichtig sein. Ich denke noch oft an die sonnigen Tage im Institut zurück.

Herzlichst, Dein Jan-Frans Marigaal …

Dieser geckenhafte, affektierte Marigaal, der Schrecken der Schule mit seinem heuchlerischen, bärtigen Lächeln, das unsere Klasse, die kläglich um gute Noten bettelte, vernichtet hat! Dieser Schaumschläger, der sich nie Mühe gegeben hat, uns etwas beizubringen, der nur Texte aus einem Buch vorgelesen hat. Diese Niete im Prince-de-Galles-Anzug, die endlos aus dem Baudrillard zitierte, so daß wir in diesen Sommern ständig eingedöst sind. Der aalglatte Typ mit dem Eau-Sauvage-Rasierwasser.

Frank Verbauwen hielt den grauen Bogen Recyclingpapier dicht an eine Lampe, er war zu müde, um sich die Brille aufzusetzen, und er fluchte gerade laut genug, daß sein Sohn Radboud es hören konnte. Fluchend las er den Brief dem Jungen vor, dessen Kopf zu wackeln anfing und dessen Klaue sich nach dem grauen Papier ausstreckte. „Nein, Radboud", sagte der Vater. „Nein. Und jetzt sei brav, sonst mußt du sofort in … in …"

„In die Heia, in die Heia", krähte der Junge.

„Richtig, Radboud, in die Heia, wo um diese Zeit die Spinnen warten. Mutter Spinne, Vater Spinne und die zehn Spinnenkinder."

Wie zu erwarten begann Radboud heftig zu schaukeln und zu hopsen, die Gurte blieben straff. Der Junge krähte nach seiner Mutter.

„Jetzt ist aber Schluß", sagte der Vater, „Mama kommt nie mehr wieder. Und nun hör mal zu …"

Der Junge blinzelte wütend mit den Augen.

„Dein Vater ist noch lange nicht abgeschrieben. Noch lange nicht eingeschrieben im Buch der Versager. Oh nein, hör mal zu … Hörst du?" Der Junge gab ein Geräusch der Unsicherheit von sich, es hörte sich an, als käme es von einem senilen kleinen Kläffer.

„Der Große Mann von Rundfunk und Fernsehen, Mijnheer Jan-Frans Marigaal höchstpersönlich, kümmert sich um deinen gedemütigten Papi. Nach so vielen Jahren!"

Der Vater zündete ein Streichholz an. Der Junge versuchte sich aufzurichten und der sich nähernden Flamme auszuweichen.

„Warum tust du nicht, was dir dein Vater befiehlt? Zuhören ist doch nicht so schwierig, dein Vater hat es sein Leben lang getan, und schau mal, wie weit er es gebracht hat." Frank Verbauwen stieß ein unterdrücktes Wiehern aus, das der Junge wiedererkannte, denn er versuchte mit aller Gewalt aus dem Rollstuhl zu klettern, sich fallen zu lassen, sich umzudrehen, aber die Gurte gaben nicht nach. Die Nase des Vaters näherte sich der des Kindes. Von der Seite erreichte ein flackerndes Licht Radbouds Gesicht, in dem Brandspuren zu sehen waren, vor allem um die Nasenflügel.

„Ich sehe Haare", sagte der Vater. „Du bist mir einer. Achtzehn Jahre und keine Haare unter den Achseln, auf der Brust, auf dem Bauch, aber dafür freche Haare in der Nase. Die müssen mit Feuer entfernt werden. Nein? Nein. Wir müssen unsere Seele konsultieren, wir haben sie in letzter Zeit zu sehr im unklaren gelassen. Sie muß nämlich stark sein, unsere Seele, weil sie von Gesindel aus der Vergangenheit belagert wird, angefangen bei Jan-Frans, dem mächtigen Marigaal. Was will er? Das Szenario. Das besitze ich nicht mehr. Ich habe es nicht aufbewahrt, es ist eine Reliquie des Teufels von früher. Und dieser Teufel taucht wieder auf. Wahrscheinlich ein Vorbote anderer gefallener Engel. Mama hat Marigaal gehaßt. Sie hat gesagt: „Wenn du in diesem Haus noch einmal seinen Namen aussprichst, packe ich meine Koffer und gehe." Ich habe nicht gesagt: „Lieber Schatz, was für eine hervorragende Idee, ich kann deine Visage sowieso nicht mehr sehen. Das habe ich nicht gesagt, weil ich in dieser Zeit ein Humanist war. Und deine

Mama war wie du, kein Gefühl für Humor. Eine gebenedeite Frau, aber langweilig. Wie du. Nur Langweiler um mich herum."

„Drei Monate nach deiner Geburt habe ich es schon gewußt. Der Radboud, das ist ein Miesepeter. Wo die Verbauwens doch überall bekannt waren für ihre verspielte Natur. Ich habe versucht, dich zum Lachen zu bringen, killekillekille."

„Killekillekille", sagte der Junge ernst.

„Und auch sie. An einem Strand in Portugal, du hast im Schatten einer kleinen Platane gelegen, und ich hatte den Picknickkorb geöffnet."

„Pick-nick-pick-nick", sagte der Junge bedächtig.

„Ein portugiesisches Brötchen aufgeschnitten, das Weiße herausgepult, Senf aus der Gegend draufgeschmiert, meinen Pimmel da reingesteckt und mich ihr so präsentiert. Der Haß, mein kleiner Radboud, der Haß auf diese prüde Zicke. Und der Haß ist geblieben, bis sie davon aufgefressen wurde und dich, du gebranntmarkter Kleiner, in der Wiege zurückgelassen hat."

„Kleiner", sagte Radboud. Sogar er erkannte die hundertmal erzählte Geschichte wieder.

„Aber jetzt, mein Junge, muß alles gut überlegt sein. Jetzt wird nicht mehr gespielt. Das Szenario, um das es geht, hat mich ja durch die Abschlußprüfung gebracht, dank diesem Szenario bin ich Kameramann geworden und geblieben, zu meinem großen Vergnügen, dankeschön, bis sie mich ohne Dankeschön zu sagen vor die Tür gesetzt haben, aber wie haben sie, die Experten, die hochgebildeten Leute, auch nur fünf Minuten ihres Erdendaseins glauben können, ich hätte *Kaltfeuer* selbst geschrieben, nicht mal der Titel war von mir, und dieses Pack vergibt Zensuren, trifft sich zum Gedankenaustausch, wägt ab und vergleicht und bewertet, und keiner von ihnen steht auf und sagt: Meine Herren, schauen Sie doch, wer vor Ihnen steht, ein Polderjunge, der plumpeste in Lumpen, erstarrt in seiner ostflämischen Scham, wie kann er das geschrieben haben, er weiß ja nicht mal, in welchem Jahrhundert Breughel geboren oder gestorben ist – und ich weiß es auch heute noch nicht, 1500?“

Verbauwen war eigentlich zu müde, um aufzustehen und zum Kühlschrank zu gehen, aber er tat es doch und goß ein paar tüchtige Schlucke Portwein in Radbouds Mund. Früher mußte er die angesengten Nasenflügel zudrükken. Jetzt trank der Junge schnell und sagte: „Dada lielie Papa …“

„Axel“, hatte Frank Verbouwen in jener goldenen Zeit gesagt, „meinen Vater trifft der Schlag, wenn ich das Examen nicht schaffe.“

„Solange er dich nur nicht enterbt.“

„Axel, laß bitte die dummen Witze.“

„Schreib doch irgendwas, es liest doch sowieso keiner.“

„Ich weiß nicht, wie ich anfangen soll. Sie behandeln mich wie einen Aussätzigen. Und ich habe schon in der Zwischenprüfung eine komische Figur abgegeben und die Zähne nicht auseinandergekriegt. Marigaal hat mich nur ausgelacht.“

Beide unrasiert, eine Boyard im Mundwinkel (wegen Jean-Luc Godard, der nichts anderes rauchte), Biergläser mit Weißwein in der Hand, schwitzend im Rollkragenpullover, in den Stiefeln, in ungewaschener Unterwäsche, bitter jung, helles Augenweiß, der eine ratlos, der andere, Axel den Dooven, gut gelaunt, unnahbar.

„Du mußt mir helfen, Axel.“

„Ich muß gar nichts. Niemals.“

„Ich …“

„Warum fängt jeder Satz bei dir mit ‚ich‘ an?“

„Wenn ich die Abschlußprüfung nicht schaffe …“

Vor etlichen Jahren. In der ganzen Etage Studenten der Filmhochschule, überall Geknutsche, pausenlos, wie in einem Film von Godard, die Morgenröte war die von Tarkowskij und Buñuel, die Zeitungen enthielten nur Filmbesprechungen, die Kinemathek war die Kirche, man wurde kurzsichtig vom Montieren in Schwarz-weiß an den Kaimauern entlangschlendernder, verwahrloster Jugendlicher, untermalt mit Musik von Thelonious Monk, man wusch sich erheblich seltener als vor oder nach dieser Zeit, die *Cahiers du Cinéma, Positif, Sight and Sound* gingen von Hand zu Hand, bis sie völlig zerlesen waren, hier und da wurde ein Tripper diagnostiziert, und Frank Verbauwen, der seit zehn Wochen versucht, ein Exposé zu schreiben und davon Pickel im Nacken bekommen hat, kniet vor Axel den Dooven und umklammert dessen Beine.

„Das ist aber nun auch nicht nötig, Verbauwen."

Drei Wochen später steht Verbauwen in der zum Sitzungssaal umgebauten Kapelle des Instituts vor Jan-Frans Marigaal, der einen ärgerlichen blonden Spitzbart trägt und ihn durchdringend ansieht mit den hellblauen Schellfischaugen, die schwarzhaarige Frauen unwiderstehlich finden, und schon damals hatte er jene unerträglich gekünstelten Manieren, und es geschieht ein Wunder, denn Marigaal gratuliert dem Studenten Verbauwen zu seinem Szenario, welches, sagt er und scheint es sogar ernst zu meinen, historisches Bewußtsein, eine Vision und ein unmittelbares Gefühl für Szenographie vereint. Verbauwen wird rot, stottert, die Plumpheit seines ganzen Wesens überwältigt seinen Körper, wo die Pickel herrschen, er ist ganz kribbelig.

„Und wie bist du auf den Titel gekommen?"

Verbauwen kann sich nicht mehr an den Titel erinnern. Es war ein kurzes, heftiges Wort.

„Einfach so", stammelt er.

„Ein pfiffiger Titel. Ich muß dir ehrlich sagen, ich hätte nie vermutet, daß du das Zeug zu einer solchen Arbeit hast."

„Ich auch nicht", hört Verbauwen sich sagen. Und dann fällt es ihm wieder ein. Axel und er hatten den Deal gemacht. In dem kleinen Zimmer, wo es so nach Schweißfüßen roch. Verbauwen hatte das Skript gelesen. Er fand es unverfilmbar, aber das meinte er von allen Skripts, er konnte nur visuell denken, der ideale Kameramann, und mit einem Wirbel von Bildern, mittelalterlichen Hieronymus-Bosch-Szenen, vor seinem inneren Auge sagte er: „Dankeschön, Axel, ich danke dir von ganzem Herzen"; Axel hatte die Hand aufgehalten, und Verbauwen hatte den Scheck hineingelegt, sein ganzes Vermögen auf dem Sparbuch der Spar- und Leibrentenkasse, und dann hatte Axel gesagt: „Einen Titel mußt du dir aber selber ausdenken."

„Das schaffe ich nie."

„Versuch's. Irgendwas."

„Pieter Breughel."

„Und weiter?"

„Nichts weiter."

„Konzentrier dich. Ein Titel braucht mit dem Inhalt überhaupt nichts zu tun zu haben."

„Axel, ich kann mir nichts ausdenken. Das weißt du doch."

„Irgendwas, du Döskopp!" schrie Axel. „Sag, was dir gerade einfällt. Woran denkst du in diesem Augenblick?"

„Daß es hier kalt ist und daß das Feuer im Ofen ausgegangen ist."

„Na?" sagte Axel. „Na?"

Zwischen mir und allen anderen ist eine Wand aus Plexiglas. Manche Stellen in dem Plexiglas sind stumpf, zerkratzt, milchig, und dann kann ich den anderen mit seinen Absichten, seinen Ansprüchen, seinen flehentlichen Bitten, seinen verwickelten Entschuldigungen und Erklärungen nicht einmal sehen, geschweige denn, daß ich auf sein Geblöke antworten könnte. Warum hat man mich wohl beim Fernsehen rausgeworfen, nicht mal mit einem goldenen Handschlag? Weil ich zu faul war, hieß es. Wegen der Wand.

„Na?" rief Axel wieder. „Warum nicht Kaltfeuer? *Kaltfeuer*, Drehbuch von Frank Verbauwen, basierend auf dem Leben von Pieter Breughel dem Älteren."

Die Götter sind launenhaft. Mit ihren Gaben. Mit ihrer Strafe.

Lieber Marigaal,

das, woran ich mich aus meiner Studentenzeit erinnere, ist Ihr ekelerregender Geschmack bei der Auswahl Ihrer Krawatten und Ihr südafrikanischer Ringbart. Dabei hätte ich es gern belassen, wäre Ihre Intrigantennatur nicht später noch einmal in Erscheinung getreten, als ich beim Fernsehsender BRT in Schwierigkeiten geraten war in einer Zeit, als ich ganz auf mich gestellt meinen behinderten Sohn versorgen mußte. Ich war damals ziemlich durcheinander und habe ein paar Irrtümer begangen, u.a., indem ich einen Programmchef krankenhausreif geschlagen habe, weil er sich über die Art der Krankheit meines Sohnes abfällig geäußert hatte. Ich würde das wieder tun. Aber von zuverlässigen Leuten habe ich erfahren, daß Sie in diesem Konflikt bewußt Partei ergriffen haben, gegen mich und für den Verwaltungsrat. Zeugen zufolge haben Sie auch erklärt, daß ich an Aids litte und das die Erklärung für mein hysterisches Verhalten sei. Ich wünsche Ihnen von ganzem Herzen Aids, Gürtelrose und Magenkrebs.

Ihr Frank Verbauwen.

P.S.: Das Drehbuch *Kaltfeuer* ist nicht von mir und war nie von mir. Axel den Dooven hat es geschrieben.

Jeden Morgen um halb sieben wird Axel den Dooven von dem Kater Florian geweckt, der vor der Schlafzimmertür kläglich maunzt. In früheren Zeiten hat Axel ihn trotz Claires Protest in der Abstellkammer eingeschlossen. Aber dort wurde Florians Gejammer nur noch schlimmer. Sein nervtötendes Geplärre drang durch die Mauern. Nachbarn protestierten. Die Polizei tauchte auf, Verdacht auf Kindesmißhandlung. „Wir müssen lernen, damit zu leben", sagte Claire.

Axel hat Florian gut zugeredet, ihn gestreichelt, ihm Klapse gegeben. Florian ließ, läßt nicht davon ab, um halb sieben kläglich zu maunzen.

Er öffnet die Tür. Claire ruft sofort: „Komm, komm, Flori-Florianchen, mein Titanchen." Das Tier macht zwei Schritte ins Zimmer, schnüffelt in einer Ecke, starrt in den Garten. Claire miaut. Florian läuft träge zum Bett und untersucht, was sich dort befindet, Illustrierte, Kosmetika in Tuben, Fläschchen, Döschen, zwei kleine Handspiegel, mehrere Kleider, Claires Bademantel, und beantwortet Claires Miauen mit einem ausgiebigen Gähnen. Dann faucht er Axel an. Der erhebt stöhnend seine hundertzehn Kilo und faucht zurück. Das findet Florian unter allem Niveau, er wendet sich kläglich wimmernd an Claire. Sie steht auf, wäscht sich plätschernd, während Axel in der Küche Kaffee kocht und die Katze Florian schreckhaft umherschaut, ob sie auch keiner belauert und sich dann auf ihr Futter stürzt. Axel sieht die Post durch, drei, vier Briefe im Jahr sind an ihn gerichtet, der Rest besteht aus Werbung, Einladungen, Katalogen und hin und wieder einem rosa Umschlag mit einer äußerst schrägen Handschrift, für Claire von einem früheren Liebhaber. Manchmal liest sie Axel eine Passage vor, meist eine schlüpfrige Erinnerung.

Vom Küchenfenster aus sieht man die Fassaden des Beginenhofes und den Belfried, eine blasse Backsteinkopie des

Belfrieds von Brügge. Das vermittelt einem das nicht unangenehme Gefühl, in einer Ansichtskarte eingeschlossen zu sein. (Früher wollte Axel nach Venedig, Hongkong, San Francisco, doch das war zu Robertes Zeiten.) Aber früher konnte er mit den Fingerspitzen seine Zehen berühren. Heute versucht er es. Es gelingt ihm nicht. Er beugt die Knie, geht in die Hocke, tippt sich an die Zehen und sagt erleichtert: „Et voilà."

Axel ißt vier Scheiben grobes Bauernbrot mit Kleie, drei Eier mit Speck und eine Tafel Milchschokolade. Beim Frühstück soll man den Magen nicht zu sehr belasten. Obwohl. Er sucht im Schrank und findet und ißt sechs Übelkeit erregende, durch die Wärme klumpige, klebrig verzuckerte, pappige, supersüße Pralinen.

Claire beobachtet ihn dabei, während sie eine Handvoll Radieschen ißt. Das Radio berichtet über Bosnien, über Bauern mit einem Düngeproblem, Waffenhändlern das Handwerk gelegt, König Blumen niedergelegt. Sie denkt an Leon, der ihr morgens über die Härchen im Nacken leckte, aber verscheucht den Gedanken, denn wer ist schon aufmerksamer, rücksichtsvoller, sanfter als Axel?

„Axel ist wirklich ein Juwel", sagt Mami. „Juwel, Juwel", brummt Papi dann und nuschelt etwas von den hundert reichen Familien, die in Belgien neunzig Prozent des Kapitals verwalten.

„Was hat das denn mit Axel zu tun, Papi?"

„Axel ist liberal", sagt Papi, „mehr sage ich nicht."

Wenn Axel auf dem Weg zum Museum ist, schlüpft Claire an den Tagen, an denen die Putzfrau nicht kommt, wieder ins Bett. Sie streckt sich unter den Laken aus, bis sie einen Krampf in den Beinen bekommt, und drückt Florian an ihren Unterleib, warm und kuschelig, aber das dauert nicht lange, Florian kratzt, krallt sich in ihrem Schamhaar fest, stößt sich von ihr ab und starrt sie knurrend an. „Geh mir aus den Augen, schlechte Katze, schlechte Frau, schlechtes Tier“, sagt Claire. Florian blickt sie mit seinen goldenen Augen unverwandt an. Als sie ihn packen will, gähnt er und stolziert weg, mit plumpen Flanken, dem weißen Hängebauch, der makellos sauber bleibt, auch wenn er sich noch so ausgiebig in jedem sonnigen Fleck auf dem Kiesweg im Garten wälzt.

Manchmal nahm Axel Florian mit, der jammernd in seinem Plastikbehälter hockte. Kinder, vor allem türkische Jungen, liefen dann ein Stück neben ihm her und kreischten, was Florian dazu brachte, noch lauter zu klagen. Axel verscheuchte die Jungen. In Axels Büro wagte sich Florian erst nach einer Weile aus dem Behälter. Verächtlich machte er eine Runde durch das Zimmer, beschnüffelte den Papierkorb, der jeden Abend von Goossens, dem Hausmeister, geleert wurde, sprang, elegant für seine Statur, auf die Fensterbank, direkt neben eine Porzellanfigur, die König Albert I. darstellte, und meckerte dann, mit dem Rücken zu Axel, die Tauben und Möwen an; seine Ohren zuckten, die Sonne schien durch die geäderten Ohren.

Die Sonne schien auf die Front der um 1930 erbauten Villa. Die Dolden der Glyzinien hingen schlaff herab. Axel (ungefähr 78 Kilo, ohne Doppelkinn, mit klopfendem Herzen) klingelte an der Tür.

„Mevrouw Schellen?“ Sie war hochgewachsen, hager, mit hennaroten Strähnen, die auf ihrer Stirn klatschnaß in Locken lagen. Ihre Figur blieb verborgen, umhüllt von mehreren Lagen violetter Seide, die schlampig übereinander gewickelt waren. Sommersprossen und eine knochige Nase. Sie blickte an Axel vorbei, in Höhe seiner Knie.

„Dürfte ich Ihren Paß sehen?“ fragte sie.

„Den habe ich nicht bei mir“, sagte Axel, „nur, wenn ich auf Reisen bin.“ Offenbar war sie in Panik. Der Lippenstift auf ihren trockenen Lippen schien schon einige Tage alt zu sein. Wie eine Katze scheuerte sie sich den Rücken am Türpfosten.

„Oder meinen Sie meinen Personalausweis?“

Sie reagierte nicht.

„Früher hieß so ein Ausweis Kennkarte“, sagte er. „Den habe ich allerdings bei mir. Das ist Vorschrift, also … als guter Belgier … gehorche ich.“ Oh, wie schalkhaft er war!

Sie hielt sich das Dokument dicht vor die Augen. Zweifelte.

„Und das ist meine Karte.“ Er hielt ihr die Pergamentkarte mit dem gezackten Rand hin, aber sie drückte ihm den Personalausweis in die Hand, stieß mit der Hüfte gegen die Tür, und er betrat das düstere Heiligtum des verblichenen Theodoor Schellen. Triumph. Endlich. Heilig-tümlich.

„Sie verstehen, warum ich so darauf gedrängt habe, schon fast mit Impertinenz, Ihnen lästigfallen zu dürfen, aber …“

„Nehmen Sie Platz.“ Sie zeigte ihm wo, plötzlich resolut. „Ja, dort.“

Sie lehnte sich an den Kamin. „Kunsthistoriker“, sagte sie.

„Das studiert man, wenn man für alles andere als zu dumm befunden wurde …"

Ihm fiel keine schlagfertige Antwort ein.

„Oder man ist reich und will seinem Vater einen Gefallen tun, indem man irgendwas studiert. Bilder betrachten und Daten im Kopf behalten. Wenn man das ein paar Jahre lang durchhält, wird man zum Konservator ernannt."

Schlagfertig und doch nicht unhöflich.

„Mevrouw, ich bin wirklich hocherfreut, daß Sie mir gestatten …"

Sie verließ das Zimmer. Ein schwüles Geräusch war zu hören, das anschwoll, ein röchelndes Geräusch auf verschiedenen Ebenen, das sich offenbar hinter dem Haus verbreitete, weil sie etwas sagte oder rief. Sie besänftigt die Meereswogen, hatte Axel damals gedacht, als er noch Gedichte schrieb.

Als sie zurückkam, hatte sie eine Flasche grünen Bénédictine in der einen und zwei scheußliche, antike Gläser in der anderen Hand, die mit Sommersprossen oder Spritzern Milchschokolade oder Dreck gesprenkelt war.

„… daß Sie mich empfangen wollen", sagte Axel, als sei die Frau nicht weggewesen. „Mir ist bekannt, daß Sie die Leute, die mehr oder weniger engen Umgang mit Ihrem Mann hatten, nicht besonders schätzen, zumal sie ja nicht einmal zur Eröffnung des Museums kommen wollten, das Ihrem Mann und seinem Werk gewidmet ist und das ich künftig verwalten werde, so gut ich es vermag. Wenn Sie mich fragen, ich reiße mich nicht gerade um diesen Posten!"

„Es hat nichts mit der Verwaltung zu tun." Sie schloß die Augen und hielt den Kopf schräg, als wolle sie das eigenartige Knurren und Röcheln in der Ferne, hinterm Haus, besser hören.

„Nein?"

„Auf so einer Eröffnung sind zu viele dicke Menschen", sagte sie. Es klang frostig.

„Da ist was dran. Der Gouverneur hat einen Bierbauch, der Bürgermeister bekommt seine dreifarbige Schärpe kaum um die Hüften, die Mitglieder des Magistrats machen ebenfalls einen wohlgenährten Eindruck, der Dekan, der Vorstand …"

„Notar Geerts", sagte sie.

„Notar Geerts", bestätigte er. Fast unwillkürlich zog er den Bauch ein, saß gerade, Schultern nach hinten. Notar Geerts war die treibende Kraft des Museums Schellen. Ein Sammler, der rund fünfzig großformatige Gemälde besaß, darunter Abstrakte aus der Anfangszeit, hauptsächlich aber aus der letzten Periode, jener der Einkehr, Buße und Askese. Konversation mit Notar Geerts bestand hauptsächlich aus dem Austausch von Adressen ausländischer Restaurants und einheimischer Kochrezepte. In seinem obszön fleischigen Gesicht steckte meist eine Zigarre. Mit betrunkenem Kopf – das allmonatliche Bankett der Museumsverwaltung war aus dem Ruder gelaufen – hatte Mylène, die Frau des Notars, die beim Dessert schon Axels Geschlecht unterm Tisch mit ihren Zehen bearbeitet hatte, ausgeplaudert, daß er seine Zigarre oft vor dem ersten Zug bei ihr einführte.

„Nicht nur aus Höflichkeit", sagte Axel, „war ich der Ansicht, Sie aufsuchen zu müssen, sondern auch im Interesse des Museums und des Werks Ihres Mannes …"

„Ex-Mannes."

„Ex-Mannes." Er stockte. Sie stand auf, schenkte ein, das Getränk brannte widerlich süß in seinen Eingeweiden.

Die Sonne warf lodernde Flecken auf ihre rote, üppige Mähne. Aus dem Lärm draußen war ein Traktor herauszuhören und Quietschen, Bremsgeräusche oder ein asthmatischer Kater. Mevrouw Schellen rieb sich mit ihrer fleckigen Hand über den Nacken. Ihr Gesicht war jetzt aschfahl. Ein Anfall von wie hieß es noch? Arthrose? Die Frau, die nach wie vor seinem Blick auswich, sagte:

„Könnten Sie nicht endlich mit der Sprache herausrücken, Herr Kunsthistoriker? Sie sind hier, um zu betteln. Also betteln Sie! Fragen Sie mich nach Gemälden als Leihgabe, nach Skizzenblöcken, einem Briefwechsel – vielleicht auch nach ein paar alten Hemden und Unterwäsche!"

Ihr höhnisches Lachen machte sie jünger.

„Für den Katalog wäre es wichtig, daß wir einen Überblick bieten können über das, was vorläufig ..."

„Ich besitze keine Gemälde. Nicht ein einziges."

„Sie besitzen ‚Landschaft im Nebel' aus dem Jahr 1941 und ‚Distelberge' von 1942, beide Gemälde im Format sechzig mal siebzig, in der Nachfolge des Animismus ... Sie besitzen die Serie Pastelle, ein Dutzend aus dem Jahr 1945, als Schellen zur Abstraktion neigte, graue horizontale Flächen, Sie sind im Besitz von ‚Der Abschied', um 1955 entstanden, ein kapitales Gemälde, für das die Bank von Paris und den Niederlanden drei Millionen geboten hat, bar auf die Hand. Sie besitzen die Porträts von Maarten S., von Kanonikus Daels, Burggraf de Limodan ..."

„Ich besitze nichts davon."

„Haben Sie alles verkauft?" Axel erschrak über seine hohe Stimme.

„Das geht Sie einen feuchten Kehricht an."

„Und die großformatige Gouache ‚Konstellation'?"

„Glauben Sie mir nicht?"

„Über ‚Konstellation' hat Ihr Mann in seinem Notizbuch vermerkt, er hätte diese Gouache Kanonikus Daels angeboten. ‚Ich habe diesen edlen Gottesmann angefleht, mich von meinen Sünden loszusprechen', hat er geschrieben, ‚meine schuldige Malerhand mag mir am Arm verfaulen, könnte ich damit meine Schuld in Buße verwandeln.' Einen

Tag später schrieb er: ‚So habe ich das Bild Konstellation eben Anaïs geschenkt.'"

„Haben Sie das Notizbuch auswendig gelernt?"

„So gut wie."

„Das Notizbuch ist gestohlen worden."

„Es ist eine Schenkung von Notar Geerts an das Museum. Wenn Sie es zurückhaben möchten, müssen Sie Notar Geerts vor Gericht bringen."

„Dazu habe ich keine Zeit mehr."

Sie leckte sich über die trockenen Lippen, sie schüttelte die weit abstehenden Haare wie ein nasser Pudel, und endlich sah sie ihn an. Ihre leichenblasse Haut, die Sommersprossen oder Spritzer wäßrigen Blutes auf ihren Händen und Armen, ihre jetzt durchdringenden, ihn unverwandt anblickenden graugrünen Augen erweckten ihn zum Leben, eine Erektion, das Blut pochte, was ist dies Verlangen, nie vorher erfahren? Es war, als risse sie ihn mit in einen Strudel flammender, sich wild ringelnder Locken, rostroter, kupferner Schlangen. Mit einem Kummer, der anschwoll wie das Brummen hinter dem Haus, Kummer um den vergänglichen, vergangenen Augenblick, sah er, wie sie sich veränderte, sie richtete den Blick wieder auf den Fußboden mit den weinroten Zementplatten.

„Das Bild ‚Konstellation', das er erwähnt, habe ich nie gesehen."

„Die anderen Werke auch nicht?"

„Doch, natürlich."

„Dann sagen Sie mir doch bitte, wo …"

„Es ist alles in einem Keller gelagert."

„In einem feuchten Keller? Wird dort die Temperatur geregelt? Die Luftfeuchtigkeit gemessen? Wo ist es?"

„Das erfahren Sie zu gegebener Zeit."

„Hat es Sinn, daß ich wiederkomme?" Er haßte seine Hartnäckigkeit. Einer aus der Reihe der Exegeten war er, einer der unzähligen Anbeter, der erkunden wollte, welchen Platz Schellen in der Seele dieser Frau eingenommen hatte. Schellen hatte diese Kupferrote gestreichelt, geleckt, sie auf dem Fußboden des Ateliers genommen, seine Finger mit getrockneter Ölfarbe an den Nägeln waren in sie gedrungen. Und nun war sie dem Tod nahe, wie sonst war dieser furchtsame und doch verführerische Blick zu erklären, der ihn soeben in den Bann gezogen hatte, dieser unerträgliche Augenaufschlag, der Wollust versprach und Tod?

„Wie kann ich euch klarmachen, daß ich nichts mehr mit Theodoor Schellen zu tun habe? Er war ein kalter, egozentrischer Mistkerl, der auf nichts und niemanden Rücksicht genommen hat. Ich habe keine Lust, mir die Zeit, die mir noch bleibt, von seiner Leiche vermiesen zu lassen."

Sie begleitete ihn zur Tür. Er fragte sich, welche Metastasen … wo? … welcher Brandherd …

Er fuhr durch die Polderlandschaft, die Weiden verbeugten sich, der Seewind roch nach Frauen, nach ihr. Er wendete und parkte den Wagen neben der hohen Mauer, hinter der die Zypressen standen, die ihm vorhin aufgefallen waren, ein Fremdkörper in dieser grauen Landschaft, ein Fall für *Schöner Wohnen.* Er ging zur Rückseite des Hauses, von wo das unirdische Knurren und Röcheln gekommen sein mußte, seine Schuhe, seine Knöchel wurden naß von dem sumpfigen Boden. Ich will mir keine Entschuldigung ausdenken, ich will ihr nicht mit einer fadenscheinigen Ausrede gegenübertreten. Mit einiger Mühe öffnete er die von der Feuchtigkeit aufgequollene Tür. Heute kann er sich nicht mehr daran erinnern, ob es ein Geräusch gab, etwas anderes als Rascheln, Keuchen, Schlabbern. Als er die Küche betrat, sah er zwanzig, fünfundzwanzig Katzen, die den nach Kot stinkenden Raum in Besitz genommen hatten. Sie hörten und sahen ihn und gaben keinen Laut von sich. Tiger, grau und gestreift, die einen Buckel machten. Hier und da eine sandfarbene. Sie streckten sich. In ihrem Fell hingen Klumpen getrockneten Schlamms. Die meisten hatten keine Zähne, und aus ihren zerfetzten Ohren rann eine gelbe Flüssigkeit. Fünf der Tiere waren einäugig. Verletzungen, gebrochene Pfoten, verstümmelte Schwänze. Auf dem Kühlschrank lagen drei ineinander verschlungen, als wären sie durch ihre Nabelschnur miteinander verbunden, sie standen schwankend auf, stießen aneinander, machten einen Buckel. Sie zischten, und die anderen fauchten, zischten mit. Axel sah, wie die Katzen einander beiläufige, quasi lässige Blicke zuwarfen, wie ihre platten Köpfe nach einem gemeinsamen Plan wackelten. Als ob die Schwächsten, die kaum aufstehen konnten und übereinander auf dem Küchentisch lagen, sich zu einem doppelten Flankenangriff aufstellen und ein paar bissigere Gerippe, die jetzt ein unkatzenhaftes Geröchel anstimmten, nach seinen Augen springen und alle anderen knurrend, schnaubend folgen würden. Er ging zum Spülstein und fand dort zwischen zwei toten Albino-Katzen, die nur noch Haut und Knochen waren und auf den Knien liegend an der Wand lehnten, ein Brotmesser. Die Katzen sperrten ihre verstümmelten Mäuler auf.

„Was hast du vor?" fragte Mevrouw Schellen in der Türöffnung. „Suchst du dir eine fürs Abendessen aus?"

Sie richtete sich an jemand anderen als den Museumsdirektor, an einen Fremden, an einen bedächtigen Einbrecher, den sie im nächsten Augenblick nach seinem Vornamen fragen würde. Sie hielt einen Colt in der Hand, nein, einen altmodischen Fön. In dem bläulichen Neonlicht der Küche wirkten die Ringe unter ihren Augen wie mit indigoblauem Filzstift gezeichnet. Er bildete sich ein, daß die Katzen mit den Zähnen knirschten, aber die meisten besaßen keine Zähne. Die Frau ähnelte Rita Hayworth in Technicolor in den fünfziger Jahren, als sie mit dem Polospieler Ali Khan unglücklich verheiratet war.

Statt der Seidentücher trägt sie jetzt eine weiße Dschellaba. Selbstredend – sein Selbst redet ohne sein Zutun – kommen ihm die Worte über die Lippen.

„Ich möchte bei dir bleiben. Wenn du möchtest."

Sie sah zu Boden. Er wollte ihre knochige Schulter berühren.

„Hältst du mich nicht zum Narren?" fragte sie.

„Nein."

„Ich bin schon so oft zum Narren gehalten worden."

„Nicht von mir."

Gegen Morgen redet sie leise im Schlaf. „Du kannst ihn anlassen, nimm ihn nur mit, es ist seine Schuld. Jeden Monat werden zwei Messen für ihn gelesen … Drei Pferdeköpfe aus Gold, das Gebiß scharlachrot und die Nase aus Azur, vom Alkohol … Seine Ordensbruderschaft. Allein schon die Hypothekenzinsen auf den sechs Hektar."

Dann ist es wirklich Morgen. Sie kommt nackt aus der Küche. Vor dem Fenster steigt im bleichen Licht der Nebel aus den Poldern. Sie hält ein winziges, zerzaustes Kätzchen in der Hand. Es hat blaßblaue, runde Augen. Er nimmt das zerknautschte Wesen an. Er stopft es vorsichtig unter seinen Mantel.

Als er nach Hause kommt, schläft Roberte. Er nimmt das Kätzchen mit in sein Zimmer, schnurrend sitzt es auf seinem Schoß. Er nennt es „Florian", nach dem unsterblichen Texter des Chansons „Plaisir d'Amour".

Ein paar Einzelheiten über das romanische Bauwerk, das unser einmaliges romantisches Museum Schellen beherbergt.

Die Restauration der Krypta St. Joris aus dem 13. Jahrhundert, ehedem von mittelalterlichen Patriziern gesponsort, wurde kürzlich abgeschlossen. Wenn keine Touristen kommen – man schätzt die Zahl der Besucher auf zwei- bis dreihundert jährlich – schlummert das Museum mit seinem quadratischen Lavatorium, dem beeindruckenden Kapitelsaal, dem wunderbaren Refektorium mit den reizvollen Rundbogenfenstern. Unwiderstehlich wird der Spaziergänger von der imposanten (manche Touristenführer sagen: erhabenen) Silhouette des Hauses mit den Frontfialen angezogen, das einen eigentümlichen, schroffen, ja sogar grimmigen Charakter aufweist. Das also zu diesem Punkt. Wenn wir das Interieur aus der Nähe betrachten (nicht von zu nah, denn Goossens, seit der Eröffnung des Museums Schellen der Hausmeister, ist sofort zur Stelle, um dem allzu neugierigen Niederländer, der so gern die Teppiche, Vorhänge und Bilderrahmen anfaßt, einen Rüffel zu erteilen), bewundern wir die Fackelhalterungen (unvergleichlich) mit den Symbolen der Handwerksgilden. Auch Ihre allzu neugierigen Pfoten weg, Leser!

Die Gründe, warum diese Perle der romanischen Baukunst in den Dienst eines Malers gestellt wurde – eines Malers von Format, wie Theodoor Schellen in vielen ausländischen Publikationen bezeichnet wird – ,sind eigentlich recht obskur. Wir als gewöhnliche Sterbliche werden das nie ganz durchschauen, fürchte ich, denn wenn man es sich recht überlegt, könnte man auch behaupten, daß dort ein Museum für Antiquitäten, für Kunstgewerbe, ein Obdach für die Elternvereine, ein Stützpunkt für die Nachbarschaftsaktivitäten hätte untergebracht werden können. Es gibt Leute, die behaupten, Theodoor Schellens Rolle im

Widerstand während des Weltkrieges habe den Ausschlag gegeben, unser Städtchen habe also eigentlich irgendwo und trotz alledem den Patrioten Schellen ebensosehr ehren wollen wie den Künstler, vielleicht sogar ein wenig mehr, wie vielseitig er auch war, denn man darf ja nicht vergessen, daß er auch als Bildhauer, Radierer, Aquarellist, konzeptueller Forscher und Denker in Erscheinung trat, ein wahrer Renaissance-Mensch, aber darüber kann uns Axel den Dooven, ein beliebter Mitbürger, umfassend informieren. Er wird es tun und er muß es tun, denn schließlich wird er gut dafür bezahlt.

Was unser Axel – so nennen wir ihn unter uns – mit dem Interieur angestellt hat, daran scheiden sich die Geister. Ich persönlich – aber wer bin ich? – finde ich es logisch, daß die Einrichtung zeitgenössisch ist, denn wie ich bereits zu Herrn Verkannen (dem Textilfabrikanten, der dem Museum zwanzig Schellens überlassen hat) und Notar Geerts (den ich Ihnen nicht mehr vorzustellen brauche) im Café Excelsior (gute Lage, direkt gegenüber vom Museum) sagte: „Schließlich", habe ich gesagt, „wenn wir modern bauen, dann machen wir dasselbe wie die Burschen im alten Rom, die haben zu ihrer Zeit ja auch modern gebaut und nicht etwa die Ägypter oder Syrier imitiert – stimmt's, Mijnheer Notar, wenn ich falsch liege, sagen Sie's ruhig", aber er hat gleich gesagt: „So ist es."

Also von innen sieht es dort ziemlich schwedisch aus; die Tische aus hellem Kiefernholz, die Fenster haushoch, sie beginnen schon am Fußboden, so daß man einen Ausblick auf die Molkerei hat, und die ist schließlich ein Monument der Industriegotik. Alles hängt mit allem zusammen, hat Schellen manchmal gesagt. Manchmal. Denn er hat nicht viel gesagt. Böse Zungen behaupten, das sei auch das beste gewesen.

Wenn er in seinem Büro saß, das von einem Finnen gestaltet worden und mit Art-Deco-Möbeln, schwedischen Lampen und dänischen Aschenbechern ausgestattet war, fand Axel es nicht unangenehm, sich in einer von jemand anderem realisierten Umgebung aufzuhalten, für den Stil seines Museums und insbesondere des Direktionszimmers nicht verantwortlich zu sein. Zuweilen versetzte er sich in einen der Gaffer und sah sich selbst, einen majestätisch aus der Weste quellenden Potentaten, sanft gebettet zwischen edlen Artefakten, jemand, der seine Schäfchen im Trockenen hatte und dafür Federn gelassen, in seinem Fall sich sogar in einen mannshohen Sack Federn verwandelt hatte. Dieses Bild fand Axel beruhigend. Sein Sohn Just fand es abstoßend. Während er auf das Kruzifix über Axels Kopf deutete, das von zwei rostigen, gekreuzten Stangen gebildet wurde, eines von Schellens letzten Werken, sagte Just: „Wie hältst du das nur aus, mit so 'nem Ding überm Kopf?" Indigniert in einem Jackett von Yamamoto.

„Es ist eines von Schellens religiösen Werken, müssen wir das nicht respektieren?" (Wie zu einem Studenten der Anfängerklasse in der Akademie.)

„Aber ist dir noch nicht aufgefallen, wie stümperhaft die Bronze gegossen ist, und daß die zwei Stangen nicht mal rechtwinklig aufeinander angebracht sind? Und dann erst die Farbe, diese Suppenfarbe! Das ist Kreativität, bei der die Funktionalität auf der Strecke geblieben ist …"

„Slogans in einer Hose von Yamamoto", sagte Axel.

„Leute von einiger Klasse erwähnen Yamamoto nur unter seinem Vornamen Yohji."

„Danke für die Belehrung, Just."

„Gern geschehen, Vater."

Die Gaffer schieben sich vorwärts, rempeln sich an, deuten auf die Exponate; sie folgen, umzingeln Axel, der an den Gemälden entlanggeht wie in einem Zoo, erstaunt, daß die Sonne, die direkt auf die Bilder scheint, die Kunst nicht mehr verblassen, der Tabaksatem der Gaffer die Kunst nicht mehr vergilben läßt.

„Ist Schellen eigentlich ein Expressionist?" fragt ein bebrillter junger Mann, und Axel: „Ganz kurze Zeit, er war damals sechzehn, stand er unter dem Einfluß von Gust de Smet. Aber er hat den Expressionismus verworfen, weil er ihm zu plump war – das sind seine eigenen Worte."

„War er nicht mit einer Delafaille Huysentruyt verlobt?" fragt eine Frau mit aztekischen Armreifen.

„Verlobt ist übertrieben, Mevrouw. Er hatte ein eher tragisches Verhältnis mit Adèle Delafaille, die ihm trotz ihrer Frömmigkeit die Syphilis angehängt hat. Sie hat es ihm selbst gesagt. Er schreibt nämlich in sein Notizbuch: ‚Adèle, tremblante et vaine m'avoue'."

„Und das bedeutet? Mein Französisch ist nicht so gut."

„Adèle, zitternd und eitel, bekennt."

„Aber vielleicht bekennt sie ja etwas anderes?"

„Nein, die Daten stimmen mit den Daten aus ihrem Tagebuch überein."

„Früher haben die Leute viel mehr geschrieben."

Ein baumlanger Kerl im Tweedanzug, mit einer Nelke im Knopfloch, fragt ungeduldig: „Aber welcher Strömung läßt sich Schellen denn zuordnen? Irgendeinen Anhaltspunkt muß es doch geben. Was den Stil angeht …"

„Diverse Strömungen. Am Anfang geometrisch-abstrakt, dann tachistisch, dann kalligraphisch, und nach dem Krieg, der einen vernichtenden Einfluß auf ihn hatte, eine Rückkehr zum Figurativen, aber stilisiert, abstrahiert."

„Wie ist das Restaurant *De Pycke*? Es wird in *Avenue* empfohlen, und es hat einen Stern im Michelin. Es muß ganz in der Nähe sein."

„Ein ausgezeichnetes Restaurant. Sagen Sie ruhig, Sie kämen auf meine Empfehlung, dann werden Sie vom Wirt besonders verwöhnt."

„Warum gibt es hier nicht mehr Ansichtskarten?"

„Ist das der Kittel, in dem er gemalt hat?"

„Wie viele Pfeifen er doch hatte. Ich zähle hier schon fünfzehn."

„War er jemals in Italien? Manche Gemälde wirken, als wären sie in Umbrien entstanden, dieses ockerfarbene Kolorit. Wir waren diesen Sommer in Umbrien, es hat uns sehr gut gefallen, und die Kultur ist dort ja allgegenwärtig."

Dann verstummen alle Fragen, denn man kommt zu „Plaisir d'Amour n'est dur qu'un moment", einer Kohlezeichnung, Nummer 24. Sie zeigt Schellens Frau Anaïs, die von einem riesigen Hamster genommen wird. Erst im nächsten Raum werden wieder Fragen gestellt.

„Ist das sein grüner Lodenmantel?"

„War er nicht auch eine Idee homophil?"

„Er muß oft nach Fotos gearbeitet haben!"

„Nach Fotos? Das hätte ich nun wirklich nicht gedacht, das ist doch nicht mehr echt, keine Kunst. Fotos übermalen kann jeder!"

Sommerkleider kleben an verschwitzten Busen, Kameras surren. Balgende Kinder, die nach Kokosmilch riechen. Andere Gerüche, nach Sandalen, nach Sonnenöl. Das ist mein Leben. Dazu noch die Probleme mit der Heizung, der Elektrizität, den undichten Dachrinnen, dem Schwamm in den Kellern, der Restaurierung. Der gottverfluchte Schellen hat nämlich Cadmiumgelb mit dem Malspachtel verstrichen. Resultat: Die Leinwände sind schwarz geworden, oxydiert.

Axel müßte sich auch ein anderes Auto kaufen, ein

größeres; der weiße Honda hat so viele Roststellen, daß er fast auseinanderfällt. Doch Axel läßt es sein, er bildet sich ein, daß er in den Skaisitzen noch Robertes Duft schnuppern kann. Seit Roberte auf und davon ist, hat Axel siebenundzwanzig Kilo zugenommen. Sein Sohn Just sagt: „Vater, du mußt was dagegen unternehmen." Justs Frau Caroline sagt: „Just, laß deinen Vater doch in Ruhe. Was mischst du dich da ein?", und sie wendet ihr weißgepudertes Gesicht mit der knolligen Nase Axel zu, erwartungsvoll, abwartend, bis ein Wort fallen wird, das sie beruhigt oder kitzelt, sie atmet Nichtbefriedigtsein und Unmut aus, seit Monaten schickt sie nun schon einmal in der Woche anonym eine Schachtel Pralinen ins Museum, eine elegante Bonbonniere mit rosa Schleife und einem ekrüfarbenen, schimmernden Kärtchen ohne Text oder dann und wann mit einem Kreuzchen, das sie mit rotem Kugelschreiber macht. Jedesmal nimmt sich Axel vor, die Schachtel ungeöffnet an Goossens, den Hausmeister, weiterzugeben. Aber jedesmal wird er schwach und ißt alle zwanzig Pralinen nacheinander auf. Manchmal würde er es begrüßen, wenn die Auswahl etwas größer wäre. Einige Pralinen mehr mit Kirsch zum Beispiel. Oder daß die Pralinen von einem anderen Chokolatier kämen, einem, der weniger exquisite Rohstoffe verarbeitet. Oder schlichtweg die vulgären, billigen Trüffel, die einem am Gaumen kleben wie ordinäre Margarine.

„Haben Sie den Maler gut gekannt?"

„Hieß es nicht, er habe Selbstmord begangen?"

„Was für ein Mensch war er *au fond?*

Axel möchte dem Mann, der die Frage stellt, einem kahlköpfigen Arzt in Begleitung zweier Kinder, die er von der obszönen Hamsterzeichnung weggescheucht hat, antworten: „*Au fond* war Schellen ein Trunkenbold, der von nichts als seinem Werk und dessen verschiedenen Perioden sprach, über die Funktion des Rahmens in seinem Werk salbaderte und über das Unabwendbare des flachen Pinsels wie bei Giorgione, und wie man – wie paradox auch immer – in seinem (Schellens) Empâtement doch noch die Transparenz spüre, und wie er sich nun endlich (drei Monate vor seinem Tod) in der Hauptsache mit dem Terror beschäftige, dem Terror der verkrampften Wollust, der versehrten Vergeistigung, nicht wahr? Wie er ohne Luft zu holen und doch zwischen zwei Schlucken miserablen algerischen Weins atmend zum Raum in all seinen Dimensionen überging, den er erfaßt habe, noch jeden Tag erfassen könne, diese radikale Perzeption, die die einzige Form der Kognition sei, wenn man sich nur auf die transformierende Kraft einließe, unvoreingenommen, offen, so wie man die kulturelle Zentralität der Technologie akzeptiere, die ja gleichfalls in seinem Ansatz zu finden sei. Wie er einen dann klebrig vom Schweiß in einem Dunst von Leib und Wein umarmte: „Axel, du bist der einzige, der versteht, was mich beschäftigt, ich bin so dankbar, daß es dich gibt. Hast du das hier gesehen? – und er zeigt auf einen mit Terpentin verdünnten Flecken Ölfarbe, türkis und bernsteinfarben –: „Siehst du, wie die Wärme des Meers Nebel bildet? Nun, diesen Nebel, auch wenn ich es selbst sage, habe ich besser getroffen als Turner, der ja nun weiß Gott kein Stümper ist."

„Hat er sich kirchlich trauen lassen?"

„Beim ersten Mal."

„Mit wem?"

„Mit einer Frau, die vollkommen uninteressant ist."

„Warum? (Das fragt gewöhnlich der Reiseleiter, der Vorsitzende des kulturellen Vereins, der Propst der Kongregation.)

„Weil sie sich nur für sein Bankkonto interessiert hat."

„Sie sind aber auch kein Feminist. Stimmts, meine Damen?"

„Oh nein. Das bestimmt nicht. Nein, das ist er nicht."

„Dann werde ich Sie mal über seine zweite Frau, Anaïs, ins Bild setzen, und damit über den Einfluß von Begehren und Erinnerung, über den signifizierenden Austausch, der die Temporalität ausschließt."

„Meine Damen und Herren", sagt dann der Reiseleiter, „ich glaube, wir müssen uns nun langsam wieder zum Bus begeben."

Axel aß zwei Frangipanes; die Mandelplätzchen hatten keine Gelegenheit, pappig zu werden, ihm im Mund zergehen, so heftig schluckte er sie trocken hinunter. Irgendwann sterbe ich mit dem Mund voll Kuchen. Wetten?

Durch das bleigefaßte Fenster des vorderen Zimmers sah er Inge Gershwein die Straße entlang tapern, neben sich ihren mißgestalteten Terrier. Sie blickte direkt ins Fenster und streckte ihm die Zunge heraus. Der Terrier sprang kläffend an der Hauswand hoch. Er war gut indoktriniert, er wollte gar nicht mehr aufhören, die Alte mußte ihn an der Leine wegzerren, wobei sein Hinterteil übers Pflaster schleifte.

Erhobenen Hauptes ging sie weiter. Die ganze Straße gehörte ihr und diesem Vieh. Einen Meter sechzig groß, Haare wie ein Stahlschwamm, eine Hakennase, ein lippenloser Mund mit feuerrotem Lippenstift. Schwarzes Kostüm. Chanel natürlich.

Sie wohnte mit Tine zusammen, einer Frau mit kurzen, weißen Haaren, die fast immer schwieg, außer wenn sie in ihrem Dialekt den Terrier aufhetzte. Auch auf der Straße blickte Tine immer scheu umher, als sei auch dort alles mögliche aufzuräumen, abzuwaschen, zu putzen und zu bohnern. In der Zeit, als Axel und Inge Gershwein noch miteinander sprachen, vor Robertes Flucht, war Axel manchmal, wenn Roberte nicht da war, auf eine Tonne geklettert und hatte durch einen Spalt in der Gartenmauer zwischen zwei bemoosten Backsteinen hindurch zu dem Haus mit den Goldregensträuchern gespäht, zu der Veranda, wo man durch den irisierenden Widerschein auf den Fensterscheiben die hohe Vitrine mit dem Meißener Porzellan von Inge Gershweins Großvater sehen konnte, das jeden zweiten Tag von Aischa poliert wurde, einer korpulenten Türkin in einem blauen Overall. Axel hatte einmal beobachtet, wie Tine, schüchtern und doch – für ihre

Verhältnisse – außerordentlich neckisch auf die Türkin, die gerade auf einer Aluminiumleiter stand, zuging und ihr in den Hintern biß. Die Türkin tat, als sei sie erschrocken, und streckte dann herausfordernd den Hintern in die Luft, aber in diesem Augenblick kam – in einem Drehbuch würde man sich hüten, so etwas niederzuschreiben – Inge Gershwein herein. Sie tadelte die beiden Frauen, aber nicht im Ernst. Tine konnte ziemlich gut singen. Ihre Glanznummer war: „Sehnsucht läßt das Herz verlangen." Das sang sie meist vor den Nachrichten um halb acht.

Als Axel zum letzten Mal mit Inge Gershwein gesprochen hatte, waren sie beide im Zeitschriftenladen. Mit tieftrauriger Miene überreichte sie dem Zeitungsmann einen Lottoschein. Sie hielt den Tippzettel zwischen Daumen und Zeigefinger, konnte sich aber offenbar nicht davon trennen. Als sie endlich beschloß, dem Zeitungsmann den Schicksalstip zu überlassen, trat sie ein paar Schritte zurück und stieß mit Axel zusammen. Sie erkannte ihn, und prompt erschien eine slawische, durch viele Samoware und Balalaikas ausgelöste Melancholie auf ihrem achtzigjährigen, verhutzelten Gesicht. Am liebsten hätte sie sich fallen lassen, aber es gab keinen Platz außer in seinen Armen. Und so straffte sie den Rücken, stellte sich auf Zehenspitzen und sah ihn mit leblosem Blick an. „Wenn Sie es noch einmal wagen, meinen Hund zu treten, lasse ich Sie verhaften." Verhaften, sagte sie.

„Sie werden jeden Tag kindischer", sagte Axel.

Er trat auf die Straße hinaus, direkt hinter Inge Gershwein, die einen nagelneuen rosa Regenschirm aufspannte, auf den in Frakturschrift „Flandern lebt" gedruckt war. Es regnete ein wenig, obwohl die Sonne schien. Irgendwo auf dem Land mußte jetzt ein Regenbogen sein.

Wenn Walter Oorslag, Gründer und Direktor mehrerer Firmen, darunter der ORION, in der Klemme steckt, wenn er zum Beispiel einen schmerzlichen Beschluß fassen muß und eine Szene aus einem Film entfernen möchte, obwohl der Regisseur anderer Meinung ist, sagt er unweigerlich: „Ich bin ein einfacher Mensch. Ich habe den Geschmack des Durchschnittsbürgers. Wenn Walter Oorslag in einem Buch oder Film etwas nicht versteht, versteht Belgien es auch nicht."

Ist der Widerstand dann noch groß – „jeder darf seine Meinung äußern, laut und furchtlos" – verweist Oorslag auf ein geheimes Gremium von Beratern, die ihm einzeln und ohne voneinander zu wissen zur Seite stünden, „denn sechs Meinungen wiegen mehr als zwei." – „Aber Walter, sechs Meinungen können allesamt falsch sein." – „Nicht in Belgien", sagt Walter Oorslag.

So ergeht es auch dem Projekt „Breughel", und Walter Oorslag wäre nicht unzufrieden, wenn man sich über die Schreibweise einigen könnte, denn die Herren Experten schlagen Breugel vor und Bruegel und Brueghel und Breughel. „Also bitte, meine Herren, wenn wir uns schon darüber nicht einigen können, was verspricht das für die Zukunft des Films!"

*Consigliere* Nummer eins ist Rafael, ein Neffe Oorslags und Geographielehrer. „Walter, ich habe mich ganz unauffällig ein bißchen umgehört. Man kennt Axel den Dooven nicht, niemand, aber Pelemans von Niederländisch-Deutsch kannte sein Pseudonym Dirk van Munster. Ein bescheidenes Werk, aber durchaus der Mühe wert. Er hat es zwar nicht selbst gelesen, mit Lyrik hat er nicht viel am Hut, aber er findet, es sei wirklich der Mühe wert. Und was ich davon halte, einen Film über Breughel auf den Markt zu bringen? Das hängt davon ab, wie prächtig die Kostüme sind und ob sie in die damalige Zeit passen, und ob auch deutlich gesprochen wird, flämische Filme versteht man ja nie so gut, und ob jemand wie Kirk Douglas den Breughel spielt. Falls der noch lebt. Kirk Douglas meine ich."

Molière las seine Stücke der Putzfrau vor, Oorslag konsultiert Thea, die heute gerade ihre Tage bekommen hat und deshalb ziemlich summarisch sagt, ein historischer Film müsse entweder romantisch sein und einen mitreißen in eine andere Welt, wie *Sturmhöhe,* oder er müsse Action bieten wie *Die drei Musketiere.* „Haben die damals in der spanischen Zeit schon mit Kanonen aufeinander geschossen?"

Ein Textilfabrikant, der jedes Jahr mit Oorslag den Grand Prix von Francorchamps und jeden Monat das erlesene Haus von Madame Rita besucht, einer lasterhaften, aber reizenden Dame, sagt: „Walter, Junge, steck da nicht zu viel Geld rein. Damit lockst du keinen Hund hinterm Ofen hervor. Mach es kleinteilig, ein schneller *deal* mit ein paar TV-Stationen *all over the globe*, niedrige Gewinne, aber verstreut. Ich hab' den Text gelesen, da passiert ja gar nix, nur ab und an ein paar Spanier, die lästig sind und Leute aufknüpfen und Häuser in Brand stecken. *So what?* Das sehen wir jeden Tag in den Nachrichten, und mehr *to the point.* Die Gedichte? Pierre, das ist der Sohn meiner Halbschwester, hält ziemlich viel von den Versen von Dirk van Munster, oder heißt er Muster? Aber wenn ich es recht verstehe, ist weder Dirk van Munster noch Axel den Dooven ein Drehbuch-Profi. Ja, Walter, mir ist bekannt, daß es dieselbe Person mit einem Pseudonym ist! Aber laß dir sagen: Billig kommt dich teuer zu stehen. *Get a professional,* einen Engländer."

Maarten, blondiertes Haar, schielend, in Manchesterhose, mit Khaki-Halstuch und Baden-Powell-Hut, sagt: „Dein Skript, Schatzi, ist furchtbar antiquiert. Mag ja sein, daß ältere Herrschaften mit liberalem Touch was damit anfangen können, aber ich steh' mehr auf *Robocop*. Und du mußt schon Niveau liefern, wenn du mich mit Inquisitions-Folterszenen in Ekstase versetzen willst. Allerdings hab' ich's nicht so genau gelesen, ich hab' nämlich meine Linsen verloren."

Der fünfte Berater ist der Ministerpräsident. Oorslag trifft ihn im *Perikles*, einem Club für Fabrikanten, bei einem Lunch der Rotarier. Wie denkt er über eine optimale, amerikanischen Maßstäben entsprechende, spektakuläre, größtenteils von Flamen realisierte Superproduktion zu Ehren unseres nationalen Künstlers par excellence?

„Mensch, Oorslag. Keiner hält mehr von Breughel dem Älteren als ich. Sogar der Samtbreughel, sein Sohn, der immer in Samt gekleidet war, fünfzehnhundertachtundsechzig bis sechzehnhundertfünfundzwanzig, genießt meine Bewunderung."

„Ich schätze mich glücklich, das aus Ihrem Mund hören zu dürfen, Eure Exzellenz."

„Aber was den Film betrifft, der gehört in das Ressort von Meulemans. Ich lasse die Finger von der Kultur, und er hält sich aus Regierungsangelegenheiten heraus, das haben wir so vereinbart. Vielleicht kommt es dir sonderbar vor, aber ich bin ein Ministerpräsident, der sich an Vereinbarungen hält." Der ganze Tisch lacht schallend.

„Dankeschön, Eure Exzellenz."

Und wer ist der sechste und letzte Berater?

„Ich selber", sagt Oorslag.

Lieber Axel, die Zeit, die Zeit! Nicht nur: Wo ist die Zeit geblieben? Sondern auch: Die Zeit hat mich daran gehindert, das zu tun, was ich hätte tun müssen, u.a. Dich zu kontaktieren, mir die Mühe zu machen, Dich zu finden. Nach all den Jahren ist das nun geschehen. Und warum erst jetzt? Oder schon jetzt? Um Dir mitzuteilen: Der magistrale Marigaal ist im Anmarsch. Ich habe ihm unser Komplott von damals gebeichtet. Er wird Dich in nächster Zeit heimsuchen, denn er ist scharf auf Dein Skript, das als das meine durchgegangen ist, zu meiner Schande und meinem Jammer. Was er damit will, ist mir noch nicht klar. Aber ich warne dich. Laß Dich nicht darauf ein oder, wenn es unbedingt sein muß, leier ihm den letzten Franc aus dem Kreuz. Laß Dir's gutgehen. Frank Verbauwen. Ex-Kameramann.

„Dieser Axel den Dooven ist mir ein komischer Kauz. Inkonsequent. Zuerst besucht er die Filmhochschule, dann studiert er Jura, wirft dort aber auch das Handtuch. Er wechselt in die Kunstakademie und fängt an zu töpfern. Und dann studiert er Kunstgeschichte. Nicht gerade vertrauenerweckend, diese Biographie."

„Walter, du bist der letzte, der darüber …"

„Hat er einen Bart?"

„Ich glaube nicht."

„Du weißt es nicht, willst du damit sagen."

„Ja. Nein. Ich weiß es doch. Er hat keinen Bart. Glaube ich."

„Dann sag das doch auch."

„Du hast ja nicht gerade die beste Laune."

„Ich bin noch unschlüssig. Entweder ich mache den Breughel oder die Sache über den Untergang dieser jüdischen Familie. Cosnovitz. Mein Astrologe rät mir zum zweiten Projekt. Aber er ist Jude, und die Brüder meinen ja alle, die ganze Welt dreht sich nur um ihre Verfolgung. Ich könnte mir denken, daß die Leute das allmählich satt haben. Ernsthafte Gedenkveranstaltungen muß es natürlich geben, aber im Kino … Andererseits hat der Ministerpräsident sehr deutlich durchblicken lassen … mit wenigen Worten … daß er sich für einen Breughel durchaus erwärmen könnte … Er kannte noch einen anderen Breughel, ich wußte gar nicht, daß es zwei gegeben hat, führt das nicht zu Komplikationen? – Kannst Du die Verantwortung für die Verhandlungen mit diesem den Dooven übernehmen? Alle Rechte bei ORION, keine Mätzchen …"

„Ich werde mein Bestes tun."

„Das klingt nicht sehr begeistert."

„Von dir kriege ich auch nicht viel *feedback*."

„Was machen wir? Kopf oder Zahl? Kopf ist Breughel, Zahl der Untergang der jüdischen Familie."

Oorslag holte ein Zehnfrancstück aus der Hosentasche, warf es hoch und ließ es fallen.

„Kopf", sagte Jan-Frans Marigaal, der an die Überlegenheit des Geistes gegenüber Filmproduzenten glaubte.

Als er nach Hause kam, war Marigaal erschöpft, fix und fertig durch zehn Minuten Oorslag. Warum kusche ich eigentlich vor Oorslag? Für das Honorar, das er mir monatlich als Berater bezahlt, lasse ich mich schinden. Er schluckte sechs Pillen Karotin. Er mußte noch einen Artikel über Tarot und die Gegenwärtige Zeitenwende schreiben. Er steckte sich eine türkische Zigarette an und begann sofort zu husten. „Oorslag, Oorslag", sagte er. Ein heiserer Kaiman, ein erkälteter Kormoran, ein tuberkulöses Kaninchen. Er ging die Treppe hinauf, die letzten Wochen etwas schwerfälliger, schenkte sich im Schlafzimmer einen lauwarmen Whisky ein, nippte daran, zog sich aus, onanierte bedächtig und nahm dann ein kochend heißes Bad. Er zog einen blau-rot gestreiften Pyjama an, Hausmantel und Pantoffeln. Er setzte sich an den Schreibtisch und schrieb mit seinem vertrauten Parker 1920 die ersten Sätze. Gelassen, fast munter wie eine Katze, die sich putzt.

Axel den Dooven hat Hunger, obwohl er vor einer Dreiviertelstunde gefrühstückt hat – drei Eier mit Speck, vier Butterbrote, zwei Scheiben Honigkuchen und zwei Bountys. Er hat vergessen, in seinem Terminkalender nachzuschauen, was heute im Museum zu tun wäre, aber der Kalender liegt oben ... obwohl Treppensteigen anscheinend für das Herz ... Ärzte mieten oder kaufen immer Häuser mit vielen Treppen ... andererseits rauchen Ärzte aber auch viel.

Wahrscheinlich steht nichts in seinem Terminkalender. Ich hatte schon immer das Talent, mir selber was vorzumachen. Vielleicht steht neben einem Kreis um die Zahl drei: Selbstmord durch Butangas. Schäm dich, Axel. Bei diesem Wetter? In die *Gazet van Antwerpen* drucken lassen:

„An einem grauen, nebligen Tag entschlief Axel den Dooven, früher auch – freilich nur im engeren Kreis – als Dirk van Munster bekannt. Sein Lebenswerk – obwohl das ein zu großes Wort ist – enthält immerhin ... umfaßt immerhin ... verzeichnet immerhin die *Choephoren*, eine Bearbeitung fürs Fernsehen eines Stücks von Aischylos – jenes griechischen Edelmannes, der genau wie Dirk van Munster auch sehr früh fürs Theater – sprich in Dirk van Munsters Fall: fürs Fernsehen – geschrieben hat und von dem hauptsächlich die *Orestie* bekannt ist, neben *Prometheus desmotes*, einer komischen Dichtung, in der die Freiheit des Menschen verherrlicht wird, auch für den zeitgenössischen Künstler noch stets ein dankbares Sujet. Van Munsters Dichtkunst entfaltete sich in *Aischa*, nach der Lieblingsfrau Mohammeds. *Aischa* wurde durch die 24. Sure des Korans inspiriert; darin steht nach der Enzyklopädie, die unsere Zeitung besitzt und die nicht mehr zu den jüngsten Ausgaben gehört, daß zum Beweis, zum juristischen Beweis eines Ehebruchs, vier, in Worten: *vier* Augenzeugen erforderlich sind. Zum Schluß des Gedichtbandes

*Aischa* wird die sogenannte Kamelschlacht (Dezember 656) heraufbeschworen, die ihre Bezeichnung einem verbissenen Kampf um das Kamel verdankt, das *Aischa* geritten hat. Dirk van Munsters Hobbys waren wie gesagt die Dichtkunst und das Laienspiel. Er hinterläßt einen Sohn, Just den Dooven, der bereits angefangen hat, ein Inventarverzeichnis seines Besitzes anzufertigen, seines unrechtmäßigen Erbes."

Claire ruft. Florian ist heute zum fünften Mal verschwunden. Claire ruft, Axel solle ihr suchen helfen. Schnaubend und hustend kriecht Axel auf allen vieren vom Sofa zum Schrank zum Beistelltischchen zur Waschmaschine. „Florian, wo steckt denn der kühne kämpferische Florian, Mamis Augapfel, Florifloriflorian." Die unterste Reihe Bücher, darunter Axels sorgsam gehütete Sammlung Taschenbücher von James Ellroy, die der kalifornische Dostojewski in Axels Gegenwart eigenhändig signiert hat, ist zerfetzt, vollgepinkelt und vollgekotzt von dem höllischen Florian.

Die Sterbeglocke unseres sonst recht ruhigen Städtchens läutet. Irgendwann haben ein Notar und ein Makler Axel und Roberte versichert, man würde sich an das sinnlose Gebimmel gewöhnen, nicht ein einziger Städter habe sich bisher darüber beschwert, es sei so ähnlich wie mit dem Geräusch des Hochgeschwindigkeitszuges, der durch die Schrebergärten rase, irgendwann nehme man es gar nicht mehr wahr, „und wissen Sie, Mevrouw, wenn ich im Urlaub bin in den Vogesen, wo es verdammt still ist, dann fehlt mir mein Glockenläuten."

Waren Roberte und ich jemals glücklich? Wahrscheinlich. Bis Roberte beschloß, Glück sei eine Spießeridee.

„Floriebutzemann, Florianchen, Mamis Florilori." Claires Gesang an den Schmollmündigen (ein Wort, das Dirk van Munster benutzen würde) kann eine Stunde dauern.

Seine Hose spannt mehr denn je. Es war mal seine weiteste, damals, an einem herrlichen Sommertag in Knokke, als Roberte daran zerrte und eine Hosentasche herauszog, und er rannte weg zwischen Touristen und Einheimischen, und sie riß ihm die Hose, angefeuert von dem kleinen Just mit der blonden Mähne, fast von den Hüften. Was wollten die beiden eigentlich? Meinen Allerwertesten, die bleichen Schinken, mein wehmütiges Hinterteil der Bevölkerung zeigen? (Damals, als Roberte noch meine Frau war, eine verrückte, rechtmäßig angetraute Ehefrau, mit der ich mir keinen Rat wußte, als Just noch ein schmächtiger, schallend lachender Sohn war.)

„Es läßt sich nicht leugnen, daß der Junge dein Sohn ist, Axel."

„Nein, er ist nicht vom Fensterputzer, Axel."

„Wie alt ist er jetzt, Axel?"

„Ich glaube, sechsundzwanzig ..."

„Du weißt es nicht genau? Als Vater?"

„Ich habe genug anderes um die Ohren."

„Und womit verdient er seine Brötchen?"

„Was mit Kommunikation, kreative Werbung, Public Relations. Solche Sachen."

„Dann verdient er ja nicht schlecht."

„Er fährt einen Ferrari."

„Und siehst du ihn oft?"

„Nie."

„Und findest du das schade, als Vater?"

„Ziemlich. Sehr schlimm. Ich wollte, ich wüßte, wann er Geburtstag hat. Ich würde ihm ein Geschenk schicken. Anonym. Aber so, daß er es ahnen könnte. Die *Mémoires* von Saint-Simon, ich hab' sie in einem Antiquariat gesehen, er ist ein ziemlicher Royalist."

Axel den Dooven begibt sich in die Küche. Im Kühlschrank findet er in ihren Mini-Hochzeitskleidern aus

Papier zwei Eclairs. Nun stellt sich die Frage, welches zuerst drankommt, das mit Kaffee, das blasse, die Farbe Robertes im Herbst, oder das dunklere, das mit Schokolade. Er stopft sich die obere Hälfte von beiden zugleich in den Mund. Der Grizzlybär, der in ihm steckt, erwacht vom Duft und Geschmack, reißt sein wackelndes rosa Maul auf und schnappt nach den beiden Eclairs, schlingt sie herunter, schmeckt noch einmal mit der ganzen Länge seiner Zunge. Nur weil mein Kind mich durch seine Abwesenheit verletzt, nur deshalb muß ich das haarige, hungrige Tier in mir besänftigen. Weil mein Sohn mich seit zehn Jahren nicht mehr geküßt oder gestreichelt hat, wiege ich über hundert Kilo. Ringsum erschallt Hohngelächter.

Oft wünscht sich Axel den Tod seines Sohnes. Das wäre wenigstens ein sauberer Schnitt. *Cleaner*, Just. Kein Betteln mehr um Liebe. Aus den kalten Augen, aus dem frostigen Sinn. Und darin bin ich um kein Haar besser als mein Vater, der mich auch nicht berührt hat und der (weißt du noch) zu Tode erschrocken war, als ich zu ihm sagte: „Papa, ich habe dich gern" und sofort rief: „Du bist betrunken!" *Fearful Symmetry*. Mit dem Unterschied, daß Just etwas von mir erbt. Nicht nur meine Gene, sondern auch mein Bankkonto. Nicht einmal eine Ansichtskarte, wenn sie im Urlaub sind. Was hat diese Schnepfe gesagt, mit der er verheiratet ist? „Was für ein Glück, daß mein Junge nicht Ihren verschlossenen Charakter hat!" Ihr *Junge!* Daß dich die Pest hole, Caroline. Einen Tritt in den Arsch, du Trine.

Wie jedes Grübeln in Wut umschlägt. Axel ißt ein Croissant von gestern, zäh, zu süß. Steckt sich eine Boyard an. Sofort brennen seine Lungen, kratzt es im Gaumen, am Zäpfchen. Und die Götter lächeln über ihr verfettendes Opfer, und Hermes, der rachsüchtige Patron der Postboten, schickt einen Rotzbengel, der dreimal kurz klingelt, als wäre es ein vereinbartes Zeichen. Expreß und eingeschrieben. Axel unterschreibt im Postbuch. Absender: Filmproduktion HERMES.

„Sehr verehrter, geschätzter Meister, zweifelsohne sind Sie über die Existenz unserer im In- und Ausland bekannten Firma im Bilde. Unsere erfolgreichsten Filme sind oft zum Gesprächsthema geworden und haben einen großen Teil der Bevölkerung zum Lachen und zum Weinen gebracht. Bisher waren wir auf die Bearbeitung von Volksstücken wie ‚*Ohm Peter, alter Schwerenöter*‘ und ‚*Unser Juul als Fallschirmjäger*‘ spezialisiert. Selbstverständlich sind diese Filme weit unter Ihrem Niveau; wir erwähnen sie auch nur, um Ihnen zu sagen, in welchem Bereich wir ebenfalls tätig sind. Nun wurde auf der letzten Hauptversammlung unseres Verwaltungsrates ein Konsens zum Problem des künstlerischen Films erzielt. Sie kennen wahrscheinlich die letzten Vorschläge des Rates von Flandern, den als nicht-künstlerische Filme bewerteten Produktionen einen Großteil an Fördermitteln zu streichen. Nicht zuletzt deshalb möchte HERMES auch im künstlerisch anspruchsvollen Sektor auf bahnbrechende Weise kommerziell operieren. Und darum wenden wir uns hoffnungsvoll an Sie, damit Sie zusammen mit uns die Möglichkeit untersuchen, Ihr Szenario über P. Breughel, das Sie vor vielen Jahren verfaßt haben, das aber noch nichts von seiner Potentialität eingebüßt hat, zu realisieren. Wir möchten damit vor allem die einfachen Menschen und insbesondere die Jugend ansprechen.

Ihr ergebenster Walter Oorslag, Direktor.“

Unter der Unterschrift mit blauem Kugelschreiber stand in einer schnörkeligen, verlegenen Handschrift: Wir kennen uns. Haben wir uns nicht auf einem Empfang bei Ritter Paul Vijt van Gontrode getroffen?

Axel setzt gierig eine Flasche Vanillevla an die Lippen. Der Vla überschwemmt seinen Mund, fließt ihm übers

Doppelkinn, befleckt seine Krawatte. Er rülpst, beruhigt sich nicht, rülpst.

Auf der Zufahrtsstraße, als Axel das Tempo drosselte und sie von weitem schon das Schloß sahen, sagte Roberte: „Jetzt können wir noch zurück. Sag es ruhig."

„Wir müssen", sagte Axel. „Mein Amt." Ihm fiel auf, wie zimperlich seine Entschuldigung klang.

„Du kannst dich auch krank melden."

„Roberte, mach es nicht noch schwieriger. Mir reicht es auch so schon."

„O.k.", sagte sie. „Dein Amt verlangt es. – Wie redest du sie an?"

„Welche sie?"

„Die Frau des Ritters."

„Yolande, glaube ich."

„Wie begrüßt du sie? Ritterin, Ritteress, Mevrouw de Ritter?"

„Roberte, ich bitte dich."

„Ich denke, du mußt es so machen wie in Italien. Wenn jemand Ritter ist, nennt man ihn Baron. Wenn er Signor Conte ist, nennt man ihn Signor Duca."

Als sie den Salon betraten, wurden sie von niemandem begrüßt. Dreißig Gäste waren da. Sie blieben vor dem gewaltigen Kamin stehen, über dem Fragmente von Fresken zu sehen waren, behelmte Wüstlinge mit Bodybuildingkörpern, Damen mit Spitzhut, runder Stirn, winzigen Fingern. Ein gesetzter Mann, offensichtlich Ritter Vijt, erkennbar an der ruhigen Art, mit der er sich den Rücken am Kaminfeuer wärmte, war von einem kleinen Kreis Zuhörer umgeben und erzählte, wie er kürzlich mehrere Tonnen Mandelplätzchen an die Armee von Zaire verkauft habe. Die Plätzchen seien wohl zu warm oder zu kalt gelagert worden, jedenfalls: an dem verschimmelten Gebäck seien zwei Missionare gestorben und kurz darauf mindestens vierzig Neger. Denn bei den ersten Symptomen hätte die Armee die Plätzchen an die Bevölkerung verkauft.

„Und was ist mit den übrigen Tonnen passiert?" fragte jemand.

„Möchtest du sie übernehmen, Walter? Gern. Die Kisten stehen noch in den Hangars."

„Und als Pferdefutter?"

„Welche Pferde, Walter?"

„Reitclubs oder so."

„Walter, Walter, du bist wirklich imstande, die Tiere zu vergiften."

Axels Aufmerksamkeit wurde von einem elegant gekleideten Mann mit tief zerfurchter Stirn abgelenkt, der bei Roberte stand und sie ansah wie ein Liebhaber, der den ganzen Nachmittag mit ihr gebumst hatte. Dann versperrte ihm Ritter Vijts Frau die Sicht. „Ich habe Sie kürzlich im Radio gehört, es ging um diesen Maler, über den Sie so ungefähr alles wußten, Schellen. Darum fände ich es einfach phantastisch, wenn Sie Lust hätten, sich unsere Snijders mal anzusehen und uns Ihre Meinung darüber zu sagen. Manche behaupten nämlich …"

Sie nahm ihn am Ellenbogen und führte ihn zu einem kleinen Salon im Louis-seize-Stil. „Sehr interessant … handwerklich einwandfrei … eine ansprechende Patina, aber ich befürchte …", sagte Axel, „nicht besonders authentisch."

„Ach, wie schade!" sagte sie.

Als er den Salon verließ, fiel ihm auf, daß der elegant gekleidete Mann wie eine ältere Version Robert Redfords in *Out of Africa* aussah. Er hatte ebenfalls rissige Lippen. Ein Bergsteiger? Ein Skifahrer? Der Mann sagte etwas zu Roberte, und Axel sah etwas, was er jahrelang nicht oder wahrscheinlich noch nie gesehen hatte, Roberte wurde rot, er kam näher, die rosa Glut blieb auf ihrem Gesicht, als hätte sie Fieber.

Walter Oorslag erhob sich von seinem stromlinienförmigen, lachsfarbenen Sessel, ergriff Axels Handgelenk mit beiden Händen und drückte es.

„Meister“, sagte er, „es ist eine Ehre für unser Haus ... Nehmen Sie doch Platz. Dort. Sie sehen blendend aus. Treiben Sie Sport?“

„Nein“, sagte Axel kurz angebunden.

„Eine Tasse Kaffee?“ Ohne die Antwort abzuwarten, wandte sich Oorslag zur Decke, als hingen dort, versteckt hinter den kalkweißen Rosetten, Mikrophone, und rief: „Claudine, zwei Tassen Kaffee und die Verträge.“

Direkt vor Axel lag auf dem Rand des Schreibtischs ein roter Plastikhefter mit der Aufschrift: Pieter Breughels Liebe, Szenario von Axel den Dooven – ORION-HERMES-ATHENA Produktion.

„Zigarre? Wirklich nicht? Sie haben recht. Es ist zu früh am Tag, der Körper reagiert morgens ... Ich muß Ihnen wirklich von ganzem Herzen danken, daß Sie gekommen sind ...“ Er schwieg abrupt.

Claudine brachte den Kaffee und eine Mappe, die Oorslag sofort durchsah. „Richtig“, sagte er und klappte die Mappe zu.

„So, Sie treiben also keinen Sport? Sie haben recht. Schon viele Neuvermählte sind nach einer Herzattacke auf dem Tennisplatz liegengeblieben. Mögen Sie noch ein Plätzchen?“

„Gern.“

„Claudine“, rief er zur Decke. Sie brachte eine silberne, mit Ornamenten verzierte Dose. Axel aß drei Stück nacheinander. Es waren Mandelplätzchen. Krampfhaft unterdrückte er jeden Gedanken an Zaire, Schimmel und Tod.

„Das sehen wir gern“, sagte Oorslag, „ein Mann, der dem Leben etwas abgewinnt. Leider läßt meine Leber mich im Stich. Mijnheer Axel den Dooven“ – die Stimme klang tief, geheimnisvoll – „das hier“ – mit einem manikürten Nagel tippte er auf die rote Plastikmappe – „das hier ist pures Gold.“

„Das höre ich gern“, sagte Axel. Die silberne Dose war leer, bis auf ein paar Krümel.

„Claudine“, rief Oorslag, „bring mir die japanischen Cracker. Im Kühlschrank.“

„Und bitte noch eine Tasse Kaffee“, sagte Axel.

Oorslag sah ihn forschend an, nahm die Mappe, wollte sie aufschlagen, bedachte sich eines andern und fächelte sich damit Luft zu wie eine Dame aus Sevilla im August.

Die Cracker schmeckten nach Seetang, ölig, leicht angebrannt.

„Mijnheer Axel, Ihr Skript macht Ihrem Ruf alle Ehre. Es ist lehrreich, über die Geschichte unseres Volkes, es ist spannend, Folterungen kommen darin vor … Ich habe es den Experten vorgelegt, die in meinem Dienst stehen, aber auch einfachen Leuten, Leuten, die mit Literatur und so nicht viel anfangen können, nun, alle waren fast einstimmig der Meinung: Dies ist ein großes Unternehmen.

„*Fast* einstimmig?“

„Ach, irgend jemand hat immer was zu nörgeln. Quertreiber gibt es überall. Kummer macht mir allerdings, daß die Person, der ich am meisten vertraue, dagegen ist. Es handelt sich um meine Köchin. Sie ist schon über dreißig Jahre im Dienst unserer Familie, und sie ist von spanischer Herkunft, also unvoreingenommen.“

„Und was hat Ihre spanische Köchin daran auszusetzen?“ fragte Axel.

„Zu teuer. Zu umständlich. Spanische Reiter auf dem Eis. Mijnheer Axel, wissen Sie, was ein Reiter kostet? Obwohl ich die Leute dank dem Ministerium von der Rijkswacht bekomme. ‚Pferd bricht auf dem Eis ein‘, so haben Sie geschrieben, und Sie haben ja auch recht, Sie müssen Ihrer

Phantasie freien Lauf lassen, aber ein Pferd im Eis, Mijnheer Axel!"

Die Cracker waren alle. Oorslag schlug die Mappe auf.

„Hier ist unser Hausvertrag, den ich seit Jahren mit den hervorragendsten Regisseuren und Autoren und anderen Mitarbeitern abschließe. Es ist ganz einfach. ORION zahlt den Höchstpreis, im Vergleich zum Ausland sogar mehr als die Norm. Und das, während unsere Wirtschaft auf dem letzten Loch pfeift. Kurzum, wieviel verlangen Sie?" Er zog die Manschette übers Handgelenk, sah flüchtig auf seine Rolex.

„Wir wollen doch Tacheles reden. Sie liefern uns nur ein Gerüst, eine Vorlage, an der noch alles mögliche ausgearbeitet werden muß. Die richtige Arbeit fängt jetzt erst an, bei unserer Produktion. Und, seien wir doch mal ehrlich, vor Jahren haben Sie diesem Thema ein paar Seiten gewidmet und diese Blätter dann die ganzen Jahre in der Schublade liegenlassen. Geben Sie es zu, Mijnheer Axel, Sie hatten diese Sache doch längst vergessen."

„Ich hatte an fünfhunderttausend Belgische Franc gedacht", sagte Axel.

Oorslag wurde scharlachrot. Er verschluckte sich, hustete.

„Oooh, Sie sind ja ein Witzbold! Wahrhaftig, Sie sind … wirklich ein Witzbold", stieß er hervor.

Er schneuzte sich, betupfte seine Augen, seine Augenbrauen. „Fünfhunderttausend", schnaubte er.

„Hunderttausend bei Vertragsabschluß", sagte Axel. „Zweihunderttausend beim Lesen des Drehbuchs, mit dem ich mich einverstanden erklären muß, und zweihunderttausend an dem Tag, an dem die Produktion anläuft."

Der Produzent ging, die Hände im Rücken, umher wie in einem französischen Garten, wo er einen Buchsbaum inspiziert. Sein schorfiges Handgelenk mit der Rolex schoß aus der Manschette. „Ich muß jetzt zu einer Besprechung, sagte Oorslag gelassen. „Ich schlage vor, daß wir unser Gespräch fortsetzen, wenn Sie wieder bei Verstand sind."

„Gut", sagte Axel. „Soll mir recht sein."

„Das hätte ich nun wirklich nicht von Ihnen erwartet. Sie sind ein Lyriker, wie Kenner behaupten, sogar ein sehr wichtiger. Wie reimt sich das mit Ihrem Betragen, mit Ihrem Betrag? Wie kann ich Sie jemals meinem Verwaltungsrat vorstellen? Ich sage Ihnen und wiederhole es noch einmal: ORION zahlt den Höchstpreis, aber dies ist der reine Wahnsinn. Von seiten ORIONs ist es nämlich eine Geste, wissen Sie", er verbeugte sich und schwenkte seine Hand, um zu demonstrieren, was eine Geste war, „... denn, unter uns gesagt, bedenken Sie, daß wir dieses Skript nicht von Ihnen zu kaufen brauchen, ich habe mich mit meinen juristischen Beratern darüber unterhalten, was in Ihrem Skript steht, ist allgemein bekannt, auch Sie haben sich den Stoff aus Büchern geholt, wir können Ihr Buch einfach beiseite legen, auf diesem Stoff ist kein Copyright, wir können auch prozessieren, wenn Sie das vorziehen, dann tanzen die Anwälte noch auf dem Gras unseres Grabes."

„Hallo, mein lieber Verachtert, du weißt, daß ich dir wohlgesinnt bin, sicher, ich bin überglücklich, daß ich dir das bescheinigen kann. Ein kleiner Scoop für dich, *mon cher*. ORION ist stolz, bekanntgeben zu können, daß wir eine Topsuperluxusproduktion Breughel widmen werden, dem Maler. Paß aber auf, dem alten Breughel, es gibt noch einen anderen, der ist es also auf keinen Fall, mach das deutlich, die Leser lesen ja nicht immer aufmerksam. Nun, jeder kennt offenbar diesen Breughel, aber keiner kennt sein geheimes Leben. Sein Liebesleben zum Beispiel hatte es offenbar in sich. Es gibt also eine Glanzrolle für ein unbekanntes Mädchen, das die heimliche Liebe Breughels spielen wird. ORION wird gut tausend junge Mädchen testen, wir wollen die Crème de la crème. Was noch? Breughel wird Flanderns offizieller Beitrag in Cannes sein. Genügt dir das? Du kannst nie genug kriegen? Ach, du bist ein Witzbold. Aber du hast recht, Spaß muß sein. Gut, wann erscheint das? Übermorgen? Aber spätestens. Denk daran, mein guter Verachtert, es gibt noch andere Zeitungen."

Paul Verachtert ist nicht nur Public-Relations-Mann bei der Reiseagentur Fernweh, Kolumnist bei *De Vlaamse Gazet* unter dem Pseudonym P.C. Roothooft, Verfasser von Beiträgen im Monatsblatt für Wirtschaft und Freizeit *Maximum*, er arbeitet auch für die satirischen Blätter *De Klokke* und *De Paljas* und unter dem Namen Kobold für *Hallo*. Sein letzter Beitrag in *Hallo* lautet wie folgt:

Allem Anschein nach hat man unserem nationalen Hamlet-Darsteller und Berufsverführer Herman Grootaers die Hauptrolle in dem Film *Die Wollust Breughels* angetragen, der von ORION geplanten Superdeluxe-Produktion. Grootaers, unser stets schnurriger Spaßmacher, wird vielleicht auch jetzt über die bittere Tatsache wettern, daß seine Gage fast vollständig dem Steuereintreiber von Vater Staat zum Opfer fallen wird. Wer erinnert sich nicht daran, wie unser theatralisches Zugpferd dem Gerichtsvollzieher sein Mobiliar überlassen mußte. Daß unsere (echt?) platinblonde Mariette de Montagne, die ihre anatomischen Herrlichkeiten stets unerschrocken zur Schau stellt, im kommenden Herbst eine Talkshow moderieren wird, war bereits bekannt; nun ist jedoch auch die Rede davon, daß sie die letzte schicksalhafte Liebe Pieter Breughels (siehe oben) spielen wird. „Ob ich bei einem älteren Mann wie Breughel noch an Sex denke, dürfen Sie raten“, schmunzelte die reizende Mariette. Aber aus intimeren Quellen wissen wir, daß sie Männer ihres Jahrgangs bevorzugt, auch wenn sie sich, nach unseren Informationen, noch regelmäßig mit dem bejahrten Adonis und Gynäkologen Jim Meiresonne trifft. Halt die Ohren steif, Mariette. KOBOLD.

Nachdem er sich gerade mit Ricci for Men die Haare gewaschen hat, grübelt Just den Dooven vor sich hin. In seinem Missoni-Hausmantel mit den heftigen Motiven. Sein Ei ist zu hart gekocht, mindestens sieben Minuten. Ungenießbar. Daneben liegt *Grazia*, das Wochenblatt für Teenager, aufgeschlagen bei dem Artikel über den neuesten ORION-Film. Er konsultiert seine Auget-Martin-Armbanduhr. „Ist es noch zu früh, um anzurufen?" fragt er mit lauter Stimme, etwas, was sein Beruf mit sich bringt, Ideen muß man sofort konkretisieren, will man sie optimal realisieren. Bevor er sich selbst eine spitze Antwort darauf geben kann, sagt Caroline, die mit dem grünen Tee vorbeikommt: „Es ist nicht zu früh. Aber wenn ich du wäre, würde ich ihn nicht anrufen."

„Du bist ein Teil von mir", sagt Just. Sie zeigt nicht einmal den Ansatz eines Lächelns und fährt fort: „Du rufst ihn sonst nie an, jetzt glaubt er bestimmt, du meldest dich nur bei ihm, weil er reich geworden ist."

„Reich?"

„Du hast doch gelesen, wie hoch das Budget des Films ist. Der Mann, der die Idee dafür hatte, kriegt bestimmt locker fünfzehn Prozent."

„Sei nicht so naiv."

„Dann eben zehn Prozent, mindestens."

„In den Staaten vielleicht, aber nicht in Benelux. Hier muß man sich abrackern für ein paar lausige Pfennige."

Er liest den Artikel noch einmal.

„Obgleich der blauäugige, dynamische Produzent Walter (Wally pour les dames) Oorslag von der Presse geradezu belagert wird, wünscht er nur mit *Grazia* über seine unmittelbare, rosige Zukunft zu reden.

Walter, der auf die Siebzig zugeht – wer seinen burgundischen Lebensstil kennt, macht nun sicher ungläubige Augen –, wird *Breughels Liebe* verfilmen. Es heißt, für die

Hauptrolle sei der temperamentvolle Herman Grootaers im Gespräch. „Das Budget von hundertzwanzig Millionen", sagt unser Walter, „mag dem Laien sehr hoch vorkommen, in Wirklichkeit entspricht es einem Zehntel von dem, was eine durchschnittliche kleine amerikanische Produktion kostet. Und wir müssen dieselbe Qualität liefern. Zum Glück können wir auf Sponsoren zählen (u.a. Bella-Bier, Gerrits-Bau, Möbel Tavernier) und auf die flämische Bevölkerung, die sicherlich in Massen in die Kinos strömen wird, um sich einen Film über ihren erlauchtesten Sohn anzusehen.'"

„Erlauchtesten, das kann Oorslag überhaupt nicht aussprechen", sagt Just. „Was mache ich? Rufe ich an oder nicht?"

„Tu, was du nicht lassen kannst."

„Ich rufe an."

„Er kann uns gestohlen bleiben, so wie wir ihm."

„Nebenbei ist noch zu erwähnen, daß sich ORION für das Skript (der Text und die Anweisungen, die als Basis eines Streifens dienen) auf ein Werk von Dirk van Munster stützt; hinter diesem Pseudonym verbirgt sich ein Museumsdirektor aus dem Westen des Landes."

Just kratzt einen Klecks Konfitüre von der Tischdecke aus Wildseide, einem Mitbringsel aus Thailand. Über Carolines Haß auf seinen Vater staunt er jedesmal von neuem. Ist es geballter Neid? Auf was? Ich verdiene sicher das Doppelte. Vielleicht Eifersucht, weil ich zu ihm aufblicke? Ich rufe ihn an.

„Hallo, guten Tag Claire, hier ist Just."

„Oh ... äh ... oh ... warte ... ich hole Axel, er ist gerade im Garten ... beim Umpflanzen ..."

„Macht nichts, ich warte ..."

„Oh ... äh ... möchtest du warten? Gut. Also dann bis ... bis ... da kommt er ja ...

Die rauhe Stimme, heiser vom Alkohol und Tabakrauch, vom Schlafmangel und den Weibern etcetera.

„Hallo Just! Was für eine … Freude … deine Stimme zu hören …"

„Ich wollte dir gratulieren."

„Zum Geburtstag?"

„Nein, zu der Verfilmung von dem alten …"

„Ja, verrückt, was?"

„Und wann gehen die Dreharbeiten los?"

„Nächsten Sommer."

„Ausgezeichnet. Gut. Sehr gut."

„Nun, das wissen wir noch nicht."

„Aber der Vertrag ist schon unterschrieben … steht in … *Grazia*."

„Ich meine, wir wissen noch nicht, ob der Film gut wird."

„Oh … natürlich. Da gibt es natürlich Risiken."

„Für mich nicht."

„Nein, für dich natürlich nicht. – Gut, das war's dann."

„Was war's?"

„Das. Daß ich dir gratuliere."

„Danke, Just."

„Gut. Ich höre sicher noch von dir."

„Ich auch."

„Ruf mich ruhig auch mal an. Wenn du die Zeit dazu findest. Du hast jetzt sicher viel zu tun, oder kümmerst du dich nicht darum, was sie mit deiner Grundidee anrichten? Warst du bei einem Anwalt?"

„Wozu?"

„Für das Kleingedruckte im Vertrag. Wenn du willst, besorge ich dir einen. In unserer Firma arbeiten zwei, die haben den ganzen Tag nur mit Urheberrechten zu tun."

„Ich weiß mir schon zu helfen, Just. Und was die Urheberrechte angeht, mach dir keine Sorgen. Bis fünfzig Jahre nach meinem Tod wirst du über die Rechte verfügen."

„Was soll denn das schon wieder."
„Was?"
„Das mit deinem Tod."
„Just. Warum hast du mich nicht eher angerufen."
„Ich rufe dich doch *jetzt* an."
„Genau. Jetzt. Sonst nie. Nur wenn was zu holen ist. Nur wenn du was von mir willst."
„Ich will nichts von dir."
„Das Lied kenne ich schon."
„O.k. *You win.* Ich werde mich hüten, dich noch mal anzurufen."
„Ich warte darauf. Ich meine: Ich warte nicht darauf."
„Du bist dir selbst genug, das ist bekannt."
Caroline sitzt mit angezogenen Knien in einer Ecke des Schlafzimmers auf dem flauschigen weißen Teppich und lackiert sich die Nägel. Sie horcht. Sie jubelt über die Abwege, Mißverständnisse, Hindernisse. Sie würde gern Axels Stimme hören, die lädierte Liebe zu seinem Kind. Etwas kribbelt ihr im Magen, im Slip, eine Hand, die die Innenseite ihrer Schenkel streichelt, ihre eigene. Sie wird hochrot, sie streckt die Beine aus, sie hört ihn, ihren Schwiegervater, von ganz nahe, aber sie versteht ihn nicht, weil sie zu hitzig von ihren eigenen Händen überwältigt wird, sie leckt und kneift die Augen zu, er, Axel, leckt ihr über die Lippen, er öffnet seine Lippen, sie sabbert und wird feucht, bekommt weiche Knie, sie kann nicht mehr zuhören, sie reibt heftig, und Just, der sie mitunter in einem der Zimmer in diesem Zustand antrifft, stets in einer Ecke, mit offenem Mund, wendet wie immer den Blick ab, und sie bleibt blind mit sich beschäftigt. Just hat Schwierigkeiten mit dem vorwurfsvollen Ton seines Vaters, am liebsten würde er rufen: „Was ist nun schon wieder? Was habe ich nun wieder verbrochen?" Aber er sieht, wie Caroline plötzlich innehält, aufsteht, zu ihm kommt. Sie nimmt ihm den

Hörer aus der Hand. „Hallo, mein lieber Axel. Warum müssen wir Neuigkeiten über dich aus der Zeitung erfahren? – Aber ja. – Natürlich, wann du willst. – Jetzt, wo du reich geworden bist, darfst du uns einladen. Ins Proserpina. Ich freu' mich jetzt schon drauf. In *Het Nieuwsblad* war ein Foto von dir. Dick? Und wie! Aber durchaus imposant! – Ein Ladykiller, wirklich. – Was? Ja, ein Killer. Du bist ein Killer. Aber das macht ja gerade deinen Charme aus."

Der Rotzbengel im glänzenden lila Jogginganzug salutierte mit drei Fingern an die Schläfe, als trüge er ein Käppi.

„Haben Sie eine Minute Zeit? Schauen Sie, das ist mein Heft."

Axel blickte auf die abgegriffene Kladde, auf dem karierten Papier stand ein Text in hellblauer Tinte, aber er hatte seine Brille nicht auf. Der junge Bursche vor ihm, der sich jeden Augenblick in einen Straßenräuber verwandeln konnte, war ihm unbekannt.

Der Rotzbengel merkte es. „Sie erkennen mich nicht, was? Das bin ich gewohnt. Wenn ich meine Briefträgeruniform nicht anhabe, erkennt mich keiner. Komisch, was? Dabei bin ich doch derselbe. Sie, wo Sie ja ein Schriftsteller sind, wenn ich *De Nieuwe Gazet* glauben darf, Sie sollten da mal ein Buch drüber schreiben, also darüber, wie einer, wenn er seine Uniform nicht trägt, ein anderer Mensch wird und wie er lernen muß, damit zu leben. Wer hätte das gedacht, daß ich auf meiner Runde einer so berühmten Person begegne, die in der Zeitung steht. Und dabei hab' ich das überhaupt nicht gewußt, obwohl ich schon eine ganze Weile für das Viertel hier zuständig bin. Voilà. Es geht darum – Sie sehen all diese Unterschriften – daß ich mich gegen Madame Gershwein verteidigen muß, die verfolgt mich nämlich. Sie hat mich angeschwärzt, weil ich angeblich meine Arbeit zu schlampig mache, sie vermißt ein paar Zeitungen und einen Almanach, behauptet sie, die ihr aus Deutschland geschickt worden seien, und ich hätte nicht nur diese Zeitungen und den Almanach weggeworfen, ich wäre auf meiner Runde auch voll, sternhagelvoll gewesen, sie und ihre Freundin wollen das gesehen haben. Die Unterschriftensammlung hier soll das Scheißweib endlich in seine Schranken weisen. Am besten hinter Stacheldraht, aber man hat ja Mitleid. Zugegeben, sie hat was durchgemacht, aber darum darf sie meinen Ruf nicht ruinieren, im Krieg haben alle gelitten, aber wenn das jeder ausnutzt, um seine Mitmenschen zu triezen, dann gute Nacht. Merci. Da wird sie aber schlucken, wenn sie mein Heft mit den ganzen Adressen und Unterschriften sieht. Bis dann. Ich bin begeistert und zufrieden, daß ich Sie auf meiner Runde bedienen darf."

*Gershwein, Inge Maria:* Ich seh' Axel den Dooven ja doch, auch wenn er sich noch so gut versteckt, auch wenn er sich eine Skimütze über die feiste Visage gezogen hat wie ein Terrorist, ich seh' ihn doch, er steht hinter seiner Haustür und späht durch das kleine Gitterfenster, aber eines Tages wird man ihm die Tür eintreten und ihn in Handschellen aus dem Haus zerren, und bevor er in dem Volkswagen mit Holzgasantrieb landet, werden die ewigen Zeugen – vor allem Tine und Aischa und ich – Gelegenheit haben, ihm Stricknadeln in den Wanst zu stechen, darauf kann er sich gefaßt machen, er, von all meinen Peinigern der schrecklichste wegen dem, was er Roberte angetan hat, und die Stricknadeln machen wir glühend und stecken sie ihm in die Ohren, damit er wirklich ein Tauber wird und nicht nur so heißt, und auch in die Augen mit den vor Angst (und durch einen Extrakt aus Tollkirschen) erweiterten Pupillen rammen wir ihm die weißglühenden Stricknadeln, und in die Zunge, damit er nie mehr die Erinnerung an Robertes Zunge schmecken kann.

Ich verstehe nicht, warum die Schupos, von denen man so viele in der ganzen Stadt antrifft, in Trambahnen, Konditoreien, auf der Aussichtsplattform der Kathedrale, in den Kellern, warum die Schupos einen Mann, einen Fettsack, einen Kriegsverbrecher wie den Dooven nicht sofort verhaften, sofort, vom Fleck weg, so wie es mit uns passiert ist, vom Fleck weg – hat man mich nicht einfach mitgezerrt, mir noch das Einkaufsnetz über den Kopf geworfen und zusammengezogen? Ich habe noch gedacht: Hätte ich doch wenigstens schon eingekauft, meinetwegen alles Geld für die kommenden zwei Monate ausgegeben, dann hätte der Soldat zuerst das Netz leeren müssen, ungeduldig, wie Henker sind, hätte er mich an den Haaren ergriffen, aber dann hätte er sich schön vergriffen, nur die Perücke hätte er in der Hand gehabt, und er hätte bestimmt geschrien, denn er hätte das Haar aus der Kopfhaut seiner Mutter gerissen, in den drei Sekunden dieses Augenblicks wäre ich seine Mutter gewesen und zwischen den zu spät abgefeuerten Kugeln weggerannt.

Mein Willy hat den Dooven auch auf dem Kieker, man muß nur mal sehen, wie er an der Leine zerrt, ach, wie gern würde er seine Zähne in die weißen Krampfaderwaden schlagen. Reg dich nicht auf, Willy, wir kriegen ihn, so wahr ich hier über diese Straße gehe, solange ich das Rattern der Züge höre, solange Roberte mich in Schlaf wiegt und in meine Träume, behalte ich ihn im Auge. Nicht so ungeduldig, Willy! Er zieht mich mit zu dem verhaßten Haus, wo in einer Nische über der Eichentür mit den fünfeckigen schwarzgefärbten Nägeln ein Heiliger steht, der auf einen Blutfleck in Höhe seines nackten, zerrissenen Schenkels weist, und der Mechelner Schäferhund neben ihm leckt diesen Fleck, der Heilige hat rote Wangen und sieht, wie ich meinem Willy die Zügel gelockert habe, damit er Platz hat und vorläufigen Frieden findet im Vorbau vor der Haustür, hinter der sich der ekelhafte Konservator verkriecht, und wie mein Willy ordentlich, fast vornehm, obwohl sein Hinterteil zittert und bebt, einen eleganten, festen Haufen genau vor der Haustür absetzt, vielleicht nicht ganz in der Mitte der Steinstufe, aber auch nicht vollkommen unproportional, und dann reiße ich Willy weg und tue, als würde ich rennen, aber rennen kann ich schon seit Jahren nicht mehr, meine Beine sind in dem verdammten ratternden Eisenbahnwaggon zerschlagen worden. Aber wir erreichen keuchend die Straßenecke und verschnaufen erst mal, mein Willy und ich, und dann streichle ich die Beulen auf seiner Stirn, und er bekommt aus meiner Tasche den Spekulatius, den ich mitnehme, wenn ich in der Konditorei Goudsmit meinen Kaffee getrunken habe, was mir das berauschende Gefühl gibt, daß ich das Plätzchen stehle, daß ich diesen Jidden hochnehme. „Frau Gershwein“, hat er heute morgen zu mir gesagt, „es ist wieder was los in Hebron“, und er wartet drauf, er erwartet von mir, daß ich mit einem Fallschirm auf den Palästinensern lande, mit meinem Willy und einem Maschinengewehr. Heute morgen habe ich vielleicht zu wenig Gebäck gekauft, falls Armand Roosen zum Tee kommt. Wie schaffe ich diesen Mann nur aus meinem Leben? Na ja, Mann ... Er wird wieder seufzen und verstohlene Blicke auf mein Meißner Porzellan werfen, sich einen Tropfen Sahne in den Tee gießen und auf die Formationen blicken wie auf den Feldspatgehalt, von dem abhängt, wie durchscheinend Porzellan ist, noch einmal seufzen und die Nase rümpfen: „Ach, Mevrouw Gershwein, wo sind die Zeiten geblieben, als wir unsere Geschäfte mit Antiquitäten übers Telefon abwickeln konnten, ein Foto von einem antiken Stück, ein Gültigkeitsstempel, und wir haben uns eine goldene Nase verdient.“

Armand Roosen wird Willy tätscheln, weil er meint, mir damit einen Gefallen zu tun, dabei ist es mir lieber, er läßt seine Goipfoten von meinem Tier, aber ich lasse ihn tätscheln, in früheren Zeiten wäre auch er in den ratternden Waggons gelandet und zur Schlachtbank gebracht worden, mit all seinen Artgenossen. Wenn er glaubt, daß er unbemerkt, unversehrt, ohne stigmatisiert und malträtiert zu werden durch die Welt gehen darf, er und sein Freund Gerald, Hand in Hand am Strand! Aber vorläufig darf er mich besuchen mit einer Malvenblüte oder einer Pfingstrose und dabei nach meinen Fayencen schielen wie nach einem Knaben. Armand, altes Kind, was steht dir nicht alles noch bevor, denn du bist nicht darauf vorbereitet wie deine Dienerin Inge-Anna Gershwein, die noch am Leben bleibt, um Axel den Dooven zu piesacken für das, was er Roberte angetan hat, Roberte, die bei mir hereingeschneit ist wie eine zerzauste Katze, mit einem blauen Auge und Schrammen auf dem makellosen Marmorrücken, Roberte, der ich dann ins Bad geholfen habe. Ich habe ihr den Rücken gewaschen, die Brüste, ich habe ihr die Wunden geleckt. Als sie endlich eingeschlafen ist, in meinem Bett, nach meinem Kräutertee, bin ich ans Fenster getreten und habe gesehen, daß bei Axel noch Licht brannte: „Schleimscheißer, zerbeiß dir die Nägel", habe ich gesagt, „sie kommt heute nacht nicht mehr, du Lumpenhund, sie liegt neben mir, neben der verlebten Amme aus bösen Märchen, die Hexe Gershwein kümmert sich um deine Schickse", und dann habe ich ihn angerufen, zuerst leise in der Küche geübt, um meinen Akzent zu unterdrücken, und dann in breitestem Bauerndialekt geflüstert, ganz nah an der Sprechmuschel: „Ist da den Dooven? Axel den Dooven selbst? Den Dooven, wo ist deine Frau?"

Von Walter Oorslag an Jan-Frans Marigaal. Streng vertraulich.

*Über die Synopse für einen 35-mm-Spielfilm von 1 Stunde und 40 Minuten Länge. „Pier der Kötel“ von J.-F. Marigaal.*

*Pier der Kötel.* Du glaubst doch nicht im Ernst, daß du einem Film diesen Titel geben kannst, ohne haufenweise unappetitliche Kommentare zu bekommen. Die Firma ORION und ihre Schwesterfirmen ATHENA und HERMES haben im In- und Ausland etliche Preise vor allem wegen des künstlerischen Werts ihrer Produktionen bekommen. Mein juristischer und mein historischer Berater haben mir versichert, daß Breughel im Mittelalter tatsächlich so genannt wurde, es war eine Art Kosename, aber auch, daß man das Wort Kötel vor allem in den Niederlanden anders interpretieren wird, insbesondere in der Presse.

Mein Vorschlag: PIETERS LETZTE LIEBE (Le dernier Amour de Pierre) (Peter's Last Love).

*Ein luxuriöses, sehr geräumiges Atelier, in das gedämpftes Licht fällt, und wo mehrere junge, elegante Maler bei der Arbeit sind.*

Ich werde die Stadt Antwerpen offiziell um die Genehmigung bitten, eine Woche lang im Rubenshaus zu drehen. Schließlich bringt das der Stadt Antwerpen eine nicht geringe Publizität. Mir ist klar, daß man dagegen einwenden könnte, Rubens und Breughel seien ja nicht so direkt Zeitgenossen gewesen, aber ehrlich gesagt, nur Spezialisten sehen den Unterschied.

*Sie arbeiten nach einem Modell, einem halbnackten Neger, der in Brokat und Seide gehüllt ist. Ihr Stil ist italienisch-klassisch und steht in großem Kontrast zu dem Stil, in dem ein junger Mann mit bohrendem Blick zeichnet, während er sehr aufmerksam sein Modell, einen alten Arbeiter, betrachtet. Der junge Mann ist Pieter Breughel, und das Atelier, in dem er arbeitet, ist das des Modemalers Pieter Coecke. Während er vollkommen in seiner Arbeit aufgeht, wird P.B. von einem kleinen Mädchen gestört, das mit den Kohlestiften spielt, ihn am Ärmel zupft und so weiter. Das kleine Mädchen heißt Marieke oder Maaike und ist die Tochter von Pieter Coecke. P.B. scheucht das Mädchen weg. Es beginnt zu weinen. Er bereut seine Unbeherrschtheit und nimmt sie auf den Schoß.*

Kannst du dir nicht was Dynamischeres einfallen lassen? Wen kümmert heute der Stil von Coecke oder der von P.B.? Warum gerät Coecke nicht aneinander mit dem einfachen Bauernsohn, der P.B. schließlich sein muß? Vielleicht wegen einer Hofdame? Ein Duell?

*Aus einem Nebenraum kommt eine äußerst elegant und vornehm ausstaffierte Gesellschaft ins Atelier, zusammen mit Pieter Coecke, dem Hausherrn. Es handelt sich um die Romanisten, die Maler und Bildhauer, die sich vollkommen von der italienischen Renaissance inspirieren lassen. Bis in ihre Manieren und ihre Etikette. Sie unterhalten sich in einer äußerst kultivierten Sprache, gespickt mit klassischen Zitaten.*

Eine kultivierte Sprache mit Zitaten! Das bedeutet, neunzig Prozent der Zuschauer können nicht folgen, denn ich hätte im Saal auch die größte Mühe. Schreib mir drei Seiten mit dieser Sprache, dann sage ich dir, was ich davon halte. Auf den ersten Blick kann ich mich jedenfalls nicht dafür begeistern. Wie viele dieser teuer gekleideten Romanisten sind nötig? Bedenke, daß du mit einem einzigen gutgekleideten Romanisten mehr Wirkung erzielst als mit sieben halb und halb kostümierten.

*Offenkundig kommen sie gerade von einem fröhlichen Mittagsmahl mit viel Wein. Sie wenden sich den Bildern auf den Staffeleien zu. P.B. beachten sie nicht oder behandeln ihn von oben herab.*

Ignorieren sie ihn oder behandeln sie ihn von oben herab? Make up your mind.

*Mit flotten Pinselstrichen gibt Pieter Coecke ein paar Gemälden den letzten Schliff. Plötzlich kündigt ein kleiner Junge unerwarteten Besuch an: Kardinal Granvelle, der höchste Würdenträger des Landes, vom Kaiser eingesetzt. Mit höfischem Brimborium werden die Romanisten dem Kardinal vorgestellt. Der liebenswürdige Mann erwidert die Komplimente, verhält sich als vollendeter Höfling, bis er plötzlich Interesse für die Zeichnung zeigt, an der P.B. gerade arbeitet. Er fragt P.B., ob dieser in Italien gewesen sei. P.B., alles andere als ein gewandter Plauderer, erwidert, aus Italien habe er vor allem Rezepte für Pasta und Minestrone mitgebracht.*

Vorsicht, daß wir P.B., schließlich eine feste Größe unserer Kunstgeschichte, nicht zu sehr als hinterwäldlerischen Bauerntölpel darstellen. Also aufgepaßt, die Leute im Kulturbetrieb sind schnell pikiert. Und noch immer keine Action!

*Granvelle ist amüsiert und betrachtet P.B.s Zeichnung mit Wohlwollen. Die Romanisten merken es und behaupten, P.B.s Bilder seien sicher wertvoll, aber nur für das Volk, das keinen Sinn für die Nuancen und die Symbolik in den Gemälden Michelangelos oder Da Vincis hätte. Granvelle tadelt sie höflich. Seine Majestät der Kaiser besitze in seiner Sammlung nicht nur Werke Tizians, sondern auch, sorgsam gehütet in seinem Schlafzimmer, flämische Meister wie Bosch und P.B.*

*Als die Gesellschaft fort ist, bittet das quirlige Mädchen Maaike P.B., etwas für sie zu zeichnen, vielleicht ein Mädchen, das mit einem Kreisel oder einer Puppe spielt. Flink und geschickt skizziert P.B. das Gewünschte, ergänzt es mit anderen Szenen, und wir sehen, wie P.B.s Bild* Die Kinderspiele *entsteht.*

*Und wir sehen, wie die Figuren von diesem Bild und von dem Gemälde* Die Sprichwörter *lebendig werden. Auf einem zugefrorenen Kanal kann man ein fröhliches, ausgelassenes Gewimmel betrachten, aber dieser unschuldige Spaß dauert nicht lange an.*

Das will ich auch hoffen!

*Unheilverkündende Musik von Brummtopf und Tamburin kündigt an, daß allerhand boshaftes Gesindel auftaucht und sich auf die spielenden Kinder stürzt; wir sehen, wie dies wiederum zum Anlaß für P.B.s Bilder wird, auf denen der Fasching mit der düsteren Fastenzeit kämpft.*

Laß uns das einfach streichen oder ein Kinderspiel herausgreifen mit ein paar Kindern, die Schlittschuh laufen und auf dem Eis spielen. Wenn die Zuschauer Bilder von P.B. sehen wollen, können sie ein Buch bei De Slegte kaufen oder sich nachts um halb eins „Ziggurat" oder so etwas Intellektuelles ansehen.

*P.B. sitzt in seiner bescheidenen Wohnung vor einem Glas. Griet, seine Frau, ist nervenkrank und lästig. Sie wirft ihm vor, daß er sich nicht genug um sie kümmert und von morgens bis abends nichts anderes als seine Arbeit im Kopf hat. Sie langweilt sich. Und warum malt er eigentlich nicht wie die erfolgreichen Romanisten, die die Schönheit verherrlichen? Dann würde er bestimmt Anerkennung finden und Aufträge bekommen. Aber nein, Mijnheer muß ja unbedingt rülpsende Bauern auf dem Feld konterfeien. Das ist doch keine Kunst. Kunst ist schließlich was Nobles. P.B. druckst herum. Sie quasselt weiter und beschwert sich darüber, daß er nicht mehr mit ihr schläft. Was soll sie nur machen, in der Blüte ihres Lebens? Sie will leben! P.B. verläßt das Haus.*

Ob es im Mittelalter eine Frau gewagt hat, so mit ihrem Mann zu sprechen? Kommt der Feminismus nicht sehr viel später? Das muß ich noch mit meinem historischen Berater klären.

*P.B. durchstreift Wälder und Felder und gelangt zu einem Gehöft, wo mit Gesang und Tanz eine Bauernhochzeit gefeiert wird. Auch das hält der Maler mit einem Dutzend blitzschneller Zeichnungen in seinem Skizzenbuch fest. Später sitzt P.B., schmunzelnd und als Bauer gekleidet, zwischen den betrunke-*

*nen Hochzeitsgästen. Irgendwann erscheinen die Blinden auf dem Fest. Die sechs Männer klammern sich aneinander und singen ein Bettellied; es handelt davon, daß Gott sie als Buße für ihre Sünden zu Recht mit Blindheit geschlagen hat. Hochzeitsgäste geleiten den vordersten Blinden, der die Gruppe anführt, zu einem Wassergraben. Zum allgemeinen Pläsier fällt er hinein. Die anderen Blinden, gleichfalls in Gefahr, im Wassergraben zu landen, rennen auf die Wiese und suchen verzweifelt zu entkommen. Bis die übermütigen Hochzeitsgäste sie festhalten. Zwei der Blinden werden in einen Schuppen gesperrt, nachdem man jedem einen Knüppel in die Hand gedrückt hat. Ein Ferkel wird noch dazugesperrt. Wenn die Blinden wirklich so hungrig sind, wie sie in ihrem Bettellied behauptet haben, müssen sie eben um das Ferkel kämpfen.*

*Die Blinden dreschen mit den Knüppeln aufeinander los. Sie fügen sich gegenseitig böse Blessuren zu. Bis es einen Sieger gibt, der das ebenfalls schwer verletzte Ferkel in den Armen hält. Er bekommt von den ausgelassenen Bauern Schinken und Bier und tut sich daran gütlich. Eine betrunkene Bäuerin gibt ihm sogar die Brust.*

Endlich Action. Und endlich ein wenig Humor. Wir müssen aber darauf achten, daß wir keinen Ärger mit dem Tierschutzverein bekommen.

*P.B. ist fassungslos. Er kümmert sich um Lucas, den verletzten Verlierer des Zweikampfes. Der Blinde entpuppt sich als Protestant. Er erzählt ziemlich aufgeregt, daß er Tod und Verderben über das Land kommen sehe, und zitiert Jesus Christus, der gesagt hat, er sei mit dem Schwert gekommen.*

Wieso kann er Tod und Verderben sehen, wenn er blind ist? Haha. Soll nur ein Witz sein.

*P.B. kann diesem Lucas nicht zustimmen. Er ist ein gläubiger Christ, der der Heiligen Kirche gehorcht. Rebellion ist nicht nur in diesem Leben Auflehnung, sondern auch später, im Jenseits, für ewig.*

*Sieben Jahre später, P.B. ist inzwischen wohlhabend und in den Antwerpener Kunstkreisen anerkannt. Aber mit seiner Frau Griet steht es nicht zum besten; sie ist an Schizophrenie erkrankt, seit P.B. sich noch mehr von ihr abgewandt hat, nicht nur, um sich seiner Arbeit zu widmen, sondern auch, weil er sich in die junge Maaike verliebt hat, die inzwischen zu einem strahlenden, munteren jungen Mädchen herangewachsen ist.*

Das wäre eine perfekte Rolle für Isabelle Adjani. Damit könnte ich sofort eine französisch-belgische Koproduktion starten. Aber die KONEKÜ und der Minister wären damit nicht einverstanden. Wirklich jammerschade.

*Griet beklagt sich bei Lucas, während sie sich ein Gift aus Pilzen zurechtmischt. Sie nimmt das Gift zu sich. Lucas wirft sich auf sie, er streichelt sie, während sie stirbt. P.B. bricht es fast das Herz. Er streift über die Felder.*

Schon wieder?

*Er geht durch einen Sturm und ruft verzweifelt den Himmel an.*

Ach, hatte der schon ein Handy?

*Warum? Warum fordert die Kunst einen so unmenschlichen Tribut? Warum unterwirft die Kunst alle menschlichen Beziehungen ihren Forderungen?*

Das frage ich mich manchmal auch. Diese Szene vor allem kurz halten. Die Jugend wird nichts davon kapieren. Oder nichts damit anfangen können.

*Im Wald haben sich ein paar Dorfbewohner zu einem geheimen Gottesdienst der Reformierten versammelt. Sie singen Psalmen und hören einem Prediger zu, der gegen die Korruption in Staat und Kirche wettert. Mit leidenschaftlichen Worten ermahnt er die Anwesenden, für ihr Seelenheil zu sorgen. Einkehr, Gottesfurcht und Bibeltreue müßten herrschen. Ein paar der Bürger sind damit nicht einverstanden. Sie unterbrechen den Redner. Machen ihm den Standpunkt des immer skeptischen Mittelstandes klar.*

Was den Mittelstand betrifft, piano, piano. Denk daran, daß die Liberalen uns in letzter Zeit günstig gesinnt waren.

*Das sieht Breughel, verkleidet als Bauersmann. Plötzlich wird Alarm geschlagen. Soldaten und bewaffnete Reiter dringen in den Wald ein. Es kommt zu Scharmützeln. Das Volk wird zur Flucht gezwungen. Viele Opfer bleiben im Farnkraut liegen.*

Auf die Reiter würde ich verzichten. Viel zu aufwendig. Pferde werden im Gestrüpp und im Wald sehr nervös. Das kostet einen leicht zwei oder drei Tage. Streichen.

*P.B. wird von der Soldateska festgehalten. In Todesangst jammert er, er sei Katholik, ein treuer Untertan des Kaisers und ein Freund von Kardinal Granvelle. Trotzdem muß er kräftige Hiebe einstecken.*

*In Granvelles Palast*

Ginge das nicht auch im Rubenshaus? Mit einem Minimum an Requisiten, Kruzifixen und Heiligenstatuen kann man so einen Saal einrichten. Möglichst wenig verschiedene Drehorte.

*wird P.B. mit dem Kardinal konfrontiert. Anders als zu Beginn des Films, wo er ein lächelnder Diplomat war, gibt sich Granvelle nun streng und kühl. Er betont, P.B.s Kunst wisse er durchaus zu schätzen, aber P.B.s Haltung sei doppeldeutig. Er stelle zwar die Sünden dar, zeige aber nicht deutlich genug, wie sie nach der katholischen Lehre bestraft werden müßten. Warum malt er keine Bilder, die Gott verherrlichen und die Gottesfurcht schüren? Der Kardinal fordert P.B. auf, nach Brüssel zu übersiedeln, dort könne er sich öffentlich als ein Verteidiger der katholischen Herrschaft entfalten.*

Wenn du auf diesem Gefasel über Religion bestehst, gut, aber dann in Gottes Namen kürzer. Action!

*P.B. fragt Maaike, ob sie ihn heiraten will, Pieter Coecke drückt P.B. an seine Brust. Maaike ist überglücklich. Sie ziehen nach Brüssel, so daß P.B. sich seiner Kunst widmen kann, weitab vom Gewühl und dem Hexenkessel der Gesellschaft.*

Ach, was werden unsere Teenager ihr Hard metal und ihren Rap im Stich lassen, um sich daran zu ergötzen, daß P.B. nach Brüssel zieht. Haha.

*In einer traumartigen Welt, die das Schlaraffenland vorstellt, schlafen P.B. und Maaike, die schwanger ist. Im Traum gehen sie Hand in Hand durch die sonnenüberflutete ideale Welt, in der allerlei Symbole des Überflusses zu sehen sind.*

Ein IBM PS/1? Ein Saab 900 convertible? Ein Faltsegelboot, eine Kalaschnikow? Eine Kawasaki, ein …

*Aber ihre Wunschtraumwelt wird durch die spanischen Soldaten gestört, die morden und plündern. P.B. wird wach und zeichnet gehetzt und fieberhaft seine Skizze für das Bild* Der bethlehemitische Kindermord.

Wird das ein Seminar in Kunstgeschichte?

*In Brüssel, in P.B.s Haus, kommt ein Mann zu Besuch. Er ist ein Bilderstürmer.*

Sagt er das selbst? Oder sehen wir, wie er mit dem Vorschlaghammer etwas zertrümmert? Visuell schreiben!

*Im Beisein von Maaike und dem blinden Lucas erzählt er von dem wachsenden Widerstand gegen die spanischen Besatzer. Er verlangt von P.B., dieser solle mit Spottbildern den Widerstand unterstützen. P.B. weigert sich. Der Bilderstürmer sagt, er glaube felsenfest daran, daß durch die Vertreibung der Spanier und das Vertrauen in die Bibel eine bessere Welt entstehen würde. Der blinde Lucas ist skeptisch. „Immer dieses später, immer dieses morgen, für das wir uns heute opfern sollen!" ruft er.*

*Der Bilderstürmer sagt, daß wir intolerant sein müßten, jedenfalls vorläufig, um die Inquisition vernichten zu können. „Wir müssen zuerst durch ein Meer von Blut …"*

Bestimmt findest du mich lästig, aber wo bleibt die Action?

*P.B. gibt nach, er wird Spottbilder abliefern. Vielleicht bleibt dann seinem Kind …*

Ist das dieser zweite Breughel, von dem die Rede war?

*erspart, unter der Tyrannei aufzuwachsen. P.B. zeichnet Spottbilder und zeigt sie Maaike, die darüber schallend lacht. Sie erzählen dem blinden Lucas, was darauf zu sehen ist. Dann muß Lucas die Vorlagen zum Drucker bringen, denn P.B. wird von Spionen überwacht, und einen Blinden werden die Spanier nicht so leicht aufhalten.*

So, meinst du?

*Maaike sagt, Lucas müsse jeder möglichen Gefahr aus dem Weg gehen. Weil es bitter kalt ist, gibt sie ihm einen prächtigen Pelzmantel ihres Vaters. Auf der Straße wird Lucas von übermütigen jungen Leuten aufgehalten. Sie behaupten, Geusen zu sein, und ziehen ihm den Pelzmantel aus. Der Mann, der den Mantel anzieht, findet die Zeichnungen. Die Geusen betrachten die Bilder, erkennen aber nicht, daß es sich um Satire handelt. Sie sehen in den Bildern wohlwollende Porträts von Kaiser und Kardinal. Also muß der papistische Blinde daran glauben. Sie erstechen ihn.*

Sind die Geusen denn so dumm? Wird der Protestant hier nicht einem beschränkten Analphabeten gleichgestellt, der nicht mal einen Witz begreift? Mein niederländischer Koproduzent wird bestimmt Anstoß daran nehmen.

*P.B. ist verzweifelt. Sein Kummer über Lucas' Tod schlägt um in Wut. Wut auf eine Gesellschaft, die über Leichen geht, auf seine Auftraggeber, auf sich selbst, auf jeglichen Glauben. Er betrachtet seine Bilder. Ist das sein einziger Halt, ein paar Ölgemälde? Er klammert sich an Maaike fest. Und dann rafft er seine Zeichnungen zusammen und wirft sie ins Kaminfeuer. „Ich will nicht, daß dir etwas passiert, wegen dieser albernen Bilder", sagt er.*

*Sie wandern über die Felder.*

Schon wieder? Titel: *Breughel der Wanderer?*

*Sie kommen zu ein paar Bauern. Diese tanzen …*

Sehen wir die Bauern jemals bei der Arbeit?

*um einen Galgen. Sie erkennen P.B.*

Ist er hier auch wieder als Landwirt verkleidet?
*und fordern ihn auf: Komm, Pier der Kötel, komm, tanz mit.*
Und er tanzt natürlich mit.
*P.B. tanzt mit.*

Oorslag steckt seinen Parker Duofold *(the flagship of the Parker range)* in die Innentasche. Er erhebt sich vom Sofa, drückt seine Fingerknöchel in die Augenhöhlen. Lesen ist nichts für ihn. Meist läßt er sich Synopsen und Szenarios von Claudine vorlesen und schläft dabei ein. Claudine, dieser Schatz, wartet dann, bis er ausgeschnarcht hat, und liest tapfer weiter. Schreiben findet Oorslag auch ziemlich mühsam, sofern es sich nicht gerade um Budgets handelt. Zahlen – untereinander, nebeneinander, durchgestrichen, unterstrichen – lassen ihn aufblühen. Auch Kopfrechnen. Mit einem Taschenrechner funktioniert es auch – da ist die Wirkung allerdings schwächer.

Dieser Breughel ist nichts. Gut, ich werde was daran verdienen. Vielleicht muß ich mich damit zufriedengeben. Marigaal ist nicht gut genug. Er hat sich blöd gelesen, kaputtstudiert, grün und blau spezialisiert, und er weiß tatsächlich alles über jede Theorie von Bazin, in welchen Filmen Molly Ringwald gespielt hat und wie hoch die Kamera von Ozu stand, einen Film lang stehenblieb.

Aber eine Synopse schreiben, die man weiter als bis zum zweiten Abschnitt lesen möchte – Fehlanzeige. Er weiß, wieviel Einstellungen es in *Stalker* von Tarkowskij gibt, aber ich weiß, wieviel Gaumont dem Vertrieb von *Stalker* bezahlt hat, mehr als eine halbe Million Dollar.

Kopfschmerzen vom Lesen. Genau wie letzten Monat, als ich dachte, ich müßte mal wieder einen Simenon lesen. In diesem Buch hat es pausenlos geregnet, man aß dampfendes Sauerkraut, der Plot war flau. Und die Rechte sind inzwischen ohnehin unbezahlbar.

Oorslag ist irritiert durch die Stille in seiner Wohnung. Eine Stille, die schwitzt. Gibt es das? Eine ranzige Stille. Er stellt sich eine Weile unter die Dusche, richtet den warmen Wasserstrahl direkt auf sein Geschlecht, aber nichts will sich regen. Breughel als Schlaffmacher. Schaffe ich es noch ins nächste Jahrhundert? Er bekommt den Wagen nur mit Mühe aus der Garage. Vom Auto aus ruft er Cogels an. Er möchte ihn gern nach den Launen und Schrullen des Ministers aushorchen. Cogels ist nicht da. Wen von der KONEKÜ kann er jetzt anrufen? Diese verdammte Kommission. Wann ist sie mir endlich scheißegal? Warum will ich mitspielen in dem großen Sandkasten der Subventionen? Ich bin nicht darauf angewiesen. Ich bin auf niemanden angewiesen. Ich kann bloß nicht ertragen, daß alles mögliche hinter meinem Rücken beschlossen wird. KONEKÜ. *Con et cul.* Sie sind eine verschworene Clique. Eintracht macht Macht. Nur, daß sie sich gegen mich verschworen haben.

Vor einer roten Ampel wirft er eine Münze. Kopf, also ein Junge. Er ruft Maarten an. Der ist auch nicht da, der Schlamper. Dann eben nicht. Und wenn er noch so hingebungsvoll ist. Manchmal läßt sich Maarten wirklich Zeit. Vorspiel ist sonst zwar immer gut, heute abend aber nicht.

Also ein Mädchen. Er hat keine Lust, in sein Adreßbuch zu schauen. Wo ist übrigens sein Adreßbuch? Plötzlich kalter Schweiß. Umringt von Dieben und Einbrechern. In der Schreibtischschublade? Umzingelt von Spionen. Eines Abends ist es soweit, dann kommen sie aus der dunklen Gasse, das Hackebeil in ihrer Hand noch naß und glänzend und bespritzt.

Er fährt zu Ma Manoli, ungefähr vierzig Kilometer. Alle Villen mit lila und rosa Neonlicht sind derzeit in den Händen von Korsikanern und seit kurzem mehr und mehr von Kroaten.

Ma Manoli sitzt unter einer überdimensionierten Tiffanylampe. Sie winkt ihm zu und gibt ihm ein Zeichen, daß er durch den Hintergarten hereinkommen soll. Tapfere Ma Manoli, spezialisiert auf das Quälen von Ärzten, Rechtsanwälten, Priestern. Als er dicht an ihrem Thron vorbeigeht, blinzelt sie ihm zu. In Höhe ihrer Knie ist ein weißhaariger Kopf mit kurzgeschnittenem Haar zu sehen. In der Fensterscheibe ist ein matter Fleck, so daß Oorslag den Mann nicht richtig erkennen kann, nur das Hundehalsband um seinen Hals sieht er genau. Der weißhaarige Sklave will gesehen, erkannt werden. Er ist gefangen in dem orange und grasgrün gefleckten Licht und zwischen Ma Manolis Knien. Um seine Identität freizugeben, zur Schau zu stellen, verwundbar durch jeden fremden Blick von draußen. Die meisten Kunden Ma Manolis bevorzugen das parfümierte Halbdunkel im Keller bei den Hebevorrichtungen, Flaschenzügen und Streckbänken oder den Käfig, der nur durch eine Falltür erreichbar ist. Andere, zu denen gehöre auch ich, bevorzugen das kalte Licht.

Ma Manolis Bruder Kootje steht im Garten, in der Kälte und im Bann von etwas, das sich unter dem Dach abspielt.

„Hallo, Kootje."

„Hallo, Mijnheer Oorslag der Zweite." Kootje sagt es nachlässig, fast schroff. Das ist seltsam. Er weiß, daß ich nicht an meinen Vater erinnert werden will. An Oorslag den Ersten. Kootjes Mund steht offen, nicht unähnlich dem aufgesperrten Mund der mittleren Figur von Breughels *Krüppeln*, die auf dem Umschlag der Synopse abgebildet sind. Kootjes Mund stößt graue Wölkchen aus.

Im obersten Stockwerk sitzt ein Mann auf der Fensterbank. Trotz der bitteren Kälte nur in T-Shirt und Tanga. Er ist rothaarig und baumelt mit weißen Beinen.

„Wird er springen?"

„Kommt drauf an", sagt Kootje nachdenklich. Er tritt von einem Fuß auf den anderen, in geräuschlosen Nikes, und bläst sich in die roten Hände.

„Worauf?"

„Ma will ihn nicht reinlassen, weil sie mit einem Kunden

zugange ist, und der geht vor. Aber der da, der will, daß sie sofort … er hat's eilig, er muß nach Vancouver."

„Ist er Matrose?"

„Kapitän. Der andere, der im Schaufenster, ist Ingenieur. Es gibt solche Tage. Manchmal kommen nur Rentner …"

„Kalt, was, Kootje?"

„Kann man wohl sagen."

„Der Kapitän ist nicht danach angezogen."

„Er ist es gewohnt. Er fährt nach Island, Grönland … aber ich muß ihn hier jetzt die ganze Zeit bewachen."

„Und wenn er springt?"

„Dann muß ich ihn so gut es geht auffangen."

„Aber Kootje, was wiegt denn so ein Kerl?"

„Trotzdem muß ich seinen Sturz abfangen."

„Sagt er nichts?"

„Nein."

„Du hast noch nicht mit ihm gesprochen?"

„Das laß ich lieber bleiben. Mit Seeleuten kann man nicht diskutieren. Vor allem nicht mit einem Kapitän. Du als Filmmensch mußt doch noch wissen, wie Humphrey Bogart aufgetreten ist in *Die Caine war ihr Schicksal.*

Obwohl ihm die schneidende Kälte ins Gesicht weht, spürt Oorslag, wie das Gefühl der Hektik, das ihn hierhertrieb, langsam von ihm abfällt. Er ist die Ruhe selbst, nur noch in einer Randzone seiner Gedanken die Schatten der Belagerer, nicht mehr mit Äxten, frisch geschliffen oder auch rostig, sondern mit verleumderischem Geflüster über ihn beschäftigt. Er verjagt die Schatten, tritt an die Hauswand und sagt leise: „Kapitän."

„Wer bist du?" Die Stimme des Kapitäns ist rauh und zärtlich, poliert durch jahrelanges Gebrüll zwischen Gletschern und ihrem unirdischen Krachen.

„Walter."

„Walter, mein Junge, ich sitze hier und kann nicht anders.

Alle an Bord sagen, ich bin verrückt. Stimmt, ich bin verrückt nach ihr. Und dabei habe ich sie noch nicht einmal gevögelt. Schon verrückt, was? Mehr als hunderttausend Franc hab' ich schon für sie springen lassen. Das zählt doch, oder?"

„Letztes Jahr Weihnachten", sagt Kootje, der sich neben Oorslag gestellt hat, „hat er ihr ein Periskop mitgebracht. Von der Beringstraße, hat er gesagt, bei Alaska. Später ist dann herausgekommen, daß er es im Museum in Ostende geklaut hat. Aber was zählt, ist die Absicht. Und man kann die Sache drehen und wenden, wie man will, ein tolles Geschenk war es ja ..."

Ein munteres Klingeln ertönt von seiner schmalen Brust. Er holt ein Telefon hervor, senkt den Kopf mit der Baseballmütze. „Ja, Ma'chen, ja. Ja, er ist noch hier. Ich gebe ihn dir."

„Ma", sagt Oorslag. „Ich bin nur vorbeigekommen, um guten Tag zu sagen. Ja, der Seemann sitzt noch auf der Fensterbank. Muß ich? Soll ich? Nein, ich will nicht, wenn ich noch nicht dran bin. Ein andermal."

Er gibt das Telefon zurück. Ruft: „Kapitän, Ausdauer siegt. Komm runter."

Er drückt Kootje die Hand. „Und die Geschäfte?" fragt er.

„Nachlassend. Die seriösen Kunden haben Angst vor den Ausländern, die sich auf dem Kiez zum Boß aufspielen. Vor allem die Kroaten." Kootje begleitet Oorslag bis zur Straße.

Ma ist nicht mehr zu sehen, wohl aber der weißhaarige Mann, der in einem schwarzen Raglanmantel kerzengerade durch die weißen, nebligen, eisigen Dämpfe, die aus der Erde steigen, zu einem BMW stiefelt.

„Ganz schön komisch", sagt Kootje, „wenn der Mann kommt, ist er die Höflichkeit in Person, ‚Guten Tag, Kootje, wie geht's, Kootje?', wirklich äußerst liebenswürdig, aber wenn er dann nach einer halben Stunde geht, nachdem er die Stiefel von meiner Schwester so ungefähr halb aufgefressen hat, dann übersieht er mich, dann bin ich Luft für ihn. Aber meinetwegen, Hauptsache, er ist zufrieden."

Oorslag könnte ewig hier stehenbleiben, bis zum Morgengrauen plaudern. Aber es ist zu kalt. Tränen laufen ihm über die Wangen. Wegen der Kälte. Die zittrigen, eiligen Vorboten der Panik werden wieder auftauchen, aber jetzt noch nicht.

„Ich bin's."

„Caroline."

„Oh, du erkennst meine Stimme, immerhin."

„Ja."

„Ja was, Axel?"

„Ich habe deine Stimme erkannt."

„Sofort. Sehr schön. Just ist nicht zu Hause, sonst würde ich es nicht wagen, dich wie eine Schlampe anzurufen. Was machst du gerade?"

„Versicherungspolicen durchsehen. Zwei Bilder von Schellen gehen nach London für eine Ausstellung über ‚Geheime Tugenden', ‚Secret Virtues'."

„Die habe ich."

„So, welche denn?"

„Ich hab' sechs Gläser Portwein getrunken."

„Heute nachmittag?"

„Innerhalb von zwei Stunden. Kannst du herkommen?"

„Mein Auto ist in der Werkstatt."

„Würdest du sonst zu mir kommen?"

„Warum nicht?

„Sag nicht so was. Ich trage eine lange Perlenkette um die Hüften und sonst nichts. Doch. Schuhe mit hohen Absätzen. Du bist doch bestimmt so einer, dem es gefällt, wenn Frauen auf zu hohen Absätzen unsicher herumstelzen. Findest du, ich bin eine Schlampe? Ich werde mich morgen, schon heute abend, zu Tode schämen. Ich habe es noch nie über die Lippen gebracht, was ich für dich empfinde. Das ist auch deine Schuld. Auch wenn es dir nicht über die Lippen gekommen ist, ich habe gemerkt, oh, und ob ich es gemerkt habe, wie du mich angeschaut hast, das eine Mal, als Just und ich vorbeigekommen sind und du mir das Glas Wein gereicht hast ..."

„Caroline, könntest du ..."

„Was könnte ich?"

„Könntest du jetzt bitte aufhören?“

„Ich werde Just nichts davon sagen. Wie könnte ich? Leugne nicht, daß du mich angeschaut hast, als du mir das Glas Bourgogne gegeben hast, ich kann es nicht vergessen, ich stehe mit dem Rücken an der Wand, buchstäblich, ich bin noch feucht vom Duschen, und gleich reibe ich mir Erdbeermarmelade auf den Bauch und stelle mir vor, du leckst sie auf, zuerst am Nabel, ich gehe nicht schlafen, ich werde dich weiter belästigen, ich darf das, denn du gehörst mir, ich bin eine warme Katze, die auf dich wartet …“

Axel knallt den Hörer auf die Gabel.

Axel sitzt so reglos wie möglich, denn sein Sessel droht auseinanderzufallen, und dann wird es – wieder – seine Schuld sein.

Neben ihm unterhalten sich zwei Techniker vom Filmteam über die Vorzüge des Mercedes-Benz C.180 Esprit.

Oorslag schleicht um sie herum. Am liebsten würde er die Autokenner an ihren Arbeitsplatz jagen, aber damit ist keinem geholfen, offenbar ist etwas in die Kamera geraten, ein Haar, ein Fliegenbein, eine Mädchenwimper.

Alle warten. Axel hat schon zwölf Kandidatinnen auftreten sehen, strahlen sehen, einen Mann in einer Kutte umarmen sehen und mit mehr oder weniger Glück sagen hören: „Ach, Pieter, vergiß doch die ganze Inquisition, wir haben ja uns."

Bei den ersten drei, vier Anwärterinnen verging Axel vor Scham. Jetzt ist er immun für das Genuschel, Gegacker, Gestammel in allen möglichen Dialekten, das die Schar Mädchen von sich gibt. „Ruhe", ruft ein Bärtiger im Overall. „Kamera ab", antwortet ein anderer Bärtiger. Die Federn von Axels Sessel quietschen.

„Ruhe", brüllt der Overall und sieht sich drohend nach allen Seiten um. Jemand schreibt mit Kreide auf eine Tafel: Leslie de Maesschalk, und ein dickes, aufgeschwemmtes Mädchen in olivgrünem Plisseerock sagt schmachtend: „Ach Pietertje, nu vagiß ma die ganze Inquietschition, wir ham ja uns."

„Ausgezeichnet", ruft Oorslag, „die nächste."

Das Mädchen, geblendet vom Licht, sucht jemanden im Dunkeln, macht mit ausgestreckten Händen einen Schritt ins Dunkle. „Hier, Leslie", sagt eine hohe, gebietende Stimme, die neben Axel aufgetaucht ist. Ein Mädchen, auch aus dem dunklen Gebiet hinter den Scheinwerfern, setzt sich neben Axel auf eine Kamerakiste, zwischen Kabeln und Fußrampenleuchten, Axel schätzt sie auf etwa dreizehn, sie ist grazil, blaß, rabenschwarzes, glänzendes Haar, eine moderne Frisur, früher, zu meiner Zeit, nannte man das Pagenschnitt. Leslie ist ihre beste Freundin, das merkt man, Leslie gehorcht dem Mädchen blind.

Der Mann in der Kutte kommt auch auf das Mädchen zu. Er hat ein braungebranntes, fuchshaftes Gesicht. Man erkennt Herman Grootaers, den Tierarzt aus der Fernsehserie *Rosen für Emma*, man erkennt auch den schleppenden, stets unsicheren und etwas abwesenden Bariton, der nun zu jemandem in einem giftgrünen Overall sagt: „Mein Erzengelchen, würdest du einem erschöpften Künstler bitte einen Saft holen. Die Sorte ist egal, Hauptsache, es ist was Erfrischendes drin."

„Und was, Mijnheer Grootaers?"

„Ein Cognac zum Beispiel wirkt in so einem Saft Wunder. Und was hätten Sie gern, Herr den Dooven? Noch ein Saft mit Cognac. Oder müssen Sie heute noch an Ihren Schreibtisch?"

Axel denkt: Eigentlich albern, aber ich bin einfach stolz, daß er weiß, wer ich bin. Das muß ich nachher unbedingt Claire erzählen.

„Einen Saft mit Cognac", bringt er heraus.

Grootaers beugt sich zu Axel. „Mein Lieber, leider hatten wir bisher noch nicht das Vergnügen, uns persönlich zu begrüßen, deshalb lassen Sie mich Ihnen sofort und auf der Stelle gratulieren: Sie haben Breughel … nicht aus seinen Werken ausgegraben … nein, Sie haben seine Seele destilliert zu einem Gesöff für Götter und Menschen. Mehr sage ich nicht."

„Dankeschön."

„Vielleicht wundern Sie sich, daß Herman Grootaers seine Erdenzeit vergeudet, indem er den Kindern hier vor der Kamera zur Seite steht, ohne daß von Produktionsseite eine nennenswerte Gage dafür herausspringt, wohlan, mein Herr, Sie werden begriffen haben, daß Grootaers das aus moralischen Gründen macht, wir können einfach nicht zulassen, wie sich die Mädelchen im Dschungel der unsittlichen Filmwelt verirren. Und jetzt gehe ich", er grinst wie Jack Nicholson – „wohin auch der König …" Er grient wie ein alter Muschik, humpelt davon wie Richard der Dritte.

Die beiden Mädchen, das dicke und das dunkelhaarige, prusten los.

Oorslag hat gewartet, bis der Schauspieler die Szene verlassen hat. Jetzt hockt er sich neben Axel: „Für heute ist er überhaupt nicht bestellt worden. Wenn man ihn braucht, ist er nie da. Wenn man auf ihn verzichten kann, aber wirklich gut verzichten kann, steht er einem im Weg. Er soll nur nicht glauben, daß ich ihm die Spesen erstatte."

Das dunkelhaarige Mädchen kaut auf etwas herum, ihr Profil mit der langen, dünnen Nase bewegt den Unterkiefer.

„Die nächste", ruft Oorslag, und sofort antwortet eine gellende Stimme aus dem schwarzen Loch hinter der Kamera, wo nur Schatten zu sehen sind. „Nein, Mijnheer Oorslag, nicht die nächste. Würden Sie bitte warten, bis es heißt: Kamera ab!"

„Mit Vergnügen", sagt Oorslag wütend.

„Und Sie da, Sie sitzen im Bild. Weg!" brüllt ein Assistent. Axel verfärbt sich, steht auf. Das Mädchen, das dunkelhaarige mit der knochigen Wangenstruktur, verläßt die Kamerakiste, zieht an seinem Arm.

„Komm", sagt sie, und auch die aufgeschwemmte Blonde mit dem Käsegesicht folgt.

„Er macht sich nur wichtig", sagt das dunkelhaarige Mädchen, „wenn Sie wirklich im Bild sitzen würden, würde ich das ja auch, und zu mir hat er nichts gesagt."

„Natürlich nicht", sagt Axel automatisch.

„Ruhe", brüllt Oorslag.

„Aber ich finde es doch ziemlich unverschämt“, flüstert das dunkelhaarige Mädchen. Ihr weiter grauer Blick, die dichten Wimpern. „Daß er es wagt, so mit Ihnen zu reden.“

„Ich bin es gewohnt“, sagt Axel.

„An so etwas dürfen Sie sich nie gewöhnen.“ Sie reicht ihm bis zur Schulter.

„Nein“, sagt Axel. Sich nicht an das Gewöhnliche anpassen, ein beklemmender Entschluß für ein Kind.

Der große Grootaers spricht seinen Text viermal auf andere Weise, von väterlich bis zornig. Axel vermutet, daß man manche Mädchen ohne Film in der Kamera filmt.

„Mußt du nicht auftreten?“

„Nein ...“

„Bist du nur mit deiner Freundin mitgekommen?“

„Ich bin nur gekommen, um Sie zu sehen. Ich habe Sie gesehen, ich bin zufrieden.“ Sie wirft sich den Riemen ihrer schwarzen Tasche über die Schulter, macht ein Ohr zwischen den glatten, glänzenden Haaren frei und sieht sich nicht mehr um.

„Was meinen Sie, Meister?“ Oorslag wirkt todmüde. „Haben wir unsere Marieke oder nicht?“

„Ich habe sie mir viel jünger vorgestellt.“

„Ich auch. Aber wenn sie am Anfang des Films ein Kind ist, dann haben wir im ganzen Film ... äh ... einen Frauenmangel. Dann gibt es, was Erotik betrifft, nur Marieke, wenn sie älter ist, und diese Griet, die sich in ihrem Wahnsinn die Kleider vom Leib reißt. Ein bißchen schwach als Erotik. Geben Sie's zu. Wenn wir also die Reize einer Dreizehn-Vierzehnjährigen ein wenig ... und ich finde, Gisèle de Vries hatte dieses Wollüstige. Oder?“

„Die einzige, die in Betracht kommt, ist Nummer drei – Wie heißt sie?“ sagt Grootaers gähnend.

„Nummer drei. Hermine Komkommer“, sagt ein Assistent.

„Ausgeschlossen", sagt Oorslag sofort.

„Warum?" fragt Grootaers und zwinkert Axel zu.

„Mein lieber Herman, Sie fragen mich, warum." Man sieht förmlich, wie Oorslag Gründe sucht, prüft, riskiert, verwirft. „Ich werde es Ihnen sagen", erklärt er, macht den Knopf seines Jacketts auf, reibt sich über die Hüften. „Sie sieht einfach nicht so aus, als wäre sie im fünfzehnten Jahrhundert geboren. Nicht wie jemand aus unserer damaligen Bevölkerung."

„Breughel ist im sechzehnten Jahrhundert geboren", sagt Grootaers.

„Na und. Wem sagen Sie das!" (Schon wieder blamiere ich mich. Jetzt habe ich dieses Skript schon fünfmal gelesen, mir wirklich Mühe gegeben, und ich kann mir immer noch nicht merken, in welchem Scheißjahrhundert dieser idiotische Breughel gelebt hat. Und *La Traviata*, ist das nun von Puccini oder von Verdi? *Tosca* ist von …)

„Nicht aus unserer Bevölkerung …" Grootaers läßt sich die Worte auf der Zunge zergehen, als sei er beim Repetieren.

„Komm, laß uns Klartext reden", sagt Oorslag, „ich bin doch kein Antisemit, wenn ich finde, daß sie jüdisch aussieht. Oder darf ich das auch nicht sagen? Wir leben verdammt noch mal bald im Jahr Zweitausend!"

„Sie könnte auch eine Türkin sein", sagt einer der Kabelträger.

„Nie", sagt Oorslag. „Und du halt dich da bitte raus. – Was meinen Sie, Mijnheer den Dooven?"

„Ich weiß nicht", sagt Axel.

„Trotzdem müssen Sie Ihr Plazet geben, werter Meister. Denken Sie mal gut drüber nach, diese Gisèle de Vries, finde ich, die hat's."

„Die Kleine will tatsächlich hoch hinaus", sagt Grootaers.

In einem Lokal gegenüber vertraut der Schauspieler Axel

an, warum er vor allem zu den Vorsprechterminen kommt, „neben dem mehr als evidenten Grund, daß ich selbstverständlich wissen möchte, welches junge Gemüse mir da vorgesetzt wird, und was das betrifft, hab' ich schon ein Auge auf eine geworfen, die sieht verdammt willig aus. Nein, vor allem deshalb, weil ich nicht weiß, wohin ich gehen soll. Meine Frau hat sich nach der Scheidung so schofel verhalten, daß ich – weil ich die betrügerischen Unterhaltsforderungen verweigert habe – vor die Tür gesetzt worden bin, manu militari, Herr Axel den Dooven, und daß mir eine Bruchbude zugewiesen wurde mit gerichtlich festgelegtem Mobiliar, und zwar ein Tisch, ein Stuhl und ein Bett. Ein Einzelbett für Herman Grootaers! Sogar der Vorschuß, den mir unser ehrenwerter Produzent in seiner Güte hat zukommen lassen, ist postwendend an diese Furie gegangen. Wenn sich also die Abenddämmerung über uns alle herniedersenkt und sich ein jeglicher in seinen rechtmäßigen Heimathafen begibt, stecke ich nur in einem Dilemma: Soll ich in der Excelsior Bar bleiben, bis der Morgen graut, und dann auf einer Parkbank im möglicherweise fallenden Schnee ein Nickerchen machen ? Oder begebe ich mich zu meinem einsamen Feldbett und schlummere in Handarbeit ein?"

„Wenn Sie wirklich nicht wissen, wohin … können Sie immer bei mir unterkommen", sagt Axel.

„Wirklich sehr liebenswürdig von Ihnen. Aber hören Sie, lieber Freund, jetzt überfällt mich plötzlich eine Wahnidee: Dieser Oorslag hat Sie doch anständig honoriert, hoffe ich?"

„Ich kann nicht klagen."

„Und für das Szenario ist doch noch einmal etwas herausgesprungen, wie ich hoffe? Was Marigaal da als Skript hingekotzt hat, lieber Himmel, das war ja unter aller Sau."

„Machen Sie sich keine Sorgen", sagt Axel und ahnt

schon, was jetzt kommt, und richtig, der große Grootaers pumpt ihn an, „einen lächerlichen Betrag, großer Meister, damit ich die Nacht überstehe, und zwar am liebsten in möglichst anregender Gesellschaft.“

Axel ist an diesem Nachmittag damit beschäftigt, Fotokopien von Tuschzeichnungen zu ordnen, nicht unbedingt das Medium, in dem Theodor Schellen brilliert hat.

Das dunkelhaarige Mädchen im Filmstudio kam ihm bekannt vor. Er muß sie schon einmal gesehen haben. War sie vielleicht als Besucherin im Museum Schellen?

Axel nimmt, auch wenn es eine Kopie ist, eine Zeichnung vorsichtig in die Hand. Er hält sie ins Licht, vor eine Fensterscheibe mit getrockneten Regentropfen. Titel: „Fischermädchen".

Das Original befindet sich in einer Schweizer Privatsammlung. Aquarell und Tusche auf koreanischem Papier. 61 x 49 cm. Signatur und Datum in der unteren rechten Ecke. T. Schellen 1949.

Schellen war in dieser Periode stark von Spilliaert und Valloton beeinflußt. Die Zeichnung stellt ein Fischermädchen dar, das den Maler forschend anschaut, sie mißtraut ihm, was mag er wohl im Schilde führen? Ihr Teint ist sienafarben mit viel Weiß, der Kopf nach rechts geneigt wie bei allen Figuren um 1949. Das rabenschwarze, schimmernde Haar trägt sie nach dem Vorbild Claudette Colberts, von der man nach Schellens Tod Dutzende aus Zeitschriften ausgeschnittene Fotos gefunden hat, in seinem Bücherschrank hinter der Winkler-Prins-Enzyklopädie versteckt.

Das Fischermädchen ähnelt dem dunkelhaarigen Kind aus dem Studio. Die dichten Augenbrauen, die schmale Nase, die lässigen, aber treffsicheren Pinselstriche unter den großen Augen, der Blick wach bei dem Filmmädchen, gelassen bei dem Fischerkind, beider Lippen spöttisch, den gierig lauernden Mann, sowohl Schellen als auch ihn, herausfordernd.

Ein Mitglied der KONEKÜ, das hier ungenannt bleiben soll – in diesem Jahr sind schon genug Indiskretionen im politischen Tauschhandel umgesetzt worden; und ich verrate nur, daß er der finanzielle und juristische Berater des Ordens van Zonnekin gewesen ist – sagte zu Walter Oorslag, Produzent und Verantwortlicher und Delegierter von ORION: der Etat weise wunde Punkte auf, zum Beispiel auf dem Gebiet der Kostüme. „Ist es zu viel oder zu wenig?“ fragte Oorslag. „Zu wenig. Wirklich, wir in der Kommission begreifen nicht, daß Sie für die Kostüme einen so niedrigen Betrag ansetzen.“

„Kommen Sie zum Set“, sagte Oorslag, „dann zeigen wir Ihnen einen Fächer von Kostümen. Sie sind geblendet, das verspreche ich Ihnen.“

„Unser Handikap“, sagte de Schepper, der Vorsitzende, „ist ein Mangel an gestandenen Art-directors. Die Kostüme in unseren Filmen sind meistens nicht akzeptabel. So kann das nicht weitergehen.“

Oorslag erschrak. Für *Breughel* hatte er schon feste Absprachen getroffen mit der Firma Binneweg, spezialisiert auf Festumzüge und Prozessionen, das Haus des Vertrauens. Warum spezielle Kostüme entwerfen und nähen lassen, wenn sie fix und fertig zu haben waren? Auch wenn sie gelegentlich hier und da, aber nur, wenn man mit der Lupe hinsah, durch die Sonne, durch viele Jahre Gebrauch, durch häufiges Waschen etwas verschossen waren. Wer achtete schon darauf?

Ein neu gewähltes Mitglied der KONEKÜ schloß sich dem Vorsitzenden an und behauptete, wenn man sich zum Beispiel mit einer Firma wie Binneweg einließe, liefe man Gefahr, sich mit historisch inkonsequenten Kostümierungen herumschlagen zu müssen.

Historisch inkonsequent? Und ob, so wären zum Beispiel im letzten Kostümfilm *Der Ritter aus der Burg von Burgund* die Hüte aus dem siebzehnten, die Krägen dagegen aus dem vierzehnten Jahrhundert gewesen.

„Genau", sagte der Vorsitzende, und das Ganze, jetzt ging Oorslag ein Licht auf, war ein verabredeter Anschlag auf ihn, auf ORION, auf HERMES. Denn der Vorsitzende fuhr fort: „Mir ist zu Ohren gekommen, daß man im Ausland auf unseren Landsmann Roosen schwört. Und letztens hat mich der Gouverneur von Limburg gefragt, warum wir Roosen, Armand Roosen, noch nie für einen Film bemüht hätten."

„Roosen, Roosen, der Name kommt mir bekannt vor", sagte Oorslag.

„Er war der Lieferant von Patrick Degrijse, vor allem viktorianische Möbel."

„Wenn Patrick ihm vertraut ...", begann Oorslag tastend.

Als Patrick Botschafter in Südamerika gewesen war, von einer Republik zur nächsten, hatte er Antiquitäten nach Belgien geschickt, auf sein Landgut in Westmalle, ganze Schiffsladungen. Alles kam unversehrt, unbedroht in Westmalle an. Azteken und Inkas, Olmeken und Mayas. Die Sammelwut lag in der Familie. Auch sein Cousin Gustaaf Degrijse, ein Ethnologe, hatte nach seinen Expeditionen in Afrika die Keller seines Schlosses in den Ardennen vollgepackt, um alles zu inventarisieren. Er inventarisiert bereits seit einem halben Jahrhundert, ganze Kulturen stapeln sich dort.

„Roosen", Oorslag notierte den Namen demonstrativ in seinen Terminkalender. „Armand Roosen. Er beliefert also tonangebende Familien ... Heißt das nicht, die Sache wird ziemlich kostspielig?"

„Er macht dir einen Sonderpreis. Das hat er mir persönlich versprochen", sagte das Mitglied.

„O.K.", sagte Oorslag. „Ich muß meine Ausgaben nämlich auch vor dem Rechnungshof verantworten."

„Tue recht und scheue niemand", sagte das Mitglied.

Der Vorsitzende schloß sich dem letzten Satz des Mitgliedes an und berichtete, auf einer Goodwillreise in Taiwan sei er verpflichtet gewesen, der Vorführung eines flämischen Films beizuwohnen, und er habe sich geschämt, denn die Gelben hätten die ganze Zeit über schallend gelacht, und dabei habe es sich doch um die Verfilmung eines Buches von Marnix Gijsen gehandelt. Nach Ansicht des Vorsitzenden hatte das nur an der Ausstattung und den Kostümen gelegen.

Ob wir Armand Roosen kennen? Aber Meneer, Armand Roosen ist ein Wahrzeichen unseres Viertels, so wie das Cinema Avenue und das Standbild von Leopold dem Ersten. Er wohnt dort in dem Patrizierhaus, da, wo die Hurenschuppen anfangen. Wir haben uns oft darüber unterhalten, über das Schauspiel des hochgewachsenen, würdevollen Antiquitätenhändlers, der seinen Abendspaziergang machte mit Amélie, seiner Haushälterin, sie immer einen Meter hinter ihm, weil er ziemlich forsch ausschritt, erst beim St. Bernardus College ging er langsamer, wenn er an den Nutten vorbei war. Und das ist diesen Honigkuchenschätzchen von den Philippinen in ihren blütenweißen Spitzenhöschen natürlich nicht entgangen, und darum haben sie, wenn es nicht geregnet hat und auch nicht zu kalt war, durch ihr offenes Fenster gerufen: „Na los, Roosje, Roosje, komm." Armand Roosen hat das ganz nervös gemacht, aber er ist bei seiner Gewohnheit geblieben, an den Schaufenstern mit rosa Neonlicht vorbeizugehen, weil das der kürzeste Weg zu seiner Mama ins Krankenhaus war.

Aber verändert hat er sich ja doch, der Armand Roosen, sogar spektakulär verändert, und das seit dem Augenblick, als Amélie ihr Leben ausgehaucht hat. Früher, nur als Beispiel, lief er im Maßanzug mit Weste und mit einer Nelke im Knopfloch herum wie der König von Holland, oder ist er Prinz? Seine Frau war Königin, aber wie kann Bernhard dann …? enfin, was geht uns das an … Also wo war ich stehengeblieben? Ach ja, bei seinem vornehmen Anzug, den er plötzlich nicht mehr trug, vielleicht hat er ihn verschenkt oder verbrannt oder er hängt noch in seinem Kleiderschrank, jedenfalls seit diesem verhängnisvollen Tag, denn Amélie hat für ihn gesorgt wie eine Mutter, so was hat er ja nie gekannt, weil seine Mutter ihr Leben lang im Krankenhaus gelegen hat, was so was kostet, kann man sich ausrechnen – und dann hat er eine Weile allein in diesem riesigen tapezierten Grab von einem Haus gewohnt und unser Wies, der Kaufmann, der bei den Frauleuten in unserem Viertel so gern gesehen ist und mit seinen Schmeicheleien immer offene Türen findet, sagt: Der Meneer Roosen wohnt da bestimmt nicht mehr lange allein, da kannst du Gift drauf nehmen, und von einem strengen, großen Mann in Schwarz, der wie ein Notar aussah, hat sich Armand Roosen plötzlich in einen Mann mit Hawaiihemden, und wenn es warm war, mit Bermudashorts verändert, ich bitte Sie, mitten in der Stadt, und mit einem goldenen Armband und einer Halskette mit teuren Steinen, es war provokant, das ist das Wort: provokant, als ob er uns ins Gesicht sagen wollte: „Voilà, ich bin eine Jeanette, und Hinz und Kunz dürfen es wissen." Er hat sogar noch einen Terrier gehabt, nicht?, Pardon, einen Setter. Und dann haben wir eines Tages gesehen, wie Gerald eingezogen ist, Gerald, nach Ansicht von Wies, der ja überall herumkommt und viel Menschenkenntnis hat, „der" Grund dafür, warum Armand Roosen nicht längst in den Kanal gesprungen ist. Gerald ist Programmierer, aber frag mich nicht, was er programmiert, diese Maschinen nehmen den Menschen ja so stiekum die Arbeit weg, mehr will ich nicht darüber wissen, und Gerald und Armand Roosen haben glücklich zusammengelebt, und wir in der Straße haben nicht viel dazu gesagt, auf jeden Topf paßt ein Deckel, Hauptsache, man fühlt sich dabei wohl, was, Mijnheer? Und dann muß etwas geschehen sein, denn eines Tages ist Geralds Frau mit den beiden Kindern auch in das Haus eingezogen, und wir haben schon gedacht, das kann nur in die Hose gehen, aber wir mußten zugeben, daß es wie geschmiert lief in dem Haushalt. Nie fiel ein böses Wort, der eine ging zu seinen Programmen, der andere handelte mit alten Antiquitäten, die Kinder gingen zur Schule, und die Frau hat für alle gesorgt, wie eine

Henne hat sie über der Familie gegluckt. Ein paar von uns haben gesagt: „Na, ob das von Dauer ist, oder: Schöne Lieder sind immer nur kurz.“ Aber nein, das Ende vom Lied läßt noch auf sich warten. Und es heißt, daß Roosen aus einer betuchten Familie stammt, von den Roosens mit den Spielzeugfabriken, den Kinderwagen und so, Armand hat sich da auszahlen lassen, weil er sich mehr für die Schönheit von alten Antiquitäten interessierte, und er hat sich damit schön seine Brötchen verdient, aber anscheinend ist auf dem Antiquitätenmarkt gerade eine Flaute, und das könnte dann doch vielleicht ein schlechtes Ende nehmen, Mijnheer Roosen hat ja die teuersten und vornehmsten Kunden der Stadt und der Provinz, aber es sind ja gerade die Großkopfeten, die am längsten mit dem Bezahlen warten, denen muß man ja sogar manchmal den Gerichtsvollzieher schicken. Und nicht zu vergessen, Gerald und Gerald seine Frau und Gerald seine Kinder, alle sind von Armand Roosen abhängig, denn so wie sie neulich alle zusammen in Venedig gewesen sind … oder man braucht einen Goldesel, der Dukaten scheißt, so was hätte ich auch gerne …

*Betreff: das neue Szenario für den Film „Breughel".*

Die Kommission erkennt die Qualitäten dieses Szenarios an, obwohl es nicht nach den Regeln abgefaßt ist, die der Verband der Drehbuchautoren durch Beschluß des Kongresses in Gontrode festgelegt hat.

Dazu einige Anmerkungen.

1. Die Liebesszene zwischen Maaike und Pieter wurde offenbar unmotiviert erweitert. Im gesamten Werk Pieter Breughels kommt keine ausdrückliche Liebesszene vor, abgesehen von einem sich küssenden Paar auf einer Bauernkirmes. Wie sein großer Vorgänger Hieronymus Bosch benutzte der Maler Symbole. So steht Obst für Zügellosigkeit und Sexualität. Die Kommission hält es für möglich, daß sich durch Symbolik der gleiche, wenn nicht sogar ein besserer Effekt erzielen läßt. Oder falls Bettszenen doch unumgänglich sind, sollten sie auf ± 6 Shots begrenzt werden.

2. Pieter und Maaike schlafen in einer Traumwelt (Schlaraffenland). Schon seit mehreren Jahren sind Traumszenen im Ausland nicht mehr populär. Auf dem letzten Festival von Cannes waren von den dreihundert interessanten Filmen genau sieben Streifen zu sehen, in denen Traumszenen vorkamen. Sollen wir systematisch gegen die internationalen Strömungen anschwimmen? Die Frage muß erlaubt sein.

3. Der Drehbuchautor sollte sich vor allzu simplifizierender Schwarzweißmalerei hüten. So ist z.B. die historische Sicht König Philipps II. längst von dem stereotypen Bild eines grausamen und herrschsüchtigen Mannes abgewichen. Auch die Inquisition muß unseres Erachtens viel nuancierter dargestellt werden. Die Beziehungen zwischen Belgien und Spanien sind im Laufe der Geschichte so eng geworden, daß ein karikatureskes Bild des früheren Spanien zu unnötigen Spannungen führen könnte. Details zu

diesem Punkt wünscht die Kommission viva voce zu besprechen.

4. Mitunter ist der Austausch fundamentaler Ideen über Freiheit und Disziplin zu theatralisch. Die Kommission schlägt zu diesem Punkt vor, daß man unbedingt jemanden hinzuziehen sollte, der mit den Regeln eines adäquaten Dialogs vertraut ist. Das englische Modell der Dialogkunst bietet sich hier an.

5. Wird die historische Bedeutung der Geusen nicht zu skeptisch und einseitig dargestellt? Die Kommission erinnert daran, daß im Herbst eine Serie über die Geusen nach einem Buch von Louis P. Boon gesendet wird. Könnten diese zwei Auffassungen einander nicht schaden?

6. Welchen moralischen Standpunkt man vertreten soll hinsichtlich des Problems, ob das Allgemeininteresse manchmal zugunsten des individuellen Glücks hintangestellt werden muß, wie es hier aufgetischt wird in der Szene, in der Pieter seine Kunstwerke verbrennt, um Maaikes Leben nicht in Gefahr zu bringen, wurde in der Kommission intensiv diskutiert, ohne einen Konsens zu erzielen. Das ist in einer Demokratie ziemlich normal. Die Kommission schlägt deshalb vor, diesen Konflikt so allgemein wie möglich zu halten. Denn wie es jetzt aussieht, findet der intellektuell Interessierte darin nichts für seinen Geschmack, während der durchschnittliche Kinogänger dem Gedankengang nicht folgen kann.

*Fazit.* Der Vorschlag, Pieter Breughel den Älteren zu ehren, ist und bleibt eine achtbare Idee. Ihre Ausarbeitung jedoch ist nach den Kostproben der Herren den Dooven und Marigaal nicht überzeugend genug. Die Kommission äußert den Gedanken, daß man das Szenario Jules Spanoghe anvertrauen könnte. Spanoghe ist derzeit zweifellos der Künstler, der dem Wesen unseres Volkes am meisten treu geblieben ist; auch wenn er sich auf das Proletariat beschränkt, übersteigt die Sicht Spanoghes die sozialen und religiösen Probleme.

Eure Exzellenz, darf ich darauf drängen, daß Sie diesen streng vertraulichen Brief sofort in den *shredder* werfen. Ich hätte es niemals gewagt, Sie zu einem Zeitpunkt zu belästigen, in dem Sie in so großer Sorge über die Unpäßlichkeit Ihrer Verlobten sind, der ich hiermit von ganzem Herzen das Allerbeste wünsche. Der Grund meines Briefes ist die jüngste Entwicklung des Projekts Breughel. Mit dem größten Nachdruck habe ich bereits meinen Protest im inneren Kreis der KONEKÜ geäußert, aber ich bin nicht ganz ohne Mißtrauen gegenüber dieser Kommission und sehe Anlaß zu der Befürchtung, daß der letzte Beschluß Sie nur unvollständig und gefärbt erreichen wird. Es geht um die Vergabe des Auftrags für das Szenario an Herrn Jules Spanoghe. Sowohl Ihnen als mir ist Herr Spanoghe als ein Mann von herausragenden Verdiensten bekannt, der im Genre des Volkstümlichen zweifellos schon einige Proben seines Könnens geliefert hat. Daß sein Talent bisher vor allem in einem erlesenen Zirkel von Salonsozialisten goutiert wird, ist logisch, der typische Vertreter des Volkes möchte sich nicht wiedererkennen in dem Porträt, das Herr Spanoghe von ihm in seinen Schriften entwirft. Um größte Objektivität bemüht, möchte ich jedoch feststellen, daß populistisches Kokettieren mit dem Proletariat (das übrigens bei uns kaum existent ist) in der Literatur nur zu einer Karikatur führt. Daß jemand wie Herr Spanoghe sich mit einem Monument unserer Kultur befassen wird, kann einen, das *entre nous*, an der Kulturpolitik in unserem Land nur verzweifeln lassen. Sie werden sicher verstehen, daß ich mich aus Sorge um diese Politik genötigt sehe, die Angelegenheit nach meiner recht energischen Intervention in der KONEKÜ weiterhin aufmerksam zu verfolgen. Ich erachte das für meine Pflicht.

Daß sich ein Sozialist mit Breughel beschäftigen muß, ist normal, die letzten beiden Filmprojekte sind ohne jeden

Protest von unserer Seite an die Christdemokratie und ihre Vasallen gegangen. Es gibt jedoch, und wer wüßte das besser als Sie, einen Sozialismus von einigem Format und den Sozialismus des Plebses. Nicht, daß ich Herrn Jules Spanoghe zum letzteren zähle, dafür habe ich viel zu großen Respekt vor seinen literarischen Fähigkeiten, die trotz ihrer Begrenztheit in Stil und Thematik unsere Landsleute zu begeistern vermögen, aber man darf im Kontext seines künstlerischen Schaffens sicherlich auch erwähnen, daß er noch bis zum letzten Augenblick, als sich auch die letzten Betonköpfe im kommunistischen Lager geschlagen gaben, den Bluthund Stalin verteidigt hat. Außerdem sollte man nicht vergessen, daß Herr Jules Spanoghe – und das ist kein Klatsch, sondern durch Tatsachen erhärtet – in eine unerfreuliche Pädophilie-Affäre verwickelt ist. Obwohl er damals freigesprochen wurde und niemand mit dem Finger auf ihn zeigen darf, scheint mir die würdige Atmosphäre um eine Hommage an den Kaiser der flämischen Malerei durch den Hautgout einer solchen Geschichte ernsthaften Schaden zu nehmen.

Darum, Eure Exzellenz, bitte ich Sie ehrerbietig, von Ihren Prärogativen Gebrauch zu machen und die Empfehlung der KONEKÜ in das Niemandsland zu verweisen, in das sie gehört.

Darf ich so frei sein und Ihnen mit gleicher Post meinen kürzlich erschienenen Essayband *Die Wimpern von Dvorak* senden in der Hoffnung, daß er Ihnen ein wenig Trost bereiten möge in den schweren Zeiten, die Sie gegenwärtig durchstehen müssen im Zusammenhang mit der Krankheit Ihrer Verlobten, der ich hiermit meine aufrichtigsten Genesungswünsche übermittle. Ihr sehr ergebener J.-F. Marigaal.

Durch das Zusammentreffen mehrerer Umstände – darunter Dienst nach Vorschrift bei der Post, durch eine Mittelohrentzündung bedingte Abwesenheit des Hauptportiers im Ministerium und unerhörte Schlamperei seiner Sekretärin, die gerade Liebeskummer hatte – bekam Minister Meulemans Marigaals Brief zu spät, um darauf reagieren zu können. Davon abgesehen wäre er auch nicht mehr dazu in der Lage gewesen, denn Professor Sloot hatte ihm eine massive Dosis Valium verabreicht, so daß sich der Minister nur vage an den Tod von Marie-Ange Popescu erinnerte. Zwar erschien der Minister noch in seinem Büro und unterschrieb einige Briefe, aber eine Antwort auf Marigaals Schreiben war nicht dabei.

Professor Sloot erhöhte mehrmals die Dosis. Bis zu dem Augenblick, als dem Minister ein gravierender Irrtum unterlief. Es ging um die Ausweisung eines Gebietes, das parzelliert werden sollte. Weil er glaubte, der grüne Bereich auf der Karte stelle einen ausgedehnten Wald dar – und nicht ein Gebiet mit bestimmten Zugeständnissen an sprachliche Minderheiten – ernannte er die gesamte Zone zum Naturpark. Professor Sloot zufolge erklärte sich dieser Lapsus aus einer im Unterbewußtsein schlummernden Sehnsucht nach dem Landwirtschaftsministerium. Der Minister wurde gebeten, sich krankschreiben zu lassen, und seine Partei erwog, ihn ins Europaparlament zu schicken.

In der Halbzeit des Spiels Beveren gegen Ostende bringt Mireille, Inspiration und Ehefrau von Jules Spanoghe, es zur Sprache. Mireille hatte noch nie ein Gefühl für *timing*. Jules drückt sofort auf den Lautstärkeknopf der Fernbedienung. Die Freunde, vier an der Zahl, sind heiser vom Schreien und nehmen die Botschaft der Filmwelt schweigend auf. Ob unser Jules ein Szenario von Jan-Frans Marigaal über das Leben Breughels bearbeiten möchte.

„Sind sie verrückt geworden?" fragt Jules. Sein verwelktes Gesicht mit den Haselnußaugen verzieht sich zu einem unappetitlichen Grinsen. Er dreht sich eine hauchdünne Zigarette aus Wervikser Tabak.

„Was zahlen sie denn?" fragt der Freund, der ein Versandgeschäft besitzt.

„Das ist mir egal", sagt Jules.

„Was bieten sie?" fragt der Freund, der Lehrer für technisches Zeichnen ist.

„Ich will es nicht wissen", ruft Jules.

„Eine halbe Million", sagt Mireille mit einem Seufzer.

„Wenn sie eine halbe Million bieten, kannst du ruhig eine Million verlangen", sagt der Freund Zahnarzt.

„Nie", sagt Jules.

„Es würde uns sehr gelegen kommen", seufzt Mireille.

„Und als zweite Garnitur. Ich und Marigaal verbessern! Dieser widerliche Kerl. Haben sie vergessen, was er sich erdreistet hat, in *De Morgen* über meine *Ballade von dem Mädchen aus dem Gaswerk* zu schreiben?

„Denk nicht mehr daran", sagt Mireille.

„Spanoghe hat längst das Verfallsdatum überschritten", schreit Jules.

„Ruhig Blut", sagt Mireille. „Reg dich nicht auf, Jules."

„Jungs, erst mal ein Bier, die zweite Halbzeit fängt an", sagt der Zahnarzt.

Technisches Zeichnen und Versandgeschäft gehen in

den Garten pinkeln. Der vierte Freund, der früher Briefträger war und oft im Garten der Spanoghes arbeitet, brüllt: „Nicht auf die Tollkirschen pinkeln!“

In der zweiten Halbzeit ist S.K. Beveren deutlich die stärkere Mannschaft, aber Jules kann sich nicht konzentrieren.

„Dieser Marigaal mit seinem Gewäsch. Sein einziges Talent besteht darin, Neuerscheinungen zu lesen und daraus abzuschreiben.“

„Das war Abseits.“

„Was für ein Paß. Dieser Ngombo hat einen goldenen Fuß.“

„Und was ist mit dem linken Bein von Garrabacci?“

„Ist dir eine Laus über die Leber gelaufen?“ fragt Mireille, als das Spiel vorbei ist.

„Ich verstehe nicht, wie jemand diesen Marigaal ernst nehmen kann“, sagt Jules. Tatsächlich ist seine Laune nicht die beste.

„Wo hat er denn seine Philosophie aufgetan? In Büchern. Er hat alles nur aus Büchern.“

„Aber du liest doch auch viel, Jules?“

„Mireille“, sagt Jules spitz. „Ich nehme mir von Zeit zu Zeit noch mal ein Buch vor, das ich längst gelesen habe. Boon und Céline. Und wenn schon?“

„Und Henry Miller“, sagt Technisches Zeichnen. „Den hattest du im Urlaub dabei.“

„Nur die gewissen Stellen, was, Jules?“ sagt Versandgeschäft.

Man trinkt dunkles Oudenaarder Bier. Der Abend bricht herein. Mireille reicht selbstgebackenen Apfelkuchen herum. Jules hat sie verführt, als er Türsteher in einem Antwerpener Nachtclub war, ein Türsteher von einem Meter fünfundsechzig und zweiundneunzig Kilo, die breiten Hüften in einer Lederhose, den Bierbauch und die Brüste in hellgrauem Rollkragenpullover. Mireille kam jeden Abend tanzen. Ihr Verlobter war damals Heini, Inhaber der Bar *Das Fegefeuer*, der damals noch für das Weibsvolk war, was jedem passieren kann.

„Letzte Woche habe ich einen interessanten Artikel in der Beilage von *De Standaard* gelesen", sagt Versandgeschäft.

„Worum ging es?"

„Ach, Mireille, das habe ich vergessen, aber es war wirklich hochinteressant."

Jules trinkt alkoholfreies Bier, er muß einen klaren Kopf behalten. Warum? Weil er jetzt seinen treuen Bewunderern und Freunden das vierte Kapitel seines neuen Romans vorliest. Es geht um verwaiste Kinder, die außerdem fast vor Hunger umkommen. Ein großzügiger Kaufmann gibt ihnen Suppe zu essen. Aber sie schlagen ihm den Schädel ein, weil ihnen die Suppe zu kalt ist.

Jules legt das Manuskript auf den Tisch. Er ist sehr müde. „Leg dich doch hin, wenigstens zehn Minuten", sagt Mireille. Jules streckt sich auf dem Sofa aus. Die Freunde sind beeindruckt.

„Es ist einfach und doch auch tiefschürfend", sagt der Zahnarzt.

„Marigaal", sagt Jules, „Marigaal würde daraus ein Fresko von sechshundert Seiten mit allem möglichen psychologischen Schmonzes zusammenbrauen. Enfin, ich hab' noch nie was von Marigaal gelesen, höchstens ein paar Seiten, diagonal."

„Du hast aber doch den Roman von ihm gelesen letzten Winter", sagt Mireille.

„Reingeguckt hab' ich, Mireille."

„Und sein letztes Buch, *Die Wimpern Dvorraks*, auch."

„Dvorzak", sagt der Zahnarzt.

„Ja, das hat er mir geschickt", sagt Jules.

Jules ist mal beim Heringsfang mitgefahren. Hinten auf

dem Umschlag seines Romans, der als sein Meisterwerk gilt, *Der Mond, das Meer und der Mann,* sieht man ihn auf einem Foto, grinsend unter einem Südwester.

Als drei Freunde gegangen sind und der vierte Freund in der Dämmerung die Nachtschattengewächse berieselt, fragt Mireille: „Bist du sauer? Hab' ich was falsch gemacht?"

„Du machst nie was falsch."

„Aber ja doch. Sag es mir. Bitte. Sonst weiß ich ja nie, was ich falsch mache. Wie soll ich mich dann bessern?"

„Du hättest nicht sagen dürfen, daß ich was von Marigaal gelesen habe."

„Aber es stimmt doch."

„Auch wenn es stimmen würde, geht es sie gar nichts an."

„Aber es stimmt. Ich habe genau gesehen, wie du *Die Wimpern von Dvorrak* gelesen hast. Mit deiner Brille auf. Und du hast eine halbe Stunde für eine Seite gebraucht."

„Darum mußt du das noch lange nicht ausposaunen."

„Machen wir das, dieses Szenario, für eine halbe Million?"

„Uns bleibt wohl nichts anderes übrig."

„Müssen wir davon Steuern bezahlen?"

„Selbstverständlich."

„Es war so schön, was du vorgelesen hast. Über diese Kinder. Ich finde, je älter du wirst, desto besser schreibst du."

Er kratzt sich ausgiebig in der Hose. „Ach ja", sagt er. „Wenn man jeden Tag sein Pensum Seiten schreibt, muß ja ab und zu was Gescheites dabei rauskommen."

„Mama hat recht gehabt. Es ist ein Wunder, hat sie gesagt, daß dein Jules ein so bescheidener, einfacher Mensch geblieben ist."

„Ach ja", sagt Jules.

Der Programmdirektor des Fernsehsenders sitzt mit Oorslag beim Lunch im Restaurant *De Gaarde*, das einen Stern im Michelin hat. Warum wird der Michelin eigentlich nicht ins Niederländische übersetzt? Ist das nicht eine Marktlücke?

„Oorslag, seien wir ehrlich, die einzigen Drehbuchautoren, denen man ruhigen Gewissens einen Auftrag anvertrauen kann, sind die Tschechen und die Briten. Und von denen sind mir die Briten am liebsten. Absolute Profis. Gewieft in der Konstruktion. Sehr solide."

„Wenn das wirklich Ihre Meinung ist, Herr Programmdirektor, dann muß ORION die Konsequenzen daraus ziehen."

„Ziehen Sie, mein Lieber, ziehen Sie."

„Soweit es möglich ist. Finanziell meine ich."

„Das ist weniger wichtig."

„Nun, Sie haben leicht reden."

„Die Hauptsache ist, daß wir als Sender, falls wir uns an dem Projekt beteiligen, den Kopf hoch tragen können. Einschaltquoten, von denen alle immer faseln, sind wichtig, zweifellos, aber das Niveau, Oorslag, unser Niveau! Ich habe gehört, daß man aus lauter Verzweiflung jetzt Spanoghe angesprochen hat. Das ist doch unmöglich, Oorslag, vollkommen unmöglich. Was ist nur in euch gefahren? Der Mann kann keine zwei Sätze fehlerfreies Niederländisch schreiben. Diese angeblich eigene flämische Sprache, in der schreibt er doch nur, weil ihm gar nichts anderes geläufig ist als sein Kauderwelsch! Wir haben ein Jahrhundert Emanzipation hinter uns, und noch immer verfallen wir in die abgedroschenen Bauerndialekte. Bitte, Oorslag. Müssen wir uns wieder mal zum Gespött der Holländer machen?"

„Ich hatte auch an die Briten gedacht. Aber das ist finanziell …"

„… überhaupt kein Thema. Wie ich schon sagte."

„Vielleicht fliege ich nächste Woche kurz nach London."

„Warum nicht? Halten Sie mich auf dem laufenden. Ach, warten Sie mal. Könnten Sie mir einen riesigen Gefallen tun, hier haben Sie, Moment mal, ach, hier ist ja die Karte. Gehen Sie doch bitte dort vorbei, O'Reilly, Cavendish Street 7. Da liegen noch ein paar Hemden, die habe ich mir nähen lassen, ein kariertes und ein gestreiftes. Wären Sie wohl so lieb und …"

„Mit dem größten Vergnügen, Herr Programmdirektor."

Marion, die neue Sekretärin von ORION, die vierte in diesem Jahr, läßt einen kleinen, grauhaarigen Mann, der aus seinem Jackett quillt, in den Salon. Sie kennt ihn vom Fernsehen, kommt aber nicht auf den Namen. Er hat eine Frau bei sich, die ihm ähnelt, jedenfalls in Größe und Breite.

„Guten Tag, Madame", sagt der Mann, „ich möchte zu Mijnheer Oorslag."

„Aha", ruft eine herzliche Stimme. „Mijnheer Spanoghe. Wie schön, Sie zu sehen. Und das ist sicher Mevrouw Spanoghe. Enchanté. Sie sehen blendend aus, Mevrouw Spanoghe. Kommen Sie, treten Sie doch ein. Marion, den Portwein."

Während sie sich setzen, schlägt Oorslag die Hände ineinander. „Wie schön. Nach all den Briefen und Telefonaten und Faxen, endlich. Sitzen Sie bequem? Hervorragend. Mijnheer Spanoghe, wir bei ORION sind sehr angetan von Ihrem intelligenten und doch gefühlvollen Text ..."

„Wir haben etwas von Ihnen erwartet, Mijnheer", sagt Mireille. Jules zuckt zusammen. Sie hatte noch nie ein Gefühl für *timing*.

„Und was hätte das sein sollen? Ich weiß nicht ..."

„Sie wollten uns einen Betrag überweisen."

„Ja ..."

„Sobald mein Mann Ihnen die erste Fassung geschickt hatte."

„Marion", schreit Oorslag. Wie eine aus dem Schlaf aufgeschreckte Gazelle steht sie in der Türöffnung. „Marion, du wirst doch nicht behaupten, daß du die erste ..."

„Was, Mijnheer Oorslag?"

„Die erste Vorschußrate nicht an Mijnheer und Mevrouw geschickt hast? Wie der Blitz, Marion, aber sofort, auf der Stelle!"

Sie bringt ein Scheckbuch, er nimmt es und wirft es auf den Tisch. „Sorry." Er reibt sich über die Stirn. „Nichts,

nichts kann man delegieren … alles muß man selber … Sorry. – Ihr Skript, Mijnheer Spanoghe, gefällt uns, es enthält bemerkenswerte Momente, nur fehlt ihm noch der letzte Schliff."

„Mein Mann hat gerade erst angefangen. Sie können nicht erwarten …"

Oorslag hört nicht zu, er geht durchs Zimmer, Hände in den Hosentaschen, und das ist auch gut so, Mireille findet, daß er unappetitliche Hände hat. Oorslag beginnt zu lachen, ein mädchenhaftes Lachen, nein, eher das Gemecker einer Gazelle in der ersten Morgensonne über der Pampa. „Hehehe. Ich habe mich köstlich amüsiert. Manche Passagen sind wirklich geistreich. Aber ich mußte auch über Ihre Eulenspiegeleien lachen, Mijnheer Spanoghe. Sie sind mir vielleicht einer! Er ist sicher auch zu Hause ein Witzbold, was, Mevrouw. Schaun Sie mal, hier zum Beispiel, da habe ich es …" Er blättert in dem Konvolut. „Seite 149. Breughel besucht Rubens. Pardon, Rubens besucht Breughel. Ach nein, doch nicht, ich habe mich geirrt, die Szene spielt sich in Rubens' Schlafzimmer ab, und Breughel kommt vorbei. Mein lieber Freund, ich habe im Lexikon nachgeschlagen, das geht nicht, die Zeiten stimmen nicht. Zu Rubens Zeiten war Breughel schon eine ganze Weile unter der Erde."

„Jules, hast du das geschrieben?" fragt Mireille traurig.

„Ich weiß, was Sie jetzt sagen werden, Mijnheer Spanoghe. Dichterische Freiheit und so. Aber das paßt in einen Ihrer wunderschönen und von der Jugend gern gelesenen Romane, in den Filmen von ORION dagegen müssen alle Fakten stimmen."

„Es ist Breughels Geist, der Rubens in der Nacht besucht."

„Ach so. Dann habe ich darüber hinweg gelesen. Der Geist also …" Er steht mit offenem Mund da. Wie immer, wenn er nachdenken muß. Füllungen werden sichtbar, Salamireste.

„Nein“, sagt er dann. „Das geht auch nicht. Geister bringen es schon lange nicht mehr. Das ist aus der Zeit weit vor dem Krieg. Das Publikum will das Echte und Wahre.“

„Aber die Wahrheit in der Kunst hat mit der Echtheit des normalen Lebens nichts zu tun“, sagt Jules Spanoghe, als wäre er in seinem Salon unter den vier Freunden.

„Zweifellos.“ Seit dreißig Jahren darf sich Oorslag das von jedem Filmemacher, jedem Drehbuchautor, jedem Journalisten anhören. Er hat es so satt, er setzt sich, dreht an seinem Siegelring.

„Es gibt noch mehr Schönheitsfehler …“

„Zum Beispiel?“ Mireille könnte heulen über die Böcke, die ihr Mann geschossen hat.

„Nehmen wir die Passage, wo Breughel seine Volkszählung zu Bethlehem malt und zu seinem Sohn, dem anderen Breughel, sagt: „Junge, mal du eben den Himmel aus, hier hast du die blaue Farbe.“ Und der Junge macht das dann! Das heißt, einer unserer größten Meister betrügt wissentlich sein Publikum, weil er zu stinkefaul ist, selbst die paar Quadratzentimeter blauen Himmels auszufüllen. Das heißt doch, Breughels Ehre anzutasten! Wenn er noch leben würde, würde er Sie verklagen.“

„Ich …“ Jules Spanoghe bricht der Schweiß aus. „Ich habe das gezeigt … weil ich …“

„Na, jetzt machen Sie’s mal nicht so spannend!“

„Noch ein Gläschen Portwein, Mevrouw?“

„Nein, danke.“

„Weil ich zeigen wollte, daß es unwichtig ist, wie ein Kunstwerk entsteht, welche Anlässe, Modalitäten, Prämissen …“

„Ach Jules, fängst du wieder davon an?“

„Lassen Sie ihn ausreden, Mevrouw. Ich höre den Künstlern gern zu, sie liefern die Ideen, die wir als ausführende Gewalt realisieren müssen."

Er blickt auf seine Rolex, legt das Scheckbuch drei Zentimenter nach links. „Sollen wir jetzt zur Tagesordnung übergehen?"

„Wenn das möglich wäre ..."

„Selbstverständlich, Mevrouw. Wir haben also ein Datum im Auge, an dem wir die Produktion in Angriff nehmen müssen, und wir haben noch lange kein Drehbuch, mit dem sich etwas anfangen läßt."

„Danke für die Blumen", sagt Mireille.

„Noch ein Gläschen Portwein? Wirklich nicht?"

„Aber für mich", sagt Jules und schenkt sich selbst ein.

„ORION, Mevrouw, Mijnheer, ist im In- und Ausland für sein Fair play bekannt. Liefern Sie mir ein Drehbuch, und ich zahle umgehend den Höchstpreis."

„Der Preis stand fest", sagt Mireille, „eine halbe Million."

„Selbstverständlich. Und dieser Betrag wird auch zu gegebener Zeit ausbezahlt. Wenn primo ein fix und fertiges Drehbuch abgeliefert, secundo, der Film gedreht und tertio, der Film verkauft wird. ORION sorgt für alles. Angefangen bei Ihrem vollständigen Namen auf dem Plakat und im Vor- und Nachspann des Films. Was Ihrem Mann unschätzbare Publizität verschaffen wird. Sie werden ein Dutzend Einladungskarten für die Premiere bekommen, der auch Seine Hoheit der Prinz beiwohnt, dem Sie übrigens vorgestellt werden. Resultat: abermals Publizität für Ihren Mann. Dann beginnen wir zu addieren. Außer den Beträgen, die ich genannt habe, bekommen Sie einen bestimmten Prozentsatz von den Rechten, die mit dem *screening* für das Fernsehen verbunden sind, weltweit."

„Könnten wir nicht einen Vorschuß darauf bekommen?"

„Aber Mevrouw! Der erste Meter Film muß noch gedreht werden."

Er löst sich von seinem Schreibtisch, steht zwischen Jules und Mireille, und sie denkt: „Dieser Mann ist einsam, er sucht bei uns Schutz, bei uns, seinen Eltern. Seine rotgefleckte, schuppige Hand … Selbst wenn diese Hand gierig nach Geld grapscht und nach dem Talent meines Jules, sogar dann verdient sie noch gestreichelt zu werden."

„Ich möchte Ihnen einen Vorschlag machen. Schließen wir einen Vertrag. Statt der Summe, die ursprünglich im Gespräch war, beteilige ich Sie am Erlös des Films. Für gewöhnlich mache ich das nicht. Meine Firma müßte ja verrückt sein, jemanden am Gewinn zu beteiligen. Trotzdem, aus Respekt und Bewunderung für Ihr Werk bietet ORION Ihnen einen Prozentsatz an, von dem Sie sonst nur träumen können – ich rede von sechs Prozent vom Gesamterlös aus diesem Erfolgsfilm. Haben Sie jemals gehört, daß Cockerill oder Philips auch nur ein Prozent ihres Gewinns abtreten? Niemals. Und ich sage: vom Reingewinn bekommt Spanoghe sechs Prozent. Denken Sie mal darüber nach."

„Mijnheer den Dooven, wann haben Sie *Das Fegefeuer* zum ersten Mal besucht?“ fragte später der Kommissar Patrick Vaandrig.

„Ich wußte von dem Lokal, aber wann ich zum erstenmal …“

„Wir haben alle Zeit der Welt.“

„Ich erinnere mich, daß Armand …“

„Roosen?“

„Roosen, ja, nach London geflogen war, weil er unbedingt ganz dringend, keiner weiß, warum, zu einem Rossini-Konzert wollte, mit Sir Simon Rattle. Gerald …“

„Roosens Freund.“

„Ja, Roosens Freund … wollte an diesem Tag nicht zu Hause bleiben, um nichts in der Welt, hat er gesagt, seine Frau und seine Kinder haben ihn genervt oder hatten Ausschlag, Pusteln, was weiß ich, und dann hat er gesagt: Axel, laß uns einen Happen essen gehen.“

„Wie hat er das gesagt?“

„Normal, also wie immer ein bißchen affektiert.“

„Ich meine: hat er Ihnen das persönlich oder am Telefon gesagt?“

„Am Telefon.“

„Hat er denn so oft mit Ihnen telefoniert?“

„Überhaupt nicht. Eigentlich nie.“

„Also war es eine große Ausnahme. Haben Sie sich nicht darüber gewundert?“

„Nein. Ich kenne Gerald doch schon lange.“

„Berichten Sie weiter.“

„Wir haben dann bei Marius Mittag gegessen. Gerald war nicht zu genießen. Den muß man mit Samthandschuhen anfassen. Im Restaurant hat er sich über die Vinaigrette beschwert, er fand, daß der Himbeeressig zu stark durchschmeckte, er hat sich über das mangelnde Interesse an seiner Computerarbeit beklagt, und daß Armand immer im

Mittelpunkt stünde und so weiter. Ich habe ihm widersprochen und gesagt, er hätte doch mehrere Menschen um sich, die ihn lieben, Armand, seine Frau, Wim und Tim …"

„Seine Kinder?"

„Ja. Wim und der kleine Tim. Wir haben ziemlich viel getrunken."

„Wieviel?"

„Jeder eine Bloody Mary, eine Flasche Vouvray zum Perlhuhn, einen Mercurey, ein paar Gläser Beaume de Venise zur Melone. Er hat mir erzählt, daß er nicht älter als fünfunddreißig werden würde, werden wolle. Und daß Armand ihm nicht vertraue, denn Armand hätte noch immer kein Testament gemacht, er wolle nicht zu einem Notar."

„Und dann sind Sie beide in *Das Fegefeuer* gegangen?

„Zuerst waren wir noch in einem Straßencafé auf einen Espresso mit einem Grappa dazu. Dann sind wir in *Das Fegefeuer* gegangen."

„Und da hat es Ihnen gefallen?"

„Ziemlich."

„War der Inhaber da?"

„Heini? Ja. Er hat sich gerade was von Mahler angehört. Und Gerald wollte, daß er das sofort abstellt und was von Rossini auflegt. Nach Möglichkeit von Sir Simon Rattle dirigiert. Natürlich war kein Rossini im Haus, und Gerald fing deshalb an zu stänkern. Ich bin dann lieber gegangen."

„Nach Hause?"

„Nein, ins Museum. Und das war auch gut so, ich hatte nämlich nicht in meinen Terminkalender geschaut, und da stand ein Reisebus vor der Tür. Der Verein „Redlichkeit lobt jedermann" aus Denderleeuw. Ich habe dann eine Führung gemacht, aber nur die sehr kurze Version."

„Mevrouw Gershwein", sagen sie, „heute sollten Sie lieber nicht auf die Straße gehen. Sie haben nämlich wieder einen von diesen Tagen." Ich habe wieder einen von diesen Tagen, das braucht mir keiner zu sagen. Einen der Tage, an denen die Züge vorbeifahren, direkt an mir vorbei.

Ihr Geratter, ihr Stampfen, ihr Geheul. Das Zischen des Dampfes. Steinkohle und Wasser treiben die Güterwagen an. Aus welchen Bestandteilen waren die letzten Bomben? Aus gegorenen Kartoffeln, ist das nicht erstaunlich?

Rauch und Qualm. Was man durch Rauch und Qualm hindurch sehen kann, ist die Gleisanlage, die Schienen, die in Kies eingebetteten Schwellen. Der Zug, der sonst Erz und Getreide befördert, befördert mich. Und die Schatten neben mir. Einer davon, der Schatten, der mir am nächsten ist, zischelt die ganze Zeit etwas, säuerlicher Qualm schlägt mir auf die Augen.

Dieser Zug, für immer. Nie hält er an. Er pfeift unaufhörlich. Meine Fingernägel sind zersplittert vom Kratzen am Holz. Ich sauge an meinen Fingern, ich sauge an einem Splitter, ich sauge die Luft ein, schwarz und körnig, durch die Ritzen im Waggon.

Der Schatten zieht mich an den Haaren. Haare aus Ebenholz, sagte sie, der Schatten, und streichelte mich. Sie war unberechenbar, wie die Funken der Lokomotive, die ganz nah vorbeiflogen, der Schatten sagte auch gelehrte Dinge, aus gelehrten Büchern, daß Kant wütend war auf Hume, weil dieser den wissenschaftlichen Gedanken untergrub, das lehrte der Schatten, der mich streichelte, und daß wir nach Einheit suchen, Einheit voraussetzen müßten.

Manchmal, so wie jetzt, fahren die Züge am Horizont. Dann ist die Straße frei und ich gehe doch hinaus, trotz ihrer besorgten Stimmen gehe ich hinaus, obwohl die Stimmen, die für mich sorgen und die meine Seele kneten, es mir verbieten, gehe ich doch zu diesem tauben Dreckskerl, meinem Feind, der von seiner Schwelle aus nach den Amseln schaut, nicht nach der Spur, die ich auf der Schwelle hinterlasse, sieh an, er senkt den Blick zur Erde, ich muß ihn bestrafen, auch wenn es das letzte ist, was ich tue, ich muß wie ein Güterzug über ihn hinwegfahren.

An der Haustür klingelt es Sturm. „Na na“, murmelt Claire vor sich hin, „immer mit der Ruhe.“ Zuerst klemmt die Tür wegen des Regens, und dann steht er plötzlich vor ihr, eine Art Chirurgenhaube auf dem Kopf, solariumgebräunt oder geschminkt, glänzend, der Schauspieler Herman Grootaers. Er blickt sie an, als hätte er eine Vision, macht eine tiefe Verbeugung und fragt, ob ihr Mann zu Hause sei.

„Treten Sie ein“, sagt sie.

„Darf ich mich vorstellen“, sagt die berüchtigte Hörspielstimme, „Grootaers.“

„Das weiß ich. Das sehe ich.“

„Ich möchte mich wirklich nicht aufdrängen, Mevrouw, aber es handelt sich um eine außerordentlich wichtige Angelegenheit. Ein paar dringende Probleme sind aufgetaucht.“

„Verzeihung. Die Putzfrau …“

Claire ist wütend, weil der Flur voller Putzutensilien steht und der Staubsauger wie eine Boa Constrictor auf der Treppe liegt.

„Die Putzfrau putzt, die Wutz, die grunzt, ich bin ein tumber Schlunz, der strunzt.“

Darauf weiß Claire nichts zu erwidern, und sie führt ihn ins Wohnzimmer. Der Schauspieler ist kleiner als letztens im Fernsehen, wo er als Macbeth, im Kilt, eine Hand in die Hüfte gestemmt, die Truppen anfeuerte, während seine rührend anzusehenden Knie zitterten.

Axel wundert sich offenbar gar nicht und begrüßt Grootaers wie einen alten Bekannten. Claire bemerkt erst jetzt, daß der Schauspieler ein wackliges, klatschnasses Köfferchen im Flur abgestellt hat.

Grootaers nimmt die Kappe ab, fahlgrün und durchscheinend liegt sie auf dem Sofa wie ein Stück Plazenta. Er schlägt die Beine übereinander, als er auf dem Sofa sitzt, das weiße, unbehaarte rechte Bein sieht wie eine Prothese aus. Claire fällt auf, daß Grootaers ihrem Mann zulächelt wie einer Frau. Die Herren trinken Bourbon. „Denken sie mal", sagt Grootaers, „heute nacht bin ich ins Grübeln gekommen über die Problematik Schein oder Sein, und ich konnte meinem wachen und frischen Bewußtsein noch so gut zureden, ich bin ganz durcheinandergeraten, denken sie mal, als ich mich auf den Gottesbegriff bei Pieter Breughel besinnen wollte."

„Und da haben Sie gedacht, ich könnte Ihnen helfen?" sagt Axel. „Jetzt, in diesem Augenblick?"

„Ist unser flüchtiges Dasein nicht eine Aneinanderreihung von Augenblicken? Dürfte ich Ihre begründete Meinung dazu erfahren, liebe Dame?"

„Oh, wissen Sie, ich, nun ja, ich …"

„Genau", sagt Grootaers, „es versetzt Sie in einen Zustand der Hingabe an die Implikationen."

„Ja", sagt sie. Wie eine dumme Kuh, denkt sie.

„Axel", sagt Grootaers, „Axel, so darf ich Sie ja sicher nennen, denn Sie sind ja insoweit mit mir verwandt, als auch Sie sich in Ihrer Schrift auf Ihre Weise an den unermeßlichen Auftrag gewagt haben, Pieter Breughel den Älteren darzustellen. Von unserer Zusammenarbeit verspreche ich mir sehr viel. Wir beide müssen uns ja gegen die Mediokrität behaupten, die sich dieses Projekts bemächtigt hat. Das letzte Skript, in das ich Einblick nehmen durfte, haben zwei schwule Engländer in rasender Geschwindigkeit ausgeheckt. Eine Katastrophe."

Auf dem Teppichboden, um seine durchnäßten Schuhe, bildet sich ein dunkler Fleck. Grootaers merkt, daß Claire dies sieht, und steht auf, schüttelt seinen fragilen Körper wie ein Füllen. Spritzer fliegen durchs ganze Zimmer, an die Fensterscheibe.

„Das einzig Erfreuliche an so einem Regen ist", ruft er

plötzlich aufgeräumt, „daß man auf der Straße einfach in die Hose pinkeln kann, ohne daß es auffällt."

„Haben Sie das gemacht?"

„Selbstverständlich, mein lieber Axel."

Claire holt ein Handtuch. Er reibt sich die spärlichen Haare trocken. Dann trinkt er den Bourbon mit schnellen Zügen, zermalmt hörbar die Eiswürfel, plaudert über seine letzte Rolle in einem „infamen Bauerndrama", starrt impertinent auf Claires Brüste.

Als Claire in der Küche die Spaghetti von mittags aufwärmt und Axel kommt, um Bierdosen aus dem Kühlschrank zu holen, sagt sie: „Sorg dafür, daß der Typ so schnell wie möglich verschwindet."

„Er weiß nicht, wohin …"

„Er hat doch eine Wohnung."

„Offenbar nicht."

Sie hört auf, in den Spaghetti zu rühren.

„Du hast ihn eingeladen."

„Davon kann keine Rede sein."

„Lüg mich nicht an." Sie kostet die Spaghetti, gießt einen Schuß Ketchup darauf, kostet. Kleine Stücke hängen kurz in ihren Mundwinkeln, einen Moment lang erinnert sie an einen Seelöwen mit blutigem Schnurrbart.

Später sitzen sie betrunken unter der Art-Deco-Lampe und spielen Trivial Pursuit.

„Wer hat das sexuelle Aufklärungsbuch Bob und Daphne geschrieben?"

„Ich weiß es", kräht Grootaers, „Guido Gezelle!"

Axel bringt Grootaers, keuchend und fluchend, die Treppe hinauf, Arm in Arm stoßen sie an das knarrende Treppengeländer. Claire folgt mit dem nassen, eingerissenen Köfferchen aus Pappkarton.

„Erzähl uns mal, Arsène Goossens, wie lange bist du schon Hausmeister im Museum Schellen?“

„Concierge. Ich bin Concierge.“

„Das ist dasselbe.“

„In meinen Augen nicht.“

„An diesem Abend klingelte eine Dame und sagte, sie würde erwartet. Kam das öfter vor?“

„Unser Konservator bekommt hin und wieder Damenbesuch. Das heißt aber nicht immer gleich hopp hopp aufs Sofa.“

„Du hast meine Frage nicht beantwortet.“

„Ich antworte nur, wenn ich will.“

„Wenn du so störrisch bist, kommen wir nicht weiter.“

„Du kannst mir gar nichts wollen. Meinetwegen kannst du sogar für meine Entlassung sorgen.“

„Du hast diesen Posten bekommen ...“

„Für geleistete Dienste.“

„Während des Krieges.“

„Am Ende des Krieges.“

„Nach den Unterlagen in meiner Akte hast du den bewußten Omnibus gesehen, der von zwei deutschen Panzerwagen angegriffen wurde, wobei die Widerstandskämpfer gefallen sind.“

„Ihre Namen stehen auf dem Ehrenmal am Marktplatz.“

„Vor kurzem wurde ein Stück der steinernen Gedenktafel mit einem Vorschlaghammer zertrümmert. Die Schuldigen konnten nicht gefaßt werden.“

„Ich frage mich, wohin das noch führen soll. Und die Frauen werden jetzt schon genauso schlimm wie die Männer.“

„Du hast die Dame zum Büro des Konservators begleitet. Sie ist in sein Büro gegangen. Und dann?“

„Dann haben sie die Tür zugemacht.“

„Also war nichts mehr zu sehen. Aber ein Goossens läßt sich was einfallen, hab' ich recht?"

„Ich bin hinters Haus gegangen, an den Azaleen entlang."

„Konntest du da durchs Fenster schauen?"

„Ich stand auf einem Haufen großer Steine und halb auf dem Sockel der Medusa."

„Die Medusa, eine Skulptur von Theodoor Schellen."

„In Basalt. Aus dem Jahr siebenundzwanzig."

„Das hast du oft gemacht, so spioniert."

„Ich bin dafür verantwortlich, daß im Museum alles seine Ordnung hat, da muß ich alles im Auge behalten, auch den Konservator."

„Und was hast du dann beobachtet?"

„Nicht viel."

„Die betreffende Dame hat sich mit dem Konservator unterhalten?"

„Über Gott und die Welt."

„Konntest du denn hören, was sie gesagt hat?"

„Das kann man aus dem schließen, was man sieht."

„Also hast du nun was gehört oder nicht? Warum antwortest du nicht?"

„Ich habe alles gehört. Im Museum hört man jeden Furz."

„Was hast du denn gehört?"

„Sie haben über Gott und die Welt geredet. Ich hab's mir nicht gemerkt."

„Was haben sie gemacht?"

„Sie haben geplaudert. Ich glaube, sie waren gut gelaunt."

(Goossens hat eine genaue Vorstellung im Kopf, wie er antwortet, unterwürfig, aber auch selbstbewußt, von beidem die richtige Dosis; er sieht sogar vor sich, wie der Vernehmende ihn sieht, ihn reden sieht mit seinen abgebröckelten Zähnen und dem kaputten Gaumen, wie er die eingerosteten Stimmbänder hört und die Metastasen in seinem Unterleib vermutet. Was der Vernehmende nie erfahren wird, ist, wie die Frau damals, vertraulich, fast familiär, den Konservator mit inständigen Gesten zu beschwören versuchte, und wie er sie abwehrte, ohne sie zu berühren, auch nicht, als sie sich hinkniete und seinen Hosenschlitz öffnete. Wie viele Knöpfe? Es war ein Reißverschluß. Ich dachte nämlich noch bei mir, den ratscht sie aber fix auf, fast als ob sie viel Erfahrung hätte, das könnte nämlich ganz schön weh tun. Was tat der Mann? Er hat sein Glied aus ihrem Mund gezogen und ist mit dem halb aufgerichteten, schlampig schaukelnden Glied zu seinem Schreibtisch gegangen, er hat den Füllhalter genommen, der dort immer liegt, der Verein der Freunde des Museums Schellen, also hauptsächlich die Familie Schellen und Notar Geerts, hat ihm den mal zu irgendeinem Jahrestag des Todes von Schellen geschenkt, und er hat den Füllhalter zwischen den Fingern gedreht, und sie war ihm gefolgt, und dann hat sie ohne große Umstände ihr Kleid hochgehoben, und darunter hatte sie nichts an, sie hat die Ellbogen auf den Rand des Schreibtischs gelegt, ihre Hände lagen flach zu beiden Seiten der Empire-Schreibtischgarnitur aus Onyx und Bronze, das Kleid, das zurückgefallen war, hat sie wieder hochgezogen, so daß ihr Hintern schneeweiß und stramm wartete, bis er näherkam und etwas daraufschrieb, aber ich hatte meine richtige Brille zu Hause liegenlassen und die von unserer seligen Clementine aufgesetzt, ich konnte es nicht lesen, ich denke, es war sein Name. Und vielleicht ein Herz mit einem Pfeil? Denkbar wäre das, unser dicker Konservator ist für so was kindisch genug.)

„Goossens, ich habe den Eindruck, daß du mehr weißt und mich an der Nase herumführst."

„Ich frage dich doch auch nicht, wie es bei dir zu Hause zugeht."

„Wenn du dich jetzt einmal anstrengen würdest, vielleicht fällt dir dann was ein."

(Guter Witz. Anstrengen? Keine Videokamera könnte Bild und Ton so genau festhalten wie mein ansonsten kaputtes Gehirn. Ihr Flehen zum Beispiel in seinem Büro, als er mit dem Geschreibe auf ihrem Hintern fertig war. „Liebling." Pardon, ich hab' mich geirrt. *Liebster* hat sie gesagt. „Liebster, ein paar mir wohlgesinnte Menschen aus meiner engeren Umgebung behaupten, ich wäre plemplem; wie erklären sie sich dann, daß ich meine Arbeit schaffe wie jede andere Hausfrau, oder wie eine Sekretärin deines anspruchsvollen Sohnes? Bin ich denn nur verrückt, wenn es um dich geht? Aber ich habe es aufgegeben, nach Erklärungen zu suchen. Wie kann ich dich sonst hören? Ich will keine Nebengeräusche, nur deine Stimme, so wie du heute nachmittag in den Nachrichten von Radio Brüssel warst, die Sprecherin sagte, daß frische Truppen nach Afrika geschickt würden, um die Missionare zu befreien, und dann verschwand ihre Stimme, und deine liebliche liebe Stimme, die so unvergleichlich ist, war zu hören, sie hat die anderen Stimmen im Hintergrund übertönt, die auch warm und verführerisch und gefährlich sind, aber längst nicht so überwältigend wie deine, du bist für mich ein Genuß, und das fängt bei meiner rechten Ohrmuschel an wie heute nachmittag, wie so oft, wenn ich im Bett liege mit meiner Perlenkette um die Hüften, aber lange darf ich nicht liegenbleiben, ich muß mich bewegen, im Garten, unter der Dusche, bis ich deine Stimme nicht mehr höre, ein scheußlicher Schmerz, denn deine Befehle sind so süß, komm, komm zu mir, sofort, wo du doch weißt, daß ich verdammt noch mal nicht kann, da habe ich doch heute nachmittag das Abendessen, das ich gerade für Just gekocht hatte, anbrennen lassen, im Ernst, wie in so einer albernen Klamotte im Fernsehen, und hier bin ich nun, ich bin mit einem Taxi gekommen, die ganzen Kilometer, du willst mich doch, gib's zu, du weißt doch, was ich mache, wenn

Just schläft und ich zu den Sternen hinaufblicke und dich in das Haus meiner Gedanken lotse auf deinen nackten, dicken Füßen, ich recke und strecke mich so wie jetzt und ich lecke wie eine Quelle, und ich warte unerträglich lange, bis du sie gänzlich füllst, die Höhlen in mir.")

„Und er die ganze Zeit? Was hat der Konservator gesagt?"

„Er hat gesagt: ‚Du bist die Frau meines Sohnes.'"

Dann bleibt es doch in der Familie, hat sie gesagt. Und dann noch: „Du bist ein Feigling. Aber das habe ich schon gewußt. Es macht nichts. Ich liebe einen Feigling, warum nicht? – Ich gehe. Bist du erleichtert? Ja, was? Diese lästige Trine mit ihrer Liebe. Ich gehe." Und ergriff seine Hand. Einen Moment lang sah es so aus, als ob sie in seiner Hand lesen wollte, aber dann hat sie ihn in den Handballen gebissen. Er hat sie an den Haaren weggezogen. „Ich gehe", hat sie gesagt und immer noch seinen Hosenstall gestreichelt.

„Jetzt gehe ich aber wirklich. Nein, zuerst noch ein Rätsel. Was haben Affen, wenn sie lächeln? Weißt du es nicht, du Feigling? Es ist wissenschaftlich bewiesen: Wenn sie lächeln, haben Affen Angst."

Axel durfte mit Marigaal mitfahren. Oorslag hatte beide zu einer wichtigen Besprechung zu sich bestellt. Marigaal sah ziemlich verwegen aus, er trug eine Mütze mit Schottenkaro und einem Pompon.

Axel saß im Sportwagen eingeklemmt. Es war neblig. Manchmal schien es, als schwebte das Auto auf weißen Nebelschwaden. Axel nickte immer wieder ein, während er sich eine chaotische Geschichte über den Journalisten Verachtert anhörte, der ein Verhältnis mit Marigaals Halbschwester gehabt hatte. Marigaal hätte den Schuft am liebsten geohrfeigt, sagte er, denn Verachtert habe die Spargroschen der Halbschwester verjubelt. Aber was könne man ausrichten gegen so einen Kerl? Man verdarb es besser nicht mit ihm, denn wer weiß, was er nicht alles in seine diversen Zeitungen und Magazine spritzen würde? Übrigens, Verachtert hätte bei ihm vorgefühlt, ob Axel vielleicht für ein Interview zu haben wäre, tiefschürfend und substantiell, intim und ohne Tabus, über das Schicksal eines Dichters, der wie Axel an einer Schreibhemmung litt. Im Nebel tauchten die Worte auf und verwehten, Verachtert, sein Pseudonym *Grashüpfer*, Rezensionen, Verrisse, Essay, Kritik, Fragment, Schikane, Axel fielen die Augen zu.

Er wurde wach, als jemand etwas zu ihm sagte und eine Hand in einem sportlichen zweifarbigen Handschuh aus Leder und Leinen an seiner Nase vorbeifuhr, er hörte das Klicken des Handschuhfachs und die Stimme Marigaals.

„Schauen Sie mal, sagt Ihnen das was?" Die Hand hielt jetzt einen Dolch mit schwarzem, eingekerbten Griff; ein kleines rotes Quadrat im Griff zeigte ein Hakenkreuz.

„Sehen Sie?"

„Ja."

„Aber sehen Sie es auch genau?"

„Natürlich."

„Sagt es Ihnen nichts?"

„Wieso?"

„Sagt es Ihnen überhaupt nichts?"

„Ein Dolch der Hitlerjugend", sagte Axel.

Marigaal schaute wütend auf die Straße, wo ein platinblonder Junge den Daumen hochhielt, pfefferte den Dolch ins Handschuhfach und trat aufs Gaspedal.

„Ich kapier es nicht."

„Natürlich kapieren Sie's nicht. Sie pfeifen ja auf das, was ich Ihnen zu sagen habe."

Axel hörte, wie die Stimme brach. Mit Bestürzung sah er eine Spur von Tränen auf der glattrasierten, leicht gepuderten Wange. Marigaal blickte weiter starr auf die Straße.

„Jan-Frans! Was hast du denn?"

„Würden Sie es bitte unterlassen, mich zu duzen? Ich nehme an, Sie duzen sich mit Spanoghe?"

„Was ist denn los?"

„Sagt Ihnen die Zeitschrift *Spiraal* nichts mehr? Sie haben in der Redaktion gearbeitet."

„Das war vor zwanzig Jahren."

„Richtig. Und vor zwanzig Jahren …" Die Augen wurden trübe. Er weinte. Um ein Haar streifte er ein entgegenkommendes Auto, einen Schweizer Opel voller Kinder.

„Sie mögen mich nicht", sagte Marigaal. „Sie sind wie alle anderen. Gegen mich."

„Wie kommen Sie darauf?"

„Sie wissen nicht halb, was ich für Sie getan habe. Wer hat Sie aus Ihrem Provinznest unter die Leute gebracht? Wer hat Sie aus Ihrem gottverdammten *Fegefeuer* geholt. Was hat Jules Spanoghe jemals für Sie getan?"

„Was ist denn mit diesem Blättchen *Spiraal*?"

„Blättchen, nennt Mijnheer das! Es war die Zeitschrift, die meine erste längere Erzählung veröffentlicht hat. *Eine slowenische Liebe*."

„Und dann?"

„Dann, dann, dann hat dieser Hitlerjugenddolch eine kapitale Rolle in meiner Geschichte gespielt!" Seine Stimme überschlug sich. Er wich einem Lastwagen mit Kühlschränken aus. Er preßte die Zähne aufeinander. Eine Stunde lang. Erst als sie an der Basilika von Koekelberg vorbeifuhren, sagte er: „Na, das war eine erfrischende Fahrt. Finden Sie nicht auch?"

„Ja, wirklich."

„Sie sind ein liebenswürdiger Reisegefährte."

„Sie auch", sagte Axel matt.

Die wichtige Besprechung im Büro der ORION erwies sich hauptsächlich als Rede, die Generalsekretär Cogels im Namen seines schwer angeschlagenen Ministers vor ein paar geladenen Gästen aus der Filmbranche hielt. Im Mittelpunkt der Ansprache stand die Frage, „ob das flämische Image im Film genügend repräsentiert sei. Denn von vielen Seiten, vor allem von wallonischer und Brüsseler Seite, geht ein Verdrängungsprozeß aus; die Kultur Belgiens droht wieder einmal die unsere zu ersticken. Wir müssen dem heftig übertriebenen Kult um u.a. Orlando di Lasso, César Franck, Adolphe Sax, René Magritte die flämische Stirn bieten. Wir haben Memling entgegenzusetzen (wenn auch von deutscher Herkunft), die Brüder van Eyck, alle beide, Rubens, van Dijck, Permeke, Octave Landuyt und den auf einer bestimmten Ebene sicher auch zur Kultur gehörenden Pater Damiaan."

Manchmal treffe ich im Flur, auf der Treppe eine Gestalt, die auf den Zehenspitzen geht, das jedoch auf unwahrscheinlich hohen Absätzen. Sie ist in ein dunkelblaues Cape gehüllt, das direkt über den Knöcheln (geschwollen, lila, verschrammt) endet. Es ist Herman Grootaers. Er schiebt sich vorbei, ohne aufzublicken. Eine Wolke von Alkohol (Courvoisier) umgibt ihn. Manchmal antwortet er, wenn ich ihn anspreche. Manchmal nicht.

„Wie geht's, Herman?"

Der grimmige Blick, das fleckige Gesicht, das lautlose Verwünschungen ausdrückt.

„Alles okay, Herman?"

„Axel, schweig still mir von der Welt, ich kenn sie, ach, zu gut", erwidert er und flieht die Treppe hinauf zu seinem kleinen Zimmer, aus dem Gestank dringt. Oder er bleibt mit einem verbitterten Zug um die mit Konturenstift oder Eyeliner betonten Mundwinkel stehen und blafft: „Hinfort, du Beutelschneider!" Manchmal trägt er einen weißen Spitzbart, aber der ist meist nachlässig angeklebt. Eines Tages wollte ich ihn auf die Schippe nehmen. Ich sagte nicht: „Hallo, Herman?" sondern „Ich trage Trauer, weil die Welt so ungetreu." Leider war er in Schweigelaune. Claire möchte ihn jeden Tag rauswerfen, aber sie traut sich nicht. Sie lacht über seine Wortspiele. Sie kocht für ihn Diät, denn der Künstler hat Schwierigkeiten mit der Verdauung. Sein Stuhlgang wird jeden Morgen beim Frühstück besprochen. Spuren seines Leidens sind im ganzen Haus zu finden, nicht nur in seinem übelriechenden Zimmer, sondern auch auf unseren Handtüchern, Tagesdecken, was treibt er eigentlich in unserem Zimmer? Spielt er auch in unserem Badezimmer weiter den Misanthropen, versteinert in seinem Menschenhaß, wie er in der Galleria Nazionale in Neapel zu sehen ist?

„Und nun die siebenundfünfzigste Folge unserer Live-Talkshow: *Kokolores*, und hier kommt der Mann, der unserer Kultur und heute abend insbesondere der Literatur auf den Zahn fühlt und der Muse die Würmer aus der Nase zieht, hier ist er, kein geringerer als Pieter Schuiten."

„Dankeschön, Miriam. Meine Damen und Herren im Studio, liebe Zuschauer daheim, willkommen bei *Kokolores*.

Heute abend geht es um eine Überraschung. Nämlich ein Buch, oder besser gesagt eine Broschüre, die die Form eines Buches angenommen hat und sich auf dem Einband ziemlich großtuerisch als Roman anpreist. In *Kokolores* haben wir so manchen Roman präsentiert, dieser jedoch hat die sonderbare Eigenschaft, ein Filmszenario zu sein, das in einen Roman umgewandelt wurde, und zwar – das haben meine Spione herausgefunden – innerhalb von drei Wochen. Schneller als Simenon hat der Autor, den wir Ihnen gleich vorstellen möchten, eine Arbeit abgeliefert, die, nach meiner Ansicht, und Sie wissen, liebe Zuschauer, daß ich mit Komplimenten eher geize, die sich sehen lassen kann, die Hand und Fuß hat. Die Lyrikkenner unter uns, alle sechs, würde ich mal sagen, erinnern sich an diesen Autor. Nur trug er damals, vor zwanzig, fünfzehn Jahren, einen anderen Namen: Dirk van Munster. Heute heißt er Axel den Dooven und ist Konservator des Museums Schellen. Er ist, das werden Sie selbst merken, ein burgundischer Typ, der seiner Berufung Ade gesagt hat, aber momentan ein Comeback als Prosaautor erlebt und aus dem Schatten der Provinz tritt, und hier ist er, im vollen Scheinwerferlicht: Axel den Dooven.

Axel, willkommen, was kann ich dir anbieten?"

„Mijnheer Schuiten, sind wir jemals zusammen im Puff gewesen?"

„Äh ... wahrscheinlich nicht ... ich kann mich nicht ... wieso?"

„Würden Sie es dann bitte unterlassen, mich zu duzen?"
„Haben Sie etwas dagegen?"
„Und ob."
„Für jemanden, der als Dichter an die Öffentlichkeit tritt, ist dieses Förmliche ziemlich überraschend."
„Ich dachte, Sie wollten mir Fragen stellen."
„Ja, natürlich. Äh … zuerst und vor allem … wie fühlen Sie sich jetzt, wo Ihr seit Jahren erwartetes jüngstes Geistesprodukt im Schaufenster der Buchhandlungen liegt?"
„Was geht Sie das an, wie ich mich fühle?"
„Ja … ich meine … nach relativer Anonymität stehen Sie nun wieder im Licht der Offenbarung, ich meine … der Öffentlichkeit."
„Und was geht Sie das an?"
„Mich ehrlich gesagt nicht so viel, aber die Tausende Zuschauer von *Kokolores* durchaus."
„Mijnheer Schuiten, darf ich Ihnen eine Frage stellen?"
„Selbstverständlich. Gern."
„Haben Sie Hämorrhoiden?"
„Äh … ich? Wer sagt das?"
„Weil Sie sich so auf Ihrem Stuhl winden. Das Leiden kommt ziemlich ziemlich häufig vor, Sie brauchen nicht zu verzweifeln."
„Mijnheer den Dooven, lassen Sie uns über Ihr Buch reden, das ich nebenbei bemerkt gar nicht so schlecht fand."
„Ich halte es für einen Schmarren."
„Ach, tatsächlich?
„Unbedeutendes Geschreibsel, das ich mal vor ein paar Jahrzehnten als Filmszenario abgeliefert und jetzt zu sogenannter Fiktion umgeschrieben habe, mit der ich aber lieber nicht in Verbindung gebracht werden möchte."
„Sie sind aber sehr direkt."
„Ach, Mijnheer Schuiten, es ist Geschwätz, das ganze Buch, Geschwätz ähnlich wie das, was wir hier gerade trei-

ben. Und dieser Schmarren ist dann schnell auf den Markt geworfen worden wegen der Publicity für den Film, der in Vorbereitung ist."

„Schmarren, Geschwätz, Mijnheer den Dooven, ist das Ihr Ernst? Sie ziehen es vor, nicht zu antworten. Dann eben die nächste Frage. Das Wort Museum, der Ort also, in dem Sie tätig sind, enthält das Wort Muse. Bedeutet Ihr Comeback, daß Sie demnächst auch wieder Lyrik schreiben werden?"

„Die Muse ist eine Hure. Sie ist imstande, sogar Sie zu kitzeln. Übrigens, ist das hier Johnny Walker Black Label?"

„Vermutlich. Das Etikett ..."

„Was es auch sein mag, es ist kein Johnny Walker Black Label. Haben Sie sich gedacht, der alte Trottel merkt es sowieso nicht?"

„Dieses letzte Prädikat würde ich nicht über die Lippen bringen. Nächste Frage: Was erwarten Sie von dem Film *Breughel?*"

„Nichts."

„Ihre Auftraggeber und Sponsoren, darunter dieser Sender, werden erfreut sein, wenn sie das hören. Mijnheer den Dooven, lassen Sie uns nicht länger im Ungewissen, erzählen Sie den Tausenden, Zehntausenden Zuschauern von *Kokolores* doch bitte eines: Warum sind Sie eigentlich hergekommen?"

„Des Geldes wegen."

„Aha! Das ist wenigstens frank und frei gesagt. Und sind Sie mit dem Honorar, das wir zahlen, einigermaßen zufrieden?"

„Es ist beträchtlich weniger als das, was Sie kassieren."

„Was wissen Sie davon? Und ich möchte auf diesen Punkt auch nicht näher eingehen ... Nächste Frage ... Was ist los?"

„Ich werfe einen Handkuß in den Äther ..."

„Dürfen wir so unbescheiden sein und fragen ... wir, die Tausende Zuschauer von *Kokolores* ... für wen diese charmante Aufmerksamkeit bestimmt ist?"

„Sie heißt Roberte. Sie war mit mir verheiratet. Sie hat mich verlassen. Zu Recht, glaube ich. Ich vermisse sie jeden Tag. Wenn du mich jetzt siehst, Roberte, denk an mich."

„Das ist sehr ... ungewöhnlich und ... ich sagte es bereits: charmant. Ich denke, daß wir mit dieser ... ich sagte es bereits, charmanten Geste schließen können."

„Ich bin noch nicht fertig, Sie Flegel. Roberte, laß was von dir hören. Ein kurzer Anruf. Oder ein Fax. Ich sterbe nämlich, Roberte ... ich halte es nicht mehr aus ..."

„Aber Mijnheer den Dooven, sagen Sie doch um Himmels willen nicht solche Dinge."

„Roberte, meine Liebe."

„Meine Damen und Herren, wir entschuldigen uns für die technische Störung. *Kokolores* geht in ein paar Sekunden weiter."

*Telegramm von Oorslag an A. den Dooven*

Bitte Paragraph 14, dritter Satz, nachlesen, wo ausdrücklich erwähnt wird, daß es Ihnen nicht erlaubt ist, in der Öffentlichkeit über den Film zu sprechen, ohne daß der Text zuvor vom Produzenten genehmigt wurde. Meine Rechtsabteilung erwägt, welche Schritte wir unternehmen werden.

Auf der Straße stoßen die Passanten einander an. Manche sprechen seinen Namen laut aus. Ein baumlanger, hagerer Mann bleibt stocksteif stehen, setzt einen Fuß nach vorn, als wolle er sich abstoßen und in die Luft springen, richtet einen rissigen Zeigefinger auf Axel. „Ja, das ist … ja, du bist es … verdammt."

Ein Mädchen, etwas jünger als das dunkelhaarige Mädchen vom Vorsprechen, lächelt ihn freundlich an. Zwei ihrer Freundinnen sehen es, erkennen Axel, die drei werfen ihm kichernd Kußhände zu.

Ein Betrunkener kommt aus der Kneipe getorkelt, erschrickt. „Hoppla. Ich kenne Sie doch, Freundchen. Und zwar sehr gut. Hatten Sie nicht damals was mit Irma?"

Der Briefträger, diesmal in Uniform, behauptet, zu Hause besäße er noch ein von seiner Großmutter mit der Hand geschriebenes Buch über das Leben in den Poldern. „Wenn man das verfilmen würde! Und alles ist wirklich passiert. Meine Großmutter konnte nämlich nicht lügen. Ich bringe es Ihnen mal mit!"

Ein Soldat kommt Arm in Arm mit seiner Liebsten vorbei. Sie bleiben stehen. Der Soldat sagt: „Hör mal, du laberst aber ziemlich rum im Fernsehen."

*Claire*: Ich fand dich ein bißchen affektiert, aber das kommt, weil ich dich so gut kenne und deine Antworten allmählich schon im voraus weiß.

*Just:* Hast du es auf Video aufgenommen? Nein? Aber ich. Du mußt unbedingt was für deine Figur tun. Du hast ausgesehen wie ein aufgeschwemmter, vollgefressener Bourgeois. Und kann deine Frau nicht dafür sorgen, daß du dir eine andere Frisur zulegst? Die jetzt ist so spießig. Was du gesagt hast, ach, was nützt es schon, dadurch änderst du das Bewußtsein der Leute nicht. Caroline ist weggelaufen, als du von Roberte angefangen hast. Sie konnte es nicht mehr hören, sie ist im Moment sehr labil.

*De Klokke*: Herr A. den Dooven erfreute sich in früheren Zeiten lokaler Bekanntheit als Lyriker. Offenbar möchte er nun wieder ins Licht der Öffentlichkeit treten mit dem Buch zum Film über, halten Sie sich fest, lieber Leser, Pieter Breughel. Da über den historischen Breughel nur sehr wenig bekannt ist (ein paar Sätze bei Carel van Mander), sind wir gespannt, wieviel „Füllsel" sich A. den Dooven in seinem Buch ausgedacht hat. Was den Film betrifft, der nach dem Buch gedreht werden soll, ist Herr A. den Dooven nicht sehr zuversichtlich. In einer Fernsehsendung forderte er kürzlich die Zuschauer auf, sich den Streifen auf keinen Fall anzuschauen, denn, so äußerte er mit freimütiger Überheblichkeit, er verspreche sich nicht viel davon. Aber trotzdem beim Kultusministerium kokette Sümmchen Subventionen absahnen, nicht wahr, A. den Dooven?

*De Klaroen*: Wer ist der aufsehenerregende Mijnheer Großmaul, der kürzlich in der sonst tadellosen Talkshow von Pieter Schuiten den Bildschirm heimsuchte? Pieter hatte alle Hände voll zu tun, den egozentrischen Provokateur in den Grenzen des Anstandes zu halten. Der Mann, ein gewisser den Dooven, ist „Konservator" eines Museums zu Ehren der anrüchigen modernen Kunst von Th. Schellen. Wir möchten in Erinnerung rufen, daß sich der Gouverneur bei der Einweihung des Museums geweigert hat, eine Rede zu halten. Nun ist den Dooven alles andere als taub für den Lockruf des Kapitals. Denn aus Anlaß des Films hat er ein Buch auf den Markt geworfen, in dem er das Image Pieter Breughels verschachert. Wann wird zu dem Besen gegriffen, der diese Volksverdummer, die das Gesicht Flanders schänden, von der Bildfläche fegt? GRASHÜPFER

*Hallo*: Hallo, coole Typen! Ein funkelnagelneuer Stern ist im Kommen, Ernst Pussemier, der Regisseur von *Breughel*. Nach dem Scheitern mehrerer Versuche, den alten Meister *filmwise* zu aktualisieren, hat Ernst die Axt an die Wurzeln gelegt. *Old man Pete the Painter* wird Ernst zufolge auferstehen als ein Brabanter Rebell, der Niederländisch mit Brooklyner Akzent spricht und gerontophile Neigungen unterdrücken muß. Ernst hat uns erzählt, daß er sich zum Brainstorming mit Fatso den Dooven trifft, der tagsüber über ein Museum wacht. Wir bleiben am Ball! Und wir bleiben *cool!*

*Schlachtermeister Walleyn*: Ach, könnten Sie nicht vielleicht, falls Sie wieder mal im Fernsehen auftreten, sagen: „Ob vom Ochsen, ob vom Schwein, Gutes nur bei Fransje Walleyn"? Nichts für ungut, Mijnheer Dooven, sollte nur ein Scherz sein.

*Konditorei Goudsmit*: Wir wußten gar nicht, daß wir die ganzen Jahre einen so berühmten Mann als Kunden hatten. Sie haben nie was davon gesagt. Sonst hätte ich Sie nämlich schon längst gefragt, ob Sie nicht einen Baum pflanzen möchten in Israel, wir müssen dafür sorgen, daß das Land über und über grün wird. Darf ich Ihren verehrten Namen auf die Liste setzen? Vielen Dank."

„Riecht meine Nase ein bewußtseinserweiterndes Kraut?“ Grootaers schreitet in die Küche. Claire, die, nach vorn gebeugt, Zigarette im Mund, gerade beim Mülleimer beschäftigt ist, richtet sich sofort auf. Axel, der einen Joint dreht und dabei ein Bounty und ein Mars ißt, zeigt auf das Säckchen aus feinem Leinen auf dem Tisch, das ihm Just zum Geburtstag geschenkt hat. „Für schlimme Zeiten, Pa.“ – „Dankeschön, Kind.“ (Das „Kind“ hätte er sich sparen sollen. Just hatte höhnisch die Nase gerümpft, ein Schnauben, fast ein Schnarchton, den er seit seiner Kindheit von sich gibt, wenn er auf der Hut ist.)

„Oh, oh, oh, ein Bündel voller Wohlgeruch“, sagt Grootaers und dreht sich auch einen.

„Du machst heute so ein scheinheiliges Gesicht“, sagt Axel.

„Sieh mal an! Ist dir das auch aufgefallen?“

„Du siehst ja meistens ziemlich windig aus, aber heute mehr als sonst.“

„Dankeschön, Axel. Obwohl es auch am Lichteinfall liegen kann.“ Er inhaliert tief. „Es ist das Gefühl der Gespaltenheit, das einen überfällt, wenn er seinen Lieben sagen will: Claire, Axel, vielen Dank, daß ihr mich, einen trotteligen, tumben, tölpelhaften, tranigen Tagedieb unter eurem Dach aufgenommen habt. Axel, du stehst über den animalischen Substraten im Menschen, und auch du, Claire, bist im Bann der *Dichtung*, die unser armseliges Leben beherrschen soll. Turgenjew hat etwas Definitives dazu geäußert, leider ist es mir entfallen.“

Axel überhört schon seit Tagen das dahinplätschernde Gemurmel des ramponierten Fuchses, es ist zu einem der alltäglichen Geräusche geworden.

„Ich habe euch heute nacht beim Schlafen zugesehen“, sagt Grootaers, „mir wurde ganz warm ums Herz.“

„Wieso?“ Claire, in Panik.

„Ich war unterwegs, leider wieder mal zum Klo, und eure Tür stand einen Spalt offen. Einladend. Ich habe mich eurer Lagerstatt genähert. Vor allem du, Axel, findest im Schlaf zu längst verloren geglaubter Kindlichkeit zurück."

„Ich glaube dir nicht." Claire, noch immer irritiert.

„Ich bin auf Zehenspitzen gegangen."

„Dann hast du meinen nackten Hintern gesehen", gurrt Claire.

„Mevrouw", sagt Grootaers und holt tief Atem, stößt eine Wolke aus. „In dem Dämmerzustand, in dem ich mich befand, in meinem komfortablen, aber desolaten Kämmerchen war das Panorama Ihres Gesäßes einem leicht erotisch getönten Schlaf sehr förderlich."

Grootaers, konstatiert Axel, hat sich in meinen Lieblingshausmantel gehüllt, den von Kryzia mit dem indischen Muster. Grootaers, mit Schauspielerradar, fängt seinen Unmut auf und zieht den Gürtel fester zu. Auch die Schöße. „Dein Morgenrock riecht nach meinem Eau-de-Toilette", sagt er, „aber keine Angst, ich lasse ihn ordentlich und gründlich waschen."

„Das hat Zeit. Übrigens, ich schenke ihn dir gern."

„Du bist der liebste Gastgeber in ganz Benelux." Er küßt Axel auf die Wange.

Goossens sagte: „Da ist ein Kind, das mit Ihnen reden möchte." Er drehte sich um, das Kind stand schon in Axels Zimmer.

„Danke, Goossens", sagte Axel verwirrt. Er blieb sitzen.

„Danke, Goossens", sagte das dunkelhaarige Mädchen und sah dem Hausmeister nach, bis die Tür ins Schloß klickte.

„Ich komme Bericht erstatten", sagte sie.

Axel fand in seiner Schublade ein großes Stück Nougat de Montélimar, er biß einen Brocken davon ab.

„Darf ich mich setzen?" Kultivierte Artikulation. Hatte ich vergessen.

„Selbstverständlich." Er machte eine einladende Handbewegung.

„Hier?"

„Ja."

Sie blickte forschend im Zimmer umher, und er wollte sofort sagen, daß er nicht verantwortlich war für die vollgestopften Bücherregale, die Stapel von Monographien und Katalogen, die Terrakottafiguren, die Votivbilder, die eine ganze Wand in Beschlag nahmen und die Schellen leidenschaftlich gesammelt hatte – daß er lieber in einem anderen Raum, in einem anderen Licht leben würde.

„Mein Vater war oft hier", sagte sie, „Max Hogel."

Axel war dem Namen in Schellens Korrespondenz begegnet. „Ich bin Bettina Gillis. Haben Sie meinen Vater jemals kennengelernt? Er war ein Freund von Schellen!" Das Nougat klebte wie immer zwischen seinen Zähnen. Die Zähne hielten stand.

„Mein Vater hat sich „Hogel" genannt, weil er sich für die sogenannten ‚*hogel*' in der Kunst der Gotik interessierte – die Krabben und Kriechblumen an Giebelkanten und Fialen. Aber davon verstehen Sie nichts."

„Nein."

Sie holte ein Polaroidfoto aus der Manteltasche und legte es auf den Schreibtisch. „Kennen Sie diesen Mann?"

Axel wollte „Ja" sagen, aber das Nougat hatte seine Zähne zusammengeklebt. Der Mann auf dem Foto, ein unscheinbarer, zu rosiger Student, war ihm schon mehrmals im Museum aufgefallen.

Sie steckte das Foto wieder ein. Ihr Profil war, wie bei dem Vorsprechtermin, beweglich, makellos. „Er ist Ihr Feind", sagte sie feierlich. „Darum bin ich hier. Denn wenn Sie nicht zu mir kommen ..."

„Ich wußte nicht, wo du wohnst."

„Macht nichts. Es ist auch besser so. Aber ich mußte Sie wirklich verständigen."

„Warnen", sagte Axel. „Oder davon verständigen. Verständigen ohne Präpositionalobjekt ist Südniederländisch."

Sie erschrak. Wollte aus dem Zimmer rennen. Er las die Empörung auf ihrem Gesicht und auch, wie sie das Gefühl überwand, starr sitzen blieb.

„Erzähl", sagte er wie ein Priester.

„Haben Sie Zeit?"

„Leg los."

„Dann nehmen Sie den Telefonhörer ab."

Er machte es, wagte nicht zu lächeln.

„Dieser Mann ist ein Neffe von Jules Spanoghe, und als Neffe verhält er sich anständig. Daß er es für seinen Onkel aufnimmt, das ist normal, Familienbande und so, aber als Lehrer ist er eine Niete, und als Mensch ist er widerlich. Widerlich schön zwar mit den nach hinten gekämmten Haaren und der koketten Nase und den Babywangen, aber ich bin nicht hergekommen, um ihn zu beschreiben, sondern um Sie, den ich über alles liebe, zu ver... zu warnen. Daß es im Paradies eine Schlange oder mehrere davon gibt, das wissen Sie, aber diese Schlange, die Schlange des Neides, die kennen Sie nicht oder Sie unterschätzen ihre

Giftzähne, ich will Ihnen ein Beispiel geben, gestern in der Schule hat er gesagt, im Erdkundeunterricht, wo das also überhaupt nicht hingehört, Ihr Werk, also als Lyriker früher, sei nicht nur vom Umfang, sondern auch vom Inhalt her sehr dürftig. In Erdkunde, als wir gerade Sambesi durchgenommen haben! Ich bin aufgestanden und habe gesagt, daß es auf die Zahl der Seiten überhaupt nicht ankommt und daß auch die Themen ruhig ein bißchen dürftig sein können, und alle Mädchen, außer Leslie de Maesschalk, haben mich ausgelacht, um ihm einen Gefallen zu tun. Hatte ich unrecht? Hätte ich ihn ... hätte ich zulassen sollen, daß er Sie beleidigt ... Sie, den Mann, den ich liebe ... das geht doch nicht? Sie haben nicht viel getan oder geschrieben in letzter Zeit, aber das liegt daran, daß Ihnen Ihre Frau Roberte weggelaufen ist, die gemeine Schnalle, die Ihnen soviel Kummer gemacht hat, die Ihnen den Saft aus den Eiern gewrungen hat, verzeihen Sie mir diese Ausdrucksweise, die nicht zu einem dreizehnjährigen Mädchen paßt."

Das Nougat war alle.

„Und dann vergleicht er Sie, nicht nur einmal, sondern oft, mit seinem Onkel. Sie seien vielleicht mehr ein Künstler, behauptet er, aber Jules Spanoghe sei die Aufrichtigkeit und die Wahrheit und die Lebensechtheit in Person. „Lebensecht", den Begriff führt er alle drei Minuten im Mund. Spanoghe faßt in Worte, was in den Menschen vorgeht, findet er, während Sie mehr in den Wolken oder in komplizierten Sätzen leben würden. Und daß er seinen Onkel manchmal besucht und daß da immer vier Freunde sind und nicht einer von ihnen hat ein gutes Wort für Sie übrig, denn sie sagen: „Wer kauft denn schon einen Gedichtband von Dirk van Munster? Nur seine Verwandten und Bekannten und hier und da ein Snob." Und der Beweis für die Lebensechtheit seines Onkels sei, daß er fehlerhaft schreibt, weil die einfachen Leute ja auch beim Sprechen Fehler machen und daß Sie dagegen überpingelig mit Wörtern umgehen, wie ich es ja vorhin mit Ihrem „warnen" erfahren mußte. Und daß Sie nie etwas über die Probleme unserer Zeit geschrieben haben, über Emigranten oder Abtreibung. Weil Sie tief im Innern kein Demokrat sind, was aber keiner merken soll. Und Jules Spanoghe ist, wie er sagt, ein Sozialist mit Leib und Seele, der trotzdem nie vor den sozialistischen Parteibonzen kuschen würde. Und am meisten hat mir weh getan, daß diese Freunde von Spanoghe gesagt haben, Sie hätten nicht die geringste Chance, den Michelin-Preis der Stadt Dendermonde zu bekommen, diesen Preis von zweihunderttausend Franc."

„Ich habe mich überhaupt nicht um diesen Preis beworben."

„Nein? Wirklich nicht?"

„Nein."

„Wie schade. Könnten Sie nicht schnell etwas schreiben, das …" Sie machte eine ausladende, alles umfassende und doch vorsichtige Geste.

„Dirk van Munster", sagte Axel, „ist tot, verschwunden, erledigt, *fini*."

„Alles wegen dieser Roberte. Blutet Ihnen noch immer das Herz wegen ihr? Nach all der Zeit? Lieben Sie sie vielleicht, weil sie von Ihnen fortgegangen ist? Wenn Sie nun bittere Tränen um sie weinen, ist das nicht eher, weil Sie denken, daß Sie keiner mehr liebt, weil Sie so alt und fett und verlebt sind, aber Sie sollten wissen, daß ich mindestens fünf Mädchen persönlich kenne, die in Sie verliebt sind, seit Sie im Fernsehen das Interview gegeben haben. Meine Mutter nicht. Die liebt Sie nicht. Sie sind nur ein alter Bock, sagt sie. Der ab und zu ein zartes grünes Blatt grasen möchte. Ich konnte ihr nicht sagen, wie gern ich so ein Salatblatt wäre. Leslie de Maesschalk, die liebt Sie auch. Sie sagt, in der Natur sei es auch so, daß die alten Hirsche mit ihren schweren Geweihen die kleinsten und dünnsten Rehe packen und daß man im Wald die kleinen Hirsche mit gebrochenen Beinen findet wegen des Gewichts der alten Hirsche wie Sie, Hirschbock meines Herzens."

Wenn *Breughel* von den Russen angekauft werden sollte … Oorslag spielte mit seinem Taschenrechner. Wenn dagegen die Chinesen … Oorslag überschlug, schätzte, stellte Spekulationen an, aber doch … Er zählte, rechnete Kurse um, multiplizierte, seine Erektion wurde unerträglich hart. Und dabei hatte er noch nichts in *Yen* umgesetzt.

Er fuhr in das Viertel, wo die Kroaten herrschten, an den rosavioletten, pfirsichfarbenen Neonlampen mit den verschwommenen Kursivbuchstaben vorbei, bis zu Ma Manoli, wo das rosa Licht winkte, flimmerte. Zwei französische Wagen standen auf dem Parkplatz hinterm Haus. Er wollte sofort umkehren. Nach Messerstechern stand ihm jetzt nicht der Sinn.

Kootje erschien. „Komm rein“, sagte er mit einem Stück Leitungsdraht zwischen den Lippen. „Wir haben Zwillinge zu Besuch. Angenehme Leute, aus Dijon, wo man Lebensart hat, aber ziemlich anspruchsvoll, sie wollen nämlich zusammen, und alles gleichzeitig. Und ich vermute, daß im Keller Grundwasser steht.“

„Du wirst noch mal einen Kunden mit einem Stromstoß ins Jenseits befördern“, sagte Oorslag.

„Schon möglich. Man kann nie wissen. Dann aber nichts wie ab ins erste Flugzeug und nach Paraguay oder Montevideo.“

„Ich komme ein andermal wieder.“

„Ach, bitte nicht“, sagte Ma Manoli. Sie trug ihr schwarzes Latexoutfit. Sie drückte ihm eine Werkzeugkiste in die Hand. „Hilf uns mal kurz.“

„Komm“, sagte Kootje. „Die Elektrik will schon eine ganze Weile nicht mehr, wie sie soll.“ (Als wäre es ein Kind.) „Ist ja auch kein Wunder bei dreiphasigem Wechselstrom.“

Kootje, der Zauberer, flickte die Leitung, und die französischen Zwillinge wurden im Keller elektrisch bedient von Ma Manoli und einer jungen, grazilen Koreanerin, die breite Antwerpener Mundart sprach und ein Adoptivkind gewesen war.

„Ich bin groggy", sagte Ma Manoli, „aber für dich, Walter, schalte ich in den zweiten Gang. Sag's nur, mein Schatz, was hättest du denn gern? Bitte Ma Ma einfach darum. Na?"

„Es will mir nicht einfallen", sagte Oorslag.

„Aber du weißt, was du möchtest?"

„Das weiß ich verdammt gut", sagte Oorslag gereizt. „Aber wie ich schon sagte, es will mir nicht einfallen."

Mit einer energischen Geste knöpfte sie zwei Hemdknöpfe auf, schob ihre Hand über seine Brust, kniff in die Brustwarze, drehte daran. „Soll ich an deinem Radioknopf drehen, bis Musik herauskommt?"

„Albernes Weib", sagte Oorslag.

Sie gingen in das chinesische Zimmer. Das Mobiliar war bei der Mission der Patres van Scheut erstanden worden.

„Zieh mal zuerst die Lederhose aus", sagte Oorslag, „vielleicht komme ich dann drauf."

„Lieber nichts mehr mit Strom heute abend", sagte Ma Manoli. Sie legte sein Gesicht an ihre mütterliche Brust. Er machte sich los. Das war etwas für eine andere Sorte Männer.

„Tu, was ich sage. Zieh diese Hose aus", befahl er wie am Set einem arbeitsunwilligen Kabelschlepper.

Sie gehorchte. Sie spreizte die Beine, beugte sich weit vor, bis sie fast ihre Zehen berührte. „Voilà", sagte sie, „Villa zur schönen Aussicht." Ein Gelenk knackte freundlich. Er schaute hin, sinnierte, versuchte sich vorzustellen, was er früher gemacht hätte, studierte die seltsamen Öffnungen, die in einem Kranz weicher Borsten glänzten.

Er spürte, wie eine Welle der Glückseligkeit irgendwo in seinen Eingeweiden aufstieg, sich ausbreitete, seinen offenstehenden Mund erreichte. Er wollte sagen „Pardon, Ma Manoli, Sorry", aber dafür war es zu spät. Er begann zu lachen, zu brüllen, ein martialisches Gelächter überwältigte ihn vollkommen, er prustete, während er immer noch auf die vollen, geschwollenen Lippen starrte, die aufgesperrt blieben. Er bekam einen Hustenanfall, wandte sich ab, sah jedoch weiter zu, wie sich die rosa Öffnungen mit einem leise schlürfenden Geräusch zu einer glänzenden Falte zusammenschoben. Ma Manoli wartete ab, mit verschränkten Armen. Sie horchte auf das röchelnde Lachen, das, wie sie seit Jahren wußte, in ohnmächtigen Zuckungen und zärtlichen Küssen enden würde.

Hallo. Hier Spanoghe. Was? Jules Spanoghe. Bist du noch nicht wach? Mann, es ist halb neun. Hör mal, ich habe dich in *Kokolores* gesehen. Phantastisch, Mann, du warst … Ja, darum rufe ich an, ich wollte dir gratulieren. Du hast diesen Schuiten vor dem ganzen Land bloßgestellt. Du warst schon immer ein Mann nach meinem Herzen. Auch wenn wir uns lange nicht mehr gesehen haben – wie lange ist es her? Vier, fünf Jahre, was? Sechs Jahre, mein Gott, wie die Zeit vergeht. – Hör mal, wo ich dich gerade an der Strippe habe, ich möchte dir einen Vorschlag machen, nimm ihn an oder laß es bleiben, das ist ganz dir überlassen. Kennst du die Reihe „Prominente", diese Broschüren vom Ministerium? Nein? Ungefähr hundert Seiten mit einer Menge Fotos. Man findet sie nicht im Buchhandel, sie gehen hauptsächlich in Schulen und Bibliotheken. Momentan ist gerade eine über mich in Vorbereitung. Ja, du weißt, daß ich mich absolut nicht um sowas reiße, ich möchte nichts, aber auch gar nichts mit diesen Literaturquerelen zu tun haben, ich halte mich aus der ganzen Kungelei heraus, dieses Gemauschel, diese Kompromisse, am liebsten würde ich das ganze Ding abschütteln, aber ich kann nicht, lieber Axel, das bin ich meiner Frau schuldig und unserer Rozeke in der Anstalt, und auch ein paar Bekannten, die schon Wert darauf legen, enfin, um es kurz zu machen, das Leben ist kurz genug, das Buch soll also um mich gehen, aber ganz zwangslos geschrieben, schon fast locker, nicht mit Fotos von mir mit einer Pfeife und dem Winkler Prins im Bücherregal hinter mir, nein, Schnappschüsse von mir in Jeans und T-Shirt und so, oder auf dem Jahrmarkt, ein paar schöne gibt es mit Gerard Walschap in einem Gartenlokal, enfin, um es kurz zu machen, jetzt kommt der Haken an der Sache, wir brauchen noch ein Vorwort, und jetzt darfst du dreimal raten, wen die Herren vom Ministerium vorgeschlagen haben, dieses Vorwort zu schreiben, halt dich fest,

Lionel de Sutter. Findest du das normal? De Sutter, diesen saft- und kraftlosen, kinnlosen Pauker aus Kempenland! Was in Gottes Namen hat er jemals geleistet, Lionel de Sutter. Was fällt ihnen nur ein in diesem Affenland? Kürzlich habe ich gehört, daß man ihn für den Michelin-Preis der Stadt Dendermonde vorschlagen will! Ich bitte dich! Du willst doch wohl nicht behaupten, daß du daran etwas findest, an diesem intellektuellen Gefasel, den linguistischen Saltos? O.k. Interessant. Wenn man es absolut objektiv betrachtet, ist es vielleicht interessant, aber was hat diese Trickkiste mit dem Leben selbst zu tun und, um bei unserem Fall zu bleiben, mit meinem Werk? Progressiv? Aber sehen diese Kaffern denn nicht, daß ich auf meine Art progressiver bin als sie alle zusammen? Darum, lieber Axel, habe ich an dich gedacht. Sofort. Kein anderer darf dieses Vorwort schreiben und die Auswahl aus meinen Publikationen treffen. Ja, eine Auswahl von etwa vierzig Seiten. Du wirst nicht viel Arbeit damit haben, du blätterst ein wenig in meinen Büchern und wählst hier und da einen Text aus. Notfalls kann ich dir dabei helfen. Und für das Vorwort schicke ich dir Fotokopien von den besten Artikeln, die im Laufe der Jahre über mich geschrieben worden sind, daraus kannst du dann was destillieren. Mit deinem Talent sitzt du höchstens zwei Wochen daran. Allerdings muß es ziemlich schnell gehen, du kennst ja die Herren vom Ministerium. Bevor sie alles gelesen, kontrolliert, abgewogen und genehmigt haben ... Und ich möchte unbedingt, daß es im Herbst erscheint, vor dem Michelin-Preis der Stadt Dendermonde. Nicht, daß ich diesen Preis bekommen würde oder überhaupt haben will, aber ich möchte diesen Scharlatanen doch zeigen, daß es mich noch gibt. Meinetwegen können sie sich den Preis an den Hut stecken. Nein, mir geht es einzig und allein darum, daß jemand von meinem Niveau, von meinem Format die Einleitung schreibt. Du und ich, wir haben dieselbe Wellenlänge. Oder? Mireille hat noch heute morgen gesagt, der einzige, der das mit Bravour könnte, ist Axel, vor allem jetzt, wo ich ihn im Fernsehen gesehen und seine Bücher von früher noch einmal gelesen habe. Sie hat wirklich eine Schwäche für dich, und ich möchte sie nicht enttäuschen. Hör zu, Axel, ich bin offen in diesen Dingen, Mireille kann das bezeugen, ich will dir ehrlich sagen, momentan kann ich in meiner Karriere ein wenig Unterstützung gut gebrauchen. Meine Feinde sind am Kungeln, sogar meine jährliche Staatsbeihilfe ist gekürzt worden, kannst du dir das vorstellen? Es würde mir also nicht schaden, das sage ich offen und ehrlich, wenn du mir jetzt ein wenig Rückhalt geben könntest. Ich werde dich dafür belohnen, nicht üppig, ich war ein Arbeiterjunge und bin es auch geblieben, ich habe nichts zu erwarten vom Establishment, das meine Aufrichtigkeit als Nachteil sieht.

Wirklich? Ganz bestimmt? Du würdest das für mich tun? Du glaubst gar nicht, wie glücklich du mich damit machst, ich werde es dir vergelten, das verspreche ich dir. Ach, was für ein Tag. Ich erzähle es gleich Mireille. Sie wird vor Freude an die Decke springen.

VÄTER UND SÖHNE

*Kursiv:* Just den Dooven (genannt nach Kaiser Justinian, der die Vandalen besiegt hat). Prominenter Publizist. Sein Werk ist durch Einfachheit und fast asketische Züge gekennzeichnet. Seine Werbekampagne für das selbstbräunende Oil Rexroth ist noch allen in Erinnerung, die sich in der Welt der Reklame auskennen.

*Bodoni:* Ich habe oft zu meinem Vater gesagt: Axel, jedes Pfund geht durch den Mund. Aber inzwischen habe ich es aufgegeben. Ich gehe mit ihm nicht in ein Restaurant oder in die Oper, weil ich mich zutiefst schäme. So feige bin ich. Obwohl es mir oft weh tut, wenn ich ihn eine Treppe hinaufgehen sehe. Wenn ich mit ihm telefoniere, keucht er, denn er gehört zu einer Generation, die ans Telefon *rennt.* Soweit ich ihn als Sohn beurteilen kann, finde ich ihn, wie man bei uns in der Gegend sagt, formidabel. Als Dichter sagt er mir nichts. Da kann ich mit Bruce Springsteen mehr anfangen.

*Kursiv:* Trägt eine Brille mit Metallgestell und computerbildschirm-himmelblauen Gläsern von Tony Gross.

*Bodoni:* Aber ich kann ihm nie verzeihen, was er meiner Mutter angetan hat.

*Kursiv:* Nach dem Rasieren benutzt er den hellen Ockerteint-Puder von Hermes. Letztes Jahr ist er in die katholische Kirche eingetreten.

*Bodoni:* Nenne mein Christentum getrost elitär, ich behalte mir das Recht vor, das Kreuz auf alle Arten zu verteidigen, notfalls, indem ich es dir auf den Kopf schlage.

*Kursiv:* Benutzt Haarspray. Trainiert täglich in einem Dojo. Hauptsächlicher Kampfsport: *Kendo.* Raucht Afghanistan Three.

*Bodoni:* Wenn du nicht imstande bist, Engel zu sehen oder die Existenz von Engeln anzunehmen, was bei dir offenbar der Fall ist, steht es schlimm um dich. Aber ich werde mir keine Mühe geben, dich davon zu überzeugen, daß es noch etwas anderes gibt als diese Welt, als diese Symbole.

*Kursiv:* Bevorzugter Aperitif: Suze (Enzian). Fährt einen BMW. 7er-Reihe, zwölf Zylinder, Automatik mit ABS.

*Bodoni:* Mein Vater sagt, ich hätte Talent zum Nicht-Sein. In seinen Augen ist das ein Kompliment. Ich denke manchmal an diese Äußerung, und dann kommt es mir so vor, als ob ich kein wirkliches inneres Leben habe. So what? In einem Anfall von Ehrlichkeit habe ich mal zu meinem Vater gesagt: Papa, ich liebe dich. Es war, als hätte ich ihm eine Ohrfeige gegeben. Er sagte: „Was ist denn mit dir los? Bist du betrunken?"

Ferner habe ich von ihm Heuschnupfen geerbt, Plattfüße und ein Gefühl der Einsamkeit. Aber wie hat noch mal jemand gesagt? „Der moderne Mensch ist metaphysisch obdachlos."

Ferner mißtrauen wir beide sämtlichen Methoden, die der Analyse dienen, und wir haben die Neigung, diese Methoden auf den Kopf zu stellen. Ergebnis: Wir starren mit glasigen Augen ins Nichts.

*Kursiv:* Ist das nicht ein geeigneter Schlußsatz?

*Bodoni:* Wenn du meinst. Du empfindest es wahrscheinlich als schmerzhaft, im Sumpf des Geistes zu verweilen und in den unzumutbaren Märchen zu verschwinden, die unsere unwirtlichen Tage erleuchten. Worüber möchtest du sonst noch reden? Über meinen Vater wird in letzter Zeit mehr als genug gequatscht. Ciao, Papa.

*Kursiv:* Wir quatschen weiter. Aber über genetische Monster, radioaktiven Niederschlag, unsere neuen Automatismen, die Überbevölkerung durch lebende Tote.

Axel schrieb in sein Tagebuch, das er hinter den Gesammelten Werken von August Vermeylen versteckte: „Meiner Ansicht nach ist meine Frau auf dem Weg zum Ehebruch. Ich will es gar nicht so genau wissen, aber die Anzeichen trügen nicht – sie ist rastlos, hat sich schwarze Spitzendessous gekauft und trägt sie, sie träumt vor sich hin, und vor allem überkommen sie Anwandlungen, bei denen sie mich voll Hingabe küßt.

Das Verrückte dabei ist, daß es mich zärtlich stimmt, fast mit der gleichen Rührung erfüllt wie am Anfang unserer Beziehung. ‚Unsere Claire ist ein braves Mädchen', sagte ihr Vater, als ich bei ihm wegen einer möglichen Heirat vorfühlte. ‚Das fehlte gerade noch', habe ich gesagt, ‚daß sie nicht brav ist.' Weil der gute Mann meine Frivolität nicht kapierte, schaltete ich sofort auf seinen Ton um, den Ton der Kneipe, der Fabrik, des Fußballplatzes. ‚Jef', sagte ich, ‚ich möchte gerne Ihre Claire heiraten, falls es Sie nicht stört.'

‚Mich stören! Wo denkst du hin, mein Junge', rief er. ‚Na, komm schon her', und er preßte mich in seine Arme, die gerade pensioniert worden waren nach einem Leben, in dem er hauptsächlich Straßengräben ausgehoben hatte, und mich umgab ein Geruch, der vermutlich von Vorkriegs-Brillantine stammte. Und dann dachte ich: ‚Wie ist das möglich, ich, der ich mich einst bei Roberte in Promiskuität und Suff und Kokain und diversen Delirien versacken sah, versacke jetzt allmählich im Gegenteil, in einer nicht unangenehmen lauen Mittelmäßigkeit, und meine Seele verschwindet peu à peu in einer epileptischen Flaute der Alltäglichkeit.'

Und jetzt gibt es offenbar einen Liebhaber. Wo, wann? Sie geht einmal zum Friseur, stundenlang, dreimal ins Solarium, einmal zu den Weight Watchers, einmal zur Schneiderin. Zeit und Raum genug.

Seit ein paar Wochen ärgere ich mich über ihre Nasenlöcher. Man kann da so reingucken. Vor ein paar Jahren habe ich ab und zu meinen kleinen Finger hineingesteckt. Jetzt ist es, als würde ich das bei Miss Piggy tun.

„Hallo, Breitmaulfrosch."

„Hallo, Hurensohn."

„Was möchtest du trinken, Herman?"

„Einen Cognac mit einem Bénédictine. Und einem Eiswürfel."

„Du warst am Set aber wieder nervig, Herman."

„Wer mir nicht widersteht, ist es nicht wert, daß er lebt."

„Aber der arme Ernst Pussemier …"

„Ein Schlappschwanz. Wer nicht zum Kern der Dinge vordringen will, wird verhängnisvoll dem Grauen begegnen."

„Ich habe dich in der Szene mit Kardinal Granvelle gesehen. Grandios. Breughel, wie er leibt und lebt. Mir ist auch aufgefallen, wie du in einer Pause dein Cape falsch zugeknöpft hast."

„So, das ist dir aufgefallen? Da bist du der einzige."

„Gibt das nicht demnächst bei der Montage die größten Schwierigkeiten?"

„Das Skript-Girl hat es nicht gemerkt, die Assistenten nicht, die Garderobiere nicht, der Kostümbildner oder was dafür durchgeht auch nicht. Wer filmt, muß das Auge des Falken haben, nicht seine Monogamie."

„Was macht dein Liebesleben heute?"

„Eine Bürgertussi, die gut kochen kann."

„Die emanzipierte Möse ist nicht dein cup of tea."

„Das kannst du wohl sagen."

„Und der Film?"

„Bilder, schöne Bilder. Ernst Pussemier findet etwas dynamisch, wenn es sich nur bewegt. Also läßt er die Kamera herumkaspern. Und da Ernst Pussemier den Unterschied zwischen Pieter Breughel und Hieronymus Bosch nicht kennt, verlasse ich regelmäßig den Dreh, erfüllt von bedenklichem Unmut, der sogar meine Geilheit löscht. Nicht, daß es Ernst in irgendeiner Form beeindrucken würde, der Mann ist Boschianer, jemand, der sich auf das Jenseits besinnt, während wir, nicht wahr, als Breughelianer nicht nur *Welttheater* wiedergeben, *sondern die Welt überhaupt.*"

„Aber Herman, man kann doch Boschianer und Breughelianer sein."

„Gleichzeitig? Und sich über seine Prädestination hinwegsetzen? Kann man gleichzeitig tittophil sein und arschoman? Hör mir auf, Mann. Setz dich woanders hin. Geh mir aus den Augen! Was? Äh … noch einen Cognac."

Goossens, der Hüter, der Hirtenhund, der scharfäugige Bewacher des Hauses Schellen, liegt schwerkrank darnieder. Weil er sein Ende nahen fühlt, hat er seinen Sohn kommen lassen, der in den Ardennen Perlhühner züchtet. Offenbar hat der Sohn die Botschaft falsch verstanden oder allzu leicht genommen, denn er ist mit einem halben Dutzend Mitgliedern des Kartenspielclubs zu seinem bettlägerigen Vater gereist. Vier von ihnen hocken in dem kleinen Hinterzimmer und spielen mit wallonisch hitzköpfigen Schreien ihre wallonischen Varianten unserer Kartenspiele. Sohn Goossens, seine Frau, die so tut, als verstünde sie kein Flämisch, und zwei Bäuerinnen aus dem fernen Dorf sitzen bei Goossens, der auf einer Pritsche liegt, die er sich während des Krieges eigenhändig gezimmert hat. Er hat Fieber, eine der Bäuerinnen hält ihm die Hand. Wie ernst sein Zustand ist, läßt sich daran ermessen, daß er seine Hand nicht zurückgezogen hat.

„Es muß im Sommer gewesen sein", sagt Goossens. Er schielt vom Nachdenken.

„Es war im Jahre vierundvierzig, die Deutschen kriegten in Rußland ihr Fett, die Amerikaner gewannen im Sand von Afrika, Mussolini flog raus, und zwei Tage zuvor hatte dieser Zwerg mit seinem großen Käppi, Viktor Emanuel III., Adolf persönlich den Krieg erklärt. Und wir kriegten immer schön eine Bombe nach der anderen auf den Kopf, und unser Haus, das Nachbarhaus, alles war zerstört, und unsere Milena, mit der mußte was passiert sein, denn die lief zwischen den brennenden Mauern herum und sang aus voller Kehle: „Und jetzt gehört hier alles uns, tschulala, tschulala, wir schlagen alles kurz und klein, tschulala." Wir besaßen nichts mehr, der Kleiderschrank in tausend Stücken, kein Dach überm Kopf, nichts zu essen, aber dafür Radio London bei Emile, dem Schulmeister, und plötzlich kommt da ein Omnibus angefahren mit der belgischen

Flagge, und der Omnibus war vollbesetzt mit jungen Spunden in weißen Overalls, die Gewehre und Revolver schwenkten und riefen, sie hätten die Landung in Nordfrankreich gesehen und wollten nun den Weg nach Berlin freimachen. Aber nun hielten sich schon andere Widerstandskämpfer im Dorf auf, härtere Kerle, Kommunisten aus Wallonien und Lüttich, und die sagten zu den Burschen im Omnibus: Jungs, zieht um Himmelswillen eure weißen, pieksauberen Overalls aus, hier wimmelt es noch von Deutschen und Rumänen, ihr seid ja lebende Schießscheiben! Und geht dichter an den Mauern entlang. Auch wenn es brennende Mauern sind. Und laßt die belgische Flagge verschwinden! Die jungen Spunde sagten: Da ist was dran. O.k., wir ziehen die weißen Overalls aus, aber heute abend tragen wir sie wieder, wenn wir in die Kneipe und zum Tanzen gehen. Emile, der Schulmeister, der Pässe und Lebensmittelkarten fälschte, sagt: Ich würde gern mitfahren, und steigt auch in den Bus. Komm, sagt er zu Fernand, dem Friseur, und der, sein Lebtag war er ein Dämel, steigt auch ein. Der Omnibus fährt los, kommt bis zum Suikerpotstraatje bei der Sint-Pieters-Brücke, und da tauchen noch zwei so junge Spunde in weißen Overalls auf, und die schwenken ihr Maschinengewehr, die Maschinengewehre hatten sie aus einem deutschen Auto geklaut, das falsch geparkt hatte, denn ein deutscher Panzer war dagegengefahren, und die beiden jungen Spunde sehen nun also den Omnibus, vollbesetzt mit Zivilisten, auch mit Maschinengewehren, und jung wie sie waren, voller Schneid, aber naiv, glauben sie, es sind verkleidete Deutsche oder fliehende Kollaborateure, und ratatam, sie feuern mit ihren Maschinengewehren mitten in den Haufen, zu zweit gegen einen Omnibus voller Landesverräter, und die Jungs im Bus hatten überhaupt keine Zeit zu reagieren, alle sind massakriert worden, die einzigen, die am Leben geblieben sind, waren Fernand der

Friseur und Emile der Schulmeister, die hatten sich im Bus sofort auf den Boden geworfen, direkt in die Blutlachen und in die Scheiße, ich habe nämlich vergessen zu erzählen, daß sie im Omnibus zwei Ziegen dabeihatten, die sie in der Nacht braten wollten, heute heißt so was *Barbecue*, und Fernand und Emile springen aus dem Bus und erschießen die beiden jungen Spunde, weil sie sie für Deutsche halten, die sich als Männer der Weißen Brigade verkleidet haben. Ich sehe noch vor mir, wie Fernand und Emile auf die beiden jungen Typen zugehen und ihre Salven abfeuern, und dann hat Emile dem einen noch zur Sicherheit einen Nackenschuß verpaßt, und Fernand der Friseur, er hatte keine Munition mehr, hat dem anderen mit einem Spaten den Schädel eingeschlagen, und ich stehe in meinem Garten hinterm Hühnerstall und zittere, weil ich mich nicht getraue, ins Haus zu gehen, und ich lasse mich zwischen die Rhabarberblätter fallen, kein Mensch war auf der Straße, und das einzige Opfer, das dann noch gefallen ist und dessen Name auch auf dem Mahnmal steht, war Mademoiselle Rita, die guckte plötzlich aus ihrem Fenster, um zu sehen, was los war …"

Goossens sackt bewußtlos in die bunten Kissen zurück, die eigentlich in den Wohnzimmersessel gehören. Eine Bäuerin schlägt ihm auf die Wange. Der Sohn nickt, bereits versöhnt mit dem Tod des Vaters. Die andere Bäuerin sagt auf Wallonisch, daß nichts sei, laßt ihn in Ruhe, und reibt seine Hand. Goossens wird wach. Die Bäuerinnen helfen ihm hoch und schütteln die Kissen in seinem Rücken auf.

„Es muß im Sommer gewesen sein", sagt Goossens.

„Das hast du bereits gesagt, Vater", sagt der Sohn, und dessen Frau, die vergessen hat, daß sie kein Flämisch versteht, sagt: „Er wird doch wohl nicht mit der ganzen Geschichte von vorn anfangen. Wir sitzen schon eine Stunde hier."

„Ich werde seinen Namen nie verraten“, sagt Goossens, „niemals.“

„Welchen Namen, Vater? Von wem?“

„Einer der Jungs von der Weißen Brigade im Bus stieß in diesem Moment einen schrecklichen Schrei aus, und ich dachte noch, eine der beiden Ziegen würde so laut blöken, und in diesem Augenblick kam der Mann, dessen Namen ich nicht verraten werde, auf den Marktplatz, er trug einen dunkelgrünen Lodenmantel und ein Gewehr auf der Schulter, er war nämlich ein begeisterter und tüchtiger Jäger, im Winter hat er oft Wildschweine gejagt, sogar mit dem Generalsekretär dieser Zeit. Er geht direkt auf Emile den Schulmeister und Fernand den Friseur zu, und ich sehe, wie sie miteinander quatschen, er versuchte, sie von etwas zu überzeugen, aber die beiden standen mit zitternden Knien da, die Füße im Blut und in der Scheiße. Er stieg in den Bus ein. Wir hören einen einzigen Schuß, und der plärrende Junge ist still. In diesem Augenblick hören wir, daß ein Fenster aufgeht und Mademoiselle Rita ruft: „Was geht hier vor, Mijnheer Schellen“, und er zielt blitzschnell mit seiner Doppelflinte und schießt sie in ihrem Fenster über den Haufen. Sie war nicht sofort tot. Zwei Tage hat sie noch gelebt, aber im Koma. Man hat ihr damals eine Brust abgenommen, als sie im Koma lag. Warum? Bestimmt für die Wissenschaft. Und in den Zeitungen stand, tapfere Widerstandskämpfer seien auf eine Übermacht der 4. deutschen Panzerdivision gestoßen und bis auf den letzten Mann grausam ausgelöscht worden. Ihre Namen stehen auf dem Mahnmal. Jedes Jahr standen Emile der Schulmeister und Fernand der Friseur vor dem Ehrenmal, jedes Jahr mit einem Orden mehr, so daß sie sich zueinander neigten, nicht anders konnten, als sich in die Arme zu fallen, und eines Tages hören wir, daß Fernand einen Schlaganfall bekommen hat und daran gestorben ist, und dann klappt auch Emile die

Bücher zu, Kehlkopfkrebs, zwei Schachteln ohne Filter am Tag."

„Und der Mann im Lodenmantel?"

„Auch jetzt nicht. Auch nicht auf meinem Sterbebett. Diese Geschichte hat mir noch oft zu schaffen gemacht. Nachts bin ich von meinem eigenen Schrei wachgeworden. Meine selige Frau hat geglaubt, ich würde träumen und im Traum auf Mariatje liegen, der Nachbarin."

In meines Vaters Hause gibt es ein stinkendes Gästezimmer. Darin hält sich zu unregelmäßigen Zeiten der Schauspieler Grootaers auf, der momentan eine Szene probt, in der Pieter Breughel auf dem Scheiterhaufen steht und eine Rede an das Volk hält. Man hört nicht nur die Körpergeräusche des Schauspielers, sondern auch kulturellen Lärm, denn Grootaers hört sich gerade eine Kassette mit einer Predigt von Pastor Paisley an. Grootaers studiert vor allem die Atemtechnik. Wenn er im Rhythmus des Predigers mitbrüllt, ist das störend, denn ich muß das verfluchte Vorwort für Spanoghes Œuvre (wie bringt er nur das Wort über die Lippen!) verfassen. Ich lese gerade dieses Œuvre. Es regnet oft in seinem Œuvre. Dem Proletariat geht es erbärmlich. Die Reichen sind gnadenlos und pervers. Das Leben ist eine einzige Frage. Mutter, warum leben wir? Viel Perspektive bietet der Autor nicht. Warum sollte er übrigens? Vernachlässigt der Autor das ökonomische Paradigma? Ich finde schon, aber wer bin ich? Ich bin der Idiot, der ein Vorwort schreiben muß.

*„Jules-Marie-Antoon Spanoghe wurde geboren …"*

Ich gebe es auf.

*„Jules Spanoghe ist der bemerkenswerteste Autor unseres Landes."* Bemerkenswert läßt sich auf vielerlei Arten interpretieren.

Wer wird das jemals lesen? Das zappelige Unkraut, das wesentlich lieber Marty Wilde and the Wildcats hört?

Das brüllende Predigen über meinem Kopf geht in ein regelmäßiges, kultiviertes Schnarchen über.

*„Unter den vielen Talenten der letzten Jahrzehnte ist das von J. Spanoghe das, das, das erstaunlichste. Manche Seiten in seinem Œuvre verfolgen den Leser unaufhörlich wie ein böser Traum."*

Ich lese es noch dreimal. Fertig ist die Laube.

Claire hat sich im Schlaf herumgeworfen und liegt nackt

da. Ich flüstere ihr zu: „Die ganze liberale Partei mißgönnt mir die geile Kleine, die hier pennt.“ Sie seufzt sehr tief, streckt sich aus, sichtbar befriedigt.

Im Schatten einer Magnolie wartete Caroline vor der Museumstür mit den schweren schwarzen Nägeln. Ihre Beine waren gefühllos. Sie begriff nicht, was schiefgelaufen war. Sie war sofort gekommen, als Axel sie im Radio darum bat. Es hatte sie dreitausend Franc gekostet.

Zuerst war sie (bei romantischen Typen wie Axel weiß man nie) zum Lokal *Der Mond* gefahren, weil sie sich dort zum erstenmal gesehen hatten. „Tag, Caroline“, hatte er gesagt, und Just, ihr frischer Verlobter, hatte sie nach vorn geschubst, so daß sie gar nicht anders gekonnt hatte, als Axel zu küssen.

Ich erfriere. Meine Zehen. Der Anapurna.

Wie ungehobelt doch der Taxifahrer gewesen war.

„Madame, das kostet Sie aber eine hübsche Stange Geld, es sind gut und gern hundert Kilometer.“

„Was geht Sie das an?“

„Madame, soll ich hier auf Sie warten?“

„Lassen Sie den Taxameter ruhig weiterlaufen.“

„Madame, dann kann ich hier die ganze Nacht warten.“

„Sonst noch was“, hatte sie gekreischt, „ich habe Geld genug!“

Aber als sie gewartet hatten, jeder auf seinem Terrain, er, der dumme Schnösel mit seinem Pferdeschwanz, schön warm in seinem Auto mit dem Kilometerzähler, und sie trampelnd vor Kälte vor der Museumstür, da stellte sich heraus, daß sie nicht genug Geld hatte. Sie jagte ihn weg. Er schrie: „Schlampe! Dich krieg ich noch!“ Aber er war doch weggefahren. Besser einen Spatz von dreitausend Franc in der Hand …

Sie hätte natürlich auch … in natura … ein bißchen knutschen, ein Quickie hinten im Taxi, die Hacken auf der Rückenlehne.

Caroline brach in Gelächter aus bei der Vorstellung, daß gerade in dem Moment, wenn der Taxifahrer in sie eindrang, der Gegenstand ihrer Anbetung erscheinen würde, der Geliebte, für den sie alle Hindernisse überwand und allen Verdächtigungen trotzte.

Nun erfror sie langsam vor dem Backsteinschloß, über das Axel herrschte, wo er die gemalten stillen Zeugen, Orte und Aussichten, Landschaften und Sternbilder, Dünen und Meer, verwaltete.

Sie betete. Heilige Jungfrau, laß ihn bald kommen. Du hattest doch auch viel Kummer. Allerdings mit einem Kind.

Sie sagte laut: „Heilige Jungfrau, ich erfriere, meine Beine, diese dünnen, zerbrechlichen Stelzen, knirschen wie gefrorene Baumrinde, aber du weißt doch, wie es ist, wenn man geliebt wird fürs Leben, oder? für die Leber" (und sang laut) „für reich und arm und für den Darm, gequält und alleine, so wie die Schweine."

Beine aus Marmor habe ich. Nein, Marmor nimmt Körperwärme auf. Ach, warum hast du mich für heute abend bestellt? Ich hatte es mir in meinem Schlafzimmer so gemütlich gemacht, die Kälte war draußen, als ich dich in Radio Brüssel, das ich immer anstelle, wenn Just nicht da ist, gehört habe, zuerst als Grundton unter allen Hörspielen und Symphonien und Rock'n-Roll, unter den eintönigen Nachrichten über sterbende Kinder, dich durch die dämpfenden, schädlichen, vernichtenden Wellen hindurch gehört habe, und deine warme, verrauchte Stimme ließ die Eisblumen am Fenster schmelzen, und die Stimme kam immer näher, und César Franck verstummte, und du hast geflüstert: „Caroline, ich bin's", und die Stimme wurde deutlicher, „hörst du mich? Ich kann nicht länger alles verbocken und vermurksen, ich muß es aussprechen, ich möchte, daß du sofort zu mir kommst, du hast gerade noch Zeit für Lippenstift, Eyeliner und Puderpinsel", und ich habe gesagt: „Jetzt halte aber mal den Mund, ich komme ja, ich hatte es längst beschlossen, bevor du endlich den

Mannesmut aufgebracht hast, mich zu rufen", und die Stimme sagte auch noch: „Vergiß die Kondome nicht, sie liegen im rechten Nachttisch." Und jetzt ist es zu spät. Die Kälte kriecht ihr in die Gelenke, die Eingeweide, sie spürt einen warmen Strich, der wie mit einem Fettstift gezeichnet über ihre Schenkel läuft, der Strich wird lau und dann zu der jetzt vertrauten schneidenden Kälte. Ich schaffe es nicht. Es ist zu spät. Sie gleitet aus. Erfriere ich? Sie gleitet immer weiter auf einem zugefrorenen Teich.

Goossens findet sie zur Schau gestellt, ausgestreckt auf der Backsteintreppe, die zum Sekretariat führt.

„Aber Madame“, stößt er hervor und denkt sofort, daß unser Konservator aufpassen muß, was ist nur in letzter Zeit mit ihm los?

Diese öffentliche Provokation, diese Dame mit lila Nuttenstrümpfen und halbnacktem Busen, bei diesem Wetter, das heißt, die Götter des Ministeriums herausfordern. Sie bewegt sich. „Los, Madame, aufgestanden.“

Worauf sie ihn umarmt, ihre frostigen Lippen küssen die mit Rauhreif besetzten Fransen seines Schals und saugen sich in seinem Nacken fest. Sie bleibt auf ihren zwei Beinen stehen, immerhin. Sie wankt hin und her, bleibt aber erfroren an Ort und Stelle stehen auf ihren fragilen Schühchen für eine Gala in wärmeren Gefilden.

Sie scheint gläserne, unzerbrechliche Augen zu haben, die ihn verfolgen werden, wie die des Herrn Jesus auf manchen Postkarten. Sie streckt deprimiert die Zungenspitze heraus, eine mit Puderzucker bestreute Erdbeere. „Ach, der gute Fährmann“, sagt sie mit Mühe. „Fffährmann! Mein Geliebter will sich nicht um mich kümmern. Er ruft mich, und wenn ich komme, macht er sich aus dem Staub.“

Goossens hievt sie auf sein Fahrrad.

Ist es nicht ein Wunder? Derselbe Goossens, der schon auf dem letzten Loch pfiff, der seinem Sohn die Freude machen wollte, zu sterben und ihm als letzte Tat auf Erden die Saga des Widerstandes erzählte, sitzt nun auf seinem Rad wie ein Jüngling. (Wie damals, als er Annie auf dem Fahrrad zum Städtischen Schwimmbad brachte, Annie, die herumschwafelte, sich an ihm rieb, der Frechdachs aus der vierten Klasse, die an die Stange griff, daran und daneben, und schrie: „Oh, noch eine Stange!“, und zappelte, damit sie beide vom Rad fielen, so verrückt war sie nach mir, meine Annie, mein schwieriger schöner Schlamassel, alle Jungs aus der Klasse glotzten, johlten: „He, Goossens, Duttendepp!“

Ihrer beider Atem eine einzige Wolke. Sie taut nicht auf. Sie vom Rad zu heben, kostet ihn mehr Mühe, als sie daraufzusetzen. Er lehnt sie schräg an die Mauer seines Hauses, segnet den Tag, als sein Sohn wieder abgereist ist zu den wallonischen Äckern.

Er nimmt sie in die Arme, sie ist leichter als erwartet (oder habe ich die Kraft der Anbetung?), und dann liegt sie vor dem Gasofen, über dem seine Wintersachen an einem Drahtseil hängen, hohle Gestalten, und ihre Kleider tauen auf, der Glanz der Kristalle auf ihrer Haut erlischt, ihr Haar wird stumpf, auch ihr Gesicht, das in dem höllischen Nebel von der Kälte straff gespannt war, wird angegriffen. Ihre Gelenke lockern sich.

„Du hast mir das Leben gerettet“, sagt sie, als begreife sie das erst jetzt.

„Möchten Sie was essen?“

„Nein, ich möchte mich bei dir bedanken.“

„Ein Glück, daß ich heute morgen so früh da war.“

„Sonst hätte mich jemand anders gefunden.“

„Sie haben aber auch merkwürdig ausgesehen mit diesen komischen Strümpfen.“

Sie hebt ihr Kleid hoch, die Schenkel, perlweiß, sind in die Strümpfe gepreßt.

„Ich habe sie für meinen Helden gekauft. Für meinen Maulhelden.“

Sie zieht das Kleid noch weiter hoch. Ein winziges, feuchtes Höschen aus Seidenspitze, durch die schwarzes, gekräuseltes Haar zu sehen ist.

„Ich muß jetzt aber ins Museum, Madame Caroline.“

Sie sitzt auf dem Tisch, schaukelt mit den Beinen, streckt ein Bein in die Luft, dann das andere, sie macht Freiübungen wie im englischen Fernsehen die jungen Mädchen in den engen, glänzenden Trikots.

„Ich werde dir ewig dankbar sein", sagt sie, das Gesicht nun gekraust mit aufgesperrten Nasenflügeln, während sie auf dem Rücken liegt und die Beine spreizt und auch nach hinten wirft, so daß ihre Knie die rosa Ohren berühren. Das Höschen ist feucht, durchsichtiger als soeben. Falls man das überhaupt noch als Höschen bezeichnen kann.

„Ich könnte zu spät zur Arbeit kommen, Madame Caroline."

„Gefällt dir das nicht?" Sie verharrt in der Pose, das Blut steigt ihr zu Kopf.

„Ob es mir gefällt, tut hier nichts zur Sache, ich möchte nur nicht, daß der Direktor mich sucht. Aber ich muß schon sagen, Sie sind sehr gelenkig. Sie könnten so im Zirkus auftreten. Da würden bestimmt viele Zuschauer kommen."

„Ihr Hintern war so schön, voll und weiß, daß mir ein bißchen beklommen zumute war", beschrieb Goossens es später Axel, als Axel im Krankenhaus lag. „Vor allem, weil sie wohl glaubte, ich würde meine Wurzel reinstecken, aber Madame Caroline weiß nicht viel von der Welt, in meinem Alter braucht man Zeit dazu. Nicht, daß man drei Wochen vorher anrufen muß, aber ein bißchen Vorbereitung muß nun doch sein.

„Und wie ging es weiter?" fragte Axel, und Goossens war hocherfreut, daß sein Direktor auf dem Krankenbett wieder Interesse für die Verrücktheiten des Lebens zeigte.

„Wie es weiterging? Sie stieg vom Tisch, zog sich aus und warf ihre Sachen auf die Erde. Sie nahm sogar das Band aus ihrem Haar und den Ring vom Finger. Sie ging zu meiner Pritsche und legte sich darauf. Ich habe gesagt: Madame Caroline, Sie waren bestimmt mal bei den FKKlern."

„Wie hast du das erraten, Goossens?“ hat sie gesagt.

Dann kam die Krankenschwester herein, um Axel zu waschen.

*Das Fegefeuer* hat eine pittoreske Vorderfront. Über der Tür ist ein Frontispiz mit einer Gans, die daran erinnert, daß unsere Stadt einst in der Renaissance den größten Gänsemarkt des Westens besaß. Die beiden Glasmalereifenster stammen aus dem sechzehnten Jahrhundert. Außerdem können Sie in der Fassade noch wechselnde Schichten Backstein und weißen Sandstein bewundern. Auf der Schwelle aus blauem Basalt (oder ist Basalt immer blau?) steht Heini und denkt an die achtzehn Monate, die ihn von seinem Abschied trennen. Adieu, verrückte Nymphen, Bodybuilder, scheue Bürohengste, vergnügte Skeptiker, Heini wird euch nicht mehr bis zum Morgengrauen bedienen. Auf dem Platz, von dem aus Sie einen Blick auf die Fassade von Sint-Jacobs werfen, wo der Geist der Gegenreformation mit seinem inspirierten, jedoch im Kern unverwechselbaren flämischen Barockstil greifbar zum Ausdruck kommt, spielen die Kinder Ruanda. Sie sterben, ausgehungert um Brot bettelnd, schweben wie Hubschrauber herab, lassen sich zuckend abknallen. Ein Mädchen spielt eine Ärztin, die Spritzen gibt, eine andere ist eine Nonne, die einem Sterbenden ein kleines Kreuz an die Stirn drückt. Maschinengewehrsalven ertönen aus allen Mündern. Was Heini aus seinem Lokal getrieben hat, ist Notar Geerts, der sich gerade mit Pastis betrinkt. Heini kann weder den Anisgeruch noch larmoyante Notare ausstehen. Er zieht den Geruch der morschen Holzbohlen im Kanal vor. Ab und zu erreicht ihn die Stimme von Notar Geerts. „Es kann einfach nicht möglich sein, daß Dion mich vergessen hat. Er ist noch nie zu spät gekommen, jedenfalls nicht über eine Stunde, der Bursche ist nicht mehr derselbe, natürlich sehe ich ihn noch gerne, aber ich finde, in letzter Zeit schwafelt und sülzt und sabbert er so. Schade, denn wir kommen gut miteinander aus. Und er ist ein hübscher Junge. Wenn er traurig ist, sieht er genauso aus wie unser Heiland am

Kreuz. Er ist betrübt, weil sie ihn abschieben wollen. Aber was kann man dagegen tun? Gesetz ist Gesetz." In diesem Augenblick, und das kann Notar Geerts nicht im entferntesten erahnen, fährt Dion in dem BMW, zwölf Zylinder, des Gouverneurs unserer Provinz in der Stadt herum. Er fällt auf, als er bei der Handelsakademie an der roten Ampel vorbeirauscht und neben dem Kanal, der im siebzehnten Jahrhundert gegraben wurde, um die Bierbrauer mit gutem Wasser zu versorgen, einem Lastwagen kaum ausweicht. Zeugen meinen später, er müsse am Vleeshouwersdijk einen Herzanfall bekommen haben oder eine Gehirnblutung, mit Vollgas rast er direkt auf das Befreiungsdenkmal zu, das an dem Ort errichtet wurde, wo sich Kriegsereignisse abgespielt haben. Der Aufprall, schrieb *De Nieuwe Gazet*, war verheerend. Der Fahrer, ein Grieche, Dionysis Solomos, eingebeult wie die Motorhaube, zu einer Ziehharmonika. Überall Glassplitter. Ein gutes Stück des Denkmals, trotz des puren blauen Steins, im Eimer. Wie gesagt, der Fahrer, dieser Grieche, zu Klump. Ein Viertel seines Kopfes unauffindbar, die Bremsspuren zeigen, daß es keine Bremsspuren gibt. Der Fahrer, dieser Grieche? Ach, schweigen wir besser. Schauderhaft. Stundenlanger Stau.

Die Frage ist: warum? Ach, Mutter, warum leben wir, warum laufen die Pinguine so komisch, warum ist mein Bier jetzt so lauwarm? Leg schnell *Pink Floyd* auf.

Es gab eine sehr allgemein ausgeschilderte Umleitung, worauf Axel selbstverständlich auf der Autobahn die falsche Ausfahrt nahm. Weil es regnete, wagte er nicht allzu schnell zu fahren. Warum war er nur immer so gehetzt? Alle anderen kamen immer ohne Skrupel zu spät. Er war auch nervös, weil Spanoghe ihn so ausdrücklich gebeten hatte, pünktlich zu sein. Ausgerechnet heute war bei der Brücke ein Unfall passiert, mindestens hundert Wagen standen im Stau. Er schnappte auf, daß jemand gegen das Befreiungsdenkmal gerast war, wenn auch nicht mit Absicht.

„Oh, nicht möglich! Es ist tatsächlich fertig?“ hatte Spanoghe ins Telefon gerufen, und Mireille hatte er zugebrüllt: „Das Vorwort ist fertig. Was sagst du nun? Ich werde es weitergeben. Unsere Mireille sagt: Endlich jemand, der Wort hält. Und sorg dafür, daß du pünktlich bist, wir haben genau eine Dreiviertelstunde, danach habe ich eine wichtige Besprechung.“

Natürlich fand er die Van Eeghenstraat nicht, die Eingeborenen widersprachen sich gegenseitig, sagten „Links abbiegen“, während sie mit dem rechten Arm die Richtung wiesen.

Als er klingelte, war er genau eineinhalb Stunden zu spät. Mireille Spanoghe öffnete so schnell, als hätte sie im Flur auf ihn gewartet. „Du bist viel zu spät dran“, sagte sie grimmig. „Gib her“, sie zerrte an der Plastiktüte, in der Axel den Text bei sich trug. Sie griente wie die Hexe in einem Zeichentrickfilm. Wie seltsam! Axel konnte sich ihr Verhalten nicht erklären; er hatte ihr, Spanoghes Frau und Muse und Buchhalterin, nie etwas getan, er kannte diese Person überhaupt nicht, er war ihr nur ein paarmal in seinem früheren Leben begegnet, dem Leben mit Roberte. Sie fummelte weiter an der Plastiktüte herum. Er überlegte, ob er ihr eine kleben sollte, als eine Tür zum Flur aufging und er die Geräusche eines Fußballspiels hörte. Ein schreckhaft wirkender, kahlköpfiger Mann rief mit einer Baßstimme, die nicht zu seiner Gestalt paßte: „Mireille, ich geh' mal eben die Kartoffeln abgießen."

„Mach das, Junge", sagte Mireille mütterlich und schnauzte gleich darauf Axel an. „Du hättest anrufen können. Jules hat die ganze Zeit auf dich gewartet. Er hat weiß Gott Wichtigeres zu tun."

„Ich konnte nicht anrufen. An der Autobahn war ein Unfall."

„Ja, das kennen wir."

Der schreckhafte Mann erschien wieder. Axel erkannte ihn aus den Tagen bei der Zeitschrift *Spiraal*, der Mann war Zahnarzt und Essayist. Er drückte seine kurzgeschnittenen Borstenhaare platt. „Mein Gott", sagte er.

„Pardon?"

„Mein Gott! Daß ich dich wiedersehen darf nach so langer Zeit, und dann noch bei unserem Kumpel Jules. Und Jules hat mir kein Wort davon erzählt."

„Mijnheer den Dooven geht gleich wieder", sagte Mireille.

„Ich muß mich kurz setzen", sagte Axel und ließ sich auf eine mittelalterlich anmutende Truhe fallen.

„Verständlich", sagte der Zahnarzt, „bei deiner Figur. Wieviel wiegst du jetzt?"

Darauf mochte Axel nicht antworten. Im Zimmer nebenan fiel ein Tor. Oder das Gebrüll kündigte das Ende des Spiels an. Jules Spanoghe kam in den Flur, sah Axel, drehte sich um und ging zur Toilette. Als er wieder zum Vorschein kam, winkte er Axel herein. Im Zimmer standen hundert Kakteen. Totemfiguren. Stümpfe alter Feigenbäume. Keramik aus Mittelamerika. Die Splitter und Spritzer der Sonne im Regen blitzten auf dem Kupferensemble von Töpfen und Löffeln. Vergilbende psychedelische Poster. Gemälde mit Rückenansichten gebrochener Menschen undefinierbaren Geschlechts in fahlblauen Tönen. Dazwischen saß eine Gesellschaft, die Axel wie auf Verabredung haßerfüllte Blicke zuwarf. Insbesondere eine grazile Frau mit tief in den Höhlen liegenden Augen, flachsblondem Haar und einem Pullover, der falsche Brüste vermuten ließ. Axel wurde nicht vorgestellt; er lächelte ins Unbestimmte.

„Was willst du eigentlich hier?“ fragte Spanoghe. Eine unbehagliche Stille trat ein.

„Ich bringe den Text.“

„Um welchen Text ging es noch mal?“

„Um den Text, dessentwegen ich dich angerufen habe“, sagte Axel verwundert. Er holte eine Mappe hervor, auf dem Umschlag in kalligraphischer Schrift: Jules Spanoghe, ein Weltbild, Vorwort von Dirk van Munster.

„Soso“, Spanoghe gab sich ebenfalls verwundert. „Vielen Dank, Axel.“ Er warf die Mappe achtlos auf ein nordafrikanisches Tischchen aus getriebenem Kupfer.

„Ich dachte eigentlich, daß du es liest“, sagte Axel.

Die Mappe mit Axels Text rutschte zusammen mit einem Päckchen Spielkarten und ein paar Zeitschriften, hauptsächlich *Playboys*, von dem Beistelltischchen auf den Boden aus Bordeaux-Fliesen. Als niemand Anstalten machte, die glatte Mappe aufzuheben, nahm Axel sie wieder an sich, zusammen mit einer Broschüre mit dem Titel: Bewerbungsbedingungen für den Michelin-Preis der Stadt Dendermonde.

„Gib das her“, sagte Spanoghe. „Lieber Axel, ich möchte dich nicht länger aufhalten. Dankeschön für diesen … äh … Text über mich. Du hättest dir die Mühe sparen können.“

„Wieso?“ Axel traute seinen Ohren nicht.

„Ach, du solltest deine kostbare Zeit nicht an mein Œuvre verschwenden. Ich mache in dem Literaturzirkus nicht mit, das weißt du doch.“

„Du mußt aber doch noch nachsehen, ob auch nichts Falsches in dem Vorwort steht."

„Sobald ich Zeit dazu finde, mache ich es bestimmt. Aber Amnesty International beansprucht mich momentan voll. Mireille, würdest du Axel bitte zur Tür begleiten. Dann können wir weiterarbeiten, es gibt wichtigere Dinge als Literatur."

„Scheißkerl", sagte Axel. „Arschloch. Impotentes Großmaul. Pfuscher."

„Sie sind aber sehr nervös", sagte ein junger Mann mit Futhaaren auf dem Kopf.

„Adieu, du Fiesling", sagte Axel zu Jules Spanoghe, der mit den Schultern zuckte. Ein Riesenpapagei, der in einem goldgespritzten Käfig zwischen zwei indischen Lingamen saß, imitierte sofort treffsicher Axels Stimme. „Adieu, du Fiesling."

Axel ging mit kurzen Schritten zu seinem Auto.

Es regnete sachte. Echtes Spanoghe-Wetter.

Die Farbe von Magister Bouillons rostrotem Haar, seinen Wimpern und Augenbrauen ist in der Natur kein zweites Mal zu finden. Manche Chinarestaurants sind in dieser Farbe gehalten. Diese Farbe hat Magister Bouillons Charakter gestählt. Seit seiner bitteren Kindheit.

„He, Roter, deine Haare stehn in Flammen."

„He, stimmt es, daß cin Rotfuchs stinkt, wenn's regnet?"

Er betritt das Museum wie ein Eroberer, einen halben Meter hinter ihm schreitet unser Beigeordneter für Kultur. Goossens öffnet ihnen die Tür. Goossens trägt seine weißen Handschuhe. Nicht, weil der Beigeordnete zu Besuch kommt, nein, sondern weil heute nachmittag französische Touristen erwartet werden, und diese Franzosen haben die Angewohnheit, Hinz und Kunz bei passender und unpassender Gelegenheit die Hand zu geben, und man weiß ja nie, woran die Hand vorher rumgefummelt hat, stimmt's, Herr Beigeordneter?

Magister Bouillon läßt sich auf einem der Korbstühle nieder, die Schellen selbst entworfen hat. (Der flämische Marcel Breuer wurde er manchmal genannt.) Der Beigeordnete sitzt auf Axels Stuhl, und Axel sitzt auf dem Rand eines der ledernen Barcelonasessel von Le Corbusier.

„Axel", sagt Magister Bouillon, „wie lange kennen wir uns bereits? Doch bestimmt schon an die fünfzehn Jahre, ich war noch nicht Rektor der pädagogischen Hochschule, und du hast Gedichte geschrieben, so lange ist das her. Nun, welche Frage stellt sich jetzt dem hier anwesenden Beigeordneten, mir, den Dutzenden, was sage ich, den Hunderten, die dich als Dichter auf Händen getragen haben ..."

„Von einem Band habe ich achtzig Exemplare verkauft."

„Nicht so zynisch, den Dooven. Nicht vor mir. Dafür sind wir zu gute Kameraden, dafür ist zu viel Wasser ins Meer geflossen. Hunderte von Freunden und Bekannten hast du, und sicherlich jetzt, in letzter Zeit, wird dein Talent endlich gewürdigt, dein Talent, das, ganz unter uns, ja auch der Unterstützung unsererseits viel zu verdanken hatte. Du sagst zwar: achtzig Exemplare wurden verkauft, aber dank uns hat man im Ministerium doch ein wenig mehr als achtzig Exemplare abgenommen. Richtig? Richtig! Du hast doch von Anfang an zu unserer Familie gehört, wir haben dich herangezogen und dir Anstand beigebracht. Die Frage, die in aller Offenheit gestellt werden muß, lautet nun: Ist Axel den Dooven, allerorts bekannt für seine Erkundungen auf dem Gebiet der Lyrik, auch bereit, mit seinen nackten, notfalls schmutzigen Füßen, im menschlichen Getriebe, notfalls im menschlichen Sumpf zu stehen?"

„Schmutzige Füße? Ich?"

„Unserem Bouillon geraten die Metaphern manchmal durcheinander", sagte der Beigeordnete.

„Leon, fall mir nicht ins Wort. – Hör zu, Axel, wir setzen uns ein, nicht für unser eigenes Wohlergehen, für Macht oder Geld oder Ehre, sondern für die Gemeinschaft. Und meine Frage ist: Bist du noch immer einer von uns, bist du für uns? Reich mir die Hand."

Magister Bouillon drückte Axel die Hand und ließ sie los.

„Voilà. Der Worte sind genug gewechselt. Es ist vollbracht."

Axel fragte sich, was denn vollbracht sei. Ich werde senil, ich tappe zu oft im Dunkeln. Dieser Händedruck, war der nun von einem Freimaurer? Hätte ich seine Handfläche kitzeln müssen?

Der Beigeordnete holte einen Bogen Papier hervor, entfaltete ihn. „Wenn du hier unterschreiben würdest …"

„Pardon", sagte Magister Bouillon. „Pardon, Leon, steck sofort das Papier weg. Beleidige uns nicht, Axel und mich. Papier bedeutet nichts. Hier geht es um das Wort, das gegebene Wort."

Er riß dem Öffentlichen Amt das Papier aus der Hand, zerknüllte es, warf die Kugel in den Papierkorb.

„Voilà."

„Trotzdem wirst du mir etwas genauer erklären müssen, was ..."

„Ganz einfach. Wir betrachten dich als einen Abenteurer, jemanden, der sich nicht von kleinlichen Interessen leiten läßt, und der Zweck unseres Besuches ist, daß du unumwunden erklärst, uns zu unterstützen. Wir brauchen ein wenig Anschwung."

Anschwung. Anschwung an der Schaukel im Park, das Mädchen plumpste herunter, Körnchen grauer Kies in ihrem Gesicht. Anschwung, schubsen. Schubsen in der Schlange von Skeletten in Afrika. Schubsen von einer Klippe von Dover, vom Kreidefelsen in die smaragdenen Strudel.

„Also ich soll mich auf eure Liste setzen lassen, um euch Anschwung für die Wahlen zu geben", sagte Axel, „ich habe noch nie ..."

„Richtig", rief Magister Bouillon, sprang aus dem Korbsessel und stiefelte wütend durch den Raum. „Noch nie, sagst du, und damit willst du deutlich sagen: Noch nie im Leben hatte ich bisher das Bedürfnis, mich um das unappetitliche Knäuel von Kompromiß und Mauschelei und Gefälligkeiten zu kümmern ..."

„Das Dumme ist ..., sagte Axel und suchte nach einer überzeugenden Ausrede, „... daß ich schon Mitglied der G.A.P. bin."

Magister Bouillon blieb vor einer Skulptur von Schellen stehen, die in den dreißiger Jahren einen Skandal in unserem Städtchen ausgelöst und sich später als farblose Kopie von Brancusis *Kuß* herausgestellt hatte.

„Aber das sind Kommunisten", sagte Magister Bouillon. „Ist das allgemein bekannt, daß du dort Mitglied bist? Nur im engeren Kreis? Aber mein lieber Axel, warum haben wir nie davon erfahren? Du stehst nämlich nicht auf den Listen. Wenn du daraufstehen würdest, müßte ich es wissen. Ich habe meine Quellen."

Er stand direkt vor Axel.

„*Tu quoque, mein Sohn?* Aber Axel, das kann doch nicht dein Ernst sein. Trotzki, Mandel, das ist doch aus und vorbei. Bist du aktives Mitglied? Im Ernst? Binde uns keinen Bären auf, Axel, das könnte dir noch Kummer machen, großen Kummer."

„Es war nur ein Witz."

„Verdammt noch mal. Da sind wir aber voll drauf reingefallen, was, Herr Beigeordneter? Himmel, Arsch und Zwirn, uns so auf die Schippe zu nehmen. Axel, jetzt erkenne ich dich wieder. So, nachdem wir einen guten Witz gehört haben, nun wieder zum Thema."

„Ich bin aber doch erschrocken", sagte der Beigeordnete.

„Also, Axel, du wärest jeder Verantwortung enthoben. Wir werden dich so auf die Liste setzen, daß du gar nicht gewählt werden kannst, dir kann also nichts geschehen. Du dienst uns – wie Jan van Eyck es so schön gesagt hat: „Ick Dien" – als eine Art Galionsfigur. Galionsfigur, direkt durchs Meer. Und unser Schiff ist unsere abendländische, christliche Tradition, die sich gegen die Stürme der Barbaren jeder Couleur behaupten muß – achte auf meine Worte, he, jeder Couleur. Sie haben nämlich alle möglichen Farben, diese Barbaren, die uns ins Verderben stürzen wollen. Sie stehen vor der Tür! Vergiß nicht, Axel, was Hegel sagt: „Nur die Völker, die sich erneuern können, haben das Recht auf Freiheit." Und der Alte mußte es wissen! – Ach, Bouillon, heißt es, was willst du denn reformieren, gegen die Mediokrität des Apparates kommst du ja doch nicht an, und ich antworte: Wartet, bis ihr Bouillon zusammen mit seinen Gesinnungsgenossen an der Arbeit gesehen habt.

Wir werden reformieren, Mann, bis alle Konservativen k. o. sind. Dann weht ein anderer Wind, so wahr ich Bouillon heiße, und das wird kein kleiner Furz sein! – Denn diesen Schwaflern stehen Tausende von einfachen Leuten gegenüber, die mir zurufen: „Stoß uns Bescheid, Gerard, zeig uns, wo's lang geht, gib uns grünes Licht!" Und diese einfachen Leute meine ich, wenn ich sage: Axel, hilf uns, laß dich verdammt noch mal auf unsere Liste setzen, Mann, gib uns Anschwung!"

Während sie in den Innenhof gingen und dort den kugelförmig geschnittenen Buchsbaum bewunderten, sagte Magister Bouillon fast flüsternd, nur konnte er nicht so gut flüstern, und Goossens, der sie im Auge behielt, schnappte hier und da etwas auf: „Große Veränderungen stehen bevor, selbstverständlich kann ich noch nichts verraten, aber es könnte sein, daß sich unser Minister der Last seiner schweren Aufgabe entledigt."

„Jesses, mein Budget!" entfuhr es Axel.

„Mach dir keine unnötigen Sorgen", sagte Magister Bouillon, „die Nachfolge ist schon geregelt."

„Und wer …?"

„Dreimal darfst du raten", sagte der Beigeordnete strahlend.

„Herzlichen Glückwunsch, Herr Beigeordneter."

„Es ist noch nicht soweit", sagte der Beigeordnete schmunzelnd.

Magister Bouillon nahm Axels Arm. Untergehakt gingen sie über den Kies an den Stechpalmen mit den vielen Beeren entlang wie zwei sizilianische Mafiosi im Ruhestand.

„Der Minister bringt nichts mehr zustande, er ist fix und fertig. Professor Michielsen, der dem Minister die Reden schreibt, hat eine gehörige Arthrose, die ihn am Schreiben hindert …"

„Ah, Goossens, wie geht's denn so?“ schmetterte der Beigeordnete.

„Naja, es muß, Herr Beigeordneter.“

„Sag mal, Goossens, weißt du, warum Pygmäenfrauen die besten Liebhaberinnen sind?“

„Nein, Herr Beigeordneter.“

„Weil sie genau bis zu deinem Lümmel reichen, wenn sie dir einen blasen, aber auch so einen Hintern haben, daß man dabei ein Glas Whisky darauf abstellen kann.“

Der Beigeordnete prustete, brach in schallendes Gelächter aus. Der Innenhof hallte wider.

„Siehst du, Axel“, sagte Magister Bouillon, „wir in unserm Club sind keine Sauertöpfe.“

Mevrouw Hendrika-Johanna-Jeanine Neepkens von der Fleischerei Neepkens erklärt, sie habe die betreffende Inge Gershwein an diesem Morgen um Viertel vor neun gesehen.

„Ist Ihnen irgend etwas an ihr aufgefallen?"

„Was sollte mir aufgefallen sein?"

„War sie zum Beispiel vergnügt, ging sie schnell, hat sie Sie gegrüßt, zum Beispiel?"

„Die? Aber Mijnheer, sie hat keinen von der Straße angesehen. Man hätte vor ihren Augen tot umfallen können, nicht mal dann hätte sie …"

„War sie Kundin bei Ihnen?"

„Wenn ich nur solche Kunden hätte, müßte ich bald stempeln gehen. Zwei Scheibchen Roastbeef, für ihren Hund an seinem Geburtstag, und das war's. Sie konnte kein Fleisch riechen. Unser Edmond sagt, er hätte sie mal sagen hören, vor zehn Jahren, als sie noch mit den Nachbarn redete, sie hätte zu viel Fleisch an den Fleischerhaken hängen sehen."

„Sie wird wohl mal im Schlachthof gewesen sein, wahrscheinlich."

„Willy, ihr Hund, bekam nur Fisch, Abfall, den ihr der Fischhändler gegeben hat, er hat ein goldenes Herz, unser Fischhändler."

„Und was ist Ihnen dann aufgefallen?"

„Viel kann ich nicht erzählen. Sie hat ihren Hund vor die Haustür von Mijnheer den Dooven geführt, genau auf die Mitte der Schwelle, der Hund hat dort sein Geschäft gemacht, und das war's."

„Hat das sonst noch jemand gesehen?"

„Florian, der im ersten Stock in seinem Korb gesessen hat, wegen der frischen Luft, auch wenn es noch so kalt ist."

„Woher wissen Sie, daß Florian …"

„Oh, er hat angefangen zu fauchen, er hat einen Buckel

gemacht, und er hat geknurrt! Ich habe es bis in den Laden hinein gehört."

„Und dann?"

„Dann ist Mevrouw Gershwein weitergegangen mit ihrem Hund, der wahrscheinlich erleichtert war."

„Und was hat Mevrouw den Dooven gemacht …"

„Gegen neun hat sie mit Handfeger und Kehrblech …"

„Nein, vorher, als sie es entdeckt hat …"

„Oh, Mijnheer, die hat vielleicht geflucht! Wo hat sie wohl solche Flüche gelernt, das fragen wir uns, Edmond und ich. Man bekommt eine andere Meinung von den Leuten, wenn man so was von ihnen hört. Dann ist sie ins Haus gestürzt und mit Handfeger und Kehrschaufel und einer Flasche Putzmittel zurückgekommen, und als sie zugange war, sie war schon fast fertig, hat sie plötzlich Handfeger und Kehrschaufel auf die Erde geschmissen, vor Wut oder, wie Edmond glaubt, sind ihr die Sachen aus der Hand gefallen, weil dieser Schauspieler ankam."

„Herman Grootaers."

„Ja. Der vom Fernsehen."

„Und was hat er gemacht?"

„Aber Mijnheer, der war nicht imstande, irgendwas zu tun. So voll, so sternhagelvoll wie der war, der mußte sich ja an den Mauern festhalten.

„Haben sie miteinander gesprochen?"

„Sie war ziemlich kurz angebunden. Wie würden Sie sich denn verhalten, ihr Haus voll Hundescheiße und ein Suffkopp, der jeden Moment kotzen kann?"

„Also war Herman Grootaers auch Zeuge? Hat er die Exkremente gesehen?"

„Natürlich. Er hat noch gerufen: „Der Hund hat Fisch gefressen!", und sie hat auch alles mögliche gerufen. „Dieser Hund, dieser Hund!" rief sie. „Wenn ich nicht im Tierschutzverein wäre, würde ich ihm mit einer Kohlenschaufel den Schädel einschlagen", darauf hat er, blau wie tausend Mann, ganz langsam gesagt: „Kohlenschaufel? Du hast überhaupt keine Kohlenschaufel, du hast doch Zentralheizung."

„Der Hund muß sterben", hat sie gerufen.

„Aber dann feierlich", hat er gesagt, „eine feierliche Überdosis. Direkt in den Hundehimmel."

„Herman!" hat sie gerufen.

„Claire", hat er gesagt. „Ich persönlich werde dafür sorgen, ich schwör's dir bei meinem Kopf, daß so was nicht mehr vorkommt."

„Sag das besser dieser Gershwein."

„Claire, diese naturschändende Tat wird gerächt werden."

„Ach, hör auf", hat sie gesagt, und das war's. Wahrscheinlich war da noch mehr, aber das ist das, was ich behalten habe."

Die unnachahmliche, schleppende Stimme, vom Theatermagazin *Theater* als manieristisch, sogar gongoristisch bezeichnet, sprach leidenschaftlich und intim, rhetorisch und kokett, direkt über dem Kopf der beiden. Claire lag seit zwölf Minuten auf Axel. (Er konnte es auf seiner Armbanduhr sehen; seine Linke wuschelte durch ihr Haar.) Hin und wieder bewegte Axel den Unterleib. Er blickte in ihre Ohrmuschel, die auf ihren dunkelrot gefärbten Wasserwellen wie auf einem Bett aus Seetang lag. Es war ein kindliches Ohr, beschloß Axel, unschuldig zusammengeschrumpft, nachlässig am Kopf befestigt. Florian konnte sie wenigstens bewegen, seine durchsichtigen Ohren. Axel versuchte mitzubekommen, was Grootaers deklamierte. Manchmal gelang es ihm.

„Hörst du auf?"

„Nein."

„Bin ich zu schwer?"

„Nein, du."

Grootaers Stimme sagte: „Eine Seeschaft kann, muß sprichwörtlich gelesen werden. Die Bewegung als solche ist in die Formfugen gepreßt. Eine Seeschaft ist eine Seelenaufgabe."

„Was erzählt er da?"

„Er probt, was er bei Van Rompaey in der Sendung *Schirme* sagen wird. Hör nicht hin."

„Jetzt ist doch nicht die Zeit zum Proben." Axel fühlte sich erschlaffen.

„Langsam fällt es ihm schwer, etwas zu behalten. Darum probt er vor dem Einschlafen, dann bleibt es im Unterbewußtsein haften." Sie rutschte von ihm hinunter, bearbeitete sein Glied, zu fest, zu schnell, warum lernt die Trine es einfach nicht, mir anständig einen runterzuholen?

„Sanfter", sagte er.

„Ja, Liebling."

Er stellte sich eine Tänzerin vor, die sich in unmöglichen Windungen an einen roten Samtvorhang schmiegte, ihm die schwellenden Lippen herausfordernd entgegenstreckte.

Claire sagte: „Meiner Mutter ist der Regenschirm gestohlen worden, als sie im Volksbad in der Badewanne saß."

Die Tänzerin hatte pralle Brüste, die sie rhythmisch bewegte, während ihr Unterleib unbeweglich blieb. Sie sieht mich ernst, fast drohend an, obwohl ihr Gesicht undeutlich ist, gefilmt mit einem Weichzeichner.

„Das ganze Sicherheitsproblem bei öffentlichen Gebäuden müßte mal untersucht werden", sagte Claire. Droben wurde ein Stuhl weggerückt, ein Schuh polterte auf die Holzdielen.

Die Tänzerin steckte ihren Zeigefinger in den Mund, lutschte daran, kitzelte ihre Brustwarzen, im Takt von Claires Hand.

„Weißt du, ob die BMW-Werkstatt noch auf dem Waalse Kaai … Ersatzteile kriegt man in der Van de Woestijnlaan … oder? …"

Als Axel die Kamera von den zittrigen Lenden und Lippen, die sich neben einem fingerbreiten, straff in die Frau gepreßten Band vorwölbten, langsam nach oben richtete, bekam die Tänzerin ein präraphaelitisches Gesicht, das ihm vertraut vorkam. Er stellte das Bild schärfer ein, das Gesicht war das einer Zwölfjährigen, ein inniges, verträumtes Gesicht mit einer langen Nase. Sie sah Axel nicht an, studierte eher ihre Füße, die in viel zu großen Schuhen mit hohen Absätzen tanzten.

„Laß das", sagte Axel.

„Magst du das nicht? Mache ich es falsch?"

„Nein, nein. Bestimmt nicht."

„Doch", sagte sie und ließ das schlaffe Glied los. Das Mädchen verschwand auch sofort in einem Nebel, der in diesem Moment aus dem scharlachroten Vorhang wallte.

Ernst Pussemier, der Regisseur des Films *Breughel*, so wie er jetzt vor einem Dutzend geladener Gäste in einem stickigen Vorführraum gezeigt wird (in einer äußerst provisorischen, überstürzten Fassung!) ist ganz in Schwarz, schwarzes Seidenhemd, Satinjackett und schwarze Jeans. Er raucht schwarze Sobranie-Zigaretten mit goldenem Filter.

„Ich hoffe, ich habe Ihrem Skript, ich nehme an, das endgültige Skript stammt von Ihnen, keine Schande gemacht."

„Das hoffe ich auch", sagt Axel.

„Im Nachspann wird stehen", Oorslag zieht Linien in die verräucherte Luft des Vorführraums, „Drehbuch: J.-F. Marigaal, A. Den Dooven, Jules Spanoghe, J.W.S. Smith, George Powell und Pieter Schuiten. Macht sich gut, die ganzen Namen. Beweis, daß da Arbeit drinsteckt. Die Italiener machen das immer so, manchmal sogar zehn Namen."

„Können wir? Licht aus."

Spanier stürmen mit scheppernden Rüstungen durch schmale Gassen und stecken dort Fässer in Brand, die explodieren. Kaiser Karl hat die Parkinson-Krankheit und muß den Thron seinem Sohn Philipp abtreten, sagt er stotternd, aber dieser Sohn ist ein Taugenichts. Die Herzogin von Malaga, eine von den englischen Scriptwritern erfundene Figur, starrt sich in einem Louis-Seize-Boudoir zu Musik von Ennio Morricone endlos an. Ekelhaft dicke Bauern mit schwabbligen, kalkweißen Körpern schlafen in einem Kornfeld, ohne zu ahnen, daß Herman Grootaers, auf dem Kopf ein provenzalisches Barrett, sie mit seiner zusammenklappbaren Staffelei und Ölfarbe in deutlich sichtbaren Tuben der Marke Rembrandt konterfeit. Dieselben Bauern tanzen zu einer Sackpfeife, in einer vollkommen anderen Landschaft werden sie von einem Schneesturm aus Flocken, die nicht schmelzen, vertrieben.

Dieselben Bauern, soeben noch in grünem Wams und orangefarbenen Strumpfhosen, sind jetzt gesetzte Bürgersleute in Taubengrau, die nichtsdestotrotz „Buh, Buh“ rufen, als zwölf Spanier an ihnen vorbeireiten. Ein Kardinal betet ausgiebig in einer Kapelle. Um seine Knie zu schonen, kniet er auf einem kleinen Polster. Kinder spielen mit einem Totenschädel. Ihre Großmutter schält beim prasselnden Herdfeuer Erbsen und erzählt ihnen, daß es der Schädel des kühnen Vogtes sei. Breughel malt die Großmutter. Und trinkt dabei aus einer Dose.

„Oha, Heineken!“ ruft jemand.

„Wir durchbrechen Zeit und Raum“, sagt Oorslag. „Die Geschichte des verkannten Künstlers gehört zu jeder Zeit, also auch zu der unseren.“

Unrasierte Blinde suchen mit erhobenem Kopf und milchweißen, undurchsichtigen Kontaktlinsen nach einem Ausweg in dem Kornfeld, wo noch drei Minuten zuvor Bäuerinnen vergewaltigt worden sind von spanischen Lanzenreitern, die ihren schwarzledernen Hosenschlitz keinen Zentimeter geöffnet haben.

Eine Landschaft im Schnee. Noch eine Landschaft im Schnee. Eine dritte Landschaft im Schnee zu den Klängen der *Carmina Burana*. Extreme Nahaufnahme von Herman Grootaers, der hektisch behauptet, gegen jede Form von Tyrannei zu sein. Ein Mägdelein spielt auf der Schalmei. Eine Landschaft im Schnee. „Marieke mein, wollt Ihr mit mir in den heiligen Stand der Ehe treten?“ „Ja“, errötet die Marieke, die unter all den Rivalinnen auserkoren wurde, eine schalkhafte Pariserin mit wasserstoffblonder Perücke. Axel hat sie noch im Büro von ORION (oder war es ATHENA) tippen sehen.

„Piet, isch gee, wo-in Ihr geht. In die waite Welt.“

„Das muß eventuell noch nachsynchronisiert werden“, sagt Oorslag.

Grootaers wiegt ein sechs Monate altes Kind auf den Knien. „Darf isch mein Kindschen sehn?" seufzt eine heftig schwitzende Marieke, die gerade entbunden hat. Grootaers legt ihr das Baby in die Arme. „Oh, was für ein Übsches" seufzt sie. Sie will ihm die formvollendete Brust geben, das Kind will nicht, sie preßt das rot anlaufende Kind an sich, das Kind kriegt keine Luft. (Man hört auf dem Tonband Echos aus dem Hintergrund. „Drück es an die Brust!" – „Immer noch?" – „Ja, nicht loslassen …" – „Il fait Pipi." – „Macht nichts. Noch zehn Sekunden." – „Verdammt, Luder, die 27 B. Den rosa Filter!" – „Noch zehn Sekunden." – *„Merde, enlevez moi ce gosse!"* – „Noch zehn Sekunden." – *„Va te faire foutre, connard!"*) („Danke").

Als das Licht wieder angeht, steigt ein Gebrumm von den Sesseln hoch, erkältete Seehunde, the House of Lords.

„Außergewöhnliche Qualität."

„Herrliches Licht. Wie bei Rembrandt."

„Eher Caravaggio, finde ich."

„Auch."

„Man spürt, daß die Schauspieler innerlich beteiligt waren."

„Pussemier, das war mal wieder ein Geniestreich."

„Grootaers ist sublim. Wenn der Mann in Amerika leben würde …"

„ Der große Kameraschwenk zuletzt … ich habe eine Träne vergossen, wie der Kran da fast unmerklich …"

„Ich danke Ihnen. Es hat Blut und Schweiß gekostet", sagt Oorslag. „Nicht wahr, Ernst?"

„Wir sind durch die Hölle gegangen", sagt Ernst Pussemier.

„Das wird die Jugend ansprechen, Oorslag!"

„Finden sie, Herr Generaldirektor?"

„Ich bin mir sicher."

„Dann ist es gut", sagt Oorslag. „Was wir Ihnen hier

gezeigt haben, ist wirklich nur der allererste Rohschnitt. Da muß noch alles mögliche dran getan werden."

„Solange es im Rahmen bleibt", sagt der bärtige Mann vom Rechnungshof, der bisher noch keinen Ton von sich gegeben hat.

„Im Rahmen, selbstverständlich", sagt Oorslag.

„Damit Sie es nur wissen", sagt der bärtige Mann vom Rechnungshof.

Ich war gerade bei Cammans, dem alles andere als vornehmen, aber dennoch geistreichen Theaterfriseur, denn es ist kaum zu glauben, aber sogar meinen höchsteigenen, getreuen, abgewetzten, aber mir so teuren Schminkkoffer hat der Gerichtsvollzieher gepfändet. Obwohl das ungesetzlich ist, man darf einem Arbeitnehmer, geschweige denn einem Selbständigen, doch nicht die Utensilien wegnehmen, mit denen er sich sein tägliches, salzloses Brot verdient. Meine arme, allerliebste, märchenhafte Zauberschachtel, mit deren Hilfe ich an dem bitteren Spiel von Menschen, Figuren, Göttern teilnehmen durfte. Cammans sagte: „Mijnheer Grootaers, erzählen Sie mir nichts über die Rolle, lassen Sie meiner Kreativität freien Lauf. Wenn Sie sagen: Ich möchte Heinrich Himmler sein, reicht mir das schon, das ist mehr als genug." Ich habe also den Mund gehalten. Aber ich habe gedacht, ach, laß Cammans machen, der Mann fühlt sich sich so schnell auf den Schwanz getreten (unnützer Schwanz übrigens, hab' ich mir sagen lassen).

„Mijnheer Grootaers, bleiben Sie einfach still sitzen. Aber apropos, sie dürfen sich in Zukunft ruhig die Ohren reinigen, bevor Sie kommen."

Und da entstand es, das Antlitz der Angst, die sich wappnet, Himmler, das Gesicht des Anderen, meine Augen standen dicht beieinander, der kleine Mund war oh so schmal unter den spärlichen Borsten, der Nickelbrille, dem stumpfen, unterwürfigen, gehorsamen Blick. Ich habe mich bei Cammans mit einer vorsichtigen Umarmung bedankt, er hat es über sich ergehen lassen, er wußte, daß ich sowieso kein Geld bei mir hatte.

Von dort zum Haus des Vertrauens Schauspielkostüme Binneweg. Widerstreitende, ambivalente Gefühle. Auch Nostalgie. Ach, die Zeit, als man sein Kostüm studierte, anprobierte, ein paarmal ablehnte, man roch daran, man rezitierte darin, man testete es vor Freund und Feind, des großen Visconti eingedenk, der bei jedem einzelnen Komparsen von den Hunderten, die sich bis zum Horizont von Sizilien verteilten, nachprüfte, ob die Knöpfe der Epauletten auch authentisch waren. (Die Komparsen am Horizont kamen ihre Kostüme anprobieren, zogen sie an, verschwanden hinterm Horizont und gingen in die Stadt, bis zum Abend, wenn sie zum unermeßlichen *Set* zurückkehrten, um ihre Gage abzuholen.)

Kostüm anprobiert, angezogen. Ich habe ein wenig abgenommen. Die Hose schlottert, der Gürtel ist abgeschabt. Ach, wie sehr leide ich doch unter einer nachlässigen Ausstattung.

Zuerst sehe ich einen Stiefel, blank gewienert, und dann die Reithose, dann das stumpfe Koppel, und dann schwingt sich ein Mann über die Dachpfannen, die die Trennmauer bedecken. Ich kenne das Gesicht, auch wenn ich es noch nie gesehen habe. Das Gesicht der Wiesel, die Großvater in Dragomirna züchtete, ihre Schnurrhaare zittern, sie springen Mäusen und Kaninchen an die Kehle.

Ich möchte ein Lied aus meiner Gegend singen, um das Schicksal zu beschwören. „Mutter im Himmel, verjage den Mann. Denn dieses Mädchen kann es nicht. Mutter im Himmel, bestrafe den Mann, und wirf ihn ins Schilf."

Ich müßte die Uniform kennen, aber ich habe Uniformen aus meinem Kopf verbannt. Von mir aus ist es der Briefträger, der nicht vor der Haustür warten möchte und deshalb über die Mauer klettert. Er hat silberne Streifen auf dem Ärmel, auf den Schultern, auf dem Käppi. Er glaubt, ich hätte Angst. Er springt von der Mauer, landet auf allen vieren.

„Ilse Gershwein."

„Inge."

„Inge Gershwein", sagt er eindringlich, spöttisch. Er glaubt, er hätte mich erschreckt. Hat er nicht. Ich werde meine Angst nicht diesem Offizier unterordnen. Meine Angst ist das Fahrrad, das ich in Kladany habe stehenlassen. Mit meiner Angst kann dieser Reiter (das sieht man an seinen krummen Beinen) nichts anfangen, also bekommt er sie nicht.

„Kommen Sie rein", sage ich. Er grinst. Er setzt sich aufs Sofa, schlägt die Beine übereinander, steckt sich eine Zigarettenspitze in den Mund. „Shit", sagt er, schlägt sich auf die Taschen.

„Möchten Sie eine Zigarette?"

„Nein", sagt er schroff und steckt die Zigarettenspitze in

seine Brusttasche. Als er die Brusttasche zuknöpfen will, gelingt es ihm nicht.

„Ich bin gekommen, Inge Gershwein …"

„Das sehe ich."

„Um dir eine Nachricht zu übermitteln."

Er zieht einen Dolch aus seinem Stiefel. „Das hier ist kein Spielzeug, gute Frau. Damit habe ich so manchen in die ewigen Jagdgründe geschickt."

Er riecht nach Pferden. Ihm fällt etwas ein, und er grinst über das ganze Hermelingesicht.

„Sag mal, hattest du nicht einen Hund?" Jetzt, ohne Warnung, schnappe ich nach Luft. Tränen treten mir in die Augen vor Angst. Ich will nicht, daß er es merkt. Ich gehe zum Schrank, hole die Flasche Portwein. Ich stelle ihm ein Glas hin.

Er zieht eine Stricknadel aus dem fast fertigen Pullover von Aischa, schlägt damit den Takt eines Allegros.

„Was hast du denn geglaubt, gute Frau? Ich flüchte vor den frechen Machthabern in Dragomirna und tauche in einem verschlafenen flämischen Städtchen unter? Ich bin der Sache auf den Grund gegangen, meine Schöne, du bist durch die Fürsprache eines Franziskaners hier hereingeraten, und dann hast du angefangen, dich in die Angelegenheiten einer Familie einzumischen, die mir lieb und wert ist, insoweit als …"

Das Wiesel lauscht. Schlägt dann den Takt des Allegros gegen seinen Stiefelschaft. „Was hast du denn geglaubt, gute Frau? Unter den flämischen Primitiven läßt es sich angenehm und sicher leben? Sicher nicht im Hinblick auf die Existenz, aber auf die Greuel der Vergangenheit?"

„Ja", sage ich und sehe mich, Inge Gershwein, wie sie den Kopf schräg hält, während ein kläglich gedehntes Ja-a-a aus ihrem Mund zu hören ist, so wie man einem unberechenbaren Hund gegenübertreten muß.

„Hörst du manchmal Züge?"

„Immer", sagt die Inge Gershwein, der ich seit Jahren nicht mehr begegnet bin.

„Was habt ihr mit meinen beiden Söhnen gemacht?" fragt sie.

„Ich führe keine Listen. Ich habe keine Zeit für Rapporte."

„Überall bin ich gewesen, beim Bürgermeister, bei der Polizei, beim Tierarzt …"

„Ich tue meine Pflicht. Täte ich nicht meine Pflicht, würde man mich zu Recht hinrichten."

„Ich muß zur Toilette."

„Du weißt, daß das außerhalb der festen Zeiten verboten ist. Die festen Zeiten werden durch die Zeiten der Suppe bestimmt."

Sie holt tief Atem, eine Klapperschlange in ihrer Kehle. Großvater hatte Kehlkopfkrebs und piepste, die Kehle war ihm zugeschnürt, er sagte: „Pieps, Mädchen, pieps, ach, die kleinen Füchse, pieps."

„Mihail und Ion", sagt sie, und ich könnte ihr das Gesicht zerkratzen, das feige, unterwürfige Gesicht von Inge Gershwein.

„Heißen sie so?"

„Mihail und der kleine Ion."

Neckend drückt er mir die Stricknadel gegen den Bauch.

„Wo hat man sie hingebracht?"

„In ihre Schule", sagt sie.

„Oder in die Kirche. Wir haben eher eine Kirche in Brand gesteckt als eine Schule."

„Es war eine kleine Schule. Zehn, zwölf Kinder."

„Wo ist dein Hund?"

„Draußen. Nachmittags läuft er bis zum Fußballplatz."

„Ich bin gekommen, um ihn zu bestrafen. Auch wenn du die Schuldige bist."

„Was für eine Strafe?"

„Ich habe gelernt, das Fell abzuziehen. Hasen unter anderem.“

„Warum bestrafst du nicht *ihn*?“

„Wen?“

„Du weißt schon, wen. Den Mann, der seine Frau mißhandelt hat.“

„Hat sie es nicht selbst gewollt?“

„Sie war die Sonne … der Regen …“ Ich höre Inge Gershwein ein Schäferlied singen, und durch diese Töne rattert ein Zug, ich zucke zusammen, und zugleich faucht Inge Gershwein wie eine Katze und stürzt sich auf den gebräunten Wieselkopf, sie hat ein goldenes Lesezeichen vom Beistelltisch genommen, wo es zwischen den Seiten der *Toten Seelen* steckte, und sticht es ihm ins Gesicht, Blut spritzt, das Lesezeichen bleibt in der Wange stecken. Er faßt sich an die Wange und an den sonderbaren Gegenstand, der daraus wächst, er schnappt nach Luft, seine Stirn berührt sein Knie, er kippt um.

*Hallo*
Tagesgespräch in gewissen Filmkreisen ist die fortgeschrittene Idylle zwischen dem Kostümbildner Jean Keltermans und Muriel Vandeghinste, die in *Breughel*, der Superproduktion von Orion, eine spanische Herzogin mimt wie keine zweite. John Pauwels, Muriels derzeitiger Freund und ein erfolgreicher Importeur von argentinischem Rindfleisch, sagt dazu: „Ich nehme es nicht so ernst, Muriel war schon immer etwas eigenwillig."

*Marie-Claire*
Eingeweihte, die einen Rohschnitt von *Breughel* gesehen haben, sind begeistert. „Ein schillernder Film", sagt der Kritiker Bert Matthijs. „Walter Oorslag hat wieder einmal einen Kassenschlager produziert, man findet darin alles, was der durchschnittliche Kinogänger sucht, Gewalt, Liebe, Humor, aber darüber hinaus bietet der Streifen spannende Einblicke in unsere Geschichte. Dieser Film – und das läßt sich nicht von jedem flämischen Film sagen – könnte sogar noch länger sein, so faszinierend ist diese Sturzflut von Bildern aus unserer Vergangenheit. Bravo, Walter Oorslag!"

*Joehoe*
*Breughel?* Altmodisches Geschwätz über einen Maler, der in seiner Zeit vielleicht etwas mitzuteilen hatte, heutzutage aber Museumskunst geworden ist. Sämtliche Heimatschnulzenklischees. Sogar Herman Grootaers, ansonsten doch immer für ein paar Lachkrämpfe gut, ist hier nicht zu genießen.

*De Bode van Londerzeel*
Eine ausführliche Besprechung von *Breughel*, dem jüngsten Glanzprodukt von Walter Oorslag, werden wir anläß-

lich der Premiere des Films bringen, die im Beisein Seiner Hoheit Prinz Michel stattfindet. Aber schon jetzt darf verraten werden, daß Walter Oorslag ins Schwarze getroffen hat. Der Spielberg unserer Gefilde rechnet mit massenhaftem Publikumsinteresse. Zu Recht, wie wir finden, denn er hat sich selbst übertroffen.

Als Inge Gershwein den leblosen Körper des Offiziers zum Kanapee schleifen wollte, entglitt er ihren Händen. Das Käppi fiel herab, und sein Kopf schlug auf den Marmorboden. Sie kniete sich neben ihn, legte ihre flache Hand auf seine Stirn und zog das goldene Lesezeichen aus der Wange. Dann nahm sie einen Waschlappen und säuberte sein Gesicht vom Blut. Sie sprach mit ihm in einem rumänischen Dialekt. Er antwortete nicht. Beim Waschen ging der Schnurrbart ab, und das machte sie auf weitere mögliche Maskeraden neugierig: Sie knöpfte seine Uniformjacke auf und dann seine Hose. Es war eine Ewigkeit her, daß sie ein männliches Glied gesehen hatte. Das ulkige Ding gefiel ihr, und sie versuchte es mit dem goldenen Lesezeichen abzuschneiden, aber das ging nicht; entweder hatte der Offizier dort eine außerordentlich dicke Haut, oder das Lesezeichen taugte nicht als Messer. Am liebsten hätte sie ihn unter die Dusche – einen Ort der Vernichtung – geschleppt, aber dazu reichten ihre Kräfte nicht mehr. Sie las ein paar Seiten in den *Toten Seelen* und war in relativ gelassener Verfassung, als er aufwachte. Er griff sich sofort an die Hoden und untersuchte die Schrammen an seinem Glied.

„Das ist unfair“, sagte er und schien wieder in Ohnmacht zu fallen. Sie tröstete ihn, streichelte ihn über die Wange, vorsichtig über die Wunde. „Au au au“, stieß er hervor wie ein einsamer kleiner Junge (sein Debut in der Schauspielwelt als einer der Söhne des schottischen Königs, der von Macbeth ermordet werden sollte, vor langer, langer Zeit).

Langsam kam er wieder zu sich. Er sah sie weiterhin vorwurfsvoll an, auch als sie ihm ein Pflaster auf die Wange klebte.

Der Hund Willy kam von seinem Spaziergang zurück, tat, als würde er den Fremden seit Jahren kennen, leckte an seinem linken Stiefel. Inge Gershwein gab Willy eine stattliche Portion Kabeljau, in die sie ein Pulver für den Stuhlgang mischte. Der Offizier, der immer weniger Offizier war, nahm es mit einem strafenden Blick zur Kenntnis.

„Du wirst den Hund doch nicht schon wieder auf die Schwelle scheißen lassen."

„Solange ich lebe", sagte sie. „Oder besser, solange Willy lebt."

„Das kann ich nicht akzeptieren", sagte er.

„Er hat Roberte mißhandelt, er hat sie ins Verderben gestürzt."

„Woher weißt du das?"

Sie zuckte die Achseln.

„Ich geh' dann mal…", sagte der Mann, der ein Henker gewesen war und sich nun im Koma bewegte. Als er auf die Straße trat, bedeckte er die Wunde mit der Hand. Inge Gershwein blickte ihm nach. „Er schämt sich", dachte sie. „Unter anderen Umständen würde ich ihm das als einen Pluspunkt anrechnen. Aber solche Umstände kann ich jetzt nicht mehr zulassen."

Sie nahm Willy auf den Schoß. „Warum leckst du die Stiefel eines frechen Mannes? Ein Scheusal, der mir Dinge erzählt, die ich vergessen hatte."

„Sie sahen aus wie er, und sie kamen, gerade wenn sie am wenigsten erwartet wurden, in die Hütte. Sie wählten jemanden aus. Sie brauchten dabei nicht nachzudenken. Wir hörten Schüsse, und dann kam dieser jemand nicht mehr wieder. Es wurde immer still in der Hütte. Meist war jemand dabei, der schluchzte, aber wenn sie hereinkamen, war es still. Wir fragten uns, ob es in den anderen Hütten auch so still war, wenn sie kamen. Nach den Schüssen hörten wir das Geräusch der Lastwagen, und wenn der Wind aus dem Westen kam, konnte man die Lastwagen hören, bis sie an der Schlucht waren, und manchmal auch die Bulldozer."

Tine trat in das halbdunkle Zimmer und sagte, der Dollarkurs fiele wieder und der Mann von der Bank habe Royal Dutch/Shell empfohlen. Als sie die Lampe anknipste, schrie sie kurz auf, und Willy begann zu kläffen.

„Hast du dir Blut ins Gesicht geschmiert? Du wirst jeden Tag ekliger", rief Tine. „Marsch, unter die Dusche."

„Ich gehe nicht unter die Dusche."

„Sei nicht kindisch. Komm jetzt, sofort."

„Ich will aber lieber in die Badewanne."

„Da liegt die Bettwäsche drin, zum Einweichen." Tine nahm sie bei der Hand, drehte den Wasserhahn auf, zog den Plastikvorhang zu. Inge Gershwein duschte nie. Sie bedeckte ihre Augenbrauen, preßte den Rücken an die gekachelte Wand hinter der rauschenden, dampfenden Wassersäule. Sie blieb trocken, außer Schußweite. Sie wagte es nicht, auf den Duschkopf zu blicken.

Just dreht sich einen Joint. Andere Väter würden einen Zug nehmen, aber Axel, der da jetzt so unbehaglich im Porsche sitzt, ist alles andere als cool. Nie und nimmer wird Just ihm sagen, daß die Zeit der Worte, Worte, Worte vorbei ist, out. Gehört sein Vater deshalb zum alten Eisen? Er befürchtet es.

„Goossens sagt, Caroline sei im Museum in Ohnmacht gefallen. Was wollte sie dort eigentlich? Du warst doch nicht mal da."

„Keine Ahnung, Just."

„Ach, komm. Sie ist in dich verliebt."

„Caroline erzählt blühenden Unsinn."

„Sinnlichen Unsinn."

„Davon verstehe ich nichts", sagt Axel, der nichts von Wortspielen hält, die Domäne seines Sohns, der im Porsche sitzt wie in einem Salon, das Haar von Vincente millimeterkurz geschnitten, einen Matrosenring im Ohr, im Anzug aus schwarzem Leinen und mit schwarzen Nikes.

„Die Gene, die die Architektur deines Gehirns entworfen haben, sind unbekannt, aber bei dir haben sie mehrere Funktionen ausgelassen."

„Spricht man so mit seinem Erzeuger?" Axel imitiert Grootaers, aber Just merkt es nicht.

„Die Verdrahtungen in deinem Gehirn während der fötalen Entwicklung sind gelinde gesagt durcheinandergeraten. Du hast, das sieht ein Kind, in diesem Fall dein Kind, zu viel Kalk im Blut. Du hast zu viel Lebertran geschluckt."

„Was will Caroline eigentlich?"

„Sie will Tänzerin werden bei Pina Bausch, Unterricht im Aquarellzeichnen nehmen, auf koreanischem Papier zu tausend Franc der Bogen, sie will Kunstgeschichte studieren, ihren Hintern zeigen wie Madonna, sie will Steffi Graf besiegen, Stadtführerin für englische Touristen werden, spindeldürr sein, mit dem Busen von Claudia Schiffer."

Er steckt sich eine türkische Zigarette an.

„Und auf bestimmten Wellenlängen im Radio hört sie deine Stimme."

„Und was soll ich dagegen tun?"

„Wenn du es ihr ordentlich besorgst, gibt sie für eine Woche Ruhe."

Der Porsche hält vor dem Museum.

„Kommst du mit rein?"

„Sorry, Pa. Ich muß nach Knokke. Brainstorming."

„Ekelhaft“, sagt Armand Roosen, „ich werde Oorslag verklagen. Nächte habe ich geopfert, um mein Bestes zu geben für ein Honorar, für das ich sonst nicht mal den Telefonhörer abnehme.“

„Was sollen meine Kunden denken, wenn sie diese Katastrophe sehen! ‚Requisiten und Kostüme von Armand Roosen!‘ Hier! Diesen Aubergine-Tüll habe ich selbst eingefärbt, Tüll, den ich auf dem Markt von Waregem gekauft habe, um Kosten zu sparen.“

„Hast du gesehen, was Kardinal Granvelle auf dem Leib trägt! Ich kann mich nirgends mehr blicken lassen!“

„Ich habe es kommen sehen, ich hätte gleich sagen müssen: ‚Mensch, das wird Dilettantismus der untersten Kategorie, ich pack’ meine Sachen und geh’ nach Haus.‘ Man könnte meinen, Armand Roosen sei farbenblind geworden! Die Hüte! Hast du die Hüte gesehen, als ob sie aus einem Karnevalsumzug stammen, ach, was sage ich in meiner Naivität? Natürlich stammen sie aus einem Karnevalsumzug, sie haben sie sich ausgeliehen im Haus des Vertrauens Kostüme Binneweg! – Hör mal, Grootaers wohnt doch momentan bei dir, habe ich gehört. Ist der Mann denn nicht eine Heimsuchung?“

„Claire findet ihn geistreich“, sagt Axel.

„Arme Claire.“

„Er hat was mit der Verdauung, aber er traut sich nicht zum Arzt.“

„Salep“, sagt Armand. „Aus den Knollen nicht-tropischer Erdorchideen.“

Armand hat einen Stoppelbart, den er alle vier, fünf Tage mit einem speziellen elektrischen Rasiermesser nachschneiden muß.

„Komm, wir gehen ins *Fegefeuer*.“

Vor Jahren sagte Armand eines Abends – es war noch nicht so lange her, daß Gerald und Geralds Frau und

Geralds Kinder bei ihm eingezogen waren –, als er in Geralds Armen lag: „Liebling, erzähl mir was, was du niemand anderem zu erzählen wagst. Es kann mir nicht wüst genug sein." Und Gerald, das dumme Ding von zweiunddreißig Jahren, streichelt Armand über die Haare, die damals nicht *auburn* gefärbt waren, und erzählt ihm, er sei mit René Verachtert, dem Journalisten, ins Bett gegangen. Er habe Verachtert sogar verführt, weil er den Mann – an diesem Abend, nur an diesem Abend, Armand – unwiderstehlich geil gefunden habe.

„Aber er ist so häßlich, ein Schweinsgesicht!"

„Nur an diesem Abend, Armand."

„Warum an diesem Abend?"

Weil er Zeuge eines Zwischenfalls im *Fegefeuer* gewesen sei, bei dem Verachtert, in die Enge getrieben, ein Bierglas an der Tresenkante zertrümmert und das Fußstück mit den Scherben ins Gesicht eines Vertreters für Heizstrahler gedrückt hätte, dem dabei die Wangenmuskeln durchschnitten worden seien. Das spritzende Blut, die erschrockene Tortur von fünf Sekunden, die grimmige Verzweiflung des Täters hatten Gerard so erregt, daß er Verachtert am Handgelenk gepackt und weggezogen hatte, bevor Heini ihn mit seiner Fremdenlegionärsklaue packen konnte. Hand in Hand waren sie die Straße entlanggerannt, wie Schuljungen nach einer Rauferei, und während dieser Flucht hatte sich Verachtert von einem ordinären Spanner und Schreiberling in jemanden verwandelt, der das Stigma des Verbrechens trug („der Transgression", sagte Doktor Vandenberghe, der Armand schon seit Jahren behandelt). Die Bierglasscherbe hätte ebensogut die Halsschlagader treffen können. Gerald hatte den Verachtenswerten in ein paar Bars mit Mandarine Chauffée abgefüllt – schon allein der Dunst versengt einem die Nase – und nach Hause mitgenommen, wo er am nächsten Tag um zwölf Uhr mittags von Geralds Kindern Wim und Tim mit dem Ruf geweckt wurde: „Zeitungsfritze! Raus aus der Kiste!" Nachmittags ging Verachtert ins *Fegefeuer,* um sich zu entschuldigen, aber Heini drohte, ihn zu vierteilen. Kann der Vertreter vor Gericht gehen, denn sein anregendes Geplauder über Heizstrahler kann er vergessen, ihm ist die Hälfte des Kiefers abgefallen, und die Muskeln …? Ach, vergiß es, Verachtert hat keinen Pfennig, der Unterhalt für seine Ex-Frau ist typisch belgisch, also exorbitant, wann kommt endlich mal ein ernstzunehmendes Gesetz gegen die Frauen, die keine zwei Sätze des Katechismus begriffen haben und ihre ehemalige Liebe, der sie in der Morgenröte bei den ersten Sonnenstrahlen über den blauen Bergrücken zugeflüstert haben, noch nie seien sie so glücklich gewesen, auspressen wie eine Zitrone?

„Und dann?"

Armand liegt nach Geralds Bekenntnis in Geralds Armen, und diese Arme werden verräterische Gliedmaßen, aus denen sich Armand sanft befreit, das war vor etwa sieben Jahren, und seitdem hat Armand nie mehr das Bett mit Gerald geteilt. Nicht eine einzige schnelle Nummer vor der Anrichte, kein einziger Zungenkuß zwischen den Missoni-Vorhängen.

„Sie sind auch in Gesellschaft von Armand Roosen im *Fegefeuer* gewesen“, sagte Patrick Vaandrig, der Kommissar. Es war nicht als Frage gemeint.

„Jawohl.“

„Wissen Sie noch, wann Sie zum ersten Mal …“

„Seit wann ist es ein Verbrechen, wenn man …?“

„War es vor der Zeit, als es dort einen *back-room* gab?“

„Ich kann mich nicht entsinnen.“

„Sie wissen doch, was ein *back-room* ist?“

„Jawohl.“

„Waren sie jemals im *back-room* …?“

„Nein. Mein Interesse für das *Fegefeuer* war rein …“

„Ich verstehe.“

Es war ruhig im *Fegefeuer*. Auf den ersten Blick wirkte es wie ein Lokal für Kartenspieler. Ahmed war da. Armand Roosen hatte Ahmed aus einem Puff in Nizza kommen lassen. Immer hin und zurück nach Nizza an den Wochenenden wurde zu umständlich. Armand hatte tief in seinen Sparstrumpf greifen müssen, um Ahmed freizukaufen. Ahmed küßte Armand, sagte zu Axel: „Ich kenne Sie.“

„So, tatsächlich?“

„Sie sind doch der zweite Trainer vom K.V. Mechelen.“

„Das muß jemand anders sein.“

„Dann ähnelt er Ihnen. Auch so stark und gesund.“

„Ahmed, mein Freund interessiert sich nicht für Jungs.“

„Aber ich interessiere mich für ihn.“ Ahmed steckte die Zunge heraus, bog sie zu einer Rinne.

„Er sieht keinen Unterschied bei Weißen“, sagte Armand. „Er kommt direkt aus den Bergen der blauen Männer.“

Axel trank drei Whisky-Cola. 1000 Kalorien.

Ein junger Mann mit tief eingefallenen Wangen und Kraushaar legte seine Hand auf Axels Knie. „Ich bin Dion. Spendierst du mir ein Bier?“

„Selbstverständlich.“

„Sie sind der Chef des Museums. In meinem Dorf in der Türkei gab es früher viele Maler, auch mein Onkel war einer. Ein Priester hat den Leuten aus meinem Dorf das Malen beigebracht."

„Was haben sie gemalt?"

„Vögel, Fische, das Meer, Wälder. Mein Onkel war der beste. Aber das fand der Priester nicht. Mein Onkel malte Fotos ab. Das fand der Priester nicht primitiv genug."

„Fährst du manchmal zurück in dein Dorf?"

„Ich kann nicht wegen der Polizei. Die Polizei hat meinen Vater ermordet. Als ich klein war. Gehe ich gleich mit dir?"

„Sorry ..., ich bin ..."

„Macht nichts. Ich bin traurig. Ich würde dich doch nicht gut lieben können. Ich muß immer an meinen Vater denken. Die Polizei hier ist freundlich, aber sie wollen mich aus eurem Land schicken. Was passiert dann mit mir? Dies ist das beste Land Europas. Warum darf ich nicht hierbleiben? Es tut mir leid. Ich versaue Ihnen den Abend. Ich trinke mein Bier besser da drüben, ich will nicht mehr reden. Sie sind ein guter Mann. Aber ich will nicht mehr reden."

Der Junge ging zu dem Tisch, der am weitesten entfernt war, bei der Toilette. Starrte vor sich hin.

Armand erzählte, er habe gerade bei Notar Geerts eine aus dem neunzehnten Jahrhundert stammende, ziemlich inspirierte Kopie der Nike von Samothrake in einer Gartenlaube beim Swimmingpool aufgestellt. „Zuerst fand die Frau des Notars sie zu kitschig. Und dann habe ich ihr erzählt, daß die echte Nike, die vom Louvre, auf Befehl Hitlers in sein Büro in der Berliner Reichskanzlei gebracht worden sei. Weil Napoleon im Jahr achtzehnhundertsechs ein Standbild vom Brandenburger Tor gestohlen hätte."

„Armance, du kannst vielleicht schwafeln", sagte Ahmed und leckte Armands Ohr.

„War die Kopie denn aus dem neunzehnten Jahrhundert?“ fragte Axel.

„Aber Schätzchen. Natürlich nicht.“

Der Junge Dion starrte vor sich hin. Er drehte das leere Bierglas in seiner Hand.

Grootaers blieb im Bett liegen. Eine Grippe. Das Pflaster auf seiner Wange erklärte er damit, daß Florian ihn gekratzt hätte, als er ihn aus der Küche verjagen wollte, weil er ihn mit der Schnauze in dem Topf mit *risotto alle vongole* erwischt habe, den Claire auf der Anrichte hatte stehenlassen.

„Komisch“, sagte Claire und blickte forschend auf Florian, der friedlich mit seiner Mausattrappe spielte, einem zerbissenen Fetzen Fell. „Komisch, Florian mag gar kein Risotto.“

Die Grippe tat Grootaers Diarrhöe keinen Abbruch.

„Seine geschiedene Frau hatte überhaupt kein Mitgefühl. Manchmal hat sie seine Unterhosen auf den Küchentisch geworfen. Wo der Junge doch gar nichts dafür kann.“

„Junge?“ sagte Axel. „Der Mann ist praktisch in Pension!“

„Sozusagen“, meinte Claire.

„Ich wollte gerade auflegen. Ja, ich bin's, Bettina. Findest du mich nicht mutig? Ist deine Frau in der Nähe? Sag doch was. Sprachlos, wie? Ich hab' ein superklasse Buch gelesen über ein Mädchen, Jettchen, später hieß sie Henriette, und die hat sich in ihren Onkel verliebt, und die waren im Alter noch mehr auseinander als wir. Bist du noch da?"

„In der Schule zeichne ich immer deine Nase. In meine Hefte, an die Fensterscheibe, eigentlich hast du eine Stupsnase, die sich durch das Alter gesenkt hat. Ach ja, der Lehrer hat im Erdkundeunterricht wieder über dich gesprochen. Die paar guten Gedichte, die du früher geschrieben hast, waren Zufallstreffer, sagt er. Bist du noch da?"

„Ach, Liebster, komm mich retten auf deiner Kawasaki. Du hast keine Kawasaki? Was bist du denn für einer?"

„Viele bittere Tränen weine ich um dich. Wie viele? Vierzehn bittere Tränen. Hört jemand mit? Deine Frau? Jag sie weg, du bist mein Axeleinchen. Janine Ekkermans hat auch einen Lover. Keinen anderen als den Lehrer für Latein und Griechisch. Was sagst du dazu? Von mir aus sollen sie. Obwohl Janine Ekkermans eine blöde Kuh ist."

„Ich würde dir gern schreckliche Sachen erzählen, aber ich trau mich nicht. Noch nicht. He, Mama, darf ich ein ganz kleines bißchen Privatleben haben? Muß ich immer … Ich telefoniere erst seit drei Minuten. Mit Janine Ekkermans, Mami. Willst du mithören? Janine, meine Mutter meint, ich soll auflegen. Die Frau ist ja so spießig! Ich lege auf, Janine. O.k. Ich werde meiner lieben Mutter gehorchen. Tschüs, Janine."

Spanoghe sagte: „Verzeih mir, verzeih, Freund Axel, daß ich hier so unerwartet und unangekündigt vor deiner Tür stehe, ich weiß ja, ich weiß, du hättest gerade eine Unterredung haben können mit einem Minister, das ist ja was für dich, wie, das ganze offizielle Getue? Nun, du kannst nicht anders, bei deinem Posten. Äh, das hier ist Emile, wahrscheinlich kennst du ihn nicht, ich habe ihn mitgebracht, weil er dir als angehender Journalist nicht lästig fallen wollte, er hat gerade ein langes Gespräch mit mir geführt, ein Tiefeninterview, er nimmt nicht viel Platz ein, unser Emile. Setz dich dort hin, Emile."

„Ein kleiner Whisky könnte nicht schaden, ja, merci, mit einer Cola."

„Schau mal, Axel, die Sache ist die: Meine Freunde und ich waren sehr, aber auch wirklich sehr glücklich mit deinem Text. Im dokumentarisch-literaturkritischen Genre ist es hervorragendes Material. Aber wir stehen vor einem riesigen Problem. Der Minister ist nicht dafür zu haben. Er ist dagegen. Er legt ein Veto ein. Wir, meine Freunde und ich, haben uns dumm und dämlich diskutiert mit dem Generalsekretär, aber der sagt nur: *Njet.* Der Ton des Textes gefällt ihm nicht. Nun hat der Minister es natürlich nicht selbst gelesen, und diese Ablehnung kommt eigentlich von Professor Michielsen, der dem Minister auch die Reden schreibt, aber darum geht es nicht, der Minister meint, daß … warte mal, ich habe das interne Memo dabei, er findet es „anstößig, pornographisch und antidemokratisch." – Ach ja, der rinnt sanft hinunter, so ein Whisky. Noch einen. – ‚Es wäre unverantwortlich, würde man staatlicherseits dieses unterminierende Geschreibsel …', Geschreibsel, typisches Wort für Professor Michielsen – ‚subventionieren, geschweige denn den Bildungsinstituten empfehlen.' Ist das starker Tobak oder nicht?"

„Wirklich ein starkes Stück", sagt Axel.

„Naja, daß man meine Ansichten über die Zustände in unserer Gesellschaft kritisch betrachtet, stört mich überhaupt nicht, im Gegenteil sogar, es beweist, daß es was gibt, über das man diskutieren kann, und ich bin stolz darauf, daß ich mit meinem sogenannten Geschreibsel etwas dazu beigetragen habe, daß unser Volk mündig geworden ist. Und ich denke nicht im Traum daran, auch nur einen Buchstaben meines Œuvres zu verleugnen, noch heute morgen habe ich es zu Mireille und Emile gesagt: ‚Jules Spanoghe bekennt sich zu seiner Verantwortung, sogar meine ersten Schreibversuche werde ich immer verteidigen', denn ich habe mir im fortgeschrittenen Alter einen Weg bahnen müssen, nachdem ich die Bitternis des Lebens schlucken mußte und nicht wie die jungen Prinzen unserer Literatur Hermeneutik und Linguistik studiert habe bei Professor Michielsen auf Kosten von uns allen. Aber wir müssen eine andere Sache schaukeln, wir stehen nämlich vor einem gewaltigen Problem. Einerseits hast du hervorragende Arbeit geleistet, direkt, pointiert, große Klasse. Wenn du zum Beispiel schreibst, wart' mal, hier hab' ich's … hier … ‚Was hat Jules Spanoghe nicht alles durchleuchtet mit seinem Scharfblick und dem ihm eigenen listigen Lächeln? Den Zweifel und den Glauben, die ethnischen Spannungen, Völkermord und Landesverrat und vor allem die unabwendbare Umklammerung, aus der uns die Vergangenheit nicht entläßt, das Verräterische der Sprache und, nicht zu vergessen, unsere hybride Gesellschaft mit den schattenhaften Irrungen und Wirrungen der menschlichen Seele.' So etwas geht weit, so etwas geht tief, so etwas trifft zu, das hast du verdammt gut gesehen in meinem Œuvre."

„Schade, daß es nicht von mir ist", sagte Axel. „Es ist ein Zitat."

„Ein Zitat?"

„Ein Zitat woraus?“ sagte Emile. Die Hornbrille vergrößerte seine Augen auf unappetitliche Weise.

„Aus der Zeitschrift *Knack*. Ich habe es als Beispiel für bodenloses Geschwafel zitiert.“

Spanoghe hielt sich die Seite direkt vor die Nase. „Aber du hast es nicht in Anführungszeichen gesetzt! Wie willst du das …? Nicht doch, Axel, Mensch …“

„Oder ein Sternchen“, sagte Emile. „Und unten drunter *op.cit.*“

„Noch einen Schluck?“ fragte Axel.

„Warum nicht? Noch einen, den letzten. Wir trinken ja nicht jeden Tag echten schottischen Whisky. Das kann sich unsereins nicht leisten. Aber wenn ihn eine öffentliche Institution spendiert, wären wir dumm, die Nase darüber zu rümpfen. – Nun zu unserem Problem. Wie gesagt, ich denke, du hast deinen Auftrag erfüllt, aber nun müssen leider andere Überlegungen in den Vordergrund treten. Du hast nämlich aus dem Auge verloren, daß die Broschüre hauptsächlich in Bibliotheken und Schulen verbreitet werden soll. Und ich frage: Ist Spanoghes Œuvre überhaupt für Kinder geeignet, werden Kinder nicht davon schockiert sein? Und dann sage ich, ja, Spanoghe, das werden sie! Um es kurz zu machen, das Ministerium schlägt vor, daß Marigaal ein neues Vorwort schreiben soll. Man kann alles mögliche gegen Marigaal einwenden, in gewissen Punkten habe ich selbst ernsthafte Bedenken, aber unter den gegebenen Umständen … und vor allem jetzt, wo es fast sicher ist, daß er zum Programmdirektor ernannt wird … Und er ist Dr. jur. Er hat Köpfchen. Außerdem ist der Augenblick gekommen, daß die Sozialistische Partei ihre Trumpfkarte Borremans ziehen muß, darum muß Marigaal nach vorn geschoben werden, sonst würde er den Posten eines Beigeordneten für das Wohnungswesen beanspruchen, und das muß selbstverständlich Borremans werden.

„Du hast noch immer kein Parteibuch, was? Das bewundere ich so an dir, Axel, deinen Eigensinn. Aber wer revolutionär ist, wenn die Umstände nicht revolutionär sind, ist ein … ein … wie war die Bezeichnung gleich wieder, und wer hat das noch mal gesagt? Ich komm' nicht drauf. Emile offenbar auch nicht. Du brauchst deshalb nicht rot zu werden, Emile, jeder tritt mal in einen Haufen. Nein, ich denke, Marigaal wird das gut machen. Er hat didaktisches Talent, auch wenn das sein einziges ist."

„Voilà. Nun weißt du's also. Apropos, weißt du, wer der *Gazet van Antwerpen* zufolge eine ernsthafte Chance hat, den Michelin-Preis der Stadt Dendermonde zu bekommen?"

„Du", sagte Axel.

„Ich? Wo denkst du hin. Ich habe nicht die geringste … ich bin ein Arbeiter, der zufällig ein Œuvre aufgebaut hat. Das ist keine Literatur im Sinn der Jury. Und daß ich Sozialist bin, vor allem in meinen jungen Jahren gewesen bin, schadet mir auch mehr als daß es mir nützt, denn Professor Michielsen ist in der Jury, also kann ich es vergessen. Nein, wer Chancen hat, ist Jef Bruynzeel, ja, dieser Homunkulus mit seinem blinden Auge. Kürzlich habe ich ihn im Bahnhof getroffen, mit dem anderen Auge klebte er am Fahrplan. Ich sage: ‚Jef, was ist denn mit dir los?' – ‚Eine Frau ist mit meiner Brille abgehauen', sagt er. Ich sage: ‚Aber Jef!' – ‚Wohin soll das alles noch führen?' sagt er. ‚Ich sage zu der Frau: Würden Sie mir bitte helfen und mir sagen, wann der erste Zug nach Ostende fährt?' Sie sagt: ‚Können Sie nicht selbst nachsehen?' Ich sage: ‚Mevrouw, ich sehe nicht so gut.' – ‚Sie haben doch eine Brille', sagt sie. ‚Ich sage: Ja, aber damit sehe ich nicht so gut.' – ‚Dann hat es keinen Sinn, daß Sie eine Brille tragen', sagt sie, nimmt mir die Brille von der Nase und steckt sie in ihre Tasche, das konnte ich gerade noch sehen. Ich sage:

‚Mevrouw, geben Sie mir verdammt noch mal sofort meine Brille wieder.' – ‚Nein', sagt sie, ‚es gibt Menschen, die brauchen sie viel nötiger als Sie. In Afrika zum Beispiel. In Somalia.' Und diesem blinden Bruynzeel wollen sie, wie die *Gazet van Antwerpen* schreibt, den Preis geben. Was hat er denn geschrieben, dieses blinde Huhn? Zwanzig Gedichte über seine Frau, die ihm Hörner aufgesetzt hat, und zwei dünne Bücher, wo auf dem Umschlag *Roman* steht, hundert Seiten in Zwölfpunktschrift und mit breitem Rand, keine zweihundertfünfzig Wörter pro Seite, auch über seine Frau, die ihm Hörner aufgesetzt hat, du kennst sie doch? Celia, die sich den Busen hat reparieren lassen, was aber völlig danebengegangen ist, nur die Brustwarzen hörten gar nicht mehr auf zu wachsen, sie wurden so lang wie ein kleiner Finger, und der Stil, in dem Bruynzeel schreibt, diese kurzen Sätze mit den drei Punkten … Was meinst du, bei wem er sich das abgeguckt hat? Er ist nicht weit von dir entfernt … Aber gut, *entre nous*, Céline hat das auch gemacht. Nun, lieber Axel, wo wir uns einig geworden sind, laß uns das ganze Buch vergessen und mit dem Mantel der Nächstenliebe bedecken. Es hat keinen Sinn, die Sache an die große Glocke zu hängen. Unser Emile hier wird die Auswahl aus meinem Œuvre vornehmen, er hat ein Auge dafür. Nicht wie Jef Bruynzeel, haha. Ich glaube, der Whisky ist mir zu Kopf gestiegen."

„Ich wollte Sie etwas fragen, Mijnheer den Dooven, im Zusammenhang mit einer Diplomarbeit, die ich über Sie schreibe. Was halten Sie von den Verweisen auf die Temporalität, die bei William Gass zu finden sind und selbstverständlich nichts mit Chronologie zu tun haben? Und was sagen Sie selbst zu den affektiven Konstellationen in Ihrem Werk, die das Gedächtnis dominieren?"

„Emile, ein anderes Mal." Spanoghe drückt Axel die Hand.

„Ich hab's ja gewußt, daß du unser Dilemma mit Sportsgeist aufnimmst. Vielleicht, ich sage nur: vielleicht, läßt sich finanziell noch was verhackstücken, rein juristisch schulden wir dir nichts, wir haben ja noch keinen Vertrag abgeschlossen, aber Marigaal … ich werde mich dafür stark machen, daß Marigaal, wenn du ihn darum bittest, ein kleine Entschädigung loseisen kann."

Die Tage begannen mit einem Klagelied. Entweder lagen ihre Haare nicht richtig, sie waren zu kurz, vielleicht sollte sie eine Wasserwelle machen lassen, oder sie fror, denn die Zentralheizung funktionierte nicht, und warum konnte Axel das nicht reparieren wie jeder normale Mann? Ihr Teint war zu trocken, hatte sie nicht eine Allergie gegen bestimmte Crèmes, aber welche? Die Leberpastete von Strynckx ist ungenießbar, keiner liebte sie, sie war auch nicht mehr attraktiv, denn bei ihren Einkäufen im Grand Bazar hatte sie kein einziger Mann angesehen, geschweige denn angesprochen wie früher jeden Tag.

Als Axel aus dem Badezimmer kam, sprang Florian an ihm hoch, krallte sich in Axels Bademantel und seine Wade.

„Irgendwann schmeiße ich ihn aus dem Fenster."

„Dann landet er doch auf seinen vier Beinen, was, Florianchen?"

„Dann stecke ich ihn eben in die Waschmaschine."

„Er hat neun Leben", sagte Claire matt. Sie schlug die Schöße ihres grellbunten chinesischen Hausmantels übereinander, stand auf, schaute auf ihren vollen, glänzenden, üppigen Körper.

„Findest du mich abstoßend?"

„Nein."

„Sagst du das, um mir einen Gefallen zu tun?"

„Unter anderem."

Sie klatschte sich heftig auf den Po, erst auf die eine, dann auf die andere Backe. „Weg, weg, ekliges Fett." Sie horchte. Auf ein Echo, die Stimme einer mitleidigen Göttin, die das Fett mit den Laserstrahlen ihrer gelben Ziegenaugen zum Schmelzen bringen würde. Grootaers war es, der vor sich hin jammerte.

„Ich dachte, er wäre unterwegs."

„Er kommt nicht aus dem Bett."

„Auch nicht, um zu essen?"

„Nein."

„Ißt er denn nichts?"

„Ich habe ihm gestern Kalbsschnitzel gebracht."

Sie rieb sich Bauch und Hüften mit dem rein tierischen Fett ein, das ihr ein Quacksalber angedreht hatte. Es roch schwül und warm, der Geruch des Hamsters, als Mama noch lebte. Das tierische Fett begann zu brennen. Claire seufzte mehrmals, kicherte, begann zu weinen. Ihr Kinn zitterte. Sie sprühte Parfum auf ihr Schamhaar.

„Er ist so unhöflich zu mir", sagte sie. „Er antwortet nicht mal, wenn ich ihn was frage."

„Ein Gast ist wie ein Fisch. Nach drei Tagen stinkt er."

„Zugegeben, er stinkt. Aber er kann nichts dafür."

Florian schlürfte von dem Schaum im Badewasser. Claire verscheuchte ihn.

„Gestern hat er meine ganze Schachtel Entwässerungspillen geschluckt."

Claire saß auf dem Bidet, sah traurig in den Spiegel. Es klingelte an der Tür.

„Das ist Wies", sagte sie. „Er bringt die Einkäufe."

„Aha. Wies *pour les dames*."

„Wies hat wenigstens noch Figur." Das saß.

„Meiner Ansicht nach", sagte Axel, „war Wies früher Speerwerfer. Oder er hat finnische Vorfahren. In Finnland ist ein guter Speerwerfer der Liebling aller Frauen."

Heute fühle ich mich nicht so. Meine Frau sieht mir auf die Finger. Wo ich auch gehe und stehe, sie schielt nach mir, unsere Aline, und ehe man bis drei zählen kann, geht der Zirkus los. „Wies, du träumst mal wieder. An welches Weib denkst du gerade?"

Nein, heute ist nicht mein Tag. Gerade habe ich noch, verflucht! eine Kiste auf den Zeh gekriegt, ich habe nicht geschrien oder gebrüllt, aber ich war doch ziemlich blaß um die Nase, und Madamke Vogels sagt: „Wies, was hast du? – „Was soll er denn haben?" fragt unsere Aline. „Er ist so blaß ..." sagt Madamke Vogels.

„Vom Rumhuren", sagt unsere Aline. Immer bereit, einen runterzumachen. Ein Wunder, daß ich bei ihr noch einen hochkriege. Bei ihr – bei meinen Madamkes ist das nämlich kein Problem. Meine Madamkes, die so zufrieden sind, wenn sie mich kommen sehen mit meinen Kisten Gemüse und Magermilch und fettarmem Schinken und fettarmer Butter, Diätöl, Pepsi Light, alkoholfreiem Bier und Gemüse, Gemüse und Obst, Hauptsache, es hat keine Kalorien, und wenn ich die Kiste auf die Anrichte stelle bei meinen Madamkes, dann wissen sie schon, was die Glocke geschlagen hat. Und wenn eine widerspenstig ist, was natürlich auch vorkommt, gibt das der Sache erst die Würze.

„Madamke Volens, verzeihen Sie, wenn ich so direkt frage, aber der Sekt hier, die beiden Flaschen, ist der für Sie bestimmt?" – „Wies, mein Lieber, Sekt, das kann ich mir nicht erlauben. Zu Silvester ja, aber nicht mitten in der Woche." – „Ich muß ihn also wieder mitnehmen?" – „Was denn sonst?" – „Oh, ich könnte ihn hierlassen, wenn Sie mir eine Minute lang Ihre Freundschaft zeigen würden." – „Meine Freundschaft? Wies, mein Lieber, ich bin nicht von hier, habe ich das mit der Freundschaft richtig verstanden?" – „Ich denke, ja, Madamke Volens, Ihr Seesternchen, Ihre

Auster, Ihr Pfläumchen." – „Eine Minute?" – „Ja, Madamke." Sie zeigt es, und Sie wissen ja, wie das so ist, eins ergibt sich aus dem anderen, vom Sehen werden die anderen Sinne wach, und es kommt zum Fühlen und Tasten und Riechen, wenn ich daran denke, wird mir ganz anders, schon habe ich einen Eiffelturm.

Da gibt es Madamkes, bei denen darf man mit dem ganzen Stengel rein, und andere, die den Schlüpfer anbehalten, dann wieder welche, die es lieber nicht von vorn haben, alles muß möglich sein in der Welt, wenn wir uns das nur immer vor Augen halten, kann uns nichts passieren.

Tiens, wen haben wir denn da! „Mijnheer den Dooven, guten Tag. Sie haben schönes Wetter mitgebracht."

Seine hundertzwanzig Kilo sehen ganz zufrieden aus.

„Und wie steht's mit der Liebe, Wies?" Zum Glück sagt er es nicht zu laut, denn unsere Aline ist in der Nähe und schneidet die Wurst.

„Ach, ich kann nicht klagen", sage ich, „und mit was kann ich Ihnen dienen? Sagen Sie's nur. Solange es nicht mein Geld ist. Oder meine Frau." Unsere Aline kann über so was nicht lachen. Aber für's Geschäft muß sie gute Laune haben. Manchmal bringt sie das auch fertig.

Mijnheer den Dooven ist ziemlich mäkelig beim Käse. Wenn der Käse aus der Tiefkühltruhe kommt, will er ihn nicht. „Tiefgekühlt, das schmeckt man sofort", sagt er. Schon möglich. Er verlangt Genter Schweinskopfsülze, etwas gekochten Speck, Preßkopf, der zur Zeit „Breughelkopf" heißt, man muß ja von diesem Film profitieren. Ein halbes Pfund Suppenfleisch und zwölf Bierwürstchen, ich würde davon keinen Bissen runterkriegen, aber er ißt den ganzen Tag. Die Folgen sieht man ja.

„Wie geht's, wie steht's, Mijnheer den Dooven?"

„Ach, Wies, so leidlich."

„Es müßte mal kräftig frieren. Minus zehn, zwölf Grad.

Wir haben viel zuviel Konkurrenz von den Schrebergärten. Leute, die einen Schrebergarten haben, kaufen kein Gemüse im Laden. Nein, alles müßte mal so richtig kaputtfrieren. Wie geht's Madame Claire?"

„Gut. Sehr gut sogar."

„Um so besser." (Obwohl ich sie kürzlich gesehen habe, ohne Schminke, sie hat auf ihren Haarspitzen rumgekaut. Schade, so ein properes Madamke, daß sie sich so gehen läßt.).

Er stapelt den Einkaufskorb voll, überlädt ihn, zum Schluß kommen noch Avocados dazu, ein Perlhuhn, drei Melonen.

„Ich bring' Ihnen die Sachen gleich, Mijnheer den Dooven."

„Paß auf, Wies, daß du dich nicht verhebst."

„Ich kann was ab. Fühlen Sie mal, solche Muskeln kriegt man nicht, wenn man mit dem faulen Hintern vor der Glotze hockt. Schönes Wochenende, Mijnheer den Dooven, merci, bis bald, vielen Dank und meine Empfehlungen an Madamke, merci, danke, kommen Sie gut nach Haus."

„Komm, mein Schnuckiputzi, mein goldiges Schnuddelchen, Muttis Tuttifrutti, komm, Spatzimatzi, komm her, nein? Bleib nur schön auf der faulen Haut liegen, Lollibolli, Herremannie ist ungezogen, was, ein Saftsack, ein Waschlappen, ein schlimmer Schlawiner. Komm du nur in Mamis Arme, jetzt ist Platz, wo der schlappschwänzige Schlaukopf von mir genug hat. Komm in meine Arme, mach Heiapopeia. Häppchen? Will Flori Häppchen, die pürierte Leber von diesem Scheißkerl, Gehacktes von seinen kaputten Nieren, Suppe von seinen Stimmbändern, ein Stückchen von seinen kränkelnden Därmen, willst du ein Bonbon aus seinen geschmolzenen Augen? Mami geht zu weit, Mami ist eine alte Scheune, die in Brand steht, und keiner kommt und löscht."

Axel hört sich alles an.

„Ich bin der Mann dieser Frau." Er setzt sich so wie sie vor ein paar Tagen auf das Bidet und blickt in den Spiegel mit Glastulpenlampen links und rechts. Auf der Travertinplatte neben der Wanne liegen Wattebäusche, Tuben, Tiegel, Strumpfbänder, klatschnasse Zeitungen, ein Körbchen mit Schmuck, Perlenketten, eine elektrische Zahnbürste, eine Haarbürste, Seifenstücke aus Hotels im Ausland, zwei nasse Taschenbücher, *Der Name der Rose* und *Wilde Schwäne*.

Er wendet sich von seinem Spiegelbild ab, einer riesigen, weißen, eingedellten Birne, und beobachtet, wie sie eine milchige Substanz auf ihrem Hintern verreibt. Was macht diese Frau hier? Wie ist diese seltsam simple Kreatur hier in diesem Zimmer gelandet? Hat er das jemals gewollt? Mit welchem Recht bewegt sich und spricht diese Fettpflanze, die noch unter einem Tier steht, in meiner Nähe und reibt sich ihre von einem faden Jago vollgespritzte Ritze mit meinem Handtuch ab? Sie entstoppelt ihre Waden mit meinem Rasierapparat. Sie geht auf die Barrikaden für die Rechte von Foxterriern, die im Urlaub aus dem Auto gefeuert werden, für die dilettantisch kastrierten Siamesen, die vom Aussterben bedrohte Beutelratte, den durchbohrten blauen Pottwal, aber mit den Spießen ihres Ehebruchs durchbohrt sie diesen Balu den Bären.

„Meiner Ansicht nach, meine süße Claire", sagt Axel, „hat dich der Blitz der Liebe getroffen!"

„Woher weißt du das?"

„Weil du in letzter Zeit so furchtbar nett zu mir bist."

„Ich konnte nichts dafür."

„So."

„Kümmert es dich überhaupt, was mit mir passiert? Du überläßt mich meinem Schicksal. Dann brauchst du dich auch nicht zu wundern, wenn …"

„Wenn was?"

„Ich will dir nicht weh tun", schluchzt sie. „Wirklich nicht."

„Das tust du auch nicht."

„Nein? Empfindest du denn überhaupt nichts für mich?"

*(The Bold and the Beautiful)*

„Du hast mich nie als vollwertige Partnerin gesehen."

*(Neighbours)*

„Claire, würdest du bitte in meinem Beisein Worte wie ‚Partnerin' vermeiden?"

„Siehst du, sogar jetzt, in so einem Augenblick, quälst du mich."

Er verläßt sie; auf dem Flughafen, wo die Maschine nach Istanbul in der sengenden Sonne dampft, kontrolliert er, ob er seinen Paß, ausländische Währung, Brillen und Zigaretten dabei hat.

„Adieu, Mevrouw", winkt er mit schlaffer Hand, kommt aber gleich darauf in das Zimmer zurück, wo sie jammert. „Ach, mein Süßer, mein Dickimicki, mein Mopsimops", wie zu der Katze Florian.

„Ich will kuscheln", sagt sie.
„Ist es in unserem Bett passiert?"
„Nein. Ich besitze noch einen Funken Anstand."
„Du hast dich doch geschützt, hoffe ich?" Er prustet los. „Oder? Hast du ihm eigenhändig einen Gummi mit Himbeerduft und -geschmack über seinen Knubbel gezogen?" Er prustet, er hustet.
„Ich wußte nicht, daß du Unrat gewittert hast."
*(The Young and the Reckless)*
„Unrat habe ich bis in mein Zimmer gewittert. Ihr habt nach einem *chevreuil au fumet de marcassin* gerochen."
Axel weiß, daß er dummes Zeug redet. Kann es nicht verhindern. Doch. Sachlich.
„Wenn es nicht im Ehebett gewesen ist, wo dann?"
„Irgendwie überall."
„Aber wo meistens?"
„In einem Hotel, in dem er öfter wohnt, aber er muß da noch eine Rechnung bezahlen, da konnten wir nicht mehr hin."
„Also doch in unserem Bett?"
„Ich glaube ja."
„Cunnilingus?"
„Wenn es sich ergeben hat."
„Fellatio."
„Vielleicht."
„Ja oder nein."
„Eher ja als nein."
„Anal?"
„Ziemlich oft. Er hat erst um Erlaubnis gefragt."
„Hm, gut erzogen. Warum hast du es getan?"
„Er hat mich schon so lange darum gebeten."
„Also wenn dich jemand lange genug bittet, machst du die Beine breit."
„Jedenfalls eher, als wenn man mich nur einmal bittet."

„Und was sagt er?“

„Du kennst ihn. Du hast ihn schon gehört, wenn er zugange war.“

„Was sagt er, wenn er bei dir zugange ist?“

„Er erzählt meistens von sich. Über die Rolle, auf die er sich vorbereitet. Über seinen Agenten, der dreißig Prozent nimmt.“

„Scheint mir sehr unterhaltsam.“

„Manchmal macht er mich nach, wenn ich komme. Darüber muß er schrecklich lachen.“

„Es herrscht also eine fröhliche Stimmung dabei.“

„Nicht immer. Manchmal deklamiert er ganz leise, was er im Radio vortragen muß.“

„Der Flamen Wort ist wundergut
für den, der keinen Zwang ihm tut.“

„Nicht so laut.“

„Und das hörst du dir an?“

„Ja. Er deklamiert nur für mich, und dann ist es so, als ob ich ganz allein ein leeres Theater bin.“

(*Dallas*, vor sehr langer Zeit) (Oder *Dynasty*)

*Anlage.* Brief auf Recyclingpapier. Format Din A 4.

*Text.* Mein lieber Herman. Wir wollen nichts widerkäuen. Ich habe jedenfalls keine Lust dazu. Würdest du so gut sein und mein Haus verlassen, dein Zimmer vollständig räumen und die Schlüssel auf den Küchentisch legen. Falls ich dich heute abend nach elf Uhr noch antreffe, übernehme ich keine Verantwortung für die Folgen. Dein Axel, den du einst deinen Bruder genannt hast.

Nach seiner Aussage kam A. den Dooven in das Haus Parklaan 14, wo er wohnhaft ist, etwa zehn Minuten vor Mitternacht. Entgegen seiner Gewohnheit betrat er das Haus nicht durch die Vordertür, sondern begab sich hinters Haus. Durch die Hintertür, auch als Küchentür bezeichnet, ging er hinein.

Er hatte gehofft, seine Frau anzutreffen, darum rief er mehrmals ihren Namen. (Dreimal Mevrouw Inge Gershwein zufolge, die zufällig vorbeikam.) Nachdem er sich vergewissert hatte, daß seine Frau nicht zu Hause war, sang er ein Lied. (Vor Erleichterung? Dazu wollte er sich nicht äußern.)

Dann betrat er das Zimmer des bekannten Flamen Herman Grootaers. Dort überfiel ihn ein unangenehmer Geruch, der ihn veranlaßte, das Fenster zu öffnen. Nach einer Überprüfung stellte sich heraus, daß in einer Ecke des Zimmers ein Müllsack aus Plastik lag, um den etwa hundert anthrazitfarbene Fliegen schwirrten. Eine weitere Überprüfung ergab nichts Besonderes.

Als wir darauf bestanden, leerte A. den Dooven den bewußten Müllsack. Wie sich herausstellte, bestand der Inhalt hauptsächlich aus menschlichen Exkrementen. Dann nahm Herr A. den Dooven ein Farbfoto – nach eigenem Bekunden von seiner Frau Claire im Bikini – von der Wand und zerriß es. Wir hatten den Eindruck, daß es Herr

A. den Dooven nicht besonders viel ausmachte. Danach sah er fern (eine Miß-Europa-Wahl, die bis ein Uhr zwölf dauerte). Um diese Zeit hatte er Lust, (in seinen Worten) sich auszulüften. Auf unsere Frage, ob er das nicht gefährlich fände – noch vergangenen Freitag waren wir ja Zeuge eines Schauspiels, das einem zu denken gibt, nämlich Hausfriedensbruch bei Apotheker Vierpond und dessen Aufnahme ins Städtische Krankenhaus, nachdem er sich geweigert hatte, dem ehemaligen Champion im Moto-Cross, A.d.B., Amphetamin auszuhändigen, worauf dieser dem Apotheker Vierpond nach der Weigerung einen Tritt in die Nierengegend versetzte. A.d.B., der den Spitznamen „die Klette“ trägt, hat sein Verbrechen gestanden, vermutet aber, daß er im Augenblick des Geschehens nicht er selber war –, antwortete A. den Dooven: „Nein.“

Ferner erklärte er, daß er, als er die Tür, die Vordertür, öffnete, nichts wahrgenommen habe, was ihn hätte mißtrauisch machen können. Erst als er den ersten Schritt auf die Schwelle setzte, sprang unter seinem Fuß die Katze seiner Frau mit herzzerreißendem Gekreische davon. Er stürzte, d. h., er rutschte aus und fiel nach vorn, aber dank eines Reflexes (erstaunlich bei einem so schweren Mann, der eher zu Einkehr oder Meditation neigt) konnte er den Sturz auffangen, indem er auf dem Unterarm landete. Seine rechte Schläfe kam in schmerzhafte Berührung mit der Schwelle. Auf bisher noch ungeklärte Weise entfernte sich sein rechter Schuh vom rechten Fuß. Dieser Schuh wurde als Beweisstück festgehalten und zeigte überdeutliche Spuren von Exkrementen. Zuerst nahmen die Ermittler aufgrund von Aussagen der Nachbarn an, daß die Exkremente von Willem (Willy) Radetzky stammten, dem Hund von Mevr. Inge Gershwein. Wir müssen hier gewiß Alfred Noordwijk gratulieren, der ziemlich schnell einen Zusammenhang erkannt hat zwischen den Exkrementen auf dem

Schuh und jenen im Müllsack, der H. Grootaers gehörte und im Gästezimmer gefunden wurdc. Ncbcnbei bemerkt, um auch das Humoristische an dieser Sache hervorzuheben, nach der Entdeckung von H. Grootaers allzu menschlicher Beziehung zu Fäkalien machten ein paar Kollegen lockere Wortspiele, die sich auf seinen Namen bezogen.

Mijnheer A. den Dooven schätzt, daß er nach seinem Sturz und dem Schädelbruch, den er sich dabei zuzog, etwa zwanzig Minuten in gelähmtem Zustand auf der Steinstufe liegenblieb. Als er zu sich kam, konnte er sich nämlich nicht bewegen. Der bewußte Schuh lag neben seiner Nase, er konnte also sehr gut sehen, was er auch rief: „Das Blut, das Blut!“ (nicht das von seinem Schädelbruch, sondern das Blut in dem Kot an seinem Schuh). Was ebenfalls auf der Schwelle lag, war ein Gegenstand, der möglicherweise für A. den Doovens Sturz ursächlich war, nämlich die Kunststoffmaus, mit der die Katze gespielt hatte, bevor sich die hier protokollierten Vorfälle ereigneten.

Taubengraue Wände. Die Metallstühle haben eine Gravur: Mutter Maria. In meinem Gesicht sind Drähte. Mein Mund ist strohtrocken. Draußen rufen die ungeduldigen jungen Mütter. Ein paar Jungs mit knatternden Motorrädern.

Als ob jemand in meinen Hals bläst, über meine Augen. Die Zugluft, die unter der Tür her kommt.

Je dunkler es wird, desto deutlicher spüre ich, daß ich nicht allein in diesem Raum liege, daß rechts von mir zwei Wesen sitzen oder liegen, die brüchige alte Stimmen haben und sich gegenseitig aufziehen.

„Dir fehlt nichts", sagt eine der Stimmen, und ich merke, wie jemand näherkommt, ich kann nicht fliehen, meine Fuß- und Handgelenke sind festgebunden, dieser jemand ist eine sehr alte Frau in einem Tupfenkleid. Mit ihrem zahnlosen Mund lacht sie mir zu. „Dir fehlt nichts. Er ist schlimmer dran."

Sie merkt, daß ich mich nicht bewegen kann, sie verschwindet, und an ihre Stelle kommt ein Bett, ein Bett auf Rädern mit sieben Kopfkissen, und darin ein Männchen, noch älter als sie, das ein meckerndes Lachen ausstößt, als ich in seinem Blickfeld bin.

Mit dem Kopf des Männchens muß etwas passiert sein, er trägt einen großen Turban wie ein Sikh. Er kräht: „Ich bin am schlimmsten dran auf der ganzen Station."

Dann ist es ziemlich plötzlich Abend. Ich werde wach von dem Gepolter und Gerumse in dem Bett neben meinem. Schlabbernde Kissen. Gezisch und Gebrumm. Ganz deutlich die Stimme des alten Mannes. Er sagt trübsinnig: „Butter." – „Ja, ich bin ein bißchen verrückt", sagt die alte Frau. Sie rumsen weiter.

„Herzlichen Glückwunsch", rufe ich mit voller Stimme, aber ich höre den Klang meiner Stimme nicht.

„Tag, Pa. Was müssen wir da hören? An den Drähten? Claire hat gesagt, es ginge dir schon besser. Da dachte ich: Ich sehe mal nach ihm, vielleicht hat er abgenommen. Jesses, Pa, wenn sie dich operieren müssen, angenommen, mit deinen Hüften oder deinem Becken ist was, dann kommen sie da überhaupt nicht durch, durch die ganzen Fettschichten."

„Geschlossener Schädelbruch. Du hast mal wieder unverschämtes Schwein gehabt. Keine Fraktur in der Nähe einer Schlagader, und keine Beschädigung der Hirnnerven. Also hauptsächlich Ruhe."

„Hast du wirklich keinen besseren Schlafanzug? Der hier sieht so ärmlich aus. Mainstream, Daddy."

Axel gibt sich alle Mühe, zuzuhören. Für das eine Mal, daß sein Kind ihn besucht. Manchmal, wenn er sich nicht genug anstrengt, sieht er Just doppelt. Plötzlich überfällt ihn die Angst, daß der junge Mann ihm gegenüber nicht Just ist, sondern ein *clone*, ein Doppelgänger, ein Feind.

„Bist du Just?"

„Witzbold", sagt Just.

„Was sind das für Manschettenknöpfe?"

„Stahl. Versilbert. *Time zone.* Mit zwei Uhren."

„Funktionieren die Uhren?"

„Was dachtest du denn?"

„Aber du hattest doch eine Uhr? Was war es für eine? Eine Dunhill?"

„Richtig. Du hast bestimmt keinen Hirnschaden. Es war, es ist, schau, die *Classic Centenary*, Stahl, mit dem Armband aus Krokoimitat. Du bist über den Berg. Wieder der alte. Der Alte, der sich nichts aus mir macht. Nicht die Bohne. Seit meiner Geburt. Zieh nicht so ein scheinheiliges Gesicht. O.k. Ich nehme die letzte Unterstellung zurück und behaupte das Gegenteil. Du hast mich gemocht, damals, bei meiner Geburt. Wenigstens hast du mich am

Leben gelassen. Ein Kind kann man schnell ans offene Fenster stellen, bei zwölf Grad minus draußen. Ein Schlückchen Ammoniak ist schnell verabreicht. Das hast du nicht getan. Dafür mein später Dank."

„Aber später hast du deinen Haß auf Roberte in Gleichgültigkeit umgewandelt, und wenn du erst einmal gleichgültig bist, bist du es gegen alle Menschen, also auch gegen mich. Ja, du hast es hervorragend verborgen, du hast Talent zum Pharisäer, mehr als zum Dichter. Du warst selbst nicht glücklich? Wer ist das schon? War das ein hinreichender Grund, mich wie einen Aussätzigen zu behandeln?"

„Jetzt, wo du mir nicht aus dem Weg gehen kannst, werde ich dir sagen, was ich sonst nie sagen konnte. Dein kleiner, harmloser Schädelbruch ist ein Geschenk des Himmels. Hör zu. Du kannst mir nicht ständig ausweichen. Sonst ist es kein fairer Kampf. Es war die Katastrophe meines Lebens, daß du mich nicht an dich herangelassen hast. Was hätte uns daran gehindert, einander in die Arme zu fallen? Ich sage dir das, weil ich die Zeichen deines Verfalls sehe, liebster Vater. Sagt deine Frau dir das nicht? Daß du in den Augen der Leute ein Gefahr verbreitendes Monstrum bist, das in absehbarer Zeit zusammenbrechen wird. Willst du notfalls überleben? Dann mußt du einen Kompromiß schließen. Nicht mit mir – mit den anderen Menschen. Obwohl ich dich liebe, habe ich genug von dir. Du gibst mir keinen Kick mehr, Daddy. Oder gehe ich jetzt zu weit?"

„Nein", kann Axel herausbringen. „Sprich weiter."

„Ich habe einen leichten Ekel vor dir verspürt. Einen nicht unangenehmen Ekel. Weil du sie alle so virtuos beschissen hast. Du hattest Talent dazu. Die einzige, die sich nicht bescheißen ließ, war Roberte. Aber das hat nicht verhindert, daß du sie mit deiner Kälte angesteckt hast. Als Roberte wegging, war es schon zu spät für sie. Sie hat deine

Kälte mit sich getragen. Verdorrt war sie, ausgetrocknet durch dich. Ich werde dir nie verraten, wo sie ist, die Stadt nicht, die Straße nicht, die Telefonnummer nicht. Übrigens würdest du sie ja doch nie suchen."

„Ich gehe jetzt. Caroline läßt dich grüßen. Nehme ich an. Sie braucht jetzt nicht mehr jeden Tag Pillen zu schlucken, sie bekommt alle zwei Wochen eine Spritze, die normalen Neuroleptika. Sie liegt ganze Tage im Bett, sehr still, das Ohr am Radio, dann plötzlich springt sie herum, Dyskinese, die Muskeln zucken und zittern von selbst. Das dauert ungefähr fünf Minuten, dann legt sie sich wieder ins Bett, zu ihrem Radio, und dann liegt sie da so wie du, apathisch, völlig zu, verbittert. Am bequemsten wäre es, ich würde euch beide im Stich lassen. Vielleicht würde sich später herausstellen, daß das die einfachste Lösung war, aber ich könnte es mir nie verzeihen. Sag jetzt nichts."

Allerlieblingst, diesen Brief gebe ich Goossens mit, damit er deiner Frau nicht in die Hände fällt. Meine Mutter sagt, du hättest Drähte und Schläuche im Kopf und könntest nicht reden. Auch nicht mit mir, wenn ich kommen würde? Bettina, die Favoritin deines Harems. Du darfst einen Harem haben, denn du bist ein alter, dicker König, der vieles entbehren mußte in seinem langen Leben.

Ich war ganz schön erschrocken, als ich es von Philippine de Schoonhoven hörte. Und du warst nicht betrunken! Warum, Liebster, tust du mir das an, wo ich doch in Tipptoppform sein muß für den Schikurs! Ich brauche meinen Schlaf! Und ich muß auch mehr innere Ruhe haben, sagt der Gynäkologe meiner Mutter. Nun, ich werde und muß dieses Diplom schaffen, das sagt deine Bettina, ohne die du nicht leben kannst.

Bekommst du viel Besuch? Schläft Claire bei dir? Warum darf sie neben dir liegen und ich nicht?

Da begegne ich doch tatsächlich dieser widerlichen Caroline! In einem bonbonrosa Regenmantel. Siehst du es schon vor dir, das Rosa zu ihrem weißblondierten Haar? Sie kam bei Häagen-Dazs rein mit einer Baseballmütze auf dem Kopf. Bei Häagen-Dazs kann ich dir die Cappucino-Collection empfehlen, himmlisch! Aber wie sie aussah! Und *noisy*! „Ich durchschaue dich, Betty", sagte sie. „Ich durchschaue deine Tricks, sie sind üblich in deinem Alter, aber sie gehen mir auf die Nerven." Ich sage: „Wenn du noch einmal Betty zu mir sagst ..." „Was dann?" sagte sie mit ihrer honigsüßen Visage, und weißt du was, meine unendliche Liebe, sie hatte Pickel, am ganzen Hals rote Pünktchen, das kommt natürlich von den Nerven. Ich hätte auch Pickel, wenn ich dich nicht lieben dürfte. Philippine de Schoonhoven sagt, es käme davon, weil mein Vater so kindisch, nein, *jungenhaft* zu mir ist, und ich hätte das Bedürfnis, jetzt halt dich aber fest, nach einem Großvater, und so seltsam es ist, sowas scheint öfter vorzukommen! „Und, Kleines", hat sie gesagt, „in Zukunft sehe ich dich lieber nicht mehr im Museum, weil du angeblich für die Schule einen Aufsatz über Schellen schreiben mußt." Ich sage: „Wenn du noch einmal „Kleines" zu mir sagst …" „Was dann?" sagte sie. Philippine de Schoonhoven fragte: „Wer ist denn diese gräßliche Schnepfe mit dem Flamingomantel?" „Braindead", habe ich gesagt. Oh, mein Bic … leer … kaputt … wenn ich dich heirate, möchte ich ein Organzakleid von Lagerfeld, damit alle

*Caroline kam herein.* In einem rosa Lackmantel von Courrèges. Sie küßte ihn auf die Wange, neben dem Schlauch. Hinter ihr stand ein verschmitzt lächelnder Verachtert, der sagte: „Ich komme nicht als Journalist, sondern als Freund."
„Er hat vor deiner Tür gewartet."
„Meine Mutter lag auch mal auf dieser Station. Mit Nierenbeckenentzündung. Die medizinische Betreuung hier ist gut. Oder? Hast du Schmerzen?"
„Dir habe ich nichts zu sagen", sagte Axel.
„Laß dir nur Zeit."
„Zu mir darf er alles sagen, Caro", sagte Verachtert. „Axel darf mir auf den Kopf scheißen, ich nehme ihm nichts übel."
„Jetzt halt endlich mal deine Proletenschnauze", sagte Caroline, ohne sich umzusehen. Sie streichelte Axel über die Wange, als wollte sie fühlen, ob er glatt rasiert sei.
„Claire ist gerade aus der Pforte gegangen."
„Sie hat über eine Stunde vor der Pforte gewartet, bis Claire hinauskam", sagte Verachtert.
„War Claire hier?" sagte Axel bestürzt. „Wann?"
„Eine Stunde lang."
„In diesem Zimmer?"
„Wo denn sonst?"
„Sie wird ihrer Mutter immer ähnlicher."
„Kennst du ihre Mutter denn?"
„Nicht nötig."
„Was denkst du über den Michelin-Preis der Stadt Dendermonde? Hat Jef Bruynzeel eine Chance?"
„Ich dachte, du wärst nicht als Journalist hier."
„Ich habe deine Röntgenbilder gesehen. Alles völlig belanglos, nur ein kleiner Sprung. Aber das verrate ich meinen Lesern nicht. Ich bausche es etwas auf, das macht sich immer gut für die Versicherung."
„Just wird kommen, sobald er etwas Luft hat. Ganz bestimmt. Ich soll dir viele Grüße von ihm bestellen."

„Aber er war doch gestern hier?“

„Wer? Just? Oh, oh, oh. Es steht nicht gut um dich. Just ist vor vier Tagen nach Nîmes gefahren. Zu einem Symposion über ‚Information, Demonstration und kreative Herausforderung‘.“

„Was anderes“, sagte Verachtert. „Nicht als Journalist. Was hältst du von der kuriosen Koinzidenz, daß ausgerechnet einen Tag, nachdem du auf einem Kötel von Grootaers ausgerutscht bist, in deinem Museum eine Ermittlung wegen der fehlenden sechshunderttausend Franc beginnt? Ich muß es in die Zeitung bringen, sonst kommt uns *Het Volk* zuvor, aber ich hätte gerne deine Version gedruckt.“

„Welche sechshunderttausend Franc?“

„O.k. Genau das wollte ich hören. Die beste Verteidigung. Welche sechshunderttausend Franc? Hervorragend.“

Als Verachtert im Flur war, flüsterte Caroline: „Sie werden dich am Schlafittchen kriegen wegen Korruption. Nur ich werde dir Bananen und Schokolade und Marzipan ins Gefängnis bringen. Ich bin gleich wieder da.“

*Der Arzt kam herein*, ziemlich mitgenommen, müde. „Wann haben Sie zum letztenmal eine Tetanusspritze bekommen? Haben sie Ihren Impfpaß dabei?“

„Ich weiß nicht mehr, wann.“

„Wie bitte, das wissen Sie nicht? So was weiß man doch. Ein normaler Mensch weiß doch genau, wann er eine Tetanusspritze bekommen hat.“

„Vielleicht habe ich noch nie eine bekommen.“

„Da hört sich doch alles auf! Keine Spritze? Mijnheer, ich habe schon Leute im Behandlungszimmer jammern hören, die sind fast vergangen vor den schrecklichsten Schmerzen. Das waren meine Patienten. Ihr Geheul ging einem durch Mark und Bein, ich mußte sie mit Morphium vollpumpen. Tetanus ist das allerschlimmste. Was auch immer behauptet wird, in der Hitparade ist Tetanus der Spitzenreiter.

Und Sie bekommen heute eine doppelte Dosis verpaßt, so wahr ich hier stehe. Es reicht schon, wenn sie sich am Dorn einer Rose stechen, Sie sterben dann unter den gräßlichsten Qualen!"

*Die Krankenschwester kam herein.* „Wer hat hier das Fenster aufgemacht? Wollen wir uns vielleicht eine Lungenentzündung holen? Es ist warm im Haus, aber es ist für jeden warm. Für uns wie für Sie. Notfalls nehmen wir lieber eine Decke weg oder ein Laken. Verstanden? Und wollen wir jetzt schön Heia machen?"

*Der Krankenhauspfarrer kam herein.* „Ich wollte einmal den Mann sehen, der sich geweigert hat, den Kettenbrief der heiligen Jacoba zu unterschreiben. Aber ich kenne Sie. Und ob. Jetzt begreife ich, warum. Natürlich. Sie sind der Maler Schellen! Na, stimmt's? Ja? Manche Leute aus der Welt der Kunst haben Reaktionen, die wir nicht haben. Aber das ist dem Herrn Jesus egal. Er drückt uns alle an sein Herz. So bekommt jeder – auf seine Art – die Chance, gerettet zu werden."

*Die Oberschwester kam herein.* „Oh, Sie haben ja das Fenster wieder aufgemacht. Das ist aber eigentlich verboten, stellen Sie sich mal vor, hier würde jeder machen, was er will, und sich nicht an die Vorschriften halten. Aber der Herr Pastor hat mir erzählt, daß Sie ein bekannter Flame sind. Sie haben etwas von dem Mann in der Sendung ‚Glücksrad', nur daß der mager ist, jedenfalls viel magerer als Sie."

*Eine korpulente Frau in einem Zelt von Kleid kam herein*, sah Axel, schlug die Hände vors Gesicht, rief mit erstickter Stimme: „Ogottogott!" und ging wieder.

*Ein Mann kam herein.* Rotes, von Äderchen durchzogenes Gesicht, eine Knolle von Nase. „Sieh mal einer an! Sieh mal einer an! Hab' gehört, daß Sie im Krankenhaus liegen, bei der Aufnahme haben sie es gesagt, Zimmer neunundzwanzig. Da sag' ich mir: Geh' ich doch mal nachgucken. Sosososo. Im Koma, haben sie in der Aufnahme gesagt, aber das kennt man ja, sie übertreiben immer, wollen nur so lange wie möglich die Betten voll haben. Sie erkennen mich nicht, was? Leo Verschaffel von damals im Gymnasium. Wirlich nicht? Ich hätte Sie unter Tausenden wiedererkannt. Was kann ich für Sie tun? Mein Wagen steht gleich um die Ecke. Sagen Sie mir, womit ich Ihnen einen Gefallen tun kann."

„Dankeschön."

„Egal, was. Sagen Sie es nur. Ich nehme jede Mühe auf mich. Ich würde sagen: Ich geh' ein Stück Torte holen, aber wenn ich Sie mir so ansehe, Axel den Dooven, hat Ihnen der Arzt so was wie Torte bestimmt verboten. Wieviel wiegen Sie denn jetzt so?"

„Dankeschön."

„Wofür?"

„Dankeschön."

„Dankeschön? Aha, ich verstehe. Sie wollen sagen: ‚Machen Sie schleunigst die Tür von draußen zu.' Von dem Wörtchen: abdanken. Jaja. Natürlich."

Der Mann veränderte sich, er bekam etwas Verschlagenes. Die Hand tief in der Hosentasche, suchte er nach einer Waffe, steckte sich ein Lakritz in den Mund. „Wie Sie möchten, dann gehe ich eben. Aber ich muß Ihnen doch noch sagen, was für ein Glück Sie haben, daß Ihr schönes Museum für diesen Mistkerl von Schellen nicht längst in Flammen aufgegangen ist. Es gibt nämlich genug Männer unter uns, die mit Vergnügen ein Feuerzeug an Ihren Schuppen halten würden."

Der Mann hob die Hand zum Kopf. Er hatte früher mal einen Hut getragen und wollte den absetzen.

„Dankeschön", sagte Axel.

„Schellen, Theodoor, ist gnadenlos mit uns umgesprungen. Er hat vielen Leuten mit flämischer Überzeugung geschadet. Ich geh' jetzt. Ich hab' schon zu viel gesagt. Aber Ihr Schellen hat sich sein Museum nicht mit Bleistift und Pinsel verdient, sondern mit dem Blut seiner Opfer. Minister Baron Tuerlinckx hat ihm das Museum als Judaslohn geschenkt. Ich sage Ihnen nicht Lebewohl, sondern Auf Wiedersehen in einer besseren Welt."

*Caroline kam herein.* „Ich hab' Verachtert nach Hause gefahren. Er geht mir nicht von der Pelle. Er sieht nach nichts aus, ein Prolet, aber einen schlechten Charakter hat er nicht. Ich würde dich gern mitnehmen zu mir, jetzt wo Just eine Woche verreist ist. Aber es wird nicht gehen."

„War Just wirklich nicht hier?" fragte Axel.

Ihre Hand fuhr über seinen Bauch, seine Hüfte, seine Hoden. Knetete sie. Sie zog das Laken weg.

„Laß das!" sagte Axel.

„Hast du Angst, es könnte jemand hereinkommen?"

„Laß das", sagte Axel.

Es kam niemand herein.

„Meine Damen und Herren,

Und nun sehen Sie, unter Mitwirkung der Kreditbank, Ihrem Partner für Kultur, Victor De Raymaker."

„Hallo. Da sind wir wieder. Oder besser: *hier* sind wir wieder, haha, mit MUTANT, der wöchentlichen Talk-Show für Fortgeschrittene, haha. Heute abend ein besonders spannendes Thema, das sogar die unter uns, die selten Zeit haben, ein Buch ganz auszulesen – darunter Ihr ergebener Diener, haha – und die in der Literaturszene nicht so auf dem laufenden sind, faszinieren wird, denn wie Sie alle wissen, ist unser Volksschriftsteller Jules Spanoghe vor nicht allzulanger Zeit einem Schlaganfall erlegen, und heute haben wir nun eine Frau in unserer Mitte, die das nicht nur außerordentlich traurig findet, sondern die auch wütend ist. Manche Leute meinen, mit Recht, andere finden ihren Zorn stark übertrieben. Wer hat recht? Das werden wir gleich selbst entscheiden, wenn wir ihre Geschichte, ihre betrübliche Geschichte gehört haben, und hier ist sie, die Inspirationsquelle, die Ehefrau, die Witwe von Jules, hier ist sie, Mireille Spanoghe-Goethals aus Werewijk an der Schelde."

„Setzen Sie sich, Mireille. Ein Glas Spa? Nein. Gut. Sie wissen ja, Mireille, wenn Sie mal nach Worten ringen müssen oder nicht mehr wissen, was Sie sagen wollten, wir bei MUTANT finden das überhaupt nicht schlimm. Im Gegenteil. Ich würde also sagen, sagen Sie es mit Ihren eigenen Worten, mit der saft- und kraftvollen Intonation und den Ausdrücken, die ein Markenzeichen für das Werk von Jules Spanoghe waren. Heute abend werden wir selbstverständlich nicht über das Leben und die Bücher von Jules Spanoghe reden, dafür gibt es andere Sendungen, nein, wir sind daran interessiert, was sich hinter dem Menschen Spanoghe verbarg. Zum Beispiel … erzählen Sie mal, Mireille, was hat Ihr Mann gern gegessen?"

„Alles!“

„Alles?“

„Alles.“

„Er war also sozusagen ein Genußmensch.“

„Ja.“

„Jemand, der das Leben mit vollen Zügen trank.“

„Früher hat er nie getrunken. Das kam erst später, durch schlechte Freunde.“

„Könnten wir es so formulieren, daß Jules, der einfache Jules, in eine Welt geraten ist, die nicht die seine war, die Welt der Literatur?“

„Er war nicht einfach.“

„Er war viel komplexer, als er sich nach außen hin gab?“

„Er hatte Komplexe. Ja. Weil er ziemlich klein war.“

„Von Gestalt vielleicht, aber er war sich nicht bewußt, daß er, sagen wir mal, der größte war. Jedenfalls in Flandern.“

„Er hat mal zu mir gesagt …“

„Ja, Mireille?“

„Mireille, hat er gesagt, du hast Glück gehabt, wenn ich zehn Zentimeter größer wäre, hätte ich alle Frauen von Werewijk an der Schelde verführt.“

„Ein Mann nach unserem Herzen. Sagen Sie mal, Mireille, frei von der Leber weg, hat er Sie persönlich glücklich gemacht?“

„Im Bett?“

„Im Bett und im allgemeinen.“

„Manchmal. In jeder Ehe kommt ja mal was vor.“

„Abgesehen davon, daß er alles aß, was waren seine Hobbys?“

„Das wissen Sie doch.“

„Ich?“

„Ja, Sie wissen es ganz genau.“

„Angenommen, ich wüßte es tatsächlich, dann wissen es unsere Zuschauer immer noch nicht. Raus mit der Sprache. Welches Hobby hatte er vor allem?"

„Die jungen Weiber."

„Ein gesundes Hobby, haha. Aber hat er Ihnen damit nicht … manchmal … sozusagen … weh getan?"

„Sehr."

„Sehr weh getan also. Wir werden das Thema deshalb vorläufig begraben."

„Mein Mann ist begraben, er liegt unter der Erde, und ich komm' da einfach nicht drüber weg. Wo ich mir doch sicher war, daß ich vor ihm gehen würde mit meinen Gallensteinen und den Leberabszessen, und er war sich da auch sicher, er hat gesagt: Mireille, wenn du mal nicht mehr bist, dann nehm' ich mir eine andere, eine jüngere, aber du, nur du allein wirst mir die Liebste bleiben. Und was das schlimmste ist, ich habe es kommen sehen …"

„Ja. Jetzt kommen wir, glaube ich, zum Kern der Sache. Sie sind wütend, Mireille, warum?"

„Schuld sind die, die Jules gehetzt haben, die ihn zur Arbeit angetrieben haben, die ihn dazu gebracht haben, daß ihm sein Ruhm zu Kopf gestiegen ist. Jules hätte sich ja zur Ruhe setzen können, wir hatten unsere Rente, unser Häuschen und ein paar Ersparnisse, mehr als genug für uns zwei und für Rozeke in der Anstalt. Aber nein, von allen Seiten haben sie an unserem Jules gezogen und gezerrt, Jules, machen Sie eine Lesung für den Davidsfonds, Jules, kommen Sie ins Gymnasium, die jungen Leute sind Ihre Leser von morgen, und so weiter, ein Leben lang, und zum Schluß, und das war zuviel, der Wettbewerb um den Michelin-Preis der Stadt Dendermonde …"

„Ein von Michelin, der bekannten französischen Autoreifenfirma gestifteter Preis für flämische Autoren. Also, Mireille, was ist damit schiefgegangen?"

„Es sollte jemand zu Besuch kommen, Mittwoch, um sieben Uhr."

„Und dieser jemand war ...?"

„Ich kann den Namen von dieser Person nicht nennen."

„Warum nicht?"

„Ich hab's versprochen."

„War es vielleicht der Vorsitzende der Jury des Michelin-Preises der Stadt Dendermonde?"

„Ich sage nichts. Es ist jemand von höherer Stelle, und wenn bekannt würde, daß er unseren Jules besuchen kam, könnte das anderen Leuten schaden ..."

„Die Zuschauer werden selbst ihre Schlußfolgerungen ziehen. Erzählen Sie weiter, Mireille. Die bewußte Person wurde also erwartet."

„Ja. Und Jules war so nervös vor diesem Besuch, daß ich gesagt habe: Jules, nimm doch eine Pille, notfalls zwei, aber er hat gesagt: Mireille, ich glaube, ich hab' ihn. Ich hab' ihn, sapperlot! Und ich sage: Aber Junge, was hast du? Und er sagt: Den Großen Preis von Dendermonde hab' ich. Ich spür's im großen Zeh. Der Mann, der mich besucht, der kommt fragen, ob ich ihn annehmen will. Ich sage: Wieso? Er sagt: Es gibt doch immer einfältige Tölpel, die sich weigern, so einen Preis anzunehmen. Denk nur an Sartre. Ich sage: Hat sich Sartre denn geweigert, den Michelin-Preis der Stadt Dendermonde anzunehmen? – Mireille, sagt er, gib mir lieber doch die Pillen."

„Also wenn wir Sie recht verstehen, könnte die mögliche Ankündigung der Zuerkennung des Michelin-Preises der Stadt Dendermonde der verhängnisvolle Schlag gewesen sein, der Ihren Mann getroffen hat, psychosomatisch heißt das unter Fachleuten, glaube ich."

„Sie haben Jules nicht gekannt, Mijnheer Victor, und Sie da auch nicht und Sie da, und der Generalsekretär, der auf Jules Beerdigung war, auch nicht, keiner von Ihrer Sorte hat ihn gekannt. Dieser Preis von Dendermonde, das war alles für ihn, aber das konnte er vor niemandem zugeben, nur mir hat er es gebeichtet, nach außen hin hat er so getan, als würde er sich mit so einem Preis den Hintern wischen, aber innerlich, Mijnheer Victor, innerlich … Und so war es auch mit dem Rest seines Lebens. Den Außenstehenden sagte er, das Geschwätz über Bücher interessiere ihn einen feuchten Kehricht, und dabei hat er alles gelesen, was er in die Finger bekam, vor allem von jungen Schriftstellern, von Gelehrten, wo ich keinen einzigen Satz verstanden habe, so was hat er verschlungen, aber er konnte sich mit niemandem darüber austauschen … sicher nicht mit mir … er war so einsam, Mijnheer Victor, so vollkommen einsam …"

„Ein Glas Wasser?"

„Nein, merci. Ich bin nur aus der Puste gekommen."

„Geht's wieder, Mireille?"

„Geht schon."

„Aber Sie sind auch noch über etwas anderes wütend."

„So? Ich wüßte nicht, worüber."

„Über den Preis."

„Was ist denn mit dem Preis?"

„Jemand hat ihn also nun bekommen …"

„Ach, jetzt weiß ich es wieder. Was sie da gemacht haben …"

„Wer, Mireille?"

„Drei Mitglieder der Jury … Was haben sie gemacht? Weil Jef Bruynzeel nichts mehr schreibt, schon seit Jahren nicht mehr, haben sie die Briefe, die er den dreien geschrieben hat, gesammelt, hier und da eine alte Geschichte und einen Zeitungsartikel und noch ein paar Gedichte von vor dem Krieg dazugetan, dem Machwerk den Titel *Scheintod* gegeben und es veröffentlicht und an sich selbst eingesandt und ihm dann den Preis gegeben, für den mein Jules sein Leben gelassen hat. Und außerdem ist er stockblind. Seit wann ist der Michelin-Preis der Stadt Dendermonde eine Wohltätigkeitsveranstaltung? Jules hat oft zu mir gesagt: Mädchen, Mädchen, hüte dich vor den Gezeichneten."

„Mireille, in ein paar Sätzen, wie war Ihr Leben mit dem Mann, der, wie es heißt, den großen russischen Romanciers mit den schwierigen Namen ebenbürtig war?"

„Zu Hause hat er nicht mit mir geredet. Er hat sich in seinem Zimmer oben eingeschlossen, und da ist er bis zum Essen geblieben, und auch beim Essen hat er nicht viel gesprochen, und dann ist er wieder in sein Zimmer gegangen, und wenn es dunkel wurde, ist er heruntergekommen, um fernzusehen."

„Also ein hartes Leben für Sie."

„Ich habe mich nie beklagt. Ich wäre für ihn durchs Feuer gegangen, und darum tat es mir in der Seele weh, als ich zusehen mußte, wie er in der Zwickmühle steckte. Das Problem war ja: Hätte er den Preis von Dendermonde bekommen, dann hätte er wieder mal keinem sagen können, wie sehr er sich darüber freute. Ich fühle meine Gallensteine, wenn ich daran denke, wie der arme Schlucker das verarbeiten mußte, wie sein eigenes Ich ihn verraten hat."

„Und wie haben Sie ihn gefunden?"

„Ein Schatz, Mijnheer Victor, ein Mensch, wie man nicht viele findet."

„Ich meine, wie haben Sie ihn an diesem verhängnisvollen Tag, in seinem Zimmer, gefunden?"

„Er saß am Schreibtisch, völlig aufrecht. Die Hände verschränkt, sauber gewaschen und rasiert. Das einzige, was anders war, war seine Nase. Zu Lebzeiten hatte er eine Kartoffelnase, Jules hat ja ziemlich viel getrunken, das ist bekannt. Nun, jetzt war alles Blut daraus gewichen, und die Form war wieder wie früher, eine hübsche Nase, so wie ich ihn zum ersten Mal ... in seiner Uniform des Zweiten Pionierregiments ..."

„Hier, Mireille. Nehmen Sie mein Taschentuch, es ist ein sauberes, haha."

„Nein. Merci. Ich habe mein Kleenex. Oh, Pardon, ich darf ja keine Reklame machen."

„Unser Programmdirektor wird Ihnen das sicherlich verzeihen. Also Sie bekamen einen Schock?"

„Was hatten Sie denn gedacht? Vor allem, daß auf seinem Schreibtisch die Rede lag, in der er sich bei der Jury für den Michelin-Preis der Stadt Dendermonde bedankt, sauber getippt, in weiser Voraussicht wie bei allem, was er gemacht hat."

„Und nun, Mireille? Was nun?"

„Ach, Mijnheer Victor, es gibt eine Zeit zu kommen, und eine Zeit zu gehen."

„Ein weiser Gedanke, mit dem wir unsere Sendung nun auch beenden möchten. Auch für uns ist es Zeit, zu gehen. Meine Damen und Herren, das war Mevrouw Mireille Spanoghe-Goethals. Nächste Woche erwartet Sie ein völlig anderes Thema. Ernst de Jager: Wie schafft er es als Mongoloider, zu schweißen, zu leimen und Holz zu bearbeiten?"

Am ersten Abend zu Hause bekam Axel geschmorte Nieren vorgesetzt. Der brünstige Geruch der Nieren erinnerte ihn an Grootaers.

„Wo ist Romeo?"

„Warum nennst du ihn so?" fragte Claire. „Du wirst mich doch nicht für den Rest meines Lebens aufziehen, wegen diesem einen Ausrutscher."

„Eine Rutschpartie", sagte Axel.

„Du hast ein wenig abgenommen. Du paßt bestimmt wieder in deine alten Hosen."

„Falls Grootaers nicht reingeschissen hat."

„Wie geschmacklos", sagte sie und brachte die warmen Ziegenkäse. „Er wollte dich im Krankenhaus besuchen und mit dir reden. Er hatte zwölf weiße Rosen gekauft, aber die hat er im Taxi liegenlassen. Er sah darin ein schlechtes Omen."

„Ich wüßte nicht, was wir zu bereden hätten."

„Du kennst ihn doch. Ein Korinthenkacker. Er wollte dir erklären, was passiert ist. Um dir einen Gefallen zu tun, wollte er nämlich ein wirksames Mittel gegen den Hund finden …"

„Willy."

„Richtig. Willy. Er wollte Willy zuvorkommen. Wenn die alte Gershwein ihren Willy zu unserer Schwelle führen würde, sollte er da schon einen Haufen vorfinden. Willy hätte dann bestimmt gedacht: *Tiens,* den hab' ich ja schon fabriziert, da geh' ich mal lieber weiter."

„Raffiniert." Die Schokolade der Dame Blanche war nicht heiß genug.

„Er fand es eine Variante von dem, was die Hopis in Arizona machen."

„Was machen denn die Hopis in Arizona, Schätzchen?"

„Oder die Sunis."

„Oder die Sunis?"

„Wenn sie glauben, die Götter kämen, um sie zu bestrafen, tanzen die … die … die Indianer eine Woche lang, Tag und Nacht, als Götter verkleidet und maskiert. Wenn dann die Götter über die Berge kommen und sie bestrafen wollen, sehen sie im Tal, daß sie schon da sind. *Tiens*, sagen die Götter, es hat keinen Sinn, in dieses Tal hinabzusteigen, wir sind ja schon da und tanzen."

„Also gescheit sind sie ja, die Rothäute", sagte Axel.

Im „Saal der Ahnen", später umbenannt in „Festsaal des Volkes", in einem Möchtegern-Jugendstilbau aus einer Zeit, in der das Volk seinen ganzen Ehrgeiz daransetzte, in seinem Baueifer die protzigen Ornamente des Bürgertums zu kopieren oder noch zu übertreffen, stehen die Ehrengäste Schlange.

Axel, der sich zu seinem Erstaunen zwischen Minister Meulemans und der Witwe Spanoghe befindet, bemerkt gerade, daß ihm eine Panne zugestoßen ist. Ehe er von zu Hause wegging, hat er sich aus Besorgnis, während der Galapremiere des Films *Breughel* von schrecklichem Hunger überfallen zu werden (so ein Film kann leicht mehrere Stunden dauern, und an so einem festlichen Abend kommen keine Platzanweiserinnen mit Eis oder Marshmallows herum), eine Tafel Milchschokolade mit Mandeln in die Hosentasche gesteckt. Aber er hat nicht mit der animalischen Hitze gerechnet, die das aufgebrezelte Pack verbreitet, das diese Art Premieren besucht; die Tafel ist geschmolzen, unter seinen Fingernägeln klebt Schokolade.

„Du weißt, was du zu tun hast", sagt Walter Oorslag, Produzent des Abends.

„Du wirst es mir zum richtigen Zeitpunkt sagen", erwidert Axel.

„Ich weiß mal wieder von nichts", sagt Mireille in einem schwarzen Taftkleid.

Walter Oorslag nimmt ihren Arm, führt sie ein paar Meter weiter. „Wenn Sie brav hier warten, hole ich sie gleich wieder ab."

„Vergessen Sie es aber bitte nicht", sagt sie flehend. „Ich kenne hier keinen Menschen."

Der Minister blickt mit glasigen Augen auf seine Knie. Walter Oorslag kommt aus der Sauna, seine Haare sind frisch gefärbt, seine Haut spannt und glänzt, er steht neben Axel. „Ich wiederhole. Der Prinz kommt von *da*, er geht mit seinem Gefolge und dem Ministerpräsidenten an unserer Schlange vorbei und begibt sich *dort* in den Vorführsaal. Das ist es, nicht mehr und nicht weniger."

„O.k.", sagt Axel.

„Du hast den falschen Schlips um. Du hast überhaupt kein Stilgefühl. Und wann gehst du endlich zu den Weight Watchers?"

„Tu nicht so snobistisch."

„Also, du weißt Bescheid. Wenn der Prinz vorbeikommt und dir die Hand gibt, mußt du die Hand sofort loslassen."

„Ja, Walter."

„Fang nicht an, ihn vollzulabern, das Protokoll sieht einen Händedruck vor, und das war's."

„In Ordnung, Walter."

„Also du nickst, gibst ihm die Hand und sagst, nicht zu laut: Monseigneur."

„Nein", sagt Axel.

„Was heißt hier nein?"

„Ich sage nicht: Monseigneur."

„Was willst du denn sonst sagen?"

„Jedenfalls nicht Monseigneur. Ich bin Republikaner."

Entsetzt weicht der Produzent zurück. Er steckt sich den kleinen Finger in die Nase und kratzt, vergißt, daß er nicht zu Hause beim Frühstück sitzt. Er zischt, flüstert, denn der Minister hört offenbar mit: „Was willst du denn sonst sagen?"

„Guten Tag, Mijnheer."

„Das ist doch nicht dein Ernst. Den Dooven, dies ist nicht der richtige Augenblick, sich als Anarchist aufzuspielen."

Am Eingang gibt es ein Gerangel. Polizei in Zivil drängt geladene Gäste beiseite. Minister Meulemans macht die Augen zu. Er möchte so schnell wie möglich ins Landwirtschaftsministerium. Er öffnet die Augen, erkennt Oorslag. „So, Mijnheer Oorslag, der große Tag ist angebrochen"

„Ja, Exzellenz. Sie sehen blendend aus."

Der Prinz ist blaß, groß und dünn, er kommt aus einem fernen Reich, wo bleiche Prinzen wohnen. Er hat die verlegene Haltung seines Vaters und Großvaters, beim Gehen beugt er den Oberkörper vor, Hände auf dem Rücken, Hintern rausgestreckt. Er nähert sich. Der bedauernswerte Walter Oorslag ist völlig aufgelöst.

„Mensch, Axel", flüstert er. „Bitte keine Provokation. Sag Monseigneur oder sag gar nichts, aber ich bitte dich auf Knien darum."

Er kniet nicht.

*„Ni Dieu ni maître"*, sagt Axel. Worauf Walter Oorslag mit dem Geräusch eines Schluckaufs aus der Schlange heraustritt und sich sechs, sieben Leute weiter wieder in die Schlange einreiht. Der Prinz nähert sich. Axel sieht Oorslags Nasenspitze, eine Augenbraue, ein in Panik aufgerissenes Auge. Der Zug macht vor ihm halt.

Axel erkennt Landwirtschaft, Inneres, Bürgermeister, Gouverneur, Zeitungsdirektor, sie lächeln alle, als jemand sagt: „Axel den Dooven, nach dessen Szenario und einem Buch … Breughel …"

Der Prinz reicht ihm eine lasche, fleischige, schlaffe Hand und nickt.

Zu laut, denn er muß den geflohenen Produzenten und dessen angstvolles Ohr erreichen, sagt Axel: „Guten Tag, Mijnheer."

Der Prinz nickt, geht weiter. Der Direktor des „Festsaals des Volkes" hat ein wutverzerrtes Gesicht. Der Prinz erreicht unversehrt den letzten Mann in der Schlange und wird zu seiner Loge im Vorführsaal geführt. Axel findet Mireille in Tränen aufgelöst an dem Platz, wo Oorslag sie deponiert hat.

„Jetzt komme ich extra, um unseren Prinzen zu sehen, ich bin heute morgen schon um acht Uhr aufgestanden, weil ich noch zu meiner Friseuse mußte, und nun habe ich ihm nicht mal die Hand gegeben", schluchzt sie. „Ich wollte ihm doch ein schönes Geschenk überreichen, ein handgeschriebenes Manuskript von unserem seligen Jules."

Der Film.

Breughel, der im Alter von dreizehn das Gesicht eines lachlustigen *putto* hat, kommt nach Hause auf den Bauernhof seiner Eltern. Der steinalte Dorfpastor, der aus nicht näher bezeichneten Gründen erblindet ist, sagt: „Komm mal her, Pieter." Pieter bahnt sich einen Weg zwischen Enten, Hühnern, Schafen, Schweinen, seinen Eltern und setzt sich neben den alten Pastor. Der alte Pastor streichelt Pieter Breughels Wangen, Stirn, Nase. „Ja, Mutter Breughel, von diesem Jungen wird man noch in vielen Jahren reden, ach, was sage ich, in Jahrhunderten!"

Der vierzehnjährige Pieter Breughel melkt die Kühe und betet: „Danke, o lieber Herr, für die Gnade des Rahms in der Milch."

Worauf spanische Soldaten in den Stall eindringen und die Kuh entweder vergewaltigen oder schlachten wollen, das wird nicht ganz deutlich, denn jetzt kommt ein Schnitt und wir sehen Pieter Breughel im Alter von fünfzehn, wie er im Schlafzimmer seiner Eltern eine Butterblume an die Wand malt, während seine Mutter im Sterben liegt. „Schau, Mutter, sie ist fertig!" sagt Pieter Breughel. Die Mutter öffnet ihre gerade noch nicht gebrochenen Augen und lächelt verzückt, denn eine lebendige Hummel kommt mit dem Geräusch einer Kawasaki angebrummt und läßt sich auf der Butterblume nieder. Dies bemerkt der Abt des Klosters von Westmalle, der zufällig vorbeikam und zusammen mit dem blinden Dorfpastor Pieter Breughels Mutter die letzte Ölung verabreicht. „Der Junge wird es noch weit bringen", sagt der Abt. „Laßt ihn die Nische der Statue von Sankt Lutgardis mit Nelken ausmalen."

Im Alter von siebzehn kämpft Pieter Breughel gegen drei spanische Soldaten, die sich an seiner jüngeren Schwester Nora vergreifen wollen. Dabei zeigt er eine furchterregende Kung-Fu-Technik. Außerdem zeigt er zwischen den Schößen seiner wirbelnden Kutte für den Bruchteil einer Sekunde einen Slip mit Schottenmuster. „Das muß ich auf der Videokassette noch mal überprüfen", denkt Axel und schläft ein. Er wird wach, weil die Musik etwas Bedrohliches ankündigt. Pieter Breughel ist inzwischen achtzig geworden und tapert an spanischen Soldaten vorbei zu einem Galgen; die Kamera zoomt eine Elster heran, die oben auf dem Galgen sitzt.

„Lieber kleiner Vogel", murmelt Herman Grootaers, „du bist jetzt meine einzige Zuversicht, wiewohl du nun auch trauernd auf dem Galgen sitzt, an dem so viele Gerechte gehängt worden sind, und dennoch wirst du deine Eier legen, und die Natur wird dennoch weiterblühen, und dennoch kommt der Tag, an dem Flandern erwacht."

Der Empfang im Goldsporensaal bestätigt trotz der brütenden Hitze alle Erwartungen. Der Film ist ein voller Erfolg.

„Es war in Ordnung", sagt der Minister

„Ich habe Spanoghes Dialoge sofort erkannt. Volkstümlich und doch subtil."

„Ein internationaler Streifen."

„Vielleicht ist die Volkstracht von Breughels Mutter etwas zu seeländisch ausgefallen. Aber das fällt ja nur *uns* auf. International ..."

„Es war in Ordnung", sagt der Minister.

„Wird es nicht Zeit, daß du dich bei mir bedankst?" sagt Marigaal, der sich im Haus des Vertrauens Kostüme Binneweg einen Smoking mit fast durchscheinenden, abgewetzten Stellen geliehen hat, damit jeder annimmt, er trüge, wie es Aristokraten zu tun pflegen, den Smoking seines Großvaters.

„Danke“, sagt Axel.

„Ein einfaches Wort des Dankes. Dankeschön, Marigaal, daß du mich in einen der größten Erfolge der flämischen Kinematographie einbezogen hast.“

„Dankeschön, Marigaal, daß du mich einbezogen hast.“

„Du kriegst es nicht über die Lippen, was?“

„Nein.“

Walter Oorslag gesellt sich zu ihnen. „Das ist der schönste Tag meines Lebens.“ Er glänzt vom Schweiß. Er lächelt Axel hingebungsvoll zu. „Der einzige Mißton warst natürlich du. Am liebsten würde ich dich in den Hintern treten. Aber es ist vergeben und vergessen. Künstler sind eben schwierige Menschen.“ Er nimmt Axels Arm, zieht Axel ein paar Schritte beiseite. „Hör mal, wenn gleich der Prinz hereinkommt und es der Zufall will, daß du mit ihm redest …“

„Oh nein, nicht schon wieder, Walter!“

„Du brauchst ihn nicht Monseigneur zu nennen, aber wenn du noch ein einziges Mal ‚Mijnheer‘ zu ihm sagst, lasse ich dir innerhalb einer Woche beide Kniescheiben zertrümmern. Ich kenne ein paar Kroaten, die das für tausend Franc für mich übernehmen.“ Mit strahlendem Lächeln winkt er dabei ein paar Gästen zu. „Und noch was. Du sagst nichts zu ihm, wenn er dich nicht anspricht … Oh Gott, da ist er schon! Hast du das kapiert? Und noch was … Du stellst dem Prinzen nie, aber wirklich nie eine Frage! Kapiert?“

„Auch nicht: Wie geht es Ihnen, Mijnheer?“

„Axel, bitte. Mein *bypass*.“

„Du hast gar keinen *bypass*.“

„Du treibst mich aber geradewegs so weit.“

Der Prinz hat ein Glas Orangensaft in der Hand. Um ihn herum schwirren der Verwaltungsrat der Telefongesellschaft Belgacom, der Vizegouverneur, der Vorsitzende des Parlamentsausschusses des Innenministeriums, Krankenkassen, ein Schnulzensänger, Wohlfahrtsverbände.

Als er einen Meter von Axel entfernt ist, sagt dieser: „Und wie hat Ihnen der Film gefallen, Mijnheer Prinz?"

Man räuspert sich, man ist perplex, Oorslag ist scharlachrot.

„Mal ganz ehrlich", sagt Axel.

Der Prinz beißt sich auf die Unterlippe. Seine ganze Unterlippe verschwindet im Mund. Scheu blickt er Minister Meulemans an, der sich gerade die Nase schneuzt und den Inhalt seines Taschentuchs studiert. Ein Höfling mit undefinierbarer Funktion sagt: „Und dies, Monseigneur, ist Mijnheer Fernand Binneweg, der Ausstatter des Films ..."

Axel sieht den Prinzen unverwandt an. „Nun, mal ganz im Ernst", sagt er, „was ist Ihre prinzliche Meinung über den Film?"

Der Prinz nickt. Wolken ziehen vorbei. Beethovens Waldsteinsonate wird gespielt. Das Frühlingslied von Mendelssohn wird vollständig aufgeführt, der Prinz nickt immer noch.

„Lassen Sie sich ruhig Zeit", sagt Axel.

„Der Film", sagt der Prinz, „der Film zeigt schöne Landschaften."

„Aber würden Sie mir darin zustimmen, daß wir es hier mit einem atemberaubend plumpen Machwerk zu tun haben?"

Der Prinz nickt. „Schöne, wirklich schöne Landschaften", sagt er, wendet sich zu Binneweg vom Haus des Vertrauens und verschwindet aus Axels Leben, ein nicht angerührtes Glas Orangensaft in der Hand.

Der Prinz dachte noch über den sehr korpulenten Herrn nach, der ihn nach dem Film belästigt hatte; dieser Herr hatte etwas Bedrohliches und Sympathisches zugleich. Er erschien dem Prinzen als jemand, dem man seinen Kummer anvertrauen konnte. Wenn ich kein Prinz wäre, würde ich ihn anrufen, ihn zu einem Stück Torte einladen, das würde er bestimmt mögen, ich würde … ach, ich würde so vieles tun, wenn ich nur nicht ein verdammter Prinz wäre.

Was ich immer besser lerne, ist zuhören. Aber ich darf Disziplin nicht als einen Endpunkt betrachten, sagt mein Lehrer. Was der Endpunkt tatsächlich ist, wird sich in den nächsten Lektionen zeigen. Ich bekomme noch immer keinen Ferrari. Weil ich mein Käppi abgesetzt habe, als die Nationalhymne gespielt wurde, und meine Stirn mit einem schmutzigen Taschentuch abgetupft habe. „Hast du jemals gesehen, daß die Königin von England so etwas macht?" hatte sein Vater, der König, gesagt.

Mama kommt herein. Sie ist eine Stunde auf dem Hometrainer geradelt.

„Wie war der Film, Schatz?"

Der Prinz überlegte, kam ins Grübeln. „Schön", sagte er.

„Präziser", sagte sein Vater, der König. Er las die *Financieel Economische Tijd* unter dem Porträt seines Großvaters, der so freigebig Villen, Titel, Füllhalter, Zigarrenetuis an seine (vierzehn?) Bastarde austeilte.

„Schöne Landschaften."

„Es sind Gerüchte im Umlauf", sagte der König, „der Film würde gutes Geld einspielen." „Er ist an viele Länder verkauft worden, unter anderem an Japan."

„Über dieses Land möchte ich nichts hören!" Der Prinz wußte, warum Mama das sagte. Papa hatte, während sich die Frau des japanischen Botschafters in der Toilette die Nase puderte, seine Hose aufgemacht. Oh, wie hatte der Prinz gelacht, als er es hörte. Papa, der König, der sich nach all den Jahren noch in der Toilette irrte! Aber nun fiel ihm ein, daß in jener Toilette neben dem Rubenssaal nicht angegeben ist, welche Toilette für die Damen und welche für die Herren ist. Hatte Papa, der König, sich also nicht geirrt? Mama brüllte ins Telefon, daß sie Paprikachips wolle.

Der Prinz wußte, warum Mama so grantig war. Erstens, weil Seine Heiligkeit nicht auf Staatsbesuch kam in diesem Herbst. Sie hatte alle möglichen Fragen an Gott, und wer hat mehr Kontakt zu Gott als der Heilige Vater? Zweitens war sie eifersüchtig auf Debbie, die Sportlehrerin. Es stimmte, daß Papa, der König, sehr oft in der Turnhalle vorbeischaute, angeblich, um zu sehen, welche Fortschritte sein Sohn machte, aber im Grunde mehr wegen Debbie, vor allem, wenn sie gerade Kopfstand machte.

„Ich finde, Debbie hat was, in ästhetischer Hinsicht, meine ich", sagte der König.

„Dir gefällt in ästhetischer Hinsicht alles, was eine Möse hat", sagte die Königin.

„Ich darf doch noch meine Gedanken äußern. Wenn ich in meinem eigenen Palast nicht meine Gedanken äußern darf, wer dann?"

„Du solltest besser nicht so spät zu Bett gehen. Morgen kommt nämlich die Kommission, du weißt schon."

„Mir graut schon davor!"

„Wenn es dir nicht zusagt, entläßt du den ganzen Verein."

„Das geht nicht."

„Seine Heiligkeit steht auf deiner Seite."

„Mag sein, aber ich kann nicht ... einfach so ... die Kommission ..."

„Dann tritt du doch zurück."

„Was? Ich soll abdanken? Niemals! Was würden die Leute von mir denken?"

Die Königin zog den Prinzen auf ihren Schoß.

„Also war der Film schön, mein Schatz?"

„Sehr“, sagte der Prinz. Er steckte beide Zeigefinger in seine Nasenlöcher.

„Nicht doch“, sagte Mama, die Königin. „Und vor allem nicht beide gleichzeitig.“

Liebster, ich habe Dich in den Nachrichten zusammen mit dem Prinzen gesehen. Anscheinend habt Ihr euch gut verstanden. Ist er wirklich so sexy, wie behauptet wird? Du hast schrecklich ausgesehen. Die Kamera mochte dich nicht. Oder liegt es an meinem Apparat? Die hohen Herren und Damen haben Gewichtigkeit und Selbstbewußtsein ausgestrahlt, und das schlimmste ist, *Darling*, Du auch.

Ich wollte zu dir kommen, um dich aus diesem Knäuel zu holen, aber Verachtert sagt, ich soll dich schmoren lassen. Vor allem nach deinem Verhalten in letzter Zeit. Allerliebster, leider hat er recht. Du hast mich meinem Schicksal überlassen. Der Stand der Dinge: Ich habe eine Schwäche für Dich, ich liebe Dich, aber Verachtert hat recht: Jeder Mensch verträgt nur eine bestimmte Dosis Abweisung, Caroline.

P.S. Es wäre möglich, daß ich morgen einen anderen Standpunkt vertrete. Aber verlaß dich da nicht drauf.

P.P.S. Just ist zurück. Als er das Video mit dir sah, hat er gesagt: „Man merkt, daß er auf den Kopf gefallen ist.“

Magister Bouillon sagte, es gäbe Probleme, und für alle Beteiligten sei es besser, wenn mit offenen Karten gespielt würde. Das Museum Schellen müsse geschlossen werden. Patrick Vaandrig, der Kommissar, saß als Zeuge dabei.

Axel schenkte seinen besten Whisky ein, fünfzehn Jahre alten Laphraic.

„Die Lösung, die der Minister vorschlägt, ist selbstverständlich die einzig sinnvolle. Auch von der Opposition wirst du keinen Mucks dazu hören. An allen Ecken und Enden muß gespart werden, und Bildung und Kultur sind nun mal die verwundbaren Bereiche."

„Glaubst du, dem Museum Schellen würden viele Leute nachtrauern? Und unsere Stadt hat das Recht auf ein kulturell polyvalentes, multiformes Zentrum. Was wir tun müssen – unser Kommissar wird das sicher bestätigen – ist, dafür zu sorgen, daß kein *link*, keine Verbindung hergestellt wird zwischen der Schließung des Museums und den Vorwürfen gegen dich oder, wenn es jemals dazu kommen sollte, deinem Prozeß."

„Du bist zu nachlässig gewesen, das steht fest, es existieren Dokumente, lieber Axel, und wie schnell wird heute nicht von Korruption geredet. Nimm die Restauration von „Zwei Pétanque spielende Damen", das Gemälde wurde erstens durch unbekannte Ursachen erheblich beschädigt , zweitens von Personen restauriert, die in der Kunstwelt umstritten sind, und drittens existiert nichts Schriftliches über die Kosten der Restauration, die auf eine Viertelmillion veranschlagt wurde. Ob du nun bezahlt hast oder nicht, wo ist die Rechnung?"

„Erstens", sagt Axel. „Das Bild ist von der Wand gefallen, als jemand in betrunkenem Zustand dagegengetaumelt ist, und zwar auf der Geburtstagsfeier des Gouverneurs, die ja unbedingt im Museum stattfinden mußte."

Auf dem Gesicht von Patrick Vaandrig, dem Kommissar, zeigte sich ein komplizenhaftes, ironisches Lächeln.

„Zweitens, der Mann, der die Qualität der Restauration in Zweifel zieht, ist Professor Nachtergaele, selbst Restaurator und gegenwärtig in der Anstalt der mildtätigen Brüder untergebracht, wo er vor sich hinvegetiert, weil die Chemikalien, mit denen er in seinem Beruf zu tun hatte, seine Gesundheit angegriffen haben. Drittens, die Rechnung ist da, sie muß da sein, aber schon seit drei Jahren bitte ich die zuständigen Behörden um einen Buchhalter ..."

„Die Rechnung ist nicht da", sagte der Kommissar.

„Hat sie jemand von Ihren Leuten mitgenommen?"

Der Kommissar nippte an seinem Glas. Er konnte ein sehr liebenswürdiges Gesicht machen.

Magister Bouillon sagte: „Was meinst du?"

„Warum", fragte der Kommissar, „hast du den Verantwortlichen, der das Gemälde heruntergerissen hat, nicht haftbar gemacht, davon steht nämlich nichts in unserer Akte."

„Wer war der Saufbold?" fragte Magister Bouillon.

„Der Gouverneur", sagte Axel.

„Das ist natürlich was anderes", sagte Magister Bouillon. Er boxte mit geschmeidigen Bewegungen gegen einen unsichtbaren Sparringpartner. Er tänzelte.

„Kurz relaxen", stieß er hervor und setzte sich wieder.

„Aber", sagte Axel, „wir wollen doch vor allem kein Drama daraus machen, wenn ihr das Museum in die Luft jagen wollt ..."

„Ein pluriformes omnivalentes Kulturzentrum einrichten", sagte Magister Bouillon, „... heißt nicht in die Luft jagen, sondern aufbauen. – Haben wir dir das nicht angedeutet, als wir dich aufforderten, dich in unsere Reihen zu begeben? Warst du nicht doch allzu arrogant, als du über unseren Vorschlag die Nase gerümpft hast? Unsere Werte, lieber Axel, stehen fester denn je im Sattel, und dann heißt es Friß, Vogel, oder stirb!"

„Sitzen im Sattel."

Magister Bouillon schenkte sich selbst ein. Die rote Glut seiner Haare war in der Natur nicht zu finden.

„Was du dir in aller Öffentlichkeit mit unserem Kronprinzen geleistet hast, hat deiner Sache auch eher geschadet."

Der Kommissar nickte.

„Außerdem ist es an der Zeit, daß nicht nur das Museum, sondern auch die Person Schellen neu bewertet wird. Es werden Stimmen laut, die sich fragen, abgesehen von seinen Verdiensten als Künstler ... und auch das wird stark übertrieben, denn ist er letztlich mehr als ein *minor painter*? Nicht eher ein zweitrangiger Meister im Sog von Spilliaert, Valloton, Redon? Intimistisch, die Verherrlichung des Häuslichen? Nein, die Frage, die sich stellt, ist doch: Muß ein Denkmal stehenbleiben für jemanden, der zu seinen Lebzeiten zwar den Besatzer bekämpft hat, aber doch mit Leib und Seele belgizistischer Reaktionär war, der sich nach der Befreiung als verbissener Jäger auf angebliche Kollaborateure entpuppt hat und der, seien wir ehrlich, dadurch den Tod einer großen Zahl von Flamen auf dem Gewissen hat. Es werden Stimmen laut, die sein Museum mit scheelen Augen ansehen."

„Stimmen, die sehen?" fragte Axel. Und dachte: „Warum nicht?"

Patrick Vaandrig, der Kommissar, blickte demonstrativ auf seine Armbanduhr.

„Wir schlagen zwei Fliegen mit einer Klappe", sagte Magister Bouillon. „Erster Punkt: Sparmaßnahmen, das haben wir vor den Wahlen versprochen. Zweiter Punkt: Rehabilitierung der Opfer des Zweiten Weltkrieges, von welcher Seite auch immer. Dritter Punkt: Entfernung des

Sinnbildes einer Mentalität, die sich gegen unser Volk gerichtet hat, vom Boden unserer Stadt. Das sind wir der Bevölkerung schuldig."

„Noch eine Kleinigkeit", sagte der Kommissar, „wir wollen Sie nicht länger aufhalten, Sie haben sicher noch viel zu tun ..."

„Er?" brüllte Magister Bouillon. Er schlug Axel auf die Schulter. „Er? Wir haben uns gerade darauf geeinigt, daß er hier nichts mehr tun darf! – Haha, dieser Axel, wir werden doch dafür sorgen, daß er eine stattliche Abfindung bekommt."

„Meine Frage ist folgende: Was wissen Sie über Dion Solomos?"

„Dion. Ich kenne ihn flüchtig. Ich wußte gar nicht, daß er mit Nachnamen Solomos heißt."

„Der junge Bursche, der das Befreiungsdenkmal beschädigt hat", sagte Magister Bouillon. „Man müßte ihm einen Orden dafür verleihen. Ein Schandfleck in unserer Innenstadt."

„Ich notiere also, daß Sie Dion Solomos flüchtig kennen. Bei nächster Gelegenheit werden Sie dazu ein kleines Protokoll unterschreiben müssen."

Walter Oorslag las, die Füße auf dem Schreibtisch, den ultraflexiblen De Donna-Sessel zurückgeschoben, die Kritiken. Die Kritiken waren ausnahmslos schlecht. Walter Oorslag, obwohl trainiert, mit Hornhaut auf der Seele, fatalistisch, wo es seinen Nächsten betraf, konnte es nicht fassen. Wie konnte jemand von *Breughel* nicht bis ins Innerste ergriffen sein?

„Amüsant, aber nicht so gemeint", lautete eine der Überschriften. Eine andere: „Die zigste Katastrophe."

Die einzige Kritik, die nicht boshaft war, mußte man dagegen mehrmals lesen. Oorslag las laut.

„Die Textur der Visualität korrespondiert mit der rhetorischen Technik, deren Phantasie, Eloquenz und Erinnerung einer einzigartigen Matrix zu Gebote stehen, das Phänomen einer Entfremdung, die sich gegen die Leere wehrt in einer Zeit, die kein Vorher oder Nachher kennt und deshalb nur in ein Gefühl des Schwindels münden kann."

„Die autofiktionale Deformation von Bild und Sprache zu einem Fiasko, das die Metonymie eines allgemeinen, gelähmten Grauens ausmacht. Für gebildete Zuschauer."

Zum Glück brachte *De Standaard* ein Foto auf der Titelseite. Eine schöne Großaufnahme des Prinzen im Gespräch mit dem Kardinal auf der Premiere. So ein Foto wog zwanzig Kritiken auf. Davon konnten sich die konspirativen Kulturbetriebsschwulen eine Scheibe abschneiden. Und dann noch der Verkauf an sage und schreibe zwölf Fernsehstationen allein in Asien. In der längeren Version. Der mit den nackten Titten und Hintern.

In was für einem Land leben wir eigentlich? In den USA wäre ich jetzt auf dem Titelblatt des *Time Magazine*. „The Tycoon of the Low Lands."

Nun gut, tapfer weitermachen. Er ging das Budget der Fernsehserie *Pater Damiaan* durch. Die Zahlen tanzten einen beschwingten Walzer.

„Mijnheer den Dooven, als wir uns das letzte Mal gesprochen haben, mit unserem vitalen Freund Bouillon, haben Sie gesagt, daß Sie Dion Solomos flüchtig kennen. Flüchtig, sagten Sie."

„Ja."

„Sie wissen, was mit ihm passiert ist, der Mann liegt im Koma und kann deshalb unsere Fragen im Zusammenhang mit seiner Ausweisung nicht beantworten. Wie oft waren Sie im *Fegefeuer?*"

„Das haben Sie mich schon einmal gefragt."

„Gewiß, aber es gibt neues Beweismaterial …"

„Etwa fünfmal."

„Richtig. Sie werden verstehen, daß wir alle Angaben überprüfen müssen. Unsere Beamten haben mehrmals Ihre Autonummer beim *Fegefeuer* notiert. Wenn jemand Anzeige erstattet, wie unerheblich auch immer, sind wir gezwungen … Das Räderwerk der Verwaltung, verstehen Sie? Wir haben nicht die Absicht, den Gründen für Ihre Besuche im *Fegefeuer* nachzugehen. Sie würden mir nur einen großen Gefallen tun … aus rein persönlichem Interesse .. mit wem hatten Sie im *Fegefeuer* außerdem noch Kontakt?"

„Mit niemandem."

„Nicht mit dem Chef? Heini?"

„Als Kontakt kann man das nicht bezeichnen."

„Außer Dion also und Ahmed Djaoui … sehen Sie, noch jemand. Nein? So, darf ich Ihnen eine Liste vorlegen? Karel Wijnants, der Bariton, der Rote Teun aus Rotterdam, Notar Geerts."

„Den kenne ich selbstverständlich. Er sponsort das Museum."

„Guustje mit dem Spitznamen „der Knastpfarrer". Branco, der Kroate. Richard Patijns. Hubert Vijt."

„Den kenne ich natürlich auch."

„Als Sohn von Ritter Vijt, dem Mäzen. Den Vater kennen Sie auch?"

„Ja. Aber mit dem rede ich nicht."

„Trotzdem haben wir ein Foto, eine Polaroidaufnahme, mit Ihnen beiden."

„Schon möglich."

„Sie brauchen jetzt aber wirklich nicht nervös zu werden."

„Ich bin nicht nervös."

„Na, na, Mijnheer den Dooven, ich bin schon zwanzig Jahre im Fach. Aber ich möchte Sie nicht länger quälen, Sie werden es schwer genug haben."

Im Kommissariat im dritten Stock ist es ungewöhnlich still. Hin und wieder ein paar Geräusche von unten, Kichern, Fetzen von di Lasso oder Ockeghem, ein gebellter Befehl, Bergschuhe auf Holztreppen. Der Kommissar Patrick Vaandrig trägt eine Lederjacke und ein T-Shirt mit Buchstaben in roten Flammen, RETTET RUANDA. Offenbar ist er mit dem Lauf der Dinge zufrieden. Er drückt Axel die Hand. Er blickt Axel durchs Fenster nach, als dieser schräg die Straße überquert, mit plumpen Hüften, eingezogenem Kopf.

Er geht ziemlich ausgelassen die Treppe hinunter in den ersten Stock. In Zimmer B sitzt Armand Roosen einem jungen Polizeibeamten gegenüber. Armand Roosen blickt auf den leeren ledernen Schreibtischsessel. Marcel, der Polizist, springt auf. „Marcel, hol mal eben bei Zulma gegenüber ein Päckchen Belga ohne Filter und für Mijnheer Roosen … können wir Ihnen etwas anbieten, Mijnheer Rosen? Eine Cola, einen Kaffee können Sie hier bekommen, aber vielleicht was Handfesteres, ein Sandwich oder …? Nein, nur keine Eile, Marcel."

Als der Polizist gegangen ist, blickt ihm der Kommissar nach. Einer seiner Ticks. Er muß die Art zu gehen kontrollieren, den Paßgang von Verdächtigen, ihre Schulterhaltung, die Bewegung ihrer Arme, wenn sie sich unbeobachtet, mehr noch, wenn sie sich erleichtert fühlen.

„Ein guter Junge, der Marcel. Haben Sie ein wenig mit ihm geplaudert? Schade. Leider noch etwas zu schreckhaft für das, was er alles erlebt, und Schreck ist ein schlechter Ratgeber, wie Sie selber wissen, Mijnheer Roosen. Gut. Danke, daß Sie kommen konnten."

Er nimmt den Kaugummi aus dem Mund und deponiert das Kügelchen in einem Aschenbecher aus dem Restaurant Reynaerde, auf dem der legendäre Fuchs mit lüsternem Grinsen abgebildet ist.

„Mijnheer Rosen, wir kennen uns doch. Wir brauchen uns nichts vorzumachen. Ich habe noch Ihre Eltern gekannt, Leute von unbestrittener Klasse. Uns liegt eine Anzeige vor von Hochwürden José van Eynde. Hochwürden van Eynde macht das systematisch, jede Woche, vielleicht ja auch im Auftrag des Bistums erstattet er Anzeige gegen das Kino Paris, gegen ein paar Buchhandlungen, sogar Kioske, gegen bestimmte Bars, darunter jetzt auch das *Fegefeuer.* In der Regel verschwindet so eine Anzeige im Papierkorb, aber hin und wieder, je nachdem, von wo der politische Wind weht, müssen wir so tun, als würden wir hart durchgreifen. Nun jedoch kreuzt sich diese Anzeige mit dem Fall Dion Solomos. Der Junge kämpft momentan, wie es heißt, um sein Leben. Und stellt uns vor mehrere Fragen. Zum Beispiel, wie konnte er damals mit dem Auto des Gouverneurs flüchten? Hat er den Chauffeur des Gouverneurs, der behauptet, von nichts zu wissen, bestochen, erpreßt?"

„Was hat der Nagel zu bedeuten, den wir in seinem Schädel gefunden haben? Zuerst dachten wir, er sei irgendwie bei dem Aufprall in seinen Kopf geraten, aber dann hat sich herausgestellt, daß jemand den rostigen Nagel vorher hineingerammt haben muß. Heini vom *Fegefeuer* behauptet, Dion hätte manchmal von Nägeln gesprochen, wenn er was getrunken hatte. Haben Sie während Ihrer, sagen wir mal, häufigen Besuche im *Fegefeuer* darüber jemals was gehört? Sie können ruhig die Wahrheit sagen, Sie werden Heini damit nicht schaden, er hat sowieso vor, das *Fegefeuer* aufzugeben.

„Dankeschön, Marcel."

Als Marcel verschwunden ist, sind aus dem zweiten Stock die kläglichen Klänge von Jordi Savall zu hören. Poltern. Fluchen.

„Eine große Zukunft hatte das *Fegefeuer* ohnehin nicht. Heini hat es, sagen wir mal, zu international gesehen. Die Umbauten für einen *back-room* haben sich als reines Verlustgeschäft erwiesen. Ich hab's Heini sofort gesagt: Das sind Scherze, die in New York, Paris und notfalls in Brüssel ankommen, aber in unserer kleinen Stadt sind die Leute, die das Bedürfnis nach was anderem haben, noch nicht reif dafür. Und jeder kennt jeden. Welchen Sinn hat es, seinen Johannes ins Loch einer Holzwand zu stecken, wenn man weiß, wer auf der anderen Seite steht?"

Er zündet seine Belga mit dem Stummel der vorigen an, hustet.

„Gut. Aber jetzt im Ernst. Diese Anzeige ... Ich halte fest, daß Sie Stammgast im *Fegefeuer* waren. Weil Sie das Lokal gemütlich und ein wenig pittoresk fanden. Richtig? Weil es nicht so weit von Ihrer Wohnung war. Richtig? Und Sie haben dort eigentlich nie etwas bemerkt, das man für einen Verstoß gegen die öffentliche Sitte und Moral halten könnte, nicht wahr? Das sind die Fragen, die ich den meisten Zeugen gestellt habe, und jeder hat auf Ehre und Gewissen geantwortet, daß im *Fegefeuer* von Unzucht nie die Rede war."

Armand Roosen nimmt eine Belga aus dem Päckchen,

das auf dem Schreibtisch des Kommissars liegt. Der Kommissar gibt ihm Feuer. Es ist Armands erste Zigarette seit neun Jahren. Sie schmeckt bitter, beißend, eklig. Armand Roosen fühlt sich von Minute zu Minute älter werden.

„Warum ich ins *Fegefeuer* gegangen bin? Was haben denn die anderen erklärt?“

„Die Aussagen sind unterschiedlich, aber es läuft darauf hinaus, daß man dorthin ging, weil es gemütlich war und man Bekannte traf. Das fanden Sie doch auch?“

„Nein. Ich bin hingegangen, weil da Jungs waren.“

„Ja. Aber das beinhaltete nicht, daß Heini ein Haus der Unzucht führte?“

„Ist es Unzucht, wenn sich ein Junge auszieht und die Gäste stehen in einer Reihe vor ihm und wichsen sich einen ab, um zu sehen, wer am weitesten spritzen kann? Darauf wurden hohe Wetten abgeschlossen. Der Provinzgouverneur hat zweimal gewonnen.“

„Armand, das habe ich jetzt nicht gehört.“

„Aber ich habe es gesagt.“

„Halt den Mund. Armand, ich setze doch nicht meine Karriere aufs Spiel, weil du unbedingt …“

„Schreib mit. Armand Roosen erklärt, daß er das Lokal mit dem Namen *Fegefeuer* besucht hat, weil es dort Jungs gab …“

„Es waren Minderjährige darunter! Du landest im Knast!“

„… minderjährige Jungs gab, die er mehrmals für ihre Dienstleistungen bezahlt hat. Worüber sie nicht unglücklich waren.“

Je länger er spricht, desto mehr Luft spürt er in der Lunge. Beichten, stellt Armand Roosen fest, ist gut für sein Asthma.

„Dion", sagt Tante Irene, „heute ist es soweit." Sie hat den schwarzen Blick meines Vaters. „Ich weiß, Tante Irene."

„Dion, hab keine Angst. Ich sollte mit dir kommen, aber ich getraue mich nicht. Du bist ein Mann, Dion."

„Ja, Tante Irene."

„Du hast die Adresse. Wenn du sie verlierst, sterbe ich."

Die Schildwache sagt es auch. Nur keine Angst. Also habe ich schreckliche Angst, aber ich darf nicht zurück, ich bin ein Mann. Nur ein Mann darf, kann auf die Suche nach seinem Vater gehen.

Der Leutnant sagt: Ares Solomos. Er legt die Betonung auf So. *So*lomos. Wie es die Türken im Norden machen.

Im Korridor zum Zimmer des Leutnants muß ich mich übergeben. Der Leutnant sieht die Spuren auf meiner Jacke. Er lacht. Sollen wir mit solchen Männern in den Krieg? fragt er mich. Ich sage ja. Der Leutnant sieht sich meinen Zettel an. Ich darf ihn nicht verlieren. Er behält den Zettel.

Die Treppen zum Keller glänzen von der Kotze. Ich muß mich wieder übergeben, aber es kommt nichts heraus. Die Luft ist aus Schwefel. Der ausländische Leutnant nimmt meine Hand. Wir kommen in einen Keller aus weißgestrichenen Betonklötzen. Dort sitzt in dem gräßlichen Gestank, der mir in der Kehle brennt, ein anderer Leutnant. Die beiden Leutnants blicken auf den Zettel und dann auf eine Liste. Der zweite Leutnant spricht den Namen meines Vaters richtig aus: So*lo*mos. Ich hätte es nie gedacht, aber es gibt noch eine Treppe, eine schmalere Treppe, und tiefer gelegene Keller. Dort höre ich kranke Menschen. Der ausländische Leutnant brüllt wie ein Bär. Die kranken Menschen sind still. Der zweite Leutnant zündet sich eine Zigarette an. „Du bist zu jung", sagt er. Er gibt dem ausländischen Leutnant eine Zigarette. In dem tiefsten Keller, der so groß ist wie der Marktplatz in meinem Dorf, stehen an den Wänden Kleiderschränke aus Metall, wie aus Blei sehen sie aus. In denen stecken die kranken Menschen, die wieder leise jammern. In der Mitte des riesigen Kellers sind Behälter aus Beton, aber nicht weiß gestrichen. Auch in der Farbe von Blei. Vier Behälter sind leer, drei sind voll mit grauer Brühe, und darin schwimmen Stücke von Menschen, Arme mit Fetzen einer Armeeuniform dran, auch kaputte Hemden, und meine Tante hat gesagt: Dion, achte gut auf eine Hand mit drei Fingern. Das erste Mal, als er ins Gefängnis mußte, haben sie meinem Vater nämlich zwei Finger, den Daumen und den Zeigefinger, abgeschnitten. Aber Tante Irene hat nicht gesagt, daß die Toten in eine Brühe geworfen werden.

Der zweite Leutnant sagt: „All die Leute hier haben die Treuemedaille für ihre Verdienste erhalten. Sie alle sind in den Annalen des Ruhms verzeichnet." Ich darf auch in einen Behälter blicken, in dem keine Brühe ist, aber ich erkenne überhaupt nichts, kein Gesicht und keine Hand. Um das Fleisch in den Behältern mit der Brühe ist gelber Schaum. Viele Gesichter haben keine Augen, keine Nasen, aber Nasenlöcher. Es ist sehr schade, daß ich niemanden und auch keine Hand erkennen kann. Was soll ich Tante Irene sagen?

Einer der Kleiderschränke bewegt sich. Der zweite Leutnant schlägt mit voller Wucht gegen die Tür. In diesem Kleiderschrank stecken zwei Menschen, denn sie rufen gleichzeitig. In einem Dialekt vom Süden unserer Sprachgrenze. „Wer sitzt darin?" frage ich. „Sitzen?" ruft der ausländische Leutnant. „Sie stehen!" „Da ist kein Platz zum Sitzen", sage ich. „Schlaues Bürschchen", sagt der ausländische Leutnant.

„Kriegen sie was zu essen?" frage ich. „Selbstverständlich", sagt der zweite Leutnant, „sie müssen so lange wie möglich am Leben bleiben wegen dem, was sie getan haben."

„Tut mir leid", sagt der ausländische Leutnant. „Du mußt wohl später noch mal wiederkommen. Wenn du Geduld hast, wirst du deinen Vater finden."

Ich zähle die Kleiderschränke. Es sind mehr als zwanzig. Aber ob sie alle besetzt sind, weiß man nicht. Weiß man nie, denn, so sagt der zweite Leutnant, „man tut sein Möglichstes, um sie am Leben zu erhalten, aber manchmal schlüpft einem doch einer durch die Finger."

„Sind das Leute, die was verbrochen haben?"

„Stück für Stück Verbrecher. Und Verrückte. Verrückt geworden im Stadtgefängnis durch eigene Schuld. Haben sich Nägel in den Kopf geschlagen, um in die Krankenstation zu kommen. Das war da Mode. Sie sind mit den Nägeln im Kopf herumgelaufen." Darüber müssen die beiden Leutnants lachen, bis sie nicht mehr können. Ich bin schnell weggelaufen auf der glitschigen Treppe. In unserer Straße entdecke ich, daß ich den Zettel dort gelassen habe, in der Hand des ausländischen Leutnants. Ich trau' mich nicht mehr nach Hause. Tante Irene habe ich nie mehr gesehen. Jetzt liege ich bewegungslos in einer belgischen Stadt. Alle denken, ich bin tot, denn sie sagen unhöfliche Dinge über mich.

Den Michelin-Preis der Stadt Dendermonde, die meistbegehrte Auszeichnung unseres Sprachgebiets, vergleichbar mit dem Goncourt-Preis in Paris, hat eines der treuesten Mitglieder unseres Verbandes glanzvoll gewonnen. Auf diesem Wege möchten wir ihm noch einmal herzlich gratulieren. Auch für unseren Verband ist es eine große Ehre.

Jef Bruynzeel erblickte das Licht der Welt in Heist-op-de Berg. Er studierte an der Unbefleckte-Empfängnis-Hochschule in Hasselt. 1949 trat er in die Redaktion von *Wägendes Wort* ein, wo er sich einen Namen als Marketing-Experte machte. Seit Jahr und Tag gehört er auch dem Arbeitskreis für Audiovisuelle christliche Medien an. Seine Gedichte lassen sich in zwei Kategorien einteilen, erstens die *Epyllien,* Heldengedichte in alexandrinischen Versen, wie *Die Woge des Erbarmens,* und zweitens die Sonette *Die Beutelratte* mit ihren scharfsinnigen und geistreichen Allegorien.

Wir haben Jef Bruynzeel während unserer Fahrt auf der Schelde feierlich geehrt. Er hat aus dem Band *Worte von anderen sind mein Balsam* gelesen (freilich und zu unserem Bedauern mußte er sein Werk in Brailleschrift ablesen); hier spricht er mit großer Offenheit von seinem Verhältnis zu Gott. Desgleichen war der große Preis der Schelde, wie unsere Tombola manchmal scherzhaft genannt wird, Jef Bruynzeel gewidmet.

Der erste Preis war nämlich ein signiertes Exemplar von *Scheintod,* dem bekrönten Band. Die Gewinnerin der Tombola, Mieke de la Faille-Camacho, konnte es nicht unterlassen, sofort in *Scheintod* zu blättern. Zum Schluß unseres Freundschaftsmahls, das alle Anwesenden zu Glückwünschen hinriß und das in prickelnder Atmosphäre verlief, durften wir Mevrouw Spanoghe lauschen, die zu Recht um eine Schweigeminute zu Ehren ihres kürzlich verschiedenen Ehegatten und Autors bat und uns dann mit einem Vortrag über die menschlichen Züge des von uns allen betrauerten Volksschriftstellers überraschte. Unser erster Vorsitzender K. van Tricht kam nach dem Vespergottesdienst, um uns trotz seiner großen Arbeitsbelastung zu begrüßen.

Wir wünschen unseren Mitgliedern viel Schreibgenuß und sagen zur Witwe des unübertroffenen Jules: „Prosit, Mireille!"

Es war an einem jener wechselhaften Tage. Heiß und auf einmal grau, hell und sonnig und dann ein Fieselregen, das alles zu dem Zeitpunkt, als Axel sein Haus verließ. Er wußte nicht, wohin. Mal sehen, wo wir landen. Jungen und Mädchen waren auf dem Weg zur Schule. Sie trugen die gleichen Schulmappen aus Plastik mit aufgenähten amerikanischen Markenzeichen. In Haustürnischen standen zwei und küßten sich, saugten einander am Mund, das Mädchen hob ein Knie. Kleinere Kinder standen davor und gafften. Die meisten Schüler hatten einen Walkman auf dem Kopf und eine Zigarette im Mund.

Polizisten trugen knatternde Funkgeräte am Gürtel. Vor dem Schreibwarenladen direkt bei der Schule stießen sich Punks mit Irokesenfrisur grinsend an. Die Betriebsamkeit der Schuljugend konnte Axel nicht aufmuntern.

Irgendwas stimmte auch nicht. Er erinnerte sich nämlich, daß er sich morgens Zahnpasta über Wangen und Kinn geschmiert hatte statt Rasierschaum. Und daß Roberte darüber im Badezimmer fürchterlich gelacht hatte. Nein, nein, nicht Claire, Roberte.

Das konnte nicht sein, und doch war es so.

Während er darüber nachgrübelte, sah er Bettina in einem schreiend violetten Jogginganzug, der ihm einen Schock versetzte. Am liebsten hätte er ihn ihr sofort vom Leib gerissen.

Sie stand Arm in Arm mit einem großen, blonden Jungen mit vorstehenden Zähnen da, mit der freien Hand schob sie sein neckendes Gefummel an ihrer Brust weg.

Mit der Entschlossenheit eines Onkels oder eines älteren Cousins ging er auf sie zu.

„Hey", sagte sie. Sie war häßlicher geworden, die Nase war länger und höckeriger, die Augen standen dichter beieinander, auf ihren Kieferknochen waren rote Flecken, die

Haare waren angeklatscht, schwarz gelackt. „Hey“, sagte sie. „Das ist Christiaan, der Bruder von Philippine.“

„Hey“, sagte Axel, der blonde Junge sah ihn starr an, rührte sich nicht.

„Es gibt drei Arten Angina pectoris, und er hat sie alle drei gehabt“, sagte Bettina stolz. „Aber das kommt wahrscheinlich vom Shit, was, mein Lieber?“

Christiaan sagte: „Halt du bloß den Rand.“

Jetzt erst bemerkte Axel, daß er das Haus auf seinen karierten, wollgefütterten, abgetretenen Puschen mit Gummisohle verlassen hatte. Eine weitere Inspektion ergab, daß er seinen Hausmantel aus Shantungseide mit dem Satinkragen trug und darunter nur eine Unterhose mit Blutflecken. Christiaans auffallend tiefe Stimme, eine besorgte Stimme, sagte, während er auf Axels Unterhose wies: „Da mußt du aber gut aufpassen, Opi. Sonst geht's dir so wie Mattiesen. Der hat sich auch einen Schuß in den Pimmel gesetzt, in die Urethra, Bingo, den Gangränpimmel mußte er sich dann mal schön abnehmen lassen. Und noch mindestens sechs Finger. Bingo.“

„Sein Vater ist Arzt“, sagte Bettina. „Deshalb.“

„Deshalb“, sagte Axel. Er wiederholte viel in letzter Zeit.

„Offenbar ist Claire noch bei ihrer Mutter“, sagte Bettina, „sonst würdest du so nicht rumlaufen. Aber ich finde es schon toll.“

„Dieser Hausmantel“, sagte Christiaan, „dieser Hausmantel ist einsame Klasse.“

„Ich hab' ihn noch von meinem Vater“, sagte Axel.

„Wow“, machte Christiaan.

Bettinas Nase wurde länger und dicker. Es war so schade, Axel hätte heulen können. Im Bauch eines Tapirs krümmte sich ein Fötus mit einer länger werdenden Nase. Spanische Soldaten sind im Anzug, ich höre die Trommeln.

„Ich denke, ich nehme jetzt ein Bad“, sagte Axel.

„Mach das, mein Liebling." Als er etwas in ihrem Gesicht zu lesen versuchte, sagte sie wie zu einem Unmündigen: „Schön im Schaum planschen."

„Wahnsinn", rief Christiaan entzückt.

„Wahnsinn", sagte Bettina spröde, „ist das, was kein Echo findet bei den anderen."

„Wow", machte Christiaan.

„Steht in meinem Poesiealbum."

Gab es so etwas noch, ein Poesiealbum? Der Gedanke, daß es das noch gab, machte Axel noch betrübter. Mir wird schlecht. Ich bin den Tränen nahe …

„Jetzt geh aber schnell nach Haus …", sagte Bettina.

Christiaan hatte fünf silberne Ringe in einem Ohr. Er tastete, ob sie noch da waren.

„Hey", sagte Axel, und im gleichen Augenblick wurde ihm beschämt klar, daß es falsch war, „hey" sagte man, wenn man kam. Er rannte los.

Auf der Terrasse der Brasserie Clio ließ er sich in einen Korbsessel fallen. Er schnaubte wie ein Seehund. Er dachte an *pyramide framboise*, eine Spezialität der Konditorei Wittamer, eine rosa Praline aus dunkler Schokolade mit einer Schicht weißer Schokolade und getrockneten Himbeeren.

„Nein sowas, nein sowas", sagte Herman Grootaers, der neben ihm in der Sonne saß, „na, alter Junge. Wie ich dich vermißt habe. Wie geht es unserem zarten und doch lebenslustigen Klärchen?"

„Sie ist bei ihrer Mutter."

„Wie in jeder vortrefflichen Komödie. Und bleibt sie dort?"

Eine schwierige Frage.

„Keine Ahnung", brachte Axel schließlich heraus.

„Die Leere! Das für jedes kreative Denken so wichtige, weltentrückte Fehlen und Entbehren jeder Ahnung."

„Herman, nun sag mir mal: Wie ist es um deinen Stuhlgang bestellt?" Axel war eingefallen, daß es in der Vergangenheit irgendwelche Probleme damit gegeben hatte.

„Ach, diese Quelle von Mutwillen und Mißverständnissen … Ich nehme Tabletten ein, damit ich meine Texte behalten kann, wie du weißt, probe ich momentan das Leben Stalins, der georgische Priesterseminarist bereitet mir textmäßig große Sorgen … Was möchtest du trinken?"

Sie stießen an.

„Und von diesen Tabletten bekomme ich Diarrhöe … also nehme ich dagegen wieder Tabletten ein, die freilich zu Verstopfung führen. Meine Schreie verbreiten sich über das sympathische Viertel, wo ich jetzt wohne. Ich wage es nämlich manchmal im Dialekt von Kiew zu rufen: ‚Beton! Beton! Ich scheiße Beton!' Bist du immer noch Sozialist?"

Auch das war eine beunruhigende Frage für Axel. Grootaers merkte, daß er Axel in Verlegenheit brachte, und sagte: „Komm, laben wir uns weiter. *Ober*!"

„Mein Freund, dir darf ich es verraten, du warst mir immer der liebste Mösenschwager. Wenn ich es nicht so delikat fände, würde ich dich jetzt umarmen."

Er tat es, schmatzte in Axels Nacken. Darauf tranken sie ein dunkles Klosterbier. „Könntest du mir wohl", sagte Grootaers, „einen riesigen Gefallen tun? Während meines Aufenthaltes bei dir, für den ich dir niemals genug danken kann, er war die produktivste Zeit in meinem Leben, habe ich in meinem schnuckeligen Zimmer, nach dem ich noch täglich Heimweh verspüre, ein Fläschchen vergessen, das mir sehr teuer ist, selbstverständlich nicht der *Flacon*, sondern der Inhalt, der aus Belladonna besteht, einem Augenwasser, das eine befreundete Apothekerin aus Limburg, die ich einst die meine nennen durfte, eigens für mich zubereitet. Könntest du dieses Fläschchen beim Pförtner des Zuidpool Theater abgeben lassen?"

Axel nickte.

„Das Fläschchen steht auf dem kleinen Bücherstapel rechts vom Bett. Würdest du das für deinen vom Leben erbärmlich gebeutelten Freund tun? Dankeschön. Und möglichst schnell, Anfang nächster Woche sind nämlich schon Aufnahmen? Bei einer Großaufnahme müssen die Augen des Manns aus Stahl Funken sprühen, und dazu brauche ich mein Zauberfläschchen."

*De koerant van het westen* schreibt:

Was erfährt unser aller *Spion*? Daß Axel den Dooven, unlängst als Mitarbeiter an dem Kassenmagnet *Breughel* ins Rampenlicht getreten, im Zusammenhang mit vermutlichen Unregelmäßigkeiten in der finanziellen Verwaltung des Museums, dessen Direktor den Dooven ist, von der Polizei ausgiebig vernommen wurde. Wohlgemerkt, das hat an sich nichts zu bedeuten. Solange kein rechtskräftiges Urteil ergangen ist, ist den Dooven ohne Fehl und Tadel. *Spion* fragt sich lediglich, ob ein gewöhnlicher Sterblicher auch mit solchen Samthandschuhen angefaßt würde; mag Axel den Dooven auch noch so viele museale, lyrische und andere Qualitäten haben – vor dem Gesetz ist jeder Belgier gleich. *Spion.*

Zwei Dinge beschäftigen den Minister an diesem Abend: sein Körpergewicht und seine mögliche Kandidatur für das Europäische Parlament. Er zögert. Kürzlich hat er einen Parlamentarier in Straßburg besucht. Bei Buerehiesel im Park gespeist. Rehbocknüßchen in Rotwein mit Spätzle und dazu ein Pinot Auxerrois. Superb! Aber weil er sozusagen inkognito reiste und sämtliche Hotels belegt waren, hatte er bei seinem Freund übernachtet, seinem Freund, der sich Spesen fürs Hilton zahlen ließ, aber in seinem Büro logierte. Sie waren beide zu betrunken, lagen praktisch im Koma, er auf einem Sofa, sein Freund auf Kissen auf dem Parkettboden. Dann war es sechs Uhr, und sie wurden von arabischen Frauenstimmen geweckt. Sein Freund, schlaftrunken und noch betrunken vom Alkohol, zog ihn vom Sofa, plauderte, es sei nicht verboten, im Büro zu übernachten, aber sie dürften die marokkanischen Putzfrauen nicht bei der Arbeit behindern. Arm in Arm standen sie schwankend auf dem Flur, während die Fatimas Teppiche klopften, klimperten, summten, schimpften, klapperten. Aus den Büros neben dem seines Freundes kamen noch mehr vom Volk gewählte Vertreter und warteten verfroren in ihren Schlafanzügen, bis die Aischas fertig waren. Sie tauschten Wissenswertes aus. „Das Nationalprodukt von Äthiopien ist ungefähr so hoch wie das von Tansania, etwa hundertzwanzig Dollar, während das von Malaysia zweitausendfünfhundertzwanzig Dollar beträgt, stell dir das mal vor."

„Ein Ticket über Luxemburg und Island ist viel billiger."

„Im *Le Crocodile* mußt du die Froschschenkel bestellen. Selbstverständlich einen Riesling dazu."

„Goossens“, sagt Aischa zu mir, „nimm es dir doch nicht so zu Herzen, dieser Axel hat es nicht besser verdient, er hat sich doch kaum um sein Museum gekümmert. Gib’s zu. Manchmal hat er Leute, die mit dem Omnibus von weither kamen, ausgelacht, beleidigt! Wenn die Herren, die hohen Herren, jetzt sagen, du sollst auch verduften, weil du schon so dämlich bist wie dein Chef, dann macht das doch nichts, dann ziehst du eben zu mir!“

Eigentlich fand ich die Idee gar nicht so übel. Wir passen gut zusammen, Aischa und ich. Wir müssen uns natürlich verstecken vor der Welt und vor Inge Gershwein, die sich die Haare ausreißen und der die Luft wegbleiben würde, wenn sie das wüßte, das von Aischa und mir. Aber Aischa ist gutgelaunt, wenn nicht gerade Vollmond ist, und sie hat eine Wohnung und ein Sparbuch. Also habe ich mir gedacht: „Goossens, so hast du ein Dach überm Kopf“, und sie zweimal die Woche gedeckt. Bis letzte Woche plötzlich Willy ins Zimmer kam, denn Willy wohnte bei Aischa, weil Inge Gershwein ins Sint-Anne-Krankenhaus mußte, warum, weiß ich nicht genau, so ’ne Frauengeschichte, und plötzlich, ich liege gerade auf Aischa, kommt Willy rein ohne anzuklopfen und ich spüre etwas, während ich zugange bin, Mijnheer, leckt dieser Hund an meinen Hoden. Ich hab’ mich fürchterlich erschrocken. Sag’ ich: Aischa, was ist denn das? Ein Hund macht das nicht von sich aus, das hat ihm jemand beigebracht.“ Sagt sie: „Davon weiß ich nichts“, und dann „Das geht dich nichts an“ und dann „Komm, Willy, komm, komm zu Frauchen.“ Und ein Wort ergibt das andere. Ich sage: „Aischa, du mußt dich entscheiden, entweder für diesen leckenden Heimtücker, der garantiert mal jemanden in die Klöten beißt, oder für mich, der wo anständig für dich sorgt.“

Sie fängt an zu weinen. „Dann entscheide ich mich für Willy“, sagt sie. So rasant, wie Mijnheer Axel aus seinem

Museum geflogen ist, so rasant bin ich bei ihr rausgeflogen. Offenbar wundern Sie sich gar nicht. Sie sind wohl jemand, der viel reist? Waren Sie auch in Arabien? Dort tun sie es mit Kamelen, habe ich gehört.

Ja, fremde Sitten und Gebräuche. Aber hier in Belgien haben wir es doch gut? Auf jeden Fall besser als in der Türkei. Offenbar hat nämlich dieser junge Grieche, der gegen das Denkmal gefahren und am Mittwoch gestorben ist, einen Zettel hinterlassen, mit einer Heftzwecke hatte er ihn im *Fegefeuer* an die Klotür gepinnt: „Wenn mich Belgien nicht mehr will, dann will ich nicht mehr leben."

Grootaers hat einen Schweinestall hinterlassen, die Laken sind besudelt, eine Kleiderschranktür hängt schief, der Kelim ist um Grundfarben reicher geworden. Doch tatsächlich, auf einem wackligen Bücherstapel, auf einem befleckten Exemplar von *Hundert Ungarische Liebesgedichte*, steht das Fläschchen.

Axel geht damit ins Badezimmer. Seine Großmutter hat früher Belladonna benutzt, aber er kann die Erinnerung nicht heraufbeschwören. Er blickt in den Spiegel.

Bettina fragt: „Bin ich die Schönste im ganzen Land?"

„Ja", sagt Axel, „im Spiegel meiner Augen."

„Alberner alter Kerl", sagt sie. „Friß nicht soviel. Und deine Augen sind zwei blinde Spiegel."

„Du hast gesagt, du hättest vierzehn bittere Tränen um mich vergossen. Du hast mich Axeleinchen genannt."

„Das war, weil Philippine de Schoonhoven neben mir vor Lachen gekreischt hat."

Axel stellt sich direkt vor den Spiegel. Zehn Zentimeter vors Glas.

„Ich gehöre nicht mehr zu den Morgenstunden, die sich selbst trösten", rezitiert er. Er gibt drei, vier, fünf Tropfen in jedes rotgeäderte Auge, sie fließen blau über seine spärlichen Wimpern, ziehen königsblaue Bäche über seine Wangen. Es brennt, das Brennen läßt nach. Seine Pupillen sind erweitert. Sein Mund ist aus Kork, die Kehle zugeschnürt. Er trinkt das Fläschen aus.

Im zweiten Stock der Polizeiwache erklingt *Ode on the Death of Mr. Henry Purcell.*

Axel übergibt sich in das dreieckige Waschbecken, in dem Grootaers Bananenschalen, Zigarettenschachteln, abgeschnittene Haare hat liegenlassen. Das Erbrochene ist violett mit roten Sprenkeln. Nicht häßlich. Traue ich mich auf die Straße? Noch vor kurzem haben mich Schulkinder ausgelacht.

Im Spiegel sieht er, daß er tiefrot angelaufen ist, zugleich spürt er, wie sich sein Blut erhitzt. Eine Rothaut, die die Götter zum Narren hält. Du wolltest doch weite Pupillen? Mehr sehen? Selber Schuld, Fettwanst. Er geht durchs Haus, das riesengroß geworden ist, Hallen, Salons, Säle, Pergolen. Im Garten strömt ein silberner Fluß. Nichts wie hin. Der Fluß erweist sich als Rinnsal, ein Bächlein mit silbernem Glanze, als fiele Mondlicht darauf.

*„Mark how the Lark and Linnet Sing …“*

Ich glaube, daß ich heute ins Museum muß, ich muß eine Führung für, für, für einen Bus aus Utrecht vorbereiten. Aber hieß es nicht, ich brauchte das nicht mehr zu machen? Wenn das so ist ...

Ich sehe nicht mehr so klar. Wohl erkenne ich klar und deutlich den Kopf eines Bekannten von mir, allerdings dreifach. Dieser Bekannte ist der markante Marigaal.

Soll ich es wagen, einen Pfirsich zu essen? Soll ich eine weiße Flanellhose tragen und am Strand spazierengehen?

Ich sehe einen Doppeldeckerbus, der den weiten Weg von London gekommen ist, aber verdreifacht. Soll ich die Leute durchs Museum führen?

Großmutters Pupillen waren schwarz wie die Nacht. Sie sang Operetten, und das Weiße in ihrem Auge glänzte. Am Ende ihres Lebens war sie blind. Wer zu viel sehen will, sieht nichts. Die Welt ist ein schlecht abgestimmter, falsch eingestellter Fernseher. Aber je weniger man sieht, um so deutlicher sind die Stimmen. Stimmen, die sehen.

Weißt du was? Ich gehe auf die Straße, in die Stadt, wo mehr Ratten als Menschen leben.

Er, also ich, ging, geht auf die Straße.

Treffe ich doch tatsächlich mein Kind! Während ich in die Stadt ging, um ein anderes Kind zu sehen.

Guten Tag, Kind.

Vater, du bist ätzend. Mit deinem stumpfsinnigen Grinsen zu Hinz und Kunz. Du lächelst, aber hinter diesem Lächeln verbirgt sich ein Schwein. Zum Glück liebe ich Schweine. Vater, ich liebe dich, und jetzt küsse ich dich. Nach russischer Sitte, auf den Mund. Und Just läßt ihn los, fällt auf seine zwei Beine.

Aber was nicht geht, nicht sein darf, ist, daß Florian mitgekommen ist. Florian, du bist kein Hund. Lauf zurück. Florian bleibt sitzen. Er wartet, bis ich mich bewege. Gut, dann bewege ich mich eben nicht.

„Ich weiß genau, wie ich gemacht worden bin“, sagt Just.

„Warte mal, Kind.“ Axel muß sich wieder übergeben. Ein violetter Schwall auf die Magnolie. Er hört zu.

„Es war eines Tages am Meer. Durch das teurere Viertel des zweitteuersten Badeortes ging ohne Eile ein junger Mann im weißen Anzug, mit weißen Leinenschuhen und einem weißen Strohhut. Dieser junge Mann hielt die Leinen von zehn Hunden in der Hand, Afghanen, ein Chow-Chow, ein Tibetanischer Terrier, ein Irischer Setter. Der junge Mann, von indonesisch-niederländischem Geblüt, hatte einen anmutigeren Gang als seine Hunde, und da ist meine Mutter mitgegangen als ein weiterer Hund, als Bluthund.“

„Das könnte dir so passen“, sagt Axel. „Ich habe sie auf einer allerschaurigsten Party beim Gouverneur kennengelernt. Sie hat so viel getrunken wie der Gouverneur. Sie ist mit mir mitgegangen. Ich war auserkoren. Als sie merkte, daß du unterwegs warst, hat sie sich von der Treppe geworfen, Seifenlauge getrunken, den Arzt um eine Abtreibung angefleht. Doch o Wunder, du bist ohne eine einzige Mißbildung zur Welt gekommen, mit tiefroter Haut wie ein Indianer.“

Just antwortet nicht. Just ist gegangen. Wohin? Ich frage die Sträucher, die Bäume. Wohin?

Ich komme zum Museum. Da steht ein Bus aus Utrecht. Die Insassen machen einen heiteren Eindruck. Na gut, dann können sie eine Führung bekommen, die letzte des abgedankten Konservators. Mit ein paar humorvollen Einlagen vielleicht?

„Meine Damen und Herren, ich begrüße Sie in unserem Mausoleum – äh, ich meine Museum, aber das ist ja gestorben – Schellen, haha.“

„Wie ich sehe, sind Sie gut angekommen. Ist ja bei Reisebussen immer ungewiß, haha. Ich hoffe, ich komme auch bei Ihnen gut an. Haha."

„Theodoor-Leo-Maria Schellen wurde geboren … Sonst stünden wir nicht hier. Haha. Geboren am 8. Oktober 1915, und gestorben am 2. Oktober 1970. Also, jedenfalls was die Daten betrifft, ein zeitgenössischer Künstler. Aber ist es eine Tugend *an sich*, zeitgenössisch zu sein? Was hat Charlton Heston so entschieden zu Julius II. gesagt? „Ein schönes Gemälde ist der Schatten von Gottes Pinsel." Und war es nicht Kirk Douglas mit rotem Stoppelbart, der gesagt hat, die Kunst sei eine Sonde, mit der man das Namenlose erforscht?"

„Hier sehen Sie die legendäre Pfeife Schellens, und hier ist sein berüchtigter grüner Lodenmantel, die Schere, mit der er sich selbst das Haar geschnitten hat, das Absalom-Syndrom, nicht wahr? Hier sind seine Bleistifte und Graviernadeln, er hat ihnen Namen gegeben: Wolfje, Kühnes Herz, Adolf, Geeraard der Teufel."

„Und jetzt entschuldigen Sie mich bitte, ich muß … ich muß nichts, auch wenn in meinem Terminkalender am 31. März steht „Besprechung mit dem Verwaltungsrat" … Aber auf jeden Fall muß ich Sie verlassen. Ich wünsche Ihnen eine gute Heimfahrt."

Im Schaufenster eines Schreibwarenladens sitzt ein lebensgroßes honigfarbenes Kaninchen auf einem stillstehenden Fahrrad und strampelt. Allmählich wird das Tier müde, es wird langsamer, ach, gleich darf es absteigen, die Räder drehen sich noch langsamer, doch mit einem Ruck drehen sich die Speichen wieder sirrend bis zur Höchstgeschwindigkeit. Das Kaninchen flieht, so schnell es kann, aber es kommt nicht von der Stelle. Trotzdem ist es glücklich, denn was bedeuten seine Qualen schon? Radeln bis in alle Ewigkeit? Während seine Freunde, durch Zufall unter einem anderen Gestirn geboren, von vaterlandsliebenden

Chirurgen lebendig in die aufgeschnittenen Bäuche erbeuteter Frauen des Feindes genäht werden.

Wo ist mein Kind? Er, der Bally-Schuhe trägt, mit einem silbernen CROSS-Federhalter nicht an seinen Vater schreibt, der Seife benutzt mit Honig und Lavendel, morgens Müsli ißt, während er die *Financiële Tijd* liest, er fliegt mit der KLM auf einem Fensterplatz in der zweiten Reihe. Er fährt einen Porsche 924 Carrera. Er schluckt (aber das weiß keiner außer ihm und mir und Caroline, die es mir erzählt hat) jeden Morgen den in Kenia erstandenen Samen, den man im Frühling dem betäubten Nashorn abzapft.

Gerald sagt: „Armand hat sich das selber zuzuschreiben. Keiner hat ihn gebeten, den Märtyrer zu spielen. Jetzt können wir den Laden dichtmachen. Nicht eine tonangebende Familie wird uns noch zum Tee einladen."

„Und Armand?"

Armand läßt die vollen, über den Mund sackenden Flappen von Lippen noch mehr sacken. „Wer den Mut hat, zu lachen, dem gehört die Welt." – „Ach, wirklich, Armance?" – „Aber ja, genauso wie demjenigen, der bereit ist, wo und wie auch immer zu sterben."

Ich möchte schon lachen, Armance, aber auch trauern.

Aus dem zweiten Stock der Polizeiwache, wo zwei Fenster offenstehen, schwebt die Kantate *Zur Wohltätigkeit.* In einem der Fenster sitzt, im T-Shirt, das Kinn auf dem Unterarm, Patrick Vaandrig. Ich winke. Er nicht.

Grootaers stößt ein gellendes Lachen aus. „So?" fragt er. „Klingt es so gut?"

„So? Wieso?"

„So lache ich nämlich, wenn ich den großen Strindberg spiele, wenn er, zerfressen von einem unheilbaren Krebs, Klavier spielt, stundenlang an einem Stück, um über den Untergang der Titanic zu trauern."

„Schleimscheißer." (Eine heisere Frauenstimme. Zu viele Zigaretten.)

„Wer spricht da?"

„Das weißt du genau."

„Roberte."

„Wie fühlst du dich?"

„Meine Muskeln zittern."

„Weißt du noch?"

„Ja. Und du?"

„Ich auch, du Hosenscheißer."

Wir verbrachten einen großen Teil der Nacht in einem exklusiven Bordell in Florenz. Eine der jungen Nutten hat Brustkrebs, erzählt sie uns und spannt ihre Brust. „Das hättet ihr nicht gedacht, was?" – „Nein." Sie wird sich operieren lassen, sobald ihr Verlobter, ein *bersagliere*, von seinem Bergsteigertraining zurückkommt. Eine andere Nutte, ein Pummelchen, bestätigt es respektvoll.

Morgens kommt die padrona – Joan Crawford in *Johnny Guitar – Wenn Frauen hassen*, ein Gesicht aus Aluminium, ein Mund aus rotem Kupfer – mit dem frugalen italienischen Frühstück, caffelatte und panettone, und läßt vor Schreck fast das Tablett fallen. Sie zeigt auf mich. Das Pummelchen, das mit der Wange auf meiner Hüfte lag, wird wach und macht auch große Augen, ja, mit erweiterten Pupillen. Das Krebsmädchen löst sich aus Robertes Armen und beginnt zu prusten. Sie zeigt ihre Hände vor, nebeneinander, Handrücken oben, wie bei einer Inspektion im Internat, und erst dann sehe ich es in dem riesigen Spiegel (hinter dem ich Florentiner *ragazzi* vermutete, die dort grinsend lauerten). Auf meinem verschwitzten Rücken sitzen Schuppen wie bei einem Iguana, eine ekelhafte südländische Krankheit hat mich befallen, die Symptome sind als sechs durchscheinende rosa und rote Stacheln aus meiner Haut gewachsen. Roberte wacht auf, will sich aufrichten, um das Phänomen von nahem zu studieren, vergißt, daß sie noch an die Bettpfosten gefesselt ist. Das Pummelchen löst die Polizeihandschellen. Roberte, mit Schrammen und blauen Flecken auf dem Hintern, wundert sich nicht im geringsten. Sie lacht. Es sind die langen falschen Fingernägel des prustenden Krebsmädchens, die sich gelöst haben und jetzt in meiner verschwitzten Haut stecken.

„Hosenscheißer", sagt Roberte und schickt das Frühstück zurück, sie will sechs Rühreier, Wurst, Champagner und eine ganze Kanne Espresso.

„Iß!" befiehlt sie mir. Ich kann nicht. Sie ißt wie ein Scheunendrescher und rülpst und jagt die beiden Mädchen mit ihrem dunklen, gefährlichen Lachen weg.

„Axel, leg eine CD auf."

„Welche?"

„Was Stimmungsvolles. Elgar. Delius."

Er findet nichts in dem Genre. Italienische Schnulzen. Die Forelle. Music for the Millions. Aha, ein florentinischer Kenner hat *Scherzi musicali* zurückgelassen. Die Frage ist, zu welchen Leibesübungen der *stile concicato* paßt.

„Gut so?"

„Ja. Fessel mich."

Er schaut umher. Der Pummel hat die Handschellen mitgenommen.

„Womit?"

„Mit deinem Gürtel, du Trottel. Oder mit dem Gürtel von dem Bademantel da."

Was die Damen, vor allem die mollige, so flink konnten, will ihm nicht gelingen. Er zittert.

„Mann, nicht so dilettantisch."

Geschafft. Roberte kneift die Augen zu. Ihre Lippen: verzerrt, abwartend, gequält.

„Was jetzt?"

„Axel, um Himmels willen, mach ein bißchen mit."

„Nichts lieber als das.“

„Dann schlag mich.“

Er schaut umher. „Womit?“

„Axel!“

Er tat, was von ihm verlangt wurde. Ein Gentleman. Sie sah den Ekel, den er nicht unterdrücken konnte. Er sah eine Zukunft mit Peitschenhieben und Gewimmer, Brustwarzenklammern, Stahlklemmen, Cremes, durchweichtem Leder.

„Ich bring's nicht über mich.“

„Dann läßt du's eben“, sagte Roberte gelassen.

Und floh später in die brutaleren Arme von bergsteigerbraunen Männern, die ihr Wunden zufügten, die sie von Inge Gershwein verarzten ließ.

Aber damals, in Florenz, in den Boboli-Gärten, zeigte sie mit beunruhigendem Grinsen auf den Bacchino, den auf einer Schildkröte reitenden kampfsüchtigen Narren von Cosimo I. Der Narr bestand aus Wülsten und Buckeln, einer Tonne von Bauch, prallen Wangen, schwabbligen Brüsten. „So“, sagte Roberte, „so hätte ich dich gern. So würdest du mir am meisten gefallen.“

Ich habe die Nacht nicht geschlafen. Der Morgen dämmert. Höllisch brennender Durst. Ich kann nicht schlucken.

Just sitzt in seinem Eames-Chair.

„Möchtest du einen Whisky? *Macallan.*"

„Warum nicht?"

„Warum nicht? Warum gibst du dich so überlegen, so distanziert, Papa."

„Ich gebe mich nicht so. Es ist mein Naturell."

„Was ist dein Naturell?"

„Das eines Zombies. Von dem kongolesischen: *nzambi*".

„Shit."

„Richtig. Vom indogermanischen *skheid.* Caroline hat gesagt, du seiest nicht im Krankenhaus gewesen."

„Ich kann den Geruch in Krankenhäusern nicht ertragen."

„Bist du wirklich … nein? Hast du nicht auf meiner Bettkante gesessen?"

„Papa, sei nicht so komisch."

„Auch nicht … mich auch nicht umarmt?"

„Nein. Nicht, daß ich es nicht gewollt hätte …"

„Ich habe deinen Namen mit meinem Füllhalter auf den Hintern deiner Frau geschrieben", sage ich und kotze den lila Macallan-Whisky aus. Auf Justs Schuhe, aber die sind nicht da.

Es ist früh, trotzdem muß ich mich beeilen, zu dieser Kreuzung.

Ein wattiger, undurchsichtiger Nebel senkt sich auf die Stadt. Ich sehe, wie jemand mit den Armen fuchtelt. Ich verstecke mich hinter einem Rücken. Ich sehe dreifach. Die Neonbuchstaben Giudecca, eine belgische Flagge, das Rot des Hasses, das Gelb der Unwissenheit, das Schwarz der Ohnmacht.

Ich finde die Kreuzung wieder. Dieselben Polizisten, dieselben Kinder, die küssenden und gaffenden Schüler. Nur etwas übermütiger. Sie halten die Leute auf, rufen mit schriller Stimme. „He, Madame, haben Sie schon gehört, der Krieg zwischen Wallonen und Flamen ist ausgebrochen."

Sie laufen mir johlend vor die Füße.

Wie damals, mit Roberte am Meer, als uns zehn Jungen in gestreiften Schlafanzügen unter Leitung eines behaarten Mannes im Trainingsanzug vor die Füße liefen. Die Jungen schüttelten den Kopf von links nach rechts zum gleichen Rhythmus, sie waren kahlgeschoren und riefen aus voller Kehle: „Wir sind zufrieden, wir sind zufrieden." Sie gingen vorbei, ihr Gesang verebbte im Rauschen der Kiesel im Meer.

Bettina ist nirgendwo zu sehen. Der blonde Junge mit den Zähnen auch nicht. Axel den Dooven, Ex-Konservator, Ex-Liebhaber, Ex-Dichter introvertierter Verse, Ex-Drehbuchautor, der Liebe und Schönheit und Intelligenz und Freundschaft und Selbstvertrauen verloren hat, blickt in die Haustürnischen, ob er Bettina nicht sieht, gibt es auf und setzt sich auf einen Container für Glas und Flaschen.

Nach den sieben fetten Jahren die sieben ruhigen. Erfüllung, was für ein seltsames Wort. Verzweiflung ohne Tragödie oder Katharsis. Es bedeutet irgendwas, ich muß mich zurückziehen, und ich werde herausfinden, was es bedeutet.

Er winkt einem leeren Taxi, das Taxi fährt ohne ein Zeichen weiter. Ein Briefträger sagt: „Es wird schwierig sein, ein Taxi zu finden. Wegen der Dialysen, die fangen ganz früh an. Um ein Uhr dürfen sie wieder nach Haus."

Ein irgendwie friedvolles Gefühl meldet sich an. Mein einfältiges Lächeln, an alles gerichtet, was vorbeikommt. Ruhe, die keinen Trost mehr verlangt. Er fühlt sich benommen. Der Augenblick und die Umgebung sind zwei beängstigend veränderliche Elemente.

„Mann, Sie haben ja Mut", sagt eines der Kinder in einem Nylonanzug.

„Ja, er ist ein Draufgänger", sagt Bettina. Axel dreht sich schnell um, aber es ist wie so oft in letzter Zeit, er hört und sieht Dinge, und sobald er sich ihnen nähern will, sind sie blitzschnell verschwunden, es waren Schatten, Motten, Fledermäuse, erhobene Arme in einer Armeeuniform, der Blitz einer Axt. Da ist keine Bettina, keine Mädchenstimme. Seine Augen brennen noch immer von dem Nachtschattengewächs.

Einer der Jungen, die ihn rattenhaft schnell umtanzen, hält ein knorriges Brett mit Splittern und Nägeln in der Hand, er stößt Axel damit ins Kreuz. „He, Fettsack, kennst du den von dem Stier bei der Kuh?"

„Da muß ich ... drüber nachdenken", sagt Axel, aber der Junge hört es offenbar nicht, er schwenkt das Brett wie einen Baseballschläger. „Der Stier kannte ihn aber!" kreischt er, und die Kinder johlen.

Der Junge schlägt spielerisch mit dem Brett nach Axels Gesicht. Ein Nagel trifft Axels Wange und zieht ein blutiges Lächeln. Der Junge starrt auf die rote Wellenlinie, wirft das Brett weg und flieht. Alle Kinder fliehen, auch die allerkleinsten mit den umgedrehten Baseballmützen und den geräuschlosen Nikes.

Axel rutscht vom Container, seine Beine knicken ein, er kniet in einem Meter Abstand von den Rädern eines schwedischen Omnibusses, der Terminal heißt. Hochblonde Schweden filmen ihn, während er schwankend versucht, aufzustehen. Die Videokameras drängen sich gegenseitig weg, man zoomt sein ungläubig lachendes Gesicht ganz nah heran. Axel spuckt ein Stückchen Wange aus und winkt in Richtung Bus. Der Bus fährt nicht weiter, die Ampel bleibt auf Rot stehen, an diesem Tag der Verrückten. Denn so ein Tag ist es. Wie sonst ließe sich erklären, daß dort, mit selbstsicherem Wiegen und unerschütterlicher Eleganz, zwischen den bremsenden, hupenden Autos Florian auf ihn zuspaziert kommt?

„Florian", ruft Axel, und die Katze läuft schneller, nervöser, und wahrhaftig, sie springt in Axels Arme. Axel wiegt sie, singt: „Florian hat Stiefel an, das liebe Schätzchen von einem Kätzchen, ach, mein Sohn Florian, du bist mir zugetan."

Das Blut tropft von seinem Gesicht auf den Rücken der Katze, die darüber erschrickt, fort will und ihre Krallen in Axels Brust schlägt. Die Katze spürt, daß Axel sie töten will, daß Axels Singsang bedeutet: „Adieu, Florian, adieu, Frau und Kind, adieu alle, die ihre Hirngespinste, ihre Wunschträume auf mich richten, wie auch du, Florian, der darum bettelt, daß ich ihn streichle, ihm eine Scheibe Roastbeef gebe und einen Platz auf meinem Schoß." Aber ich habe kein Sägemesser dabei. Mit einem Strick um deinen Hals wird es nie gelingen, dafür bin ich jetzt zu aufgeregt. Einen Betonblock auf deinen Kopf? Wer hält dich fest, mein zappelndes, kratzendes Kind, wenn ich dir den Betonklumpen auf den Schädel schmettere? Du mit deinen neun Leben.

Axels zehn Finger umklammern Florians Hals.

Als seien sie herbestellt worden durch eine Palastglocke, die in ihrem unsichtbaren Walkman läutet, schwärmen zehn, zwölf meist junge Rechtsanwälte in flatternden Roben aus verschiedenen Straßen zur Kreuzung. Sie warten schnatternd vor der roten Ampel. Einer von ihnen blickt hinter seinen Ray-Ban-Gläsern hervor streng auf Axel.

„Dieser Prozeß scheint mir Willkür und Schikane", sagt er.

„Sie haben recht", sagt Axel, und er läßt das warme Fell, die dünnen Rippen, das kindliche Schnurren los und setzt

Florian aufs Straßenpflaster. Die Katze macht drei Sprünge und kommt dann bedächtig zu ihrem Henker zurück, läßt neben Axels Knöcheln ihr vertrautes Miauen von morgens halb sieben hören.

„Ja, ja", sagt Axel, „wir gehen nach Haus. Wir müssen uns um den kleinen Riß in meinem Schädel, um das Loch in meiner Wange kümmern. Ja ja. Weißt du, in welche Richtung wir müssen?"

Sie gehen zur roten Ampel. Hier zeigt sich, was die hupende Schlange aufhält: ein Männchen von etwa einem Meter Größe mit einem überdimensionalen Kopf, einer scheußlichen Maske mit Riesennase, schwarzer Hornbrille, langen, schwarzen Schläfenlocken, einem blütenweißen Hemd und einem schwarzen Hut. Florian und Axel kommen gerade in dem Augenblick näher, als zwei Polizisten den zwergenhaften Rabbiner mitnehmen wollen. Einer der beiden versucht ihm die Maske vom Kopf zu reißen. Er wehrt sich mit aller Kraft und läßt sich dann weinend fallen. Ein Polizist hebt ihn auf und bringt ihn zu einem Einsatzwagen, während er mit piepsiger Stimme in großer Not jammert. „Sie haben gesagt, ich darf den Verkehr regeln. Und sie haben gesagt, es ist *Purim*, deshalb habe ich mein *Purim*-Kostüm an. Ich habe gesagt: *Purim* im April? Das ist doch nicht möglich. Doch, haben sie gesagt, extra für dich ist es doch möglich."

Bevor er ihn in den Wagen schiebt, nimmt ihm der Polizist fast zärtlich die Maske ab.

Ein kleiner Junge mit dunklen Pupillen in einem kreidebleichen Gesicht starrt uns an. Er miaut Florian zu.

Florian wendet sich überheblich von ihm ab, miaut mich an, sagt: „Komm, komm nach Hause."

## Nachbemerkung der Übersetzerin:

Eigennamen werden in Romanen heute – zu Recht – nicht mehr übersetzt. Wenn es sich um „sprechende Namen“ handelt, die noch dazu Anlaß zu Wortspielen geben, entgeht dem Leser freilich etwas. Da Fußnoten in literarischen Übersetzungen eher störend als erhellend wirken, möchte ich an dieser Stelle ein paar Erklärungen nachtragen:

In dem Namen „den Dooven“ steckt das niederländische Wort „doof“, das im Deutschen „taub“ bedeutet (Anspielungen auf S. 101, 156 und 176).

Der Name „Grootaers“ kann, wie auf S. 270, mit etwas Böswilligkeit recht gröblich gedeutet werden. Das niederländische „groot“ bedeutet im Deutschen „groß“, und „aers“ ist eine Variante von „aars“ (im Niederländischen inzwischen veraltet), das dem schon im Althochdeutschen vorhandenen „ars“ entspricht – ein Wort, über das Jacob und Wilhelm Grimm so treffend bemerkten: „ Wir haben das rohe wort roher und breiter gemacht durch wandlung des rs in rsch.“

Und die bedauernswerte Hermine Komkommer (S. 126) würde auf Deutsch den einer Filmkarriere nicht gerade förderlichen Namen „Hermine Salatgurke“ tragen.

Außerdem danke ich meiner niederländischen Übersetzerkollegin Ingeborg Lesener, die mich bei meinen Recherchen unterstützt und mir viele wertvolle Hinweise gegeben hat.

*Waltraud Hüsmert*